BASTEI LÜBBE

Taschenbücher von MARIE CORDONNIER
im BASTEI-LÜBBE-Programm

18 136 Nadine – Unschuldige Verführerin
18 137 Alison – Geliebte Gauklerin

# MARIE CORDONNIER

Die Töchter der Hexe

# ALISON GELIEBTE GAUKLERIN

Historischer Liebesroman

BASTEI LÜBBE

BASTEI-LÜBBE-TASCHENBUCH
Band 18 137

Erste Auflage:
Juli 1995


Lektorat: Katharina Woicke
Titelillustration: Agentur Schlück
Umschlaggestaltung:
Quadro Grafik, Bensberg
Satz: Fotosatz Steckstor, Bensberg
Druck und Verarbeitung:
Brodard & Taupin, La Flèche,
Frankreich
Printed in France

ISBN 3-404-18137-9

Der Preis dieses Bandes
versteht sich einschließlich der
gesetzlichen Mehrwertsteuer.

## DAS FEUER

### Paris im Dezember 1431

Das Feuer war ihr Freund. Lebendige, leuchtende, wärmende Flammen, die Wohlbefinden, Nahrung, Geborgenheit und die Illusion einer Heimat versprachen. Helle Glut, um die sich alle versammelten. Von den Kleinsten, die noch zu jung zum Betteln, zum Stehlen und zum Kämpfen waren, bis hin zu den Alten, denen das Leben vorzeitig seinen Stempel aufgedrückt hatte und die geschwächt und hoffnungslos, nur noch wie Tiere dahin vegetierten. Die dünnen Arme nach Wärme und Trost ausgestreckt.

Alison liebte das Feuer. Als sie noch ein Kind gewesen war, hatte sie sich zwischen den Beinen der Großen nach vorne gedrängt. So nahe, daß La Trisanne, die Zigeunerin, die sich um sie kümmerte, das ungehorsame Balg ein um das andere Mal im letzten Moment davor bewahren mußte, angesengt zu werden. Sie hatte das Mädchen verprügelt, um es Gehorsam zu lehren. Vergeblich. Alison konnten weder Schläge noch Flüche etwas anhaben.

Sie blieb stumm, sie weinte schon längst nicht mehr. Seit aus dem Kind ein Mädchen, eine junge Frau geworden war, hatte niemand sie eine einzige Träne vergießen sehen. Sie trotzte den Verboten, dem Stock und La Trisanne. Ihre schmale, vor dem Feuer zusammengekauerte Gestalt war längst ein vertrauter Anblick für alle anderen.

Niemand ahnte, daß die Flammen viel mehr als Glut und Asche für sie waren. Daß sie, wie von einer unsichtbaren Macht gezogen, die Nähe des Feuers suchen mußte. Daß es Tage gab, an denen sie viel mehr als nur Glut und Hitze spürte. Tage, an denen merkwürdige Bilder ihren Verstand bedrängten und ihr Herz beschwerten. Aber auch Tage, an denen sie Trost und Zuversicht darin fand. Die sichere Gewißheit, daß alles in eine gottgewollte Ordnung münden würde. Es hatte wenig Sinn, die Augen zu schließen oder fernzubleiben. Das Feuer rief sie, und wehrlos gehorchte sie der mysteriösen Macht.

Sie mußte sehen. Das schmerzvoll verzogene Gesicht einer durchscheinend blassen Frau, bei deren Anblick ihr Herz sich vor Sehnsucht verkrampfte und »Mutter!« rief. Das Messer, das sie tötete und zu Boden zwang. Und den Mörder. Diesen verwachsenen, häßlichen, fast kahlköpfigen Mann, dessen Augen die Farbe toter Steine hatte. Diesen Mann, der ihre Mutter begehrte, obwohl sie einem anderen gehörte. Den Mann, den die Sterbende verfluchte.

Sie sah, wie der Schurke einem anderen Mädchen seinen Willen aufzwang. Einem Mädchen mit kupferroten Haaren und veilchenfarbenen Augen, von dem Alison mit merkwürdiger Sicherheit wußte, daß es Nana heißt und daß sie es liebte. Aber Nana war stärker als die zarte, kranke Frau, die er so viele Jahre vor ihr getötet hatte. Sie konnte ihn niederschlagen, und das Feuer wurde zum Verbündeten ihrer Flucht.

Eine orangefarbene Lohe, die über geschnitzte und bemalte Balken züngelte und fast den Mann erreichte, der mit blutendem Kopf, nur mit einem prächtigen Hausmantel bekleidet, auf dem Teppich zusammengebrochen war. Da kämpfte sich durch den Rauch eine alte Frau, die sich einen feuchten Umhang über Kopf und Schultern geworfen hatte. Fast ging es über ihre Kräfte, den bewußtlosen Mann nach draußen zu ziehen, aber sie schaffte es.

Er blieb am Leben, und Alison verspürte sogar Dankbarkeit dafür. Somit blieb ihr die Hoffnung, daß sie ihm eines Tages heimzahlen konnte, was er ihr und den Ihren angetan hatte.

Maßloser, unvorstellbarer Haß beherrschte Alison in solchen Momenten. Der heiße Wunsch nach vernichtender, tödlicher Rache. Der Fremde verkörperte das Böse in seiner schlimmsten und unheimlichsten Form für sie. Er war der Schatten, der über ihrem Leben lag, die Ursache allen Leides und allen Elends.

Sie lebte dafür, ihn zu vernichten, das wußte sie, ohne seinen Namen zu kennen und ohne zu wissen, ob sie ihm jemals begegnen würde.

Aber sie sah auch IHN im Feuer. Sie erblickte ihn so deutlich, als stände er vor ihr und verneigte sich mit diesem angedeuteten, spöttischen Lächeln, das um seine Mundwinkel spielte.

Ein schmaler, edler Kopf, helle Haut. Augen von strahlendstem Saphirblau, eine scharfe, gerade Nase und jener schöne, lebendige und so zynische Mund. Die wilde Fülle widerspenstiger sehr blonder Haare war durch die Gewalt der Schere zu einen leuchtenden Helm gekürzt worden und wirkte je nach Gesichtsausdruck wie ein Heiligenschein oder eine Helmzier.

Welch ein Antlitz! Alles schien in ihm enthalten zu sein. Held oder Schurke, Ritter oder Gaukler, Narr oder Weiser. Ein Komödiant, der sich zum Bild dessen machte, was andere in ihm sehen wollten. Der aber sein eigenes Gesicht und seine eigenen Gedanken hütete wie ein Geldverleiher das erhortete Vermögen.

Als sie ihn zum ersten Male sah, traf es sie mit der Wucht eines Schwerthiebes und besiegelte die Niederlage in einem Kampf, der noch gar nicht stattgefunden hatte. Jener unbekannte, jener so schöne und anziehende Schurke hatte eine geheime Macht über sie, eine Macht, die sie zutiefst verängstigte. Denn gleichzeitig mit dieser Erkenntnis stieg in ihr das Wissen auf, daß sie die größten Schmerzen, die tiefste Demütigung und die schwärzeste Verzweiflung durch ihn kennenlernen würde. Mochte der Himmel sie davor beschützen, ihm jemals gegenüber zu stehen!

Aber die göttlichen Mächte hatten sicher Besseres zu tun, als ein Mädchen zu schützen, das zu den Ausgestoßenen und Ärmsten dieser einstmals so prächtigen Stadt gehörte. Alison trug Lumpen und Fetzen und keine Seide, wie die Gestalten, die sie sah. Die sich in Kreisen bewegten, die ihr so fern waren wie das Firmament, das sich über Paris spannte.

**16. Dezember 1431**
**Paris**

## 1. Kapitel

Paris hatte noch nie eine so schäbige Krönung erlebt. Die Stadt, von den Wirren des Krieges geschwächt, vom Hunger, der Gewalt und den Politikern bedrängt, brachte nicht die nötige Festesstimmung auf, um dem Engländer zuzujubeln, der seine Herrschaft über Frankreich durch die Weihen der Krönung legitimieren wollte. Was war das auch schon für ein Herrscher, dieses sechsjährige Kind? Eine Marionette in den Händen seines machtgierigen Onkels, der in Frankreich einen Krieg kämpfte, dessen Beginn schon mehr als eine Generation zurücklag und dessen tragischer Höhepunkt jener Scheiterhaufen in Rouen gewesen war, auf dem Jeanne d'Arc, die Hoffnung des Volkes, getötet worden war.

Murrend drängte sich das Volk am Straßenrand zusammen und beobachtete aus schmalen Augen das eher ärmliche Spektakel. Die Bischöfe von Paris, Noyon, Beauvais und Thèrouanne in ihren prächtigen Roben bekamen noch die meisten wohlgemeinten Zurufe. Aber alle Zuschauer waren sich bewußt, daß der Erzbischof von Sens, der weit über den Bischöfen stand, fehlte. Er hüllte sich in Schweigen zu dieser Krönung, so wie sich die Straßen der Stadt und ihre Giebel in winterlich kühlen Nebel hüllten.

»Ein jämmerliches Schauspiel«, beschwerte sich der hagere Bürger, den seine Tracht als Gerber auswies und der neben Alison den Zug verfolgte, der sich zur Kathedrale Nôtre Dame schlängelte. »Man könnte meinen, der Himmel selbst verhüllt sein Haupt vor diesem Frevel!«

»Achtet auf Eure Worte, Meister Gaspard«, mahnte ihn sein Begleiter. Er tat es ein wenig kurzatmig, denn sein dicker Wanst hatte ihn zum Schnaufen gebracht, bis er ebenfalls die schmale Balustrade erklommen hatte, von der er und sein Freund sowie das Mädchen in dem fadenscheinigen Rock einen besseren Überblick hatte. »Die neuen Herren fürchten eine Rebellion und schlagen unbarmherzig zu, wenn sie nur den geringsten Verdacht haben. Was glaubt Ihr, warum nicht einmal die armen Teufel in der Bastille eine Amnestie erhalten haben? Sie haben sogar Angst vor Taschendieben und Betrügern, die englischen Helden.«

Alison hörte dem Gespräch nur mit einem halben Ohr zu. Sie schielte auf die dicke Geldkatze, die am Gürtel des Feisten hing, und überlegte, ob sie es wagen sollte. Wenn sie heute wieder ohne Beute nach Hause kam, würde sie gewaltigen Ärger mit César le Noir bekommen. Er hatte ihr schon einige Male gedroht, sie und La Trisanne auf die Straße zu setzen, wenn sie nicht besser für ihn arbeitete. Sie wußte, was diese Drohung bedeutete. Er würde sie in die Reihen seiner Huren aufnehmen, aber erst, nachdem er ihr höchstpersönlich alle Scheußlichkeiten beigebracht hatte, die seiner Meinung nach für diesen Beruf erforderlich waren.

Der rotgesichtige Bürger sah immerhin so aus, als könne er den Verlust der Münzen verschmerzen, und ihr würde es Zeit verschaffen. Zeit, die sie dringend benötigte, um sich César auch weiterhin vom Hals zu halten.

Von diesem Punkt ihrer Gedanken bis zur ausgeführten Tat dauerte es nur die Spanne eines Wimpernschlages. Die Männer, in ihr Gespräch vertieft, nahmen nicht wahr, daß Alison enger an sie rückte und mit geschickten Fingern ihre

Arbeit verrichtete. Als sie mit einem geschmeidigen Sprung ihren Platz verließ und in der Menge untertauchte, sah ihr der Gerber wohlgefällig nach. Obwohl das fadenscheinige Mieder und der zerschlissene Rock bewiesen, daß sie dem Gesindel gehörte, das sich anläßlich der Feierlichkeiten von beiden Ufern aus über die Cité ergoß, gefiel ihm ihre anmutige Art, sich zu bewegen. Das Schimmern ihrer leuchtend roten Locken, die sich unter dem nachlässig gebundenen Tuch hervorstahlen, erinnerte ihn an diesem trüben Wintertag an Sommer und Sonne.

Alison war bereits sicher auf dem linken Seine –Ufer angekommen, als der Dicke den Verlust seiner Börse entdeckte. Und als César mit hereinbrechender Dämmerung seine Bande im Hof der Wunder um sich versammelte, konnte Alison dem abendlichen Rapport zum ersten Male wieder mit Gelassenheit entgegensehen. Die Krönung des englischen Königs, welche die Bevölkerung von Paris so ungern sah, hatte zumindest ihr Glück gebracht und ihr eine weitere Galgenfrist verschafft.

So poetisch der Name ›Hof der Wunder‹ auch klang, dahinter verbarg sich jedoch nichts anderes als ein verlassenes Ruinenviertel zu Füßen der alten Stadtbastion Philipp –Augustes. Banditen, Gaukler, Bettler und jede Menge zwielichtiger Gestalten fanden dort ihren Unterschlupf, und der Profoß duldete sie gezwungenermaßen, denn im Moment hatte er andere Sorgen als das Treiben der kriminellen Elemente rund um den Tour de Nesle, dem markantesten Gebäude dieser Gegend.

Hier konnte man ebenso leicht ein Neugeborenes kaufen wie das eigene Leben an der nächsten Straßenecke verlieren. Man konnte sich Gift, eine Jungfrau oder falsche Edelsteine besorgen und einen Dolch, der so scharf war, daß er mühelos durch jedes Lederwams schnitt. Beherrscht wurde der Irrgarten jeweils vom brutalsten und hinterhältigsten Gauner, der sich in zahllosen Kämpfen behaupten mußte. Seit einigen Jahren war dies César le Noir, und er übte sein Regiment mit eiserner Grausamkeit aus.

Seit sie denken konnte, lebte Alison in diesem Quartier, an der Seite der alten Trisanne, die inzwischen zu steife Finger und zu müde Gelenke hatte, um noch bei den Gauklern auf dem Pont Neuf zu arbeiten. Jetzt zog sie als Bettlerin durch die Stadt, wenn sie Lust dazu hatte. Aber meist war es nicht nötig. Trisanne war schlau genug gewesen, sich rechtzeitig ein Kind zu greifen, es aufzuziehen, für sich arbeiten zu lassen.

Kinder wie Alison gab es in einem vom Krieg zerrissenen Land viele. Magere Dinger, die kaum ihren Namen sprechen konnten und vor Hunger heulten. Trisannes Truppe hatte die Kleine in der Nähe des Schlachtfeldes von Azincourt gefunden. Verstört und nicht fähig, mehr zu stammeln als den eigenen Namen und den seiner Schwester, die mausetot am Straßenrand lag. Die feinen Kleider hatten die Gaukler dazu bewogen, das Kind mitzunehmen, vielleicht eignete es sich zum Betteln. Um an das Mitleid der Bürger zu appellieren, mußte man entweder sehr hübsch oder sehr krank sein. Damals schien beides auf Alison zuzutreffen.

Als sich La Trisanne von ihrer Gruppe trennte und in Paris blieb, behielt sie das Mädchen bei sich. Craque dent, der große Ringer vom Pont Neuf, der ihr so gut gefiel, hatte einen Narren an dem Kind gefressen, und sie fragte sich später oft, ob er nicht eher die Kleine hatte haben wollen als die Pflegemutter. Die Frage war nie gelöst worden, denn der bullige Kämpfer hatte sich mit César le Noir angelegt und war eines Abends mit durchgeschnittener Kehle unterhalb des Tour de Nesle in der Seine gefunden worden. Seitdem gehorchten Trisanne und Alison, wie alle anderen Frauen ohne Schutz, dem schwarzen César.

Ein Leben, das geraume Zeit erträglich gewesen war, bis César entdeckte, daß sich unter den Lumpen des Mädchens eine Figur rundete, wie er sie vollkommener noch nie gesehen hatte. Seitdem beanspruchte er Alison offen für sich. Bisher jedoch war es ihr gelungen, ihm auszuweichen. Mit List hatte sie ihm das Versprechen abgerungen, daß sie für sich selbst sprechen durfte, solange sie das ihre zum Einkommen der Bande beitrug. Doch sie war sich seiner gierigen Blicke stets bewußt. Sie ahnte, daß der Herr des Hofs der Wunder am Ende seiner ohnehin knapp bemessenen Geduld war. Ein flackerndes Feuer erleuchtete das dunkle Gewölbe fast taghell, und die Spannung, die aufgrund des festlichen Ereignisses über der ganzen Stadt lag, formte sich hier zu einer gefährlichen Mischung aus Erregung, unterdrückter Gier und offener Gewalt. Vor César, der auf einer Art Thron saß, stand der angeschlagene, fleckige Kupferkessel, in den jeder seine Beute werden mußte.

Wehe dem Unglücksraben, der es wagte, heimlich etwas für sich auf die Seite zu bringen! Alison kannte die Strafen, und sie hatte auch die heulenden nackten Dirnen gesehen, die anfangs zum brutalen Spaß hin- und herumgeschubst wurden, bis sie mit systematischer Grausamkeit von César und seinen Mannen vergewaltigt und gedemütigt wurden. Nur wenige überlebten dieses tierische Höllenspiel, und einige von denen, die es überlebt hatten, zogen es am nächsten Tag vor, sich in der Seine zu ertränken.

Alison hob den Kopf, als die Rehe an sie kam. Sie trat mit geschmeidigen Schritten vor und warf die Börse in den Kessel. Der Klang der münzen dröhnte wie ein Glockenschlag, und César runzelte die Stirn. Er sagte nichts. Lediglich ein Schnippen seiner Finger zeigte, was er wollte. Einer seiner Adjutanten sprang vor, nahm den Beutel an sich und reichte ihn César, der ihn nachdenklich in der Rechten wog. Dann warf er dem schlanken, stolzen Mädchen einen spöttischen Blick zu.

»Ich gratuliere dir! Du bist mutig. Weißt du, was sie mit dir gemacht hätten, wenn sie dich erwischt hätten, rote Alison?«

O ja, Alison wußte es. In dieser Stadt hatte niemand Erbarmen mit den Armen und Schwachen, mit den Dieben und Bettlern. Welches Motiv auch immer sie für ihre Tat gehabt haben mochten, es kümmerte den Scharfrichter herzlich wenig, wen er verstümmelte oder brandmarkte. Ein Leben war wenig wert, wenn man den Unwillen der Mächtigen und Gerechten auf sich zog.

»Hier, das ist für dich!« ein silberner Bogen blitzte zu Alison, und mit akrobatischer Geschicklichkeit fing sie die Münze auf. »Ich erwarte dich zum Fest!«

Alison nickte nicht, aber das kümmerte César keinen Deut. Das verschlagene, narbige Gesicht unter der zottigen schwarzen Perücke zeigte einen Ausdruck von Zufriedenheit. Er hatte gesiegt – und das Mädchen begriff das erst, als sie sein schmieriges Grinsen sah. Dadurch, daß sie ihm die mit einem Wappen verzierte Börse überlassen hatte, hatte er sie in der Hand.

Welche Dummheit! Er konnte sie mit diesem Beweisstück jederzeit der Wache ausliefern. Die Dirne, die einen reichen, hochwohllöblichen Bürger der Stadt Paris bestohlen hatte. Es gab keinen Platz für sie, an dem sie sich verbergen konnte, keinen Fluchtweg und keine Möglichkeit, dem allmächtigen Herrn des Hofs der Wunder zu entkommen.

Auch Trisanne bestätigte das, aber sie begriff nicht, weshalb diese Tatsache Alison in derart blinde Panik versetzte.

»Sei froh, daß er dich haben will, dumme Gans!« keifte sie, als das Mädchen in den Unterschlupf kroch, den sie beide bewohnten. »Solange du dir sein Begehren erhältst, kannst du leben wie eine Königin. Essen, trinken, Kleider – was dein Herz begehrt! Was ist daran so übel?«

»Die Tatsache, daß ich lieber sterbe, als mich diesem Vieh hinzugeben.« Alison stöhnte auf und ballte die Hände zu Fäusten. Wütend stampfte sie mit dem Fuß auf. »Ich werde mich nicht verkaufen!«

»Papperlapapp!« La Trisanne ließ keinen Zweifel an

ihrem Standpunkt. »Es ist an der Zeit, daß du mir vergiltst, was ich für dich getan habe. Ohne mich wärst du tot! Hab' ich dir nicht oft genug erzählt, wie ich dich als greinendes Balg zu mir genommen hab'? Willst du mich auf meine alten Tage verhungern lassen, weil du zu stolz bist, dich zu einem Mann zu legen?«

»Ich hab' dir hundertmal vergolten, was du je für mich getan hast!« rief Alison empört. Sie empfand wenig Zuneigung für die unzufriedene alte Zigeunerin, die nie eine Mutter, sondern immer nur eine Gebieterin für sie gewesen war. »Wenn ich dir auch noch die Schläge, den Hunger und die Bosheiten vergelten würde, die du mir gegeben hast, wäre unsere Rechnung noch besser ausgeglichen!«

La Trisanne lief rot an, und ihre klauenartigen, verkrüppelten Finger versuchten vergeblich das Mädchen zu fassen, das sich geschmeidig außer Reichweite brachte.

»Halt!« kreischte sie. »Lauf nicht fort! Wo willst du denn hin? Er wird dich finden! César wird dich überall finden! Du gehörst ihm! Ich habe dich ihm versprochen, du dummes Ding!«

Aber Alison hörte ihr nicht zu. Sie lief hinaus ins Dunkel. Fort, einfach nur fort und weg, wo sie diese krächzende, fordernde Stimme nicht mehr hörte. Irgendwohin, wo sie Stille und Ruhe finden konnte. Wo niemand etwas von ihr verlangte und niemand Zwang ausübte. Wo César le Noir keine macht über sie hatte.

Doch an diesem Abend suchte sie in einer Stadt, deren Festschmuck nicht darüber hinwegtäuschen konnte, daß sie in den Händen der Feinde war, vergeblich nach einem solchen Ort. Was war das für eine Stadt, die sich einmal gerühmt hatte, die schönste im Land zu sein.

In der Hand von kriegslüsternen Engländern, von ehrgeizigen Universitätsdekanen und geldgierigen Bürgen war sie zum Spielball geworden. Die alten Häuser verfielen, neue wurden nicht gebaut, und die Kirchen vermochten kaum die

Mengen der Betenden zu fassen, die um eine Besserung ihres Schicksals flehten, um ein wenig Brot und Arbeit zwischen all den Auseinandersetzungen und Kriegen. Bürgerrevolten, Machtkämpfe und nicht zuletzt der allgegenwärtige Hunger seiner Bewohner hatten das stolze Paris in Armut und Elend gestürzt.

Alison zog im Laufen das schäbige Tuch, in das sie sich wärmesuchend hüllte, über ihre Haare und verbarg auch das schmale Gesicht bis zur Nasenspitze hinter diesem Schutz. Obwohl sie ihre Holzpantinen mit Stroh ausgestopft hatte und unter dem dicken, groben Rock noch einen zweiten trug, zitterte sie plötzlich vor Kälte. Sie biß die Zähne zusammen und lief um eine Ecke, in das Dunkel der nächsten ärmlichen Gasse. Der schlammige Boden knisterte unter einer dünnen Frostschicht, bei jedem Schritt brach das Eis wieder auf.

Zu ihrer Rechten schimmerte Licht durch die Risse morscher alter Läden; sie hörte Stimmengewirr und Gelächter. Die fragwürdigen Kumpane Césars feierten bereits. An diesem Abend würde kein ehrbarer Bürger auch nur einen Fuß in das Viertel unterhalb des Tour de Nesle setzen, wenn er nicht seine Börse, seine Sicherheit oder gar sein Leben riskieren wollte. Wer dennoch um diese Zeit hier unterwegs war, führte nichts Gutes im Schilde.

Alison indes war sicher vor diesen Halsabschneidern, denn keiner von ihnen wagte etwas anzufassen, das César für sich beanspruchte. Sie hatte, unsichtbar und doch unübersehbar, bereits sein Mal auf ihrer Stirn. Die Rote Alison, das Liebchen, nach dem der Schwarze hungerte und das ihn so raffiniert hinhielt. Jeder Grobian im mannbaren Alter senkte die Augen, wenn er sie sah. César war schnell mit dem Messer und wer sein armseliges bißchen Leben liebte, legte sich besser nicht mit dem Anführer an.

Schwarze Schatten schlüpften an Alison vorbei und belebten die geheimnisvollen Wege der Nacht. Sie vernahm das

Tap –Tap der Bettlerkrücken und die schrillen Schreie einer Dirne. Inzwischen hatten sich ihre Augen an das Dunkel gewöhnt, und sie vermochte mehr Einzelheiten zu erkennen. Dichte Nebelschwaden hingen erstickend über die steilen, schiefergedeckten Dächer herab, und wenngleich die Schenken zum Bersten gefüllt waren, so verspürte doch kein Pariser das Bedürfnis, die Krönung des Jungen aus dem Hause Lancaster mit Tanz in den Straßen zu feiern.

Das Mädchen lief auf die Cité zu. Dort auf der Insel war wenigstens Licht. Pechfackeln beleuchteten die Straßen, und der Wind verfing sich in den farbenprächtigen Bannern und grünen Girlanden, die den Weg König Heinrichs an diesem Tag gesäumt hatten. Alison hatte ihn aus der Ferne gesehen. Eine gesichtslose, schmale Kindergestalt, in starren, prächtigen, juwelenbesetzten Gewändern. Eher eine Statue als ein Mensch. Wesentlich mehr jedoch hatten sie die noblen Damen und Kavaliere interessiert, die ihm gefolgt waren.

Die Pracht ihrer Roben und Wämser, ihrer Juwelen und Perlen hatte sie beeindruckt, aber die Eleganz ihrer Bewegungen und Gesten noch viel mehr. Für diese sorglosen Menschen existierte kein Schmutz, kein Hunger und kein Krieg. Wie mußte es sein, so zu leben? Solche Kleider zu tragen und auf einem geschmückten Pferd zu reiten, das einen in sanftem Paßgang über den Unrat auf den Straßen hinwegtrug, ohne daß die eigenen wundervollen Schuhe überhaupt beschmutzt wurden?

Tief in ihre Träume versunken bog sie um die Ecke zum Brückenhaus von St. Michel und prallte im selben Moment gegen eine Gestalt, die soeben aus einem verfallenen Torgang kam und zielstrebig in die gleiche Richtung eilte. Der Zusammenstoß kam so unerwartet und heftig, daß Alison in ihren viel zu großen, mit Stroh gegen die Kälte ausgestopften Holzschuhen den Halt verlor und sich hart mitten in den Schmutz der Gasse setzte.

Noch während sie zornig aufschrie, spürte sie die kalte,

unangenehme Feuchtigkeit, die höchst ekelhaft und stinkend in ihre Röcke sickerte. Es roch ganz danach, als habe sie sich zu allem Überfluß auch noch in den Inhalt eines Nachttopfes gesetzt, der eben geleert worden war.

»Verdammt! Könnt Ihr nicht aufpassen, wohin Ihr tretet, Tölpel!« schrie sie in ihrer ersten Wut und hatte wenigstens die Genugtuung zu sehen, daß der ›Tölpel‹ mitten in der Bewegung erstarrte.

Alison richtet sich mit einer geschmeidigen Bewegung auf und suchte ihren zweiten Schuh, der ihr bei diesem Sturz abhanden gekommen war. Auch das wollene Tuch war von ihrem Kopf gerutscht, und eine Flut ungebärdigen Haars fiel ihr ins Gesicht. Sie kämpfte mit dem Schmutz, den Haaren und dem Schuh, als das Mondlicht für ein paar Sekunden zwischen den Wolken hindurchfiel und den Mann, der für ihren Sturz verantwortlich war, in silbernes Licht tauchte.

Sie erstarrte mitten in der Bewegung, nicht ahnend, daß dasselbe Licht auch sie schlagartig aus dem Dunkel holte und dem Fremden ihre Züge wie das kühle weiße Relief einer kostbaren Kamee zeigte. Ein vollkommenes Oval von makelloser Reinheit. Die Skulptur eines Künstlers, der unter einer klaren gewölbten Stirn eine kleine gerade Nase und ein eigenwilliges, trotzig vorgeschobenes Kinn gemeißelt hatte. Die leicht schräg stehenden, mandelförmigen Augen wurden von dunklen, hoch geschwungenen Brauen gekrönt, der schöne Mund war leicht geöffnet und zeigte ebenmäßige Zähne, die wie eine Reihe schimmernder Perlen nebeneinander standen.

Die wilden Strähnen des vollen, lockigen Haares bildeten einen dunklen Rahmen um dieses Bild, und die geschmeidige, graziöse Bewegung, mit der sie zurückwich, ließ erkennen, daß unter den groben Lumpen ihres Kleides ein junger, beweglicher Körper steckte, dessen Formen vollendet waren.

»Bei Gott, ein Engel!« murmelte eine rauhe Stimme, und

Alison fühlte den festen Griff einer Hand um ihren Oberarm. »Wer bist du?«

Sie war nicht fähig zu antworten. Selbst wenn es um ihr Leben gegangen wäre, hätte sie es nicht vermocht. Sie starrte den Fremden einfach nur an.

Der Mann aus dem Feuer! Sie hatte ihn oft genug gesehen, um keinen Zweifel zu haben. Auch wenn das kalte Licht des Mondes die Farben verfälschte, so erkannte sie doch jede Linie seines Antlitzes. Und auch dieses spöttische Lächeln, das um seine Mundwinkel spielte und sich in seinen Augen widerspielte, war unverkennbar. Lediglich seine Größe überraschte sie.

»Ihr seid es!« murmelte sie aus diesen Gedanken heraus und verschlang dieses unversehens lebendig gewordene Traumbild mit den Augen.

»Was zum…«

Er sprach nicht weiter, sprach den Namen des Fürsten der Hölle nicht aus. Sie schrie leise auf, als sein Griff plötzlich eisenhart wurde und seine Hand ihren Arm wie in einer Klammer hielt.

»Du kennst mich? Woher? Wer bist du? Sprich, Mädchen! Wer hat dich geschickt, mir nachzuspionieren?« Seine Fragen brachen so schnell und heftig über sie herein, daß sie ihn nur entgeistert betrachten konnte.

»Ich habe Euch gesehen…« erwiderte sie schließlich der Wahrheit entsprechend.

Aus dem Hintergrund der Gasse hörten sie den Klang sich nähernder Schritte, und Alison wurde unter den Torbogen gezogen, aus dem der Fremde vorhin gestürmt war. Ohne sich um ihren Protest zu kümmern, hielt er ihr den Mund mit der Hand zu, bis die beiden Männer mit ihrer Laterne ein gutes Stück außer Hörweite waren.

»Du hast mich also gesehen«, klang die melodiöse Stimme seltsam leise und körperlos durch die Dunkelheit zu ihr. »Zum Henker mit dir, Mädchen. Das ist genau das, was ich an diesem Tag nicht gebrauchen kann. Was mache ich jetzt mit dir? Woher kennst du mich? Rede!«

Alison hatte gelernt, auf Untertöne zu achten die den meisten Menschen verborgen blieben. Obwohl seine Stimme weiterhin freundlich klang, hörte sie doch die Drohung aus seinen Worten heraus. Gefahr schwang darin mit, und das Mädchen war sicher, aß er leidenschaftslos die Frage geprüft hatte, ob ein flinker Messerstich das Problem nicht am wirksamsten beseitigen würde. Sie hatte keine Angst vor ihm, aber die tödliche Kälte, die sie in ihm spürte, erschreckte sie zutiefst. Das Bild des ritterlichen Helden, wie sie es im Feuer gesehen hatte, schien wenig Ähnlichkeit mit der Wirklichkeit zu haben.

Gleichzeitig erzitterte sie unter der frechen Hand, die über die Konturen ihrer Gestalt glitt und sich langsam über ihren Leib bewegte. Er ließ sich Zeit, und Alison atmete in kurzen, angestrengten Zügen.

»Laßt mich«, sagte sie und unterdrückte ein Stöhnen. Sie verspürte Entsetzen – nicht so sehr über seine Dreistigkeit, sondern über die Empfindungen, die seine Berührungen in ihr auslösten. Hitze stieg in ihr auf, und ihre Knie zitterten.

»Das kann ich nicht, meine Schöne! In der Tat, das ist sogar unmöglich, wenn du dich weigerst, mir zu sagen, woher du mich kennst.« Seine Antwort klang so ruhig, als redeten sie über das Wetter. »Du wirst mich wohl begleiten müssen, bis ich mich entschieden habe, was ich mit dir anfange. Ich kann kein Risiko eingehen, und wenn es noch so ein hübsches ist…«

»Laßt mich! Wie könnt ihr…«

Plötzlich kam Leben in Alisons Gestalt, und sie schien in seinem Griff zu explodieren. Nicht umsonst war sie im Hof der Wunder aufgewachsen und hatte frühzeitig gelernt, sich zu verteidigen und zu wehren. Doch vergeblich. Außer einer stolzen Reihe blauer Flecken und einem Riß in ihrem Mieder erreichte sie nichts. Der Fremde drehte ihr den Arm auf den

Rücken, und der stechende Schmerz raubte ihr fast den Atem. Sie mußte sich geschlagen geben.

»Du wirst dich benehmen, mein Schätzchen!« sagte er leise, und sein Atem schien nicht einen Hauch schneller zu gehen. »Komm jetzt!«

»Nein! Ich...« Ein Ruck an ihrem Arm ließ sie aufkeuchen. »Ihr tut mir weh...«

»Dann gehorche«, forderte er unbarmherzig und lockerte seinen Griff nicht einen Deut.

Alison wurde vorwärts gestoßen und stolperte auf die Gasse hinaus. Schon bald fiel ihr auf, daß er sorgsam darauf achtete, daß sie beide stets im tiefen Schatten der Häuser und Mauern blieben. Wer immer dieser mitleidlose Fremde war, er wollte kein zweites Mal in dieser Nacht unliebsame Aufmerksamkeit erregen.

Der peinigende Griff um ihren Arm lenkte sie nahezu widerstandslos durch das Dunkel, in Richtung auf das Universitätsviertel, den Gassen um das Kolleg von Navarra zu. Sie kannte die Gegend nur vom Hörensagen. Die Studenten und Scholaren waren zu arm für César und seine Männer, zudem herrschten im Universitätsviertel eigene Gesetze. Alison wußte, daß seine Bewohner sogar dem Spruch der Stadtrichter zu widersprechen wagten und sich gegen jede Bevormundung auflehnten.

Sie wäre beinahe noch einmal gestolpert, als ihr plötzlich klar wurde, was das bedeutete. Das Universitätsviertel! Natürlich, warum hatte sie nicht gleich daran gedacht? Bis hierher reichte der Arm Césars nicht!

Wenn es ihr dort gelang, diesem zornigen Fremden zu entkommen, der sie mit sich riß, würde sie zumindest eine Chance haben.

Doch im Grunde ihres Herzens wußte sie bereits, daß sie sich Illusionen machte. Die Begegnung mit diesem Mann war ihr vorherbestimmt. Die Ahnung eines drohenden Unheils, die sie jedes Mal beim Blick in die Flammen überkommen hatte, stieg erneut und mächtiger als je zuvor in ihr auf. Diese Nacht war nicht nur jene der Körnung des fremden Königs, es war auch jene, in der sich ihr Schicksal ändern würde. Ob zum Guten oder zum Schlechten, hing ganz allein von diesem Mann ab. Sie wußte, daß sie ihm ausgeliefert war.

Aber wußte er es auch?

## 2. Kapitel

»Setz dich!«

Ein Stoß verlieh der knappen Aufforderung zusätzlich Nachdruck, und Alison fand sich auf einer eckigen Truhe sitzend wieder, deren eisenbeschlagene Kanten sich in ihre Kniekehlen drückten. Sie strich sich die zerzausten Haare aus dem Gesicht und sah, daß der Fremde die abgedeckte Glut in einem großen, steinummauerten Kamin zu neuen Flammen anfachte und dicke Holzscheite auflegte. Dann entzündete er die Kerzen in den Zinnleuchtern und holte so das rechteckige Gemach, in das er sie geführt hatte, aus dem Dämmerlicht.

Alison blinzelte in der plötzlichen Helligkeit und umfing ihren Oberkörper schützend mit den Armen. Der Schmerz in ihrer Schulter ließ durch diese Bewegung nach. Unter halb gesenkten Wimpern unterzog sie den schmucklosen, fast kahlen Raum einer schnellen Musterung. Sie bemerkte ein Pfostenbett, mit einer schäbigen Decke versehen, einen Tisch, zwei Hocker und einen Betstuhl vor einem hölzernen Kruzifix, das die Wand gegenüber dem Kamin beherrschte. Die Bohlen des Bodens waren mit einer dicken Schicht Stroh bedeckt, das die winterliche Kälte abhalten sollte, und auf dem Kaminsims und dem Tisch stand je ein mehrarmiger

Leuchter, so daß das Licht bis unter die dunklen, schweren Balken der Decke reichte.

Obwohl peinlich sauber gehalten, war es ein ärmlicher Raum. Alison wußte nicht, wieso sie das so genau sagen konnte, denn es war das erste richtige Zimmer, das sie überhaupt betrat. Sie vermutete, daß es sich um eine Kammer im Kolleg von Navarra handeln mußte, das Johanna von Navarra, die Gattin Philipps des Schönen, vor guten hundert Jahren für arme Studenten gegründet hatte. Hinter vorgehaltener Hand wurde gemunkelt, daß das Kolleg auch an diesem Tag eher dem König von Bourges als jenem Engländer die Treue hielt, dem man heute die Krone Frankreichs auf das Haupt gesetzt hatte.

»Haare wie die Flammen des Feuers«, sagte in diesem Moment die unpersönliche Stimme des Fremden, und Alison hob mit einem Ruck den Kopf.

Ihre ungebärdigen Locken fielen weit über die Schulter, bis auf die Hüfte hinab, und hüllten sie in einen prächtigen, glänzenden Mantel aus leuchtendem Dunkelrot, in dem wie das Aufblitzen der Sonne vereinzelte hellere Strähnen leuchteten. Sie hatte erst am vergangenen Tag die Gunst der Stunde genutzt und sich wie viele andere der Bewohner von Paris in einem der Schwitzbäder gereinigt, die am Ufer des Flusses lagen und aus Anlaß der Krönungsfeierlichkeiten mehr Zulauf hatten als sonst. La Trisanne nannte das lächerlichen Unsinn und fürchtete jedes Mal, wenn sie es tat, um ihre Gesundheit, aber Alison hatte ein tief innerliches Bedürfnis nach Ordnung und Sauberkeit, das mit den Jahren immer ausgeprägter wurde.

Sie zwang sich, ruhig sitzen zu bleiben, als der Fremde auf sie zutrat und mit der Rechten in ihre Haare griff. Sie spürte, wie seine Finger ihren Hals hinunterglitten, ihren Nacken umspannten und den Druck verstärkten, bis sie sich erhob. Auch jetzt mußte sie den Kopf zurücklegen, um in jene kornblumenblauen Sommeraugen zu sehen, die mit einer

Mischung aus ehrlicher Bewunderung und deutlich erkennbarem Mißtrauen auf sie herabschauten.

»Wer bist du, Mädchen? Eine Magd? Eine Dirne? Eine Leibeigene? Wer ist dein Herr? Wer hat dich geschickt, mir heute nacht zu folgen? Sprich, wenn du nicht möchtest, daß ich dich dazu zwinge!«

Ihre Kleider ließen keine andere Deutung zu, wenngleich etwas in ihrer Haltung und in ihren Zügen lag, das ihn an dieser Einschätzung zweifeln ließ. Mit soviel angeborenem Stolz und unbewußter Grazie hielt sich weder eine Magd noch eine Leibeigene.

»Man nennt mich die Rote Alison«, gab sie leise zur Antwort.

»Die Rote Alison? Das paßt. Ich bewundere deinen Mut, Schätzchen. Wer schickt dich bei Nacht und Nebel auf die Straßen? Hast du keine Angst? Suchst du um diese Zeit üblicherweise deine Kunden?«

Alison wurde noch eine Spur blasser, und der Kontrast zwischen ihren marmorbleichen Zügen und dem fast lebendig wirkenden, flammendroten Haar ließ ihn den Gestank vergessen, der aus ihren schmutzigen Röcken aufstieg.

»Glaubt, was Ihr wollt«, antwortete sie mit rauh klingender Stimme. »Ich habe nichts Unrechtes getan. Ich kenne Euch nicht, ich weiß ja nicht einmal Euren Namen.«

»Du lügst!« sagte er ihr auf den Kopf zu. »Du wußtest sehr genau, wer ich bin. Ich konnte es in deinen Augen lesen. Wieso?«

Alison versuchte seinem Blick auszuweichen, aber sie konnte es nicht. Er schien sie festzuhalten und zwang sie zur Wahrheit.

»Ich habe Euch im Feuer gesehen. Wieder und wieder. Ich wußte, daß wir uns begegnen würden. Niemand kann seinem Schicksal entkommen…« flüsterte sie tonlos.

»Was soll das? Willst du mich mit Hexenkram beeindrucken? Sei vorsichtig, du könntest an den Falschen geraten sein. Hast du keine Angst davor, daß du im Feuer enden wirst, wenn du solche Dinge sagst? Es lebt sich nicht gut in diesem Land, wenn man den Aberglauben und die Angst der Besatzer schürt. Sie schicken die Leute schnell auf den Scheiterhaufen, wenn sie sich damit Ärger ersparen können, und es ist ihnen egal, ob es sich bei dem Opfer um eine Dirne oder ein Mädchen handelt, das Schlachten gegen sie gewonnen hat.«

»Jeanne d'Arc war ebensowenig eine Hexe, wie ich eine bin!« Alison konnte ihren Protest nicht zurückhalten. Ihr mißfiel sein spöttischer Ton auf das Heftigste. »*La Pucelle* war Frankreichs einzige Hoffnung, eine Heilige. Die Männer, die sie verbrannt haben, werden der Strafe Gottes nicht entgehen.«

»Was ist das, eine Prophezeiung oder ein Fluch?« Die Hand glitt von Alisons Nacken nach vorne und löste das Tuch, das sie fröstelnd um die schmalen Schultern gezogen hatte. Er packte den Stoff und warf das Tuch in die Flammen, wo es sofort Feuer fing, sich in Hitze und Rauch auflöste.

»Wie könnt Ihr…« Alison riß sich so heftig los, daß ein paar ihrer Haare in seiner Hand blieben. »Ich habe keinen Mantel, womit soll ich mich jetzt gegen die Kälte schützen?« fuhr sie ihn an. »Ah, Ihr hohen Herren seid alle gleich! Rücksichtslos, launenhaft und immer dabei, Euch auf Kosten armer Leute einen Scherz zu machen. Warum laßt Ihr mich nicht gehen?«

»Vielleicht, weil ich denke, daß es auch dem Rest dieser Lumpen, die du da trägst, nicht schaden würde, wenn wir sie verbrennen.«

»Untersteht Euch…«

Alison wich vor ihm zurück, bis sie gegen das Gestell des Betstuhles stieß.

Er war ihr langsam gefolgt, war sich seiner Beute sicher. Gleichmütig betrachtete er sie, keine ihrer Reaktionen entging ihm. Sein Blick glitt von ihrem Gesicht zu dem Ausschnitt ihrer grob gewebten, ungefärbten Bluse.

»Ich würde mir schwerlich die Mühe machen, dich durch die halbe Stadt zu schleppen, mein Schätzchen, wenn ich nicht die Hoffnung auf eine hübsche Belohnung in meinem rabenschwarzen Herzen hegen würde, wenn du mir erst deine Geheimnisse verraten hast«, sagte er und lachte auf, doch dieses Lachen verlieh den blauen Augen keinen Schimmer von Wärme.

Alison unterdrückte einen Schauer, als er nach dem Band griff, das den Ausschnitt ihrer Bluse hielt, und dabei mit seinen schlanken Fingern ihren Hals berührte. Hätte ein anderer Mann dies getan, sie hätte sich heftig dagegen gewehrt, doch dieser Fremde hielt sie so in seinem Bann, daß sie zu keiner Bewegung mehr fähig war.

»Hübsch!« kommentierte er leise, während er ihre schmalen Schultern betrachtete und sein Blick dann tiefer glitt zu ihren Brüsten, die nun kaum noch von Stoff bedeckt waren. »Ein hübscher Leckerbissen. Wie viele Kerle hast du bereits diese Früchte pflücken lassen?«

Diese unverschämte Bemerkung brachte Alison jäh wieder in die Wirklichkeit zurück. Doch erst als er klatschte und sie dann das rote Mal ihrer fünf Finger auf seiner Wange sah, begriff sie, wozu sie sich hatte hinreißen lassen.

Angstvoll sah sie ihn an, doch sein Gesicht verriet ihr nicht, was er dachte. Wahrhaftig, dieser Fremde verfügte über eine Selbstkontrolle, um die man ihn nur beneiden konnte.

»Habe ich dich gekränkt? Je nun, was? Deine Tugend oder deinen Geschmack? Du mußt mich entschuldigen, es ist das erste Mal, daß ich es mit einer Hexe zu tun habe, und was ich bisher von euch gehört habe, läßt mich nicht gerade an eure Moral und Züchtigkeit glauben. Komm schon, meine kleine rote Hexe, ehe wir uns daran machen, das Gespinst aus den Lügen zu zerreißen, die du mir aufgetischt hast, wollen wir ein wenig Vergnügen aneinander finden. Du gefällst mir, und ich bin kein Grobian, du wirst es sehen...«

Der sanfte Plauderton, die flinken Finger und die so herrlich betörende Stimme machten Alison unsicher. Gegen Gewalt und Beschimpfungen konnte sie sich zur Wehr setzen, aber dieses sanfte, schnurrende Schmeicheln eines liebenswürdigen Katers ließ ihre ohnehin geschwächte Widerstandskraft vollends erlahmen. Federleicht streichelten seine Finger am Rand des Ausschnitts entlang, über ihre Brüste, und Alison erschauerte unter den Gefühlen, die diese Berührungen in ihr erweckten. Gefühle, wie sie sie noch nie erlebt hatte. Gefühle, die so unglaublich süß und erregend waren...

Der Mann im dunklen Lederwams drängte sich enger gegen sie, und er hielt sie so, daß sie nicht weiter zurückweichen und den Betstuhl polternd umstoßen konnte. Hilflos schaute sie mit ihren großen grünen Augen zu ihm auf und versank in der Tiefe seines Blickes. Ohne sich bewußt zu sein, was sie tat, hob sie ihre bebenden Lippen seinem Kuß entgegen.

Alison war in ihrem Leben nicht oft geküßt worden. Trisanne war keine zärtliche Mutter gewesen, und die Gaukler, Banditen, Zigeuner und Handwerksburschen, die es bisher gewagt hatten, der Roten Alison zu nahe zu treten, hatten dies bitter büßen müssen; mit Kratzen und Treten hatte das Mädchen sich gewehrt. Alison haßte jeden Zwang und jede Gewalt, aber dies hier war weder das eine noch das andere. Dies war Verführung pur, und nichts, was sie in ihrem abenteuerlichen Leben bisher gelernt hatte, war ihr von Nutzen, warnte sie vor der Falle, die sich seidenweich und endgültig um sie schloß.

Ihr Herz raste, das Blut rauschte in ihren Ohren. Ein Zittern lief durch ihren Körper, als der kundige, ungestüme Mund sich auf ihre Lippen legte und rücksichtslos die Süße kostete, die sie ihm boten. Alison wußte nicht, was sie tun sollte, sie bot sich einfach dar, davongetragen von diesen unvertrauten Gefühlen und der Gewißheit, daß dies der Mann war, für den sie ihre Küsse aufgespart hatte. Die Gefahr, das Unheil und die Angst, die sie zunächst bei seinem Anblick verspürt hatte, verblaßten im Fieber der auflodernden Leidenschaft.

Es erschien ihr ganz natürlich, völlig selbstverständlich zu sein, daß seine Finger tiefer glitten, in ihr Mieder und ihre Brüste berührten. Ihre Körper schmiegten sich aneinander, als seien sie dafür geschaffen worden. Alisons Leib war geschmeidig und zierlich und doch voller Kraft, seiner stark und hart und fest, und sie ergänzten sich vollkommen.

Alison öffnete seinem Drängen die Lippen und trank den fremden Atem, der nach Wein und etwas anderem, Berauschendem, Fremdartigem schmeckte. Sie spürte seine Zunge über ihre Zähne gleiten, spürte sie die ihre berühren und ließ sich in den Tanz einer nie gekannten Leidenschaft hineinziehen. Sie ließ zu, daß er ihre Brüste vollends entblößte, und seufzte unter der lustvollen Berührung, als er sanft die rosigen Brustwarzen liebkoste. Als die Sanftheit wich und hemmungslosem Verlangen Platz machte, entfachte der Fremde damit pures Feuer tief in Alison.

»Seigneur! Seigneur! So öffnet, ich bitte Euch! Seigneur!«

Das beharrliche Klopfen erschien Alison fern und unwirklich, genau wie die leise, aber dennoch dringlich klingende Stimme. Der Mann jedoch, der Alison eben noch so leidenschaftlich umfangen hatte, schob sie nun blitzschnell zum Bett und zog die Vorhänge zu.

»Bleib da!« befahl er. »Und keinen Laut, wenn dir dein Leben lieb ist – hast du mich verstanden?«

Alison erklomm den hohen Bettkasten. Als sie die Füße in den schmutzigen Schuhen vorsichtig auf die Kante stellte, hörte sie, wie die Tür des Zimmers entriegelt wurde. Die Stimme des Mannes, der sie eben noch in den Armen gehalten hatte, klang nun so unbeteiligt, als wäre nie etwas zwischen ihnen geschehen. Höflich begrüßte er den Besucher, und Alison, die in tiefe Nachdenklichkeit verfiel, bemerkte erst nach einer Weile, daß die beiden Männer Englisch sprachen.

Sie hatte in den langen Jahren des Krieges ein paar Redewendungen aufgeschnappt, den rauhen Dialekt der Soldaten und der schottischen Bogenschützen, aber es reichte nicht aus, um in allen Einzelheiten zu verstehen, worüber sich die beiden unterhielten, die sich einer deutlich gepflegteren Ausdrucksweise bedienten. Sie begriff lediglich, daß der Besucher sehr aufgeregt auf seine Gnaden Lord Windhurst einredete und von jenem mit knappen Befehlen abgespeist wurde, die keinen Widerspruch duldeten.

»Du wirst tun, was ich dir sage. Die Botschaft darf Burgund nicht erreichen, ist das klar?« Das hatte sie verstanden, und sie fragte sich unwillkürlich, ob damit das Herzogtum Burgund oder Herzog Philippe selbst gemeint war.

Die Tür schlug zu, der Riegel wurde wieder vorgelegt, dann wurden die Vorhänge zurückgezogen.

»Wer seid Ihr?« platzte Alison heraus. »Gehört Ihr zu den Engländern?«

Die Verachtung, die alle Pariser für die Männer Heinrichs empfanden, schwang auch in ihren Worten deutlich mit. Niemand liebte die Eindringlinge, die sich das Recht anmaßten, über Frankreich bestimmen zu wollen, nur weil hunderte von Jahren zuvor ein normannischer Fürst ihr König geworden war, nachdem er ihre Insel erobert hatte.

Diese Frage lenkte Alison so sehr ab, daß sie sogar vergaß, daß sie immer noch halbnackt war. Der Fremde jedoch übersah es keineswegs. Während er beobachtete, wie ihre makellosen Brüste sich unter ihren Atemzügen hoben und senkten, spielte wieder dieses für ihn so typische spöttische Lächeln um seine Lippen.

»So neugierig, kleine Hexe? Meine Freunde nennen mich Francis, das sollte auch dir genügen.«

Francis, Lord Windhurst, dachte Alison und bemühte sich, sich ja nicht anmerken zu lassen, daß sie Teile des Gespräches sehr wohl verstanden hatte. Sie befand sich in der Macht dieses Mannes, und es wäre dumm gewesen, ihm zu vertrauen. Sie hatte im Verlauf der vergangenen achtzehn Jahre gelernt, solche Dummheiten zu vermeiden. Und außerdem hatte er jetzt schon keine hohe Meinung von ihr.

»Warum laßt Ihr mich nicht gehen?« Alison glitt vom Bett und brachte sich hinter einem breiten Tisch in Sicherheit. Hastig zog sie die Bluse wieder hoch, doch es gelang ihr nicht gleich, das Mieder zu schließen, da die Schnüre sich verheddert hatten. »Was wollt Ihr von mir?« fragte sie, während sie weiter mit den Schnüren kämpfte.

Wieder antwortete er ihr mit diesem aufreizendem Lächeln, das seine Augen nie erreichte.

»Hast du es noch nicht begriffen? Mir liegt daran, daß nicht bekannt wird, in welcher Gegend ich heute abend war. Meine Geschäfte verlangen eine gewisse Geheimhaltung. Es ist dein Pech, daß du mich erkannt hast. Ich werde dafür sorgen müssen, daß du dein Wissen mit niemandem teilst.«

»Aber Ihr täuscht Euch«, widersprach sie. Warum nur wollte er nicht zulassen, daß sie dieses Mißverständnis erklärte, das sie zu seiner Gefangenen machte? »Ich kenne Euch nicht, ich wußte nur, daß wir uns begegnen würden. Es stand in der Zukunft und in den Sternen geschrieben. Eure Geschäfte sind mir egal. Ich werde Euch nicht dabei stören.«

»Sagte die Katze und verspeiste mit bestem Appetit ihre Maus.« Der Fremde nickte gelassen. »Meine Schöne, du wirst meine Gastfreundschaft ertragen müssen, bis ich mir überlegt habe, wie ich dich loswerde.«

Panik schlug über dem jungen Mädchen zusammen, und unwillkürlich schaute sie zur Tür hin und dem vorgelegten Riegel.

Er hatte ihren Blick richtig gedeutet. »Ich bin schneller als du«, sagte er kühl. »Zudem wirst du Mühe haben, ein unbekanntes Schloß so schnell zu entriegeln. Erspare mir die Peinlichkeit, ein zappelndes, halbnacktes Mädchen fesseln zu müssen, das ich viel lieber lieben würde. Gib mir dein Wort, daß du hierbleibst, und ich verzichte darauf.«

»Mein Wort«, spottete Alison, und sie hatte Mühe, ihr Temperament unter Kontrolle zu halten. »Wer sagt Euch denn, daß ein Straßenmädchen wie ich sein Wort auch hält? Vielleicht löse ich mich in Luft auf, sobald Ihr mir den Rücken zudreht. Seid Ihr nicht vorschnell, auf mein Wort zu bauen?«

Bei César und Seinesgleichen hatten solche Bemerkungen immer funktioniert. Sie ließen sich ins Bockshorn jagen, denn ihr beschränkter Verstand war solchen Spitzfindigkeiten nicht gewachsen. Bei Francis Windhurst hingegen erntete sie nur fröhliches Gelächter.

»Willst du mir Angst machen, kleine Hexe?« Er packte ihr Kinn und drehte das Gesicht näher zum Feuer. »Weiß der Teufel, wer oder was du bist, aber deine Ähnlichkeit mit einer Straßendirne hält sich in Grenzen. Es könnte interessant sein herauszufinden, wie du in sauberen Kleidern aussiehst. Und irgend etwas sagt mir, daß es ein Fehler wäre, dich einfach laufen zu lassen!«

»Wollt Ihr mich gefangen halten? Ihr seid nicht der Profoß von Paris!«

»Bei Gott, dieses Amt reizt mich auch nicht. Ob Gefangene oder Gast, auf jeden Fall wirst du diese Nacht hier verbringen, bis ich entschieden habe, was ich weiter mit dir tue…«

Samtweich und vergnügt klang seine Stimme, und gerade das beunruhigte Alison, denn es stand in krassem Gegensatz zu seinen Worten. Es war, als wollte er sie einlullen und unsichtbare Fesseln um sie schlingen – und alles in ihr rebellierte dagegen, obwohl ihr Verstand längst erfaßt hatte, daß sie in der Falle saß.

»Ich bringe Euch um, wenn Ihr mich anfaßt!« fauchte sie

und erinnerte sich zum ersten Mal wieder an das Messer, das in ihrem Gürtel steckte. Wie hatte sie dies bis jetzt nur so vollkommen vergessen können?

»Bemüh dich nicht«, meinte er und betrachtete gelassen den gezückten, gefährlich wirkenden Dolch. »So wie es aussieht, werden dir diese Aufgabe irgendwann die Engländer, die Burgunder oder die Franzosen in Bourges abnehmen. Bis dahin jedoch solltest du mir dieses hübsche Spielzeug zu treuen Händen überlassen!«

Ehe Alison genau begriffen hatte, wie es geschah, lag der Dolch in seinen Händen und sie rieb sich unwillkürlich ihr schmerzendes Handgelenk. Fasziniert schaute Windhurst die wilde, wütende Schönheit an, deren Augen sich zum tiefen Graugrün eines stürmischen Meeres verdunkelt hatten und die auch nach diesem Rückschlag nicht daran dachte, aufzugeben.

Etwas wie Respekt lag für den Bruchteil eines Herzschlages in seinem Blick, dann breitete er weit die Arme aus.

»Fühl dich wie daheim! So wie deine Röcke riechen, lebst du in einer Höhle in der Nähe des Tour de Nesle, und mein bescheidenes Quartier ist sicher besser als das Loch, in dem du üblicherweise zu hausen scheinst. Warum sehnst du dich danach zurück?«

Die Anspielung auf ihren Sturz in die Gosse trug nicht gerade dazu bei, Alisons Laune zu heben. Sie wußte selbst, daß sie entsetzlich stank, aber es war schließlich nicht ihre Schuld gewesen, daß sie sich so beschmutzt hatte.

»Es ist *Euer* Verdienst, daß ich in dem stinkenden Schmutz gelandet bin«, rief sie empört. »Und eines will ich Euch sagen, Seigneur! Lieber friere ich in einer Ruine als in den Räumen eines Engländers!«

Seine leicht hochgezogenen Brauen waren das einzige Anzeichen dafür, daß er ihre Worte vielleicht doch nicht ganz so gelassen hinnahm. Seiner Antwort indes war nichts anzumerken, nur der übliche Spott steckte darin.

»Ich bin, was die Situation erfordert, meine Schöne. Engländer oder Burgunder, Franzose oder Türke. Wenn du mich erst besser kennst, wirst du wissen, daß ich dem diene, der mich bezahlt! In meiner Lage kann man sich Skrupel nicht mehr leisten.«

»Aber Ihr seid ein Seigneur«, sagte Alison verwirrt. Seine Sprache, sein Benehmen verriet ihr das.

»Ahnungslose Seele«, spottete er. »Hängst du dem weitverbreiteten Irrtum an, daß sich Adel auch auf den Charakter bezieht? Nun, so ist es nicht. Ich bin weder edel noch reich, weder gut noch bereit, irgendwelche Unschuldigen zu verteidigen. Meine eigene Haut ist mir am teuersten, und wenn es einen Herrn gibt, dem ich treu diene, dann ist dies mein hungriger Magen. Du tätest gut daran, dir keine Illusionen über mich zu machen. Und nun gehab dich wohl. Solltest du dich zur Ruhe legen wollen, so wäre ich dir dankbar, wenn du nicht mit deinen Röcken in mein Bett steigst…«

Erst als er schon die Hand am Riegel hatte, begriff Alison, daß er sie allein lassen wollte.

»Ihr geht?«

»Mit Bedauern, aber ohne Verzögerung. Du hast mich von einer Besorgung abgehalten, und mein Freund hat mich vorhin mit Recht daran erinnert, daß ich säumig bin. Wie es scheint, besitzt du die gefährliche Fähigkeit, mich die Zeit vergessen zu lassen!«

»Aber ich…«

Nein, es hatte keinen Sinn.

Die Tür fiel zu, ein Schlüssel drehte sich von außen, und Alison war allein.

Heilige Jungfrau Maria, was hatte das zu bedeuten? Obwohl es im Zimmer warm war, kauerte sich Alison vor das Feuer und starrte in die Flammen. Sie wußte nicht, welche Bilder auf sie warten mochten, aber dieses Mal sah sie nur, wie die Flammen das Holz rötlich färbten und in gleißenden Irrlichtern über die Scheite tanzten. Ein fröhliches, fast schon höhnisches Tänzchen, das sie auslachte und ihr eine Nase drehte. O ja, Rote Alison, es ist dir gelungen. Du bist César le Noir entkommen – aber um welchen Preis?

## 3. Kapitel

»Bist du närrisch, Mädchen? Wieso hast du dich nicht ins Bett gelegt?«

Die unwillige Männerstimme drang in Alisons Schlummer und weckte sie von einem Herzschlag zum anderen. Von klein auf daran gewöhnt, gescholten, fortgeschickt und mit Tritten bedacht zu werden, wenn man in fremdem Stroh schlief, war sie so schnell auf den Beinen, daß Francis Windhurst unwillkürlich einen Schritt zurückwich, als sie so abrupt vor ihm hochschoß.

Alison hatte auf dem Stroh geschlafen, das den Boden bedeckte, und die harte Unterlage hatte sie nicht weiter gestört.

Im Gegenteil, die behagliche Wärme des Feuers und die frischen Halme hatten ihr beim Einschlummern sogar einen Traum von Sommer und Sonne geschenkt. Es war einer jener Träume gewesen, deren Ursprung sie sich nie erklären konnte.

Sie war noch sehr klein und stand auf dem Turm einer Burg. Sie mußte sich auf die Zehenspitzen recken, um über die Zinnen zu sehen. Das Land, auf das sie herabschauen konnte, zog sich grün, sommerwarm und endlos dahin, lediglich unterbrochen von den Umrissen eines kleinen Dorfes mit einem gedrungenen, steinernen Kirchturm.

Eine helle Mädchenstimme sagte: »Wenn wir fliegen könnten wie jene Schwalben dort, Alison, dann würde ich dich mit zum Meer nehmen. Ich möchte zu gerne wissen, wie das Meer aussieht. Papa sagt, daß es wunderbar ist…«

In dem Moment, in dem sich Alison zu der anderen umdrehen wollte, um ihr zu antworten, war sie erwacht. Sie hatte ihr Gesicht nicht mehr wahrnehmen können, aber sie wußte, daß es Nana gewesen war. Nana, die Gefährtin eines Lebens, das sie nur im Traum kannte.

»Ich hab' noch nie in einem solchen Bett geschlafen«, antwortete sie nun trotzig, während sie die letzten Spinnweben der nächtlichen Bilder aus ihrem Kopf vertrieb. »Ihr sagtet, ich solle es nicht schmutzig machen.«

Es war Tag, und durch die handtellergroßen, zinngefaßten Rauten des Fensters drang das milchige Licht eines trüben Dezembermorgens. Da der Fremde mit dem Rücken zum Licht stand, sah sie nur die dunklen Umrisse seines Körpers.

»Du hättest diese Lumpen ausziehen können, anstatt dich wie eine Magd auf den Boden zu legen«, sagte er ärgerlich.

Alison dankte dem Himmel dafür, daß sie es nicht getan hatte. So plötzlich geweckt zu werden und diesem gefährlichen Fremden nur im Hemd gegenüberzustehen war keine erfreuliche Vorstellung. Sie zog hastig die Bänder ihres Oberteils fest und reib sich die Arme mit den Händen. Das Feuer war ausgegangen, und es herrschte eine empfindliche Kälte im Raum. Ihre Geste entlockte dem Mann einen Fluch, und er schob sich an Alison vorbei, um sich des Feuers anzunehmen.

Sie trat schweigend zur Seite und sah ihm zu, wie er die bereitliegenden Späne entzündete und schließlich die Scheite darüberlegte. Er tat die einfachen Handgriffe mit der Routine eines Mannes, der offensichtlich keinen Diener hatte, der sich um diese biederen Aufgaben kümmerte. Sie bemerkte auch, mit welch geschickter Sparsamkeit er das Feuer am Brennen hielt, und sie nahm das als Zeichen dafür, daß er nicht von Überfluß gesegnet war.

»Ich nehme an, du hast Hunger«, sagte er, während er sich

die Hände abwischte, und deutete auf den Tisch, wo ein Krug und großes Holzbett standen. Alison roch das frische Brot und sah, daß er nicht nur Käse dazu gelegt hatte, sondern auch ein großes Stück Wurst und zwei rotbackige Winteräpfel.

Ohne sich groß zu zieren, setzte sie sich auf einen der Hocker und begann mit der konzentrierten Aufmerksamkeit eines Menschen zu essen, der jede günstige Gelegenheit zu nutzen weiß. Sie riß sich ein großes Stück Brot ab, grub ihre weißen Zähne in die Wurst und spülte alles mit der Milch hinunter, die sich in dem Krug befand. Erst als sie schließlich den letzten Apfel an ihrem Ärmel polierte und hineinbiß, bemerkte sie, daß der Fremde auf dem Bett saß und sie die ganze Zeit beobachtet hatte.

»Wie klug, daß ich mein Frühstück vor dir eingenommen habe«, stellte er fest. »Wenn du fertig bist, gehen wir!«

»Wohin?« Alison ließ die Frucht sinken und sah ihn an. Das Morgenlicht zeichnete sein Gesicht weicher, milderte die Härte, die es normalerweise prägte. Er wirkte entspannt und gelöst, als ob er sich heimlich über etwas amüsierte. Doch Alison ließ sich nicht täuschen. Sie wußte, daß unter der Oberfläche stählerne Härte und Unnachgiebigkeit lauerten. Er war ein Mann, der seiner eigenen Wege ging und seine Unabhängigkeit verteidigte.

»Eine gute Freundin von mir benötigt Hilfe und Unterstützung; ich denke, du bist genau die richtige Person dafür. Sie kann dir nicht viel dafür geben, aber du wirst ein Dach über dem Kopf und etwas zu essen haben.«

»Und sie wird mich für Euch beaufsichtigen, ist es das was Ihr damit sagen wollt?« setzte sie eine kleine Ansprache ruhig fort.

»Eine scharfe Zunge, aber eine gewandte Ausdrucksweise«, stellte er fest und sah das Mädchen nachdenklich an. »Wer hat dich so sprechen gelehrt, Alison?«

Sie antwortete nicht. Was hätte sie auch sagen sollen? Daß

sie von klein an eifrig gelauscht hatte, wenn sie auf den Märkten die Reichen und Mächtigen sah, die sich dort amüsieren wollten? Daß sie sich sonntags vor den Gotteshäusern herumgetrieben hatte, wenn die noblen Bürger zur Kirche gingen? Daß sie schnell begriffen hatte, daß die Leute ihr viel bereitwilliger eine Münze zuwarfen, wenn sie sich gefällig ausdrückte und die Sprechweise der einfachen Leute vermied, die Silben nicht verschluckte und die Flüche unterdrückte? Zuerst hatte sie die Ausdrucksweise der Bessergestellten nur imitiert, aber im Laufe der Jahre war sie ihr in Fleisch und Blut übergangen, und sogar César le Noir hatte es inzwischen aufgegeben, sie Prinzessin zu nennen, wie er es Anfangs aus reiner Boshaftigkeit getan hatte.

»Ich schätze schweigsame Frauen«, meinte der Fremde schließlich amüsiert. »Es gibt viel zu wenige von dieser Sorte. Bist du fertig mit dem Frühstück?«

Sie nickte und erhob sich, während er den Funkenschutz vor den Kamin schob und dann nach einem weiten Umhang griff, der über dem Fußende des Bettes lag. Schweres, schwarzes Tuch, mit einer einfachen Wollpaspel geschmückt. Zum ersten Mal schenkte sie seiner Kleidung mehr Aufmerksamkeit. Er trug das Wams und die ledernen Kniehosen, die er schon in der Nacht angehabt hatte. Ein weißer Spitzenkragen von eher bescheidenem Ausmaß zierte den Hals, und auch die Manschetten der langen Ärmel waren lediglich mit Kordeln geschlossen. Schenkelhohe Stiefel umspannten die langen Beine, und das schwere Schwertgehänge bewies, daß er keinen Zierdegen, sondern eine richtige Waffe zu tragen pflegte.

Sie erinnerte sich unwillkürlich an die grellbunten Gewänder der edlen Herren, die sie am vergangene Tag im Krönungszug gesehen hatte. An die Pelzbesätze, die königsblauen Samtstoffe und leuchtend roten Brokate, an die blauen, gelben und grünen Strümpfe, die bunt gefärbten Federn und üppigen Spitzenborten. Entweder hatte dieser

Fremde nicht das nötige Geld für solche Modetorheiten, oder er legte einfach keinen Wert darauf. Es gab ja Menschen, die eine schmucklose Kleidung für gottgefällig und fromm hielten. Allerdings wirkte dieser Mann nicht besonders fromm auf sie – eher schon ein wenig diabolisch.

Alison fuhr aus ihren Gedanken auf, als er ihr den Umhang um die Schultern legte. Er kümmerte sich nicht um ihren Protest, sondern strich ihr mit der Hand die Haare aus der Stirn, faßte sie zusammen und versteckte sie unter der Kapuze. Alison, die sich der Wirkung nicht bewußt war, nicht ahnte, wie sehr der feine Schnitt ihres schönen Gesichts betont wurde, blickte erstaunt auf, als der Fremde scharf die Luft einzog.

»Es tut mir nicht leid um den Fetzen, den ich gestern verbrannt habe«, sagte er ein wenig angespannt und schloß die Schnalle an ihrem Hals. »Ich bin sicher, dieser Umhang wird dir bessere Dienste leisten. Es ist kalt draußen.«

»Warum tut Ihr das?« fragte sie unwillig, obwohl das neue Kleidungsstück ihren Körper in angenehme Wärme hüllte. Aber nicht nur der Umhang erzeugte diese Wärme in ihr, sondern auch der Blick, mit dem er sie betrachtet hatte und der fast wie ein Streicheln über ihre Brüste geglitten war. Alison war froh, daß der Umhang nun ihren Körper bedeckte, denn sie spürte, wie ihre Brustspitzen sich aufgerichtet hatten.

»Du könntest dich bedanken, statt mich zu rügen«, sagte er unwillig. »Ich möchte wetten, es ist der erste Umhang, den du jemals besessen hast!«

Natürlich lag er mit dieser Vermutung richtig, aber Alison bestätigte es nicht. »Ich habe gelernt, daß die Menschen selten etwas umsonst zum Geschenk machen«, erwiderte sie trotzig. »Und es mißfällt mir, einem Unbekannten verpflichtet zu sein, von dem ich nur weiß, daß er mich meiner Freiheit beraubt hat und sich anmaßt, mir Befehle zu geben.«

»Wenn du bisher nicht gelernt hast, einem Herrn zu

gehorchen, dann solltest du dankbar sein, daß ich diese Lücke fülle«, erwiderte er mit dem üblichen Spott und Alison schnaubte.

Sie ignorierte die leichte Gereiztheit, die sich auf seinem Gesicht abzeichnete. Seit sie ihn am vergangenen Abend in die Arme gelaufen war, kam sie sich vor wie eine zu straff gespannte Bogensehne. Daß sie diesem Mann, dessen Bild sie so oft im Feuer gesehen hatte, nun tatsächlich begegnet war, hatte sie bis tief in ihr Innerstes aufgewühlt, hatte Gefühle in ihr geweckt, die kaum zu ertragen waren und mit denen sie erst einmal fertig werden mußte.

Aber sie wußte auch, daß diese Begegnung ihr vom 'Schicksal vorherbestimmt war, und dies allein war der Grund, daß sie keinen Fluchtversuch machte, daß sie sich von ihm durch die Stadt führen ließ, als sei sie eine gehorsame Magd, die sich bemüht, mit ihrem Herrn Schritt zu halten. Dies und die Tatsache, daß jeder Schritt sie weiter von dem Machtbereich Césars wegbrachte.

Es war tatsächlich kalt. Ein schneidender Wind pfiff durch die Gassen, und Alison mußte die Kapuze ihres Umhanges festhalten, damit sie nicht heruntergeweht wurde. Sie registrierte, daß der Fremde sie auf dem kürzesten Weg in das Quartier de la Cité brachte, das sich um die große Kathedrale von Nôtre Dame zog und das eigentliche Herz von Paris bildete.

Zahllose enge Gassen, in denen die alten Häuser dicht an dicht standen, zogen sich rund um das große Gebäude der Kirche und die Häuser der Domherren. So schmal waren die Gassen, daß kaum das Tageslicht hereinfallen konnte, und die Häuser, die in jedem Stockwerk noch ein wenig weiter vorgebaut waren, nahmen noch mehr Licht weg. Wenn Alison aufschaute, konnte sie nur einen flüchtigen Blick auf einen schmalen Streifen des Dezemberhimmels erhaschen.

Neugierig betrachtete sie das Fachwerkhaus, vor dem Windhurst schließlich stehenblieb. Zweifelsohne hatte dieses Haus schon bessere Zeiten gesehen. Zwar bewies ein verblichenes Wappen über der Tür, daß es einst einem Herrn von Stand gehört haben mußte, aber die Balken wirkten wurmstichig, an mehreren Fenstern fehlten die Läden, und das Wasser des tauenden Schnees rann ungehindert durch die zahllosen Risse und Löcher der kupfernen Dachrinnen.

Kein Zeichen von Leben war zu sehen, und die gläsernen Scheiben vor den kleinen Fenstern schienen Alison blind und dunkel zu sein. Es kam ihr fast so vor, als lehne das Haus es ab, von jemandem betreten zu werden, als stünde es seit Jahren leer und verweigere den Menschen seine Dienste. Sie mußte sich zwingen, nicht einfach davonzulaufen, als Windhurst seine Aufmerksamkeit für einen Moment von ihr abwandte und die Fassade prüfend betrachtete. Sie mußte den Verstand verloren haben, sich in die Angelegenheiten dieses Mannes verwickeln zu lassen!

La Trisanne und César würden sie suchen, wenn auch aus verschiedenen Gründen. César, weil ihm eine sicher geglaubte Beute entkommen war, und La Trisanne, weil sie in Alison eine Sklavin sah, die für ihr Wohlergehen zu sorgen hatte. Sie liebte das Mädchen nicht, das sie aufgezogen hatte, hatte es nie geliebt, aber sie war daran gewöhnt, mitsamt ihren wechselnden Gefährten von Alison versorgt zu werden. Sie war zu alt, um auf dem Markt zu stehlen, um Brennholz zu besorgen oder um den fein gekleideten Damen, die die Goldschmiede auf der Pont au Change aufsuchten, aus der Hand zu lesen. Wenn Alison nicht mehr nach Hause kam und César die Alte vertrieb, würde sie betteln müssen.

Alison schrak zusammen, als der Mann im Lederwams sie wieder am Arm packte und die niedrige Tür des Hauses öffnete, ohne um Einlaß gebeten zu haben. Sie hatte damit gerechnet, daß es drinnen dunkel war, aber die große Küche, in der sie eintraten, war sowohl von einem Herdfeuer wie von einer großen Öllampe erleuchtet. Auf dem Herd brodelten einige Töpfe, und der Duft, der aus ihnen aufstieg, mischte sich mit dem der getrockneten Kräutersträuße, die von den Balken der Decke herabhingen. Die steinernen Wände waren schwarz von Ruß und Feuchtigkeit, und der eiserne Käfig, in dem man das Federvieh hielt, bis es geschlachtet wurde, stand leer. Auch die Kästen und Töpfe, die Krüge und Vorratsbehältnisse, die auf den Stellagen standen, schienen nicht gefüllt zu sein. Ohne Zweifel wurde die Küche benutzt, aber wer auch immer das tat, hatte keine üppigen Vorräte angelegt.

Eine große schwarze Katze, die mitten auf dem gescheuerten Holztisch geschlummert hatte, erhob sich majestätisch, um die Besucher zu betrachten. Außer dem Tier befand sich jedoch niemand in dem Raum, und Alison wurde von ihrem Begleiter zu einer Steige gezogen, die im Hintergrund hinauf in die Wohnräume der oberen Stockwerke führte. Aus den Augenwinkeln entdeckte sie einen Ausgang zum Hof, aber hier war ein hölzerner Riegel vorgelegt.

»Wohin führt Ihr mich?« Alison war ein wenig außer Atem, als sie am ersten und zweiten Stockwerk vorbei zu einer dritten Treppe geschubst wurde, die noch steiler und schmaler war als die vorhergehenden und geradewegs unter das Dach des Hauses zu führen schien.

»Wart's ab«, wurde ihr beschieden, als ihr Begleiter eine Tür aufstieß, die in eine Stube mit schrägen Wänden führte, eine Stube, die so freundlich und hell war, daß Alison überrascht stehenblieb.

Ein mächtiges Pfostenbett mit schwarzgrünen Vorhängen nahm fast die ganze hintere Wand des tiefen, länglichen Raumes ein. Durch eine Reihe hell verglaster Fenster, die zur Straßenfront gingen, fiel genügend Tageslicht ein. Der Boden war nicht wie in der Küche mit Stroh, sondern mit einem dicken Teppich bedeckt. Ein gepolsterter Schäferinnenstuhl stand mitsamt einem gepolsterten Taburett am Fenster, daneben befand sich ein quadratischer Tisch, der mit Pergamenten, Federn und einem Tintenfaß bedeckt war. Den Rest des Mobiliars, einen mächtigen Schauschrank und zwei Truhen, den großen Kamin und die vielen Silbergegenstände auf dessen Sims nahm Alison gar nicht mehr wahr.

Ihr Blick war an der Bewohnerin dieser entzückenden Stube hängengeblieben, die soeben die Feder aus der Hand legte und mit ausgestreckten Armen auf Alisons Begleiter zueilte, wobei sie ihn liebevoll schalt.

»Michel! Dem Himmel sei Dank! Könnt Ihr Euch vorstellen, wie sehr ich auf Euch gewartet habe, böser Junge, der Ihr seid? Wo habt Ihr nur gesteckt? Ich habe mir Sorgen um Euch gemacht. Wie geht es Euch?«

Alison sah mit Erstaunen, daß er diese Vorwürfe mit einem nachsichtigen Lächeln hinnahm, und die aufgeregte Dame mit einem Kuß auf die Stirn begrüßte. Sie reichte ihm kaum bis zur Brust. Sie war eine zierliche, zarte Person, deren schneeweiße Haare von einem koketten Spitzenhäubchen gekrönt wurden und deren Gestalt fast in einem wallenden Gewand aus dunkelbraunem Samt verschwand. Ein schlichtes Kleid, das nur am Saum und an den Ärmeln mit einem helleren Seidenband verziert war und mit einer bescheidenen Spitzenkrause am Hals abschloß.

Erstaunt bemerkte Alison, das Gesicht und Hände der Dame von einem Spinnennetz feinste Falten überzogen waren. Sie war alt, älter, als Alison zu schätzen vermochte. Sie sah aus, als habe sie mehrere leben hinter sich und als würde der nächste Windstoß sie bereits in die Ewigkeit wehen – waren da nicht diese lebhaften, strahlenden, arglosen, himmelblauen Augen gewesen. Augen wie ein Kornblumenfeld. Augen, die Alison bewiesen, daß die beiden, die sich da umarmten, verwandt sein mußten.

»*Ma mie,* ich habe Euch eine Magd versprochen«, sagte der Mann und unterbrach damit den Redeschwall der alten Dame. Er winkte Alison heran die nähertrat und einen Knicks versuchte.

»In der Tat…«, murmelte die alte Dame. Sie wandte sich von ihrem Besucher ab und maß Alison mit einem langen, nachdenklichen Blick. Einem Blick, der das Mädchen unwillkürlich dazu zwang, die Verneigung noch respektvoller zu wiederholen. Die Anmut, mit der sie dabei die Falten des Umhangs raffte, ließ die Greisin stutzen. Sie machte einen Schritt auf Alison zu und berührte sie an der Schulter.

»Wie heißt du, Mädchen?«

»Alison«, antwortete der Mann für sie. »Ihr werdet sie anleiten müssen, denn ich fürchte, dies ist der erste ordentliche Haushalt, in dem sie arbeitet. Aber ich nehme an, es wird Euch Vergnügen bereiten, *ma mie*. Werdet Ihr mit ihrer Hilfe meine Bitte erfüllen können?«

Wieso ließ er sie nicht selbst zu Wort kommen? Wobei sollte sie helfen? Worum hatte er diese Frau gebeten, die er mit einem so zärtlichen Kosenamen ansprach und die ihn bei einem ganz anderen Namen nannte als der nächtliche Besucher. Offensichtlich schien er je nach Bedarf einen anderen Namen zu haben.

»Könnt Ihr es denn nicht lassen, stets Euren Kopf durchzusetzen?« antwortete die Greisin. »Müßt Ihr Euch partout in Gefahr bringen? Ist das, was geschehen ist, nicht schon genug? Ihr wißt, daß ich Eure Pläne nicht gutheiße. Was wird sein, wenn sie scheitern?«

»Was wird sein, wenn ich es nicht tue?«

Alison erschrak über die Bitterkeit, die in diesen Worten mitschwang und unwillkürlich sah sie den Mann an, der sie ausgesprochen hatte. Er umfaßte die schmalen Schultern der alten Frau, und man merkte ihm an, welche Anstrengung es ihn kostete, sich zu beherrschen. »Ihr wißt, daß ich es tun muß, *ma mie*! Ich habe einen Schwur geleistet, das Meine beizutragen. Fürchtet nicht immer gleich das Schlimmste; ich hatte bisher Glück, und ich gedenke es auch weiterhin zu haben. Nehmt Euch nun des Mädchens an und haltet Euch bereit.«

Alison, der es in dem gut beheizten Raum warm geworden war, öffnete den Umhang und schob die Kapuze zurück. Das Licht fing sich in dem auffälligen Rot ihres Haares und veranlaßte die Hausherrin zu einem überraschten Ausruf.

»Heilige Mutter Gottes, was für Haar! Es sieht aus, als ob ihr Kopf in Flammen stünde. Dieses Mädchen ist nie und nimmer eine Magd. Wo habt Ihr es gefunden? Mit Sicherheit nicht auf dem Dienstbotenmarkt! Bindet mir keinen Bären auf, Michel!«

Sein Lächeln hellte sein düsteres Gesicht auf, und Alison stockte der Atem, als sie diese Verwandlung sah.

»Nein, *ma mie*!« antwortete er. »Nicht auf dem Dienstbotenmarkt. Alison ist mir im wahrsten Sinne des Wortes in die Arme gelaufen, und sie schien mir ideal für die Dienste, die Ihr benötigt. Sie braucht einen Ort, wo sie möglichst wenig gesehen wird, und Ihr braucht eine kräftige junge Person, die Euch die Arbeit abnimmt. Voilà, somit ist Euch beiden gedient.«

»Willst du mir dienen, Alison?«

Alison sah hinab in die arglosen, fragenden blauen Augen und nickte wie unter Zwang. Ein unbekanntes, fremdes Gefühl zwang sie dazu. Ein Gefühl, das ihr guttat, wohlige Wärme in ihr verbreitete und ihre Laune hob. Das die fieberhafte Anspannung milderte, in der sie sich seit dem vergangenen Abend befand.

»Natürlich will sie das.« Wieder antwortete Windhurst an ihrer Stelle. Er wandte sich ihr zu. »Hör zu, Alison. An einem der nächsten Tage wird ein Mann die unteren Räume beziehen. Er hat dieses Haus gemietet und erhält dafür das Recht, hier zu wohnen und Besucher zu empfangen. Ihm liegt daran, möglichst unbemerkt zu bleiben, damit niemand von seiner Anwesenheit in Paris erfährt. Deine Aufgabe ist, seine Wohnung in Ordnung zu halten, für ihn zu kochen und zu waschen, soweit er es verlangt. Das hier...«, er zeigte auf die alte Frau, »ist Dame Eleanor de Carhaix, und sie ist die Herrin dieses Hauses. Du befolgst ihre Befehle, bis ich dir etwas anderes sage.«

Alison sah ihn aufmerksam an, und gleich darauf wünschte sie, sie hätte es nicht getan. Die Anziehungskraft, die er auf sie ausübte, hatte eine höllische Wirkung auf ihr seelisches Wohl. Sie ertappte sich dabei, daß sie seinen Mund betrachtete, und prompt errötete, denn sie wurde von der Erinnerung an seinen leidenschaftlichen Kuß und die fiebrigen Zärtlichkeiten, die sie ausgetauscht hatten, fast überwältigt. Das Blut rauschte schneller durch ihre Adern, und am liebsten hätte sie die Fingerspitzen auf diesen Mund gelegt und ihn um Küsse statt um Befehle gebeten. Um ein wenig von seiner Zuneigung.

»Ich muß fort, *ma mie*! Ich vertraue Euch das Mädchen an. Paßt auf Euch auf! Komm, Alison, du kannst hinter mir den Riegel an der Haustür schließen.«

Seine Worte rissen sie aus ihren Gedanken, und sie begleitete ihn schweigend nach unten, nachdem er sich von der alten Dame verabschiedet hatte. In der Küche blieb er jedoch noch einmal stehen und drehte sich in lässiger Haltung zu ihr um.

»Dame Eleanor ist mir sehr teuer, Alison. Ich möchte nicht, daß du ihr Ärger bereitest. Wenn du mir in dieser Sache gut dienst, soll es dein Schaden nicht sein…«

»Mein Schaden?« Auch Alison konnte spotten. »Woher wollt Ihr wissen, was mir schadet und was nicht? Mir scheint, um mich kümmert Ihr Euch bei dem rätselvollen Unternehmen, das Ihr plant, am allerwenigsten.«

»Du täuschst dich!« Ehe sie sich wehren konnte, lag sie schon in seinen Armen. »Ich fürchte, ich bin dabei, mich viel zu sehr um dich zu kümmern, Rote Alison! Du bist dabei, mich zu verhexen!«

Und wieder machte sein Kuß sie wehrlos und ließ sie in seinen Armen dahinschmelzen, vergiftete ihr Blut mit Sehnsucht. Wie von selbst schlangen ihre Hände sich um seinen Nacken.

»Du wirst nicht fortlaufen, ehe wir dies zu einem befriedigenden Ende gebracht haben. Schwöre es!«

Es war keine Bitte, es war ein Befehl! Und Alison, wohl wissend, daß sie sich dumm, töricht und kindisch benahm und genau das Falsche tat, schwor es. Schwor ihm beim Kostbarsten, was sie besaß, bei der Erinnerung an ihre flüchtigen Träume von einem anderen Leben.

Die Tür fiel zu, und der Riegel lag schwer und kalt in ihren Händen. Hätte es je ein närrischeres Geschöpf als sie gegeben? Sie sperrte sich selbst ein!

## 4. Kapitel

»So, und nun zu uns beiden, Kind! Setz dich dort auf das Taburett und erzähl mir, wie du an diesen Abenteurer geraten bist! Wo kommst du her? Was ist mit deiner Familie?«

Eleanor de Carhaix thronte in dem Schäferinnenstuhl am Fenster, als Alison wieder in das Zimmer trat, und deutete auf den gepolsterten Hocker vor sich. Sie hatte trotz der Wärme im Raum eine gefütterte Decke über ihre Knie gelegt und den Sessel so gedreht, daß die hohe Rückenlehne sie gegen mögliche Zugluft schützte.

»Ich habe niemanden, zu dem ich gehöre.« Alison zog es vor, als erstes die unverfänglichste Frage zu beantworten, und setzte sich wie befohlen. »Ich bin ein Findelkind und die Zigeuner, die mich gefunden haben, zogen mich auf.«

»Du bist also eine Landstreicherin?«

»Nennt es, wie Ihr wollt«, erwiderte sie und bemühte sich, nicht zu zeigen, daß diese Bemerkung ihren Stolz getroffen hatte. »Auch Menschen wie wir müssen leben. Eine Zigeunerin namens La Trisanne hat mich in ihrem Wagen mitgenommen, und als sie sich vor vielen Jahren hier in Paris mit einem Ringer zusammentat, hat sie mich bei sich behalten. Ich versuche mein Brot zu verdienen, indem ich manchmal bei den Gauklern auf der Pont Neuf kleine Rollen spiele und den Leuten die Zukunft aus der Hand lese…«

»Tatsächlich?« Die alte Dame zeigte sich eher verblüfft als empört. Sie hatte noch nie mit einem Mädchen zu tun gehabt, daß sich auf diese Weise durchs Leben schlug. Sie hatte Armut kennengelernt, aber nicht ein solches Elend wie Alison. »Reicht das zum Leben oder eher nur zum Sterben?« fragte sie neugierig. »Liest du wirklich etwas in den Handlinien der Menschen?«

Alison zuckte mit den Schultern. »Ich sehe, ob sie mit ihren Händen arbeiten«, antwortete sie ehrlich. »Ihre Gesichter und ihr Benehmen sagen mir, worauf sie hoffen und was sie hören wollen. Ich mache ihnen Mut für das Morgen, und sie zahlen mir ein paar Kupfermünzen dafür. Die Reichen sogar mehr.«

»Für wohlmeinende Lügen?«

»Warum nicht?« Alison warf trotzig die Flut ihrer Haare über die Schultern zurück und verschränkte die Finger im Schoß. »Das ist besser, als sie mit den Schrecken der Zukunft zu belasten. Diese Bilder rauben einem den Schlaf und machen Angst. Besonders, wenn man ohnehin nichts tun kann, wenn man hilflos abwarten muß, wie die Dinge ihren Lauf nehmen…«

»Welche Bilder?«

Alison hätte nicht zu sagen gewußt, warum sie sich ausgerechnet dieser Frau anvertraute, die sie doch gar nicht kannte.

Sie hatte noch nie mit einem Menschen über ihre Gefühle und Ängste gesprochen.

»Ich sehe sie manchmal im Feuer. Gesichter, Ereignisse und Kämpfe. Dinge, die in der Vergangenheit passiert sind und die darauf warten, daß sie in der Gegenwart zu Ende geführt werden. Ihn habe ich auch gesehen…«

»Wen?«

Die alte Dame beugte sich interessiert vor.

»Ihn, der mich hierhergebracht hat. Francis Windhurst, Michel oder wie immer er sich nennt. Ich habe es ihm gesagt, aber er hat mir nicht geglaubt…«

»Das kann ich mir vorstellen. Es fällt ja sogar mir schwer, dir das zu glauben«, gab Dame Eleanor zu. »Aber immerhin befindest du dich in bester Gesellschaft. Auch Jeanne d'Arc behauptete, Dinge zu sehen und zu hören, die nicht von dieser Welt sind.«

»Ihr müßt mir nicht glauben, ich bin daran gewöhnt, daß man mich für verrückt hält«, versicherte Alison und seufzte leise. »Manchmal denke sogar ich selbst, daß ich nicht normal bin. Es gibt so viele Dinge, die ich fühle und weiß und von denen ich nicht sagen kann, wie sie in meinen Kopf hineinkommen. Es ist, als ob ich zwei Leben führen würde, zwei Leben, die mich teilen. Als ob mich eine unbekannte Macht lenken und zu Handlungen zwingen würde, die mir selbst fremd sind.«

»Ich werde meine Entscheidung über deinen Geisteszustand noch zurückstellen«, sagte die alte Dame trocken und verschränkte die Arme vor der Brust. »Du erlaubst, daß ich mir selbst meine Meinung bilde. Bis dahin sollten wir sehen, womit du dich nützlich machen kannst. Hast du dein Bündel mitgebracht?«

»Was ich besitze, trage ich am Leib«, erwiderte Alison mit einem Anflug von Stolz, versuchte aber gleichzeitig, ihre Holzschuhe unter dem Rocksaum zu verbergen.

»Gut, dann werden wir uns als erstes um dein Äußeres kümmern, Kind. Ich mache dir deine Profession nicht zum Vorwurf, aber unter meinem Dach wirst du wie eine ordentliche Jungfer aussehen und auch so riechen. Die Lumpen, die du da trägst, scheinen mir das Waschen nicht mehr wert zu sein. Mach dort hinten an der Wand die Truhe auf und laß uns sehen, was wir für dich finden...«

Alison machte schnell die Erfahrung, daß Dame Eleanor bei aller körperlichen Gebrechlichkeit über einen eisernen Willen verfügte. Sie bekam den Auftrag, Wasser aus dem Brunnen im Hof zu holen, und mußte dann unter Aufsicht der Hausherrin in einem Verschlag neben der Küche einen großen Zuber füllen, der als Badewanne diente.

Mit angezogenen Knien im Wasser sitzend, mußte sie hilflos zusehen, wie die einzigen Kleider, die sie besaß, verbrannt wurden und die alte Dame lediglich den kleinen Beutel vom Gürtel löste, der Alisons wenige Besitztümer enthielt. Ein grünes, schon verschlissenes Samtband, einen kleinen Hornkamm und ein spitzengesäumtes winziges Leinentuch, das sie schon immer besessen hatte. Eine Kostbarkeit, die sie vor Trisannes gierigen Händen ebenso behütet hatte wie vor allzu häufigem Gebrauch. Sie wußte nicht, woher dieses Tüchlein kam und wer es ihr gegeben hatte, aber sie fand eine seltsame Art von Trost in seinem Besitz und registrierte erleichtert, daß die alte Dame diese Kleinigkeiten respektierte und nicht ebenfalls ins Feuer warf.

Alison hatte indes gelernt, ihre Gefühle zu verbergen, und solange es nicht um Francis Windhurst ging, hatte sie auch keine Probleme damit. Ihrem Gesicht war nicht anzusehen, was sie dachte. Sie rieb ihre Haut gehorsam mit einem groben Lappen ab, duldete, daß ihre Haare mehrmals gespült wurden. Dann hüllte sie sich in ein großes weißes Leinentuch, das zu diesem Zweck bereitlag.

»Komm mit nach oben«, kommandierte ihre Herrin. »Den Zuber kannst du später im Hof auskippen. Die Arbeit in diesem Haus läuft dir ganz bestimmt nicht davon!«

Sie eilte vor dem Mädchen die Stiege hinauf, und Alison, in ihr Tuch gewickelt, hatte Mühe zu folgen. In ihrem Gemach machte Dame Eleanor sich über den Inhalt einer der Truhen her, dann trat sie mit einem Arm voll Kleidungsstücke auf Alison zu, die sich wegen der Wärme des Feuers auf einen Hocker vor dem Kamin gekauert hatte.

»Wir müssen sehen, ob wir etwas für dich ändern müssen. Die Sachen haben meiner Kammerfrau gehört, aber die Ärmste ist im vergangenen Sommer am Fieber verstorben. Seitdem lebe ich allein in diesem Haus, und Michel liegt mir ständig in den Ohren, daß ich mir eine neue Magd nehmen soll. Hier, zieh erst einmal das Hemd an, damit du nicht so frierst.«

Alison schlüpfte in ein Kleidungsstück aus leicht vergilbtem Leinen, das am Hals und an den langen Ärmeln mit weißen Bändern geschlossen wurde, und sie konnte einen entzückten Seufzer nicht ganz unterdrücken. Sie hatte noch nie ein Hemd besessen, das sich so wundervoll sanft auf der Haut anfühlte.

»Dacht' ich mir's doch, daß dir diese Sachen passen müssen«, murmelte Dame Eleanor zufrieden. »Guilleaumette, das arme Ding, hatte deine Größe, und was zu weit ist, kannst du mit den Bändern regulieren.«

Wenig später befestigte die alte Dame den Gürtel um ein Gewand aus dunkelblauem Genter Wolltuch und trat einen Schritt zurück, um Alison aus leicht zusammengekniffenen Augen zu betrachten. Die schmalen Ärmel reichten nur bis zu den Ellbogen, die langen Ärmel des hellen Hemdes kamen bauschig darunter hervor und reichten bis zu den Handgelenken. Der weite Rock war vorne einen Zoll breit angehoben, und der dicke Unterrock, der auf diese Weise sichtbar wurde, war eine Nuance heller als das Oberkleid. Der runde Ausschnitt ließ das gefältelte Oberteil des Hemdes frei, das sittsam bis zum Hals alles bedeckte.

Wären da nicht die Haare gewesen, die mit jeder Minute, während sie trockneten, mehr Leuchtkraft gewannen, das Mädchen hätte wie ein brave Bürgerstochter gewirkt, die sich bereit macht, morgens zur Messe zu gehen. Die Locken konnten so nicht bleiben.

»Du mußt dein Haar kämmen, zu Zöpfen flechten und aufstecken, damit es unter eine Haube paßt«, kommandierte Dame Eleanor und griff schließlich selbst ein, weil Alison hilflos mit den Haarnadeln kämpfte. Als die letzte rebellische rote Strähne unter steifem weißen Leinen verschwunden war, nickte sie zufrieden.

»Sehr schön. Nun siehst du aus, wie es sich gehört, mein Kind.«

Alison sah an sich herab.

Sie mußte sich erst daran gewöhnen, daß ihr Blickfeld seitlich von den steifen Flügeln der Haube eingerahmt wurde; die Zöpfe waren so fest geflochten, daß ihre Kopfhaut spannte. Alles an ihr fühlte sich sauber, eng und fremd an. Der Gürtel, das straff geschnürte Mieder, das sie über das Unterhemd hatte ziehen müssen, und nicht zuletzt jenes absurde Band, dessen genaue Bezeichnung sie schon wieder vergessen hatte. Es wurde eine Handbreit über ihren Knöcheln durch Schlaufen im Unterhemd gezogen und zur Schleife gebunden, damit das Kleidungsstück eng am Körper saß und keine kalte Luft an ihre Beine drang. Sie war damit gezwungen, kleine Schritte zu machen, dabei wäre sie in den weichen dunklen Lederschuhen und den gestrickten Strümpfen, die zu ihrem Kleid gehörten, am liebsten mit weit ausholenden Schritten gelaufen, um den nie erlebten Luxus weicher und passender Schuhe richtig genießen zu können.

Für diese Herrlichkeiten wünschte sie der verstorbenen Kammerfrau einen Platz im Paradies, und sie fragte sich, ob man ihr erlauben würde, diese Kleider zu behalten, wenn sie ihre Pflicht getan hatte und der Seigneur mit den vielen Namen sie entließ. Wenn sie gehen mußte. Schon der Gedanke daran schmerzte. Sie wußte, daß sie ihn nicht würde verlassen können.

»Wer seid Ihr, daß Ihr so viel für mich tut?« fragte sie die alte Dame, und ihre Stimme klang ungewohnt rauh dabei.

»Wer ist dieser Mann, der hier wohnen soll, aber nicht gesehen werden will?«

»Meinen Namen hat Michel dir gesagt…«

Alison biß sich auf die Unterlippe, aber es gelang ihr nicht, ihre Neugier zu unterdrücken. »Habt Ihr ebenfalls mehrere davon, so wie *er*?«

Es konnte keinen Zweifel geben, wen sie damit meinte, aber die alte Dame sprach einfach weiter, als habe sie die Worte des Mädchens nicht gehört.

»…Den Namen unseres Gastes werden wir von ihm selbst erfahren. Mehr brauchst du nicht zu wissen. Wenn du einen guten Rat von mir annehmen willst, dann bemühe dich auch nicht, mehr zu erfahren.«

»Also verbirgt er sich hier. Vor wem? Vor dem neuen König? Werdet Ihr keinen Ärger bekommen, wenn der Profoß der Stadt das herausbekommt? Warum begebt Ihr Euch in solche Gefahr?«

Dame Eleanor schüttelte seufzend den Kopf. »Weil ich Michel damit helfen kann und weil mir der Fremde einen stattlichen Mietzins für dieses Quartier bezahlt. Ich bin nicht reich, Kind. Ich bin auf solche Einkünfte angewiesen. Die Zeiten, in denen unsere Familie über Vermögen und Einfluß verfügt hat, sind vorbei. Dieses Haus ist das einzige, was ich noch besitze, und ich muß sehen, wie ich damit mein Leben friste. Wenn du mir hilfst, wird es dir nicht schlecht ergehen.«

Nicht reich? Alison hätte fast gelacht. Allein die Kleider, die sie trug, hätten die Gaukler einen Monat lang ernährt. Würde sie damit zu La Trisanne gehen, die Alte würde mit Sicherheit darauf bestehen, daß sie das Gewand auszog und verkaufte. Anscheinend gab es auch zwischen Armut und Armut gewaltige Unterschiede.

»Ich werde Euch helfen, weil Ihr freundlich und gut zu mir seid«, antwortete sie der Dame Eleanor und verbeugte sich respektvoll vor ihr. »Wenn Ihr erlaubt, werde ich nun unten für Ordnung sorgen. Soll ich Euch etwas zu essen heraufbringen?«

»Das wäre nett von dir. Ich muß gestehen, dieser Vormittag hat mich doch ein wenig erschöpft!«

Die Hausherrin zog sich in ihren Schäferinnenstuhl zurück, und als Alison mit dem Tablett kam, schlief sie mit halb offenem Mund, den Kopf zurückgelehnt. Alison legte ihr die Decke, die herabgerutscht war, wieder über die Knie und stellte die Suppenschale neben das Kaminfeuer, um sie warm zu halten. Dann ging sie auf Zehenspitzen nach draußen. Wenigstens schien Eleanor de Carhaix keine schwierige Herrin zu sein.

Wenn sie indes darauf gehofft hatte, ein wenig Zeit zu haben, um sich an ihr verändertes Leben zu gewöhnen, so sah sie sich schon am selben Abend getäuscht. Sie war gerade dabei, die Töpfe zu scheuern, die offensichtlich seit Wochen nicht mehr mit Sand und Wasser in Berührung gekommen waren, als sie hinter sich ein unterdrücktes Lachen hörte. Sie fuhr herum und fand sich Francis Windhurst gegenüber, den ihre sittsame, neue Aufmachung prächtig zu amüsieren schien.

»In der Tat, sie hat eine Klosterschwester aus meinem Feuervogel gemacht. Unbezahlbar! Diese Haube! Ich werde einen Weg finden müssen, das gute Stück zu verbrennen, wenn wir dieses Abenteuer überstanden haben.«

»Untersteht Euch!« rief Alison empört und vergewisserte sich mit einem schnellen Griff, daß das kritisierte Leinengebinde noch korrekt auf ihren Haaren saß. »Wo kommt Ihr überhaupt her, auf so leisen Sohlen, daß Ihr ebensogut ein Gespenst hättet sein können?«

Ihr Blick flog zur Eingangstür, deren vorgelegter Riegel davon kündete, daß niemand auf diesem Weg das Haus betreten haben konnte. Auch die hintere Tür war verschlossen, und unwillkürlich blieben ihre Augen an der Kellertreppe hängen. Dame Eleanor hatte ihr lediglich gesagt, daß dort ein paar Vorräte und ein Faß Wein lagerten, aber Alison wußte, daß viele der Häuser von Paris auf den Ruinen anderer Gebäude standen, daß es Katakomben und Gänge gab, die ebensogut Versteck wie Lager sein konnten und daß manche Gauner und Diebe auf diesem Wege schneller die Flucht ergreifen konnten als durch die nächtlichen Gassen, die von Wächtern kontrolliert wurden.

»Wie ich sehe, hast du dich bereits über die Gegebenheiten informiert«, erwiderte er und nickte. »Unser Gast ist eingetroffen. Geh hinauf und zünde das Feuer im Kamin an, aber erst, nachdem du dich vergewissert hast, daß die Läden zur Straße vorgelegt sind. Hast du Kerzen hinaufgebracht? Die Betten gelüftet und frisches Stroh auf den Boden gelegt?«

Alison, die den Nachmittag über damit beschäftigt gewesen war, die beiden großen Räume im ersten und zweiten Stock zu säubern und vorzubereiten, nickte schweigend. Sie wischte ihre Hände an einem Tuch ab und griff nach der Feuerschaufel. Dann nahm sie einige Glutstücke aus dem Herdfeuer, deckte sie sorgsam mit Asche ab und lief hinauf in den Wohnraum, wo die Scheite und Späne bereits darauf warteten, entzündet zu werden. Nur wenige Zeit später loderten die Flammen munter auf, und sie konnte den Funkenschutz davorstellen.

Das Zimmer war eher sparsam eingerichtet, aber ein gepolsterter Lehnstuhl, ein Tisch mit geschnitzten Beinen und ein fadenscheiniger Wandteppich verliehen ihm trotzdem den Anschein einer gewissen Gemütlichkeit. Alison stellte den fünfarmigen Kerzenleuchter vom Kaminsims in die Mitte des Tisches und verließ nach einem letzten prüfenden Blick das Gemach. Als sie wieder in die Küche trat, fand sie Francis Windhurst im Gespräch mit einem stämmigen Mann, der einen dunklen Umhang trug und den Hut tief in die Stirn gezogen hatte. Er wandte ihr den Rücken zu, und es sah so aus, als sei eine Schulter höher als die andere.

Alison verharrte mitten im Schritt. Eine Welle der Kälte und des Schreckens bannte sie auf ihrem Platz, und die Schaufel, mit der sie die Glut hinaufgetragen hatte, wäre um ein Haar aus ihren Fingern geglitten. Noch ehe sich der Mann umdrehte, wußte sie, daß sie ihn kannte. Sie wußte es, ohne daß sie ihm in das kantige, steinern wirkende Gesicht zu sehen brauchte.

Alles war ihr vertraut, die hohe Stirn mit der wulstigen Narbe, die scharf gebogene Nase, der sinnliche, so wenig in dieses häßliche Gesicht passende Mund mit den vollen Lippen. Genauso vertraut waren ihr die felsengrauen Augen, die unter dichten, struppigen Brauen ihr Opfer musterten. Augen kalt wie Steine, ohne jedes menschliche Gefühl und ohne jedes Zeichen von barmherziger Wärme. Basiliskenaugen, die Alison auf die Stelle bannten und ihren Herzschlag aussetzen ließen.

»Das ist die Magd, die sich um Euer Wohl kümmern wird, Seigneur«, sagte Windhurst in diesem Moment. »Sie gehorcht der Herrin dieses Hauses und wird auch Euch zu Diensten sein, um für Euch zu kochen und Euer Quartier in bester Ordnung zu halten. Es ist nicht sehr reich ausgestattet, aber dafür könnt Ihr gewiß sein, daß niemand, der es nicht wissen soll, etwas von Eurer Anwesenheit erfährt.«

Alison kam sich vor, als zögen die gräßlichen Augen eine Spur aus Schleim und Ekel über ihre Gestalt. Der Mund verzog sich zu etwas, was wohl ein Lächeln sein sollte, aber doch nur eine abstoßende Grimasse war.

»Sagt ihr, daß sie mich nicht so angaffen soll«, sagte er, und nun hörte sie zum ersten Male seine kalte Stimme. »Ich hasse dumme Gänse, die sich nicht beherrschen können.«

Alison benötigte ihre ganze Selbstbeherrschung, um endlich einen Knicks zu machen, wie es der Bucklige von ihr erwartete. Sie brachte jedoch kein Wort über die Lippen, und sie war so blaß, daß sich ihr schmales Gesicht kaum vom weißen Leinen der Haube unterschied. Nur die jadefarbenen Augen wirkten lebendig und glänzten auf eine merkwürdige, entrückte Weise. So, als ob sie Dinge sähe, die den beiden Männern verborgen blieben.

Daß dies tatsächlich der Fall war, wagte sie nicht zu verraten, und sie biß sich auf die Unterlippe, um nicht aufzuschreien. War es ihr Schicksal, daß sie plötzlich die Bilder, die sie bisher nur im Feuer gesehen hatte, zu Wirklichkeit werden sah? Dies war der Mann, der Nana fast zerstört hätte. Den sie mit einem Leuchter niedergeschlagen hatte und der in den Flammen verbrannt wäre, wenn ihn nicht die alte Frau im letzten Moment gerettet hätte. Dies war der Mann, der die Frau getötet hatte, die sie für ihre Mutter hielt. Ihn als Gestalt von Fleisch und Blut zu sehen, entsetzte sie mindestens genauso wie die Aura des Bösen, die ihn umgab.

»Nun, zeigt mir, wo ich mich ausruhen kann«, forderte er jetzt, und Francis Windhurst übernahm es, ihn hinaufzuführen. Als er nach einer halben Stunde wieder in die Küche kam, fand er Alison reglos am Tisch sitzend. Sie starrte auf die gescheuerte Platte und rührte sich nicht. Erst als er sie an der Schulter packte und sie schüttelte, kehrte sie wieder in die Wirklichkeit zurück. Sie sah aus, als hätte sie soeben die sieben Plagen Ägyptens auf einmal und leibhaftig vor Augen gehabt.

»Wer ist dieser Mann?« fragte sie und packte Windhurst in panischer Angst am Arm. »Sagt mir seinen Namen, ich bitte Euch!«

»Das kann ich nicht.« Er schüttelte den Kopf. »Es ist nicht gut, wenn du Dinge weißt, die dich nichts angehen. Er ist ein Seigneur, begegne ihm also mit Respekt. Mehr brauchst du nicht über ihn zu wissen.«

»Respekt? Für ihn? Das kann ich nicht«, murmelte Alison tonlos. »Er ist böse. Er ist durch und durch böse und giftig wie eine schwarze Viper, wißt Ihr das denn nicht? Wenn Ihr Geschäfte mit ihm macht, werdet Ihr nur Unheil hervorrufen. Er bringt Tod und Verderben über die Menschen, die mit ihm zu tun haben!«

Windhurst lachte auf. »Mein kleiner Feuervogel, du befindest dich hier nicht auf der Pont Neuf, und ich bin kein dummer Handwerksbursche, den du mit deinen Vorhersagen in Schrecken versetzen kannst.«

»Ihr seid wahnsinnig!« Alison war so außer sich, daß sie ihn am Arm packte und festhielt. »Er ist ein Mörder, und er kennt keine Rücksichten. Denkt nach! Wieso sollte er sich sonst verstecken? Er, ein Seigneur, der in Palästen gewohnt hat und das Wohlwollen der Mächtigen besaß.«

»Du bist gut informiert, Rote Alison«, sagte Francis Windhurst langsam und sehr leise. Seine Stimme klang bedrohlich, und Alison nahm die Hand von seinem Arm, als hätte sie sich verbrannt. »Du wirst mir erzählen müssen, woher du das alles weißt. Die Reihe der Fragen, auf die du mir noch keine Antworten gegeben hast, wird immer länger.«

Alison seufzte leise auf. Nun waren sie also wieder bei demselben Punkt angelangt wie am Tag zuvor. Wenn sie ihm von den Bildern im Feuer erzählte, würde er ihr ja doch nicht glauben, also konnte sie es sich gleich ersparen zu sagen, daß sie wußte, daß der Mann, der oben eingezogen war, ihre Mutter getötet und sie selbst ins Unglück gestürzt hatte. Sie brauchte ihm auch nicht zu verraten, daß die Schreckensgestalt dieses Ungeheuers sie in ihren Alpträumen verfolgt hatte. Sie konnte ja nicht einmal sich selbst erklären, woher sie all dies wußte. Sie konnte nur sagen, daß es in ihr war. In ihren Geist gebrannt und von ihrem Verstand als Wahrheit registriert. Allein, wie sollte sie einem Mann, der so rational und kühl alles leugnete, was sich nicht mit den Händen greifen ließ, davon überzeugen? Er würde sich doch nur über sie lustig machen.

»Ihr sagt mir ja auch nicht, was Ihr vorhabt«, erwiderte sie und wählte so den Angriff anstelle der Verteidigung. »Ich habe Euch gewarnt, mehr kann ich nicht tun.«

»Unsinn!« In seinem Ton klang eine neue, unbarmherzige Schärfe mit. »Du solltest den Bogen nicht überspannen. Die Tatsache, daß du gut in meine Pläne paßt und ich eine gewisse Schwäche für dich kratzbürstiges Wesen entwickelt habe, sollte dich nicht dazu verleiten, mich für dumm oder beeinflußbar zu halten.«

»O nein, das seid Ihr ganz bestimmt nicht«, erwiderte Alison, und sie war plötzlich so zornig, daß sie redete, ohne nachzudenken. »Ihr seid nur rücksichtslos, kalt und von einem unstillbaren Ehrgeiz besessen. Ihr wollt alles auf einmal, ist es nicht so? Ruhm, Ehre, Reichtum, Rache. Aber sind all diese Dinge es wert, sich mit dem Teufel persönlich zu verbünden?«

Für einen Moment schien das Schweigen zwischen ihnen unerträglich. Mit ihren Blicken fochten sie ein Duell aus, doch der Zorn, der in ihnen loderte, wich schnell etwas anderem. Spürte auch er diese Verbindung zwischen ihnen, die weit über das Körperliche hinausging? Oder erkannte nur sie, Alison, daß das Schicksal selbst sie zusammengeführt hatte und unweigerlich aneinanderband?

Die sittsame Haube, die Windhurst anfangs zu solchem Spott hingerissen hatte, umrahmte streng Alisons schmales Antlitz, doch gerade diese fast klösterliche Strenge betonte nur ihre Schönheit. Ihre herrlichen roten Haare ließen sie wild und herausfordernd erscheinen; diese Flut gebändigt, verborgen unter dem weißen Leinen, wirkte ihr Gesicht edler und feiner – und auf eine bestürzende Art verführerischer.

»Hexe!« murmelte Francis Windhurst und brach damit den Bann.

Er packte Alison um die Schultern und eroberte ihren bebenden Mund mit einem wütenden, hungrigen Kuß. Doch es war eine Kuß ohne jede Zärtlichkeit und voller Gier;

dennoch wehrte Alison sich nicht, als er ihre Lippen auseinanderzwang und ihren Mund eroberte.

Sie stöhnte leise auf, als eine seiner Hände tiefer wanderte und ihre Brust umfaßte. Er hielt sie so eng an sich gepreßt, daß sie deutlich die provozierende Härte seines Begehrens spürte, und sie erschauerte unter einer Welle unbekannter Empfindungen, die ihren Körper in Flammen aufgehen und sie sich schamlos wünschen ließen, er würde mehr, viel mehr von ihr verlangen.

Sie leistete ihm keinen Widerstand. Er war grob, aber sie unternahm keinen Versuch, sich gegen die rohe, ungezügelte Gewalt seiner Leidenschaft zu wehren. Sie ließ ihn gewähren, und es war genau diese Bereitwilligkeit, die ihn wieder zu Verstand brachte. Er ließ von ihr ab und starrte auf ihre geschwollenen Lippen und den winzigen Riß, aus dem ein Blutstropfen quoll.

»Welch ein Barbar ich bin«, murmelte er schuldbewußt und berührte die kleine Wunde. »Du kannst mich mit Fug und Recht einen Grobian nennen, mein Schätzchen.« Er verzog den Mund zu einem schiefen Lächeln. »Doch ich gebe die Hoffnung nicht auf, daß ich dir zeigen kann, daß ich auch anders sein kann. Doch für heute muß ich dich verlassen. Der Seigneur wünscht nicht mehr gestört zu werden. Wie er es mit den Mahlzeiten hält, wird er dir morgen sagen. Für heute hast du dein Tagwerk getan…«

Ehe Alison sich von ihrer Überraschung erholt hatte, war er schon verschwunden. Es schien wohl seine besondere Eigenart zu sein, immer wieder ganz unerwartet zu verschwinden.

Sie atmete ein paarmal tief durch, um sich wieder zu beruhigen, doch ihre Knie zitterten so sehr, daß sie sich setzen mußte. Unwillkürlich berührte sie ihre Lippen, auf denen sie immer noch seine Küsse zu spüren glaubte. Ihr ganzer Körper schmerzte vor Verlangen nach Francis – doch sie war wieder allein…

## 5. Kapitel

»Hübsch«, murmelte die grauenvolle, klanglose Stimme und Alison spürte den Blick seiner kalten Augen in ihrem Rücken. »Eine sittsame Jungfer in steifem Barchent. Schau mich gefälligst an, wenn ich mit dir rede!«

Alison stellte den Wassereimer ab und drehte sich um, den Blick sittsam gesenkt haltend, und versuchte, die Rolle der Dienstmagd perfekt zu spielen. Doch sie hatte wenig Ahnung, wie sich ein solches Mädchen tatsächlich benahm. Sie wußte nur, daß eine Magd es bestimmt nicht wagen würde, die Worte auszusprechen, die ihr, Alison, auf der Zunge lagen. Also schwieg sie und wartete.

Seit zwei Tagen wohnte der Bucklige im Haus. Alison brachte ihm die einfachen Mahlzeiten, die sie auch für Dame Eleanor zubereitete, schleppte die Wassereimer nach oben, die er forderte, und rannte treppauf, treppab, um seine Wünsche nach diesem und jenem zu erfüllen. Es schien dem Mann eine geradezu diabolische Freude zu bereiten, sie zu drangsalieren, und sie war sich seiner Blicke stets bewußt. Er saß wie eine graue, leblose Spinne in dem schönen Gemach und spann sein Netz.

Sie hatte die Nacht in einem Verschlag neben der Küche verbracht, und zum ersten Mal in ihrem Leben hatte sie den Luxus eines eigenen Raumes genießen können. Das schwere Bett war mit einem dicken Strohsack gepolstert. Es stand an der Rückwand der Feuerstelle, und die Wand übertrug die Wärme des Kamins und der ständig glimmenden Glut. Saubere Decken und ein frisches Kissen trugen dazu bei, daß es noch gemütlicher war in ihrem winzigen Reich.

Und trotzdem hatte sie keinen Schlaf gefunden.

Sie hatte die Schritte gehört, die Stimmen, die das Haus zum Leben erweckten. Dame Eleanor hatte ihr gesagt, daß sie sich um nichts kümmern sollte, was des Nachts geschah, aber Alison lag wach und lauschte, während die nahen Glocken von Nôtre Dame die Nacht in säuberliche, genau bemessene Abschnitte teilten. Während ihr Körper sich nach der Berührung eines Mannes sehnte, der sie erst richtig zum Leben erweckte.

Doch nun packten eisige, lange Finger Alisons Arm, und mit der anderen Hand drehte er ihr Gesicht zum Licht. Sie zuckte zusammen und hätte vor Schreck um ein Haar den wassergefüllten Eimer umgestoßen. »Halt still«, kommandierte er. »Widersetz dich nicht, du dumme Närrin. Deinesgleichen hat zu gehorchen... Wenigstens bist du sauber, so weit ich das sehe...«

Sowohl seine Worte als auch sein Tonfall bewirkten, daß Alison ganz instinktiv reagierte. Die Jahre bei den Gauklern hatte sie Geschmeidigkeit und manchen Trick gelehrt. Sie war keine schüchterne Magd, die still hielt, weil man einem Seigneur eben gehorchte, auch wenn sie vor Entsetzen fast starb. Sie gab nach, und in dem Moment, als er seinen Griff ein wenig lockerte, sackte sie abrupt zusammen, packte blitzschnell den Eimer und war bereits an der Tür, ehe der Mann begriffen hatte, daß ihm sein Opfer sehr geschickt entkommen war.

»Bleib!« donnerte er hinter ihr her, aber Alison lief bereits die Treppe hinunter und erreichte die rettende, warme Küche.

Sie wußte sehr wohl, was der Seigneur von ihr wollte. Sie kannte diesen Blick, denn sie hatte die gleiche Begierde in Césars Augen und denen der anderen Gauner gesehen. Aber sie hätte sich eher in den Fluß gestürzt, als dem nachzugeben. Und sie war nicht dem Anführer des Hofs der Wunder entkommen, um sich nun dem Willen dieses Seigneurs zu unterwerfen, der in seiner Grausamkeit mit Sicherheit noch schlimmer war als César und der zweifellos Vergnügen daran finden würde, ihr bei der ganzen Sache auch noch weh zu tun.

Aber wie konnte sie ihm entkommen? Sie hatte zweimal ihr Wort gegeben, das Haus nicht zu verlassen. Außerdem konnte sie sich nur allzu lebhaft vorstellen, wie César getobt haben mußte, nachdem er gemerkt hatte, daß sie ihm entkommen war. Und natürlich würden er und seine Leute nach ihr Ausschau halten, denn er wußte, daß ein Mädchen aus dem Tour de Nesle irgendwann wieder auftauchen mußte. Schon weil es Hunger und Durst hatte und weil es in diesen Dezembernächten nicht ratsam war, im Freien zu schlafen, wenn man am nächsten Morgen aufwachen wollte.

Alison wußte, daß sie nicht einmal den Vorplatz von Nôtre Dame erreichen konnte, ohne daß César davon erfuhr. Die Bettler, Taschendiebe, Quacksalber und Mädchen, die zu seiner Bande gehörten, trieben sich überall herum. Hinzu kam, daß Dame Eleanor seit dem vergangenen Tag unter einem hartnäckigen Husten litt und im Bett geblieben war. Der Kräuterabsud, den Alison am Morgen für sie bereitet hatte, dampfte auf dem Herd, und es war an der Zeit, daß sie den warmen Ziegelstein auswechselte, der verhindern sollte, daß der Kranken zu kalt wurde.

Die Konzentration auf ihre häuslichen Pflichten beruhigte Alisons zitternde Nerven. Sie prüfte den Sitz ihrer Haube und strich sich die Schürze glatt. Sie wollte ja gar nicht fort. Sie wollte in diesem Haus bleiben, ihre Arbeit verrichten, Dame Eleanor dienen. Hier konnte sie sich unbeschwert der Illusion hingeben, daß sie so etwas wie ein Heim gefunden hatte. Daß sie keine Landstreicherin und keine Gauklerin, keine Wahrsagerin und keine Dirne war, sondern eine unbescholtene, einfache Küchenmagd, die nur ihre Pflicht tat. Hier zu bleiben und unbelästigt leben zu können war alles, was sie sich wünschte.

Alison trat auf den kleinen Hof hinaus, den rechts das leere Stallgebäude und links ein Verschlag für Holz und Hühner begrenzte. Das Federvieh war offensichtlich längst im Kochtopf gelandet, und die Holzvorräte waren ebenfalls nicht sehr üppig. Sie schüttete das Waschwasser des Seigneurs in die Rinne des Abtritts. Da das Haus über einen eigenen Brunnen mit klarem, reinem Wasser verfügte, konnte sie sich den Luxus leisten, den Eimer auch noch auszuspülen. Als sie wieder in die Küche kam, fand sie auf dem Tisch zwei grobe Körbe mit Vorräten, die ihr bewiesen, daß Francis Windhurst in der Zwischenzeit gekommen sein mußte.

Unwillkürlich trat sie näher an die Stiege, denn sie nahm an, daß er umgehend ihren Gast aufgesucht hatte, und die beiden lauten Männerstimmen, die sie hörte, bestätigen diese Vermutung. Es hörte sich nach einer Auseinandersetzung an. Von unbezwingbarer Neugier geplagt schlich Alison ein paar Stufen hinauf, bis sie die Worte genauer zu verstehen vermochte. Welch ein Glück, daß Windhurst seit jener Nacht im Kolleg nur noch französisch sprach. Sie hatte keine Skrupel, daß sie einfach so lauschte. Sie konnte sich den Moralkodex, den andere für gegeben hielten, nicht leisten. Sie mußte sehen, wo sie blieb, und dafür sorgen, daß sie erfuhr, was sie erwartete.

»…ich kann Euch versichern, daß La Hires Plünderungszüge nicht auf Befehl La Trémoilles geschehen. Der Feldhauptmann hat sich mit dem Konnetabel überworfen, er hält Richemonts Taktik für feige und will auf eigene Weise eine Entscheidung herbeizwingen. Allerdings könnte man ihn davon abhalten, aber ehe er dementsprechend auf Richemont einwirkt, erwartet der Sieur de la Trémoille ein entsprechendes Angebot von Eurer Seite. Ihr glaubt ja wohl nicht, daß er sich zu weit vorwagt, ehe er eine Sicherheit in der Hand hat!«

Alison wußte, daß es sich bei La Hire um einen Kampfgefährten der armen, hingerichteten Jeanne handelte und daß La Trémoille der wahre Herr in Bourges war. König Karl war ein schwacher, beeinflußbarer Herrscher, und er tat stets, was sein Kanzler vorschlug. In seiner Vertrauensseligkeit verschloß er zudem die Augen davor, daß jener in erster Linie sich selbst diente und nicht dem Königreich Frankreich. Aber hatte sie das alles wirklich richtig verstanden? Paktierte La Trémoille tatsächlich im Geheimen mit den Engländern? Beabsichtigte er, seinem eigenen König in den Rücken zu fallen?

»Sicherheiten? Liegt es nicht erst einmal an Euch zu beweisen, wie weit Ihr für Euren schwierigen Herrn sprechen könnt, St. Doye? Wollt Ihr mir weismachen, daß Ihr in eine belagerte Stadt gekommen seid, ohne konkrete Anweisungen des Kanzlers?«

St. Doye? Der Name rief ein Echo in Alison wach, obwohl sie schwören konnte, daß sie ihn noch nie gehört hatte. Ein Edelmann also. Ein Adeliger mit dem Gesicht eines Scheusals und dem Charakter eines Satans. Alison war unter dem Abschaum von Paris aufgewachsen, unter Tagedieben und Dirnen, unter Betrügern, Bettlern, und manch einer von Césars Kumpanen hatte mit Sicherheit auch den einen oder anderen Totschlag auf dem Gewissen, aber nicht einen dieser Männer hatte sie so verabscheut und verachtet wie diesen Seigneur, dessen prächtige Kleider und Juwelen in so krassem Gegensatz zu seiner Häßlichkeit standen.

»Unsere Forderungen sind klar, und Euch wird nichts anderes übrig bleiben, als sie anzunehmen«, antwortet er nun, und man mußte schon die Ohren eines Luchses haben, um ihn wie das Mädchen gut zu verstehen. »Vor wenigen Tagen hat eine Gesandtschaft aus Bourges in Lille einen vorerst geheimen Friedensvertrag mit dem Herzog von Burgund unterschrieben. Wenn die Bedingungen dieses Vertrages korrekt eingehalten werden, ist es mit dem Kriegsglück des Herzogs von Bedford vorbei.«

Sogar Alison, die wie die meisten Pariser, wenig über die Pläne und Machenschaften der Mächtigen wußte, war klar, daß eine Allianz zwischen dem König in Bourges und dem Herzog von Burgund die Engländer in arge Bedrängnis bringen würde. Aber sie bedeutete auch Frieden! Frieden für ein Volk, das wahrhaftig ein wenig davon verdient hatte. Wollte St. Doye diesen so dringend benötigten Frieden tatsächlich durch Verrat sabotieren?

»In der Tat«, antwortete Francis Windhurst. Auch er hatte die Stimme gedämpft. »Doch Ihr habt sicher Verständnis dafür, daß der Regent so weitreichende Zugeständnisse, wie La Trémoille sie verlangt, nicht ohne entsprechende Garantien von Eurer Seite festschreibt. Ich kann Euch eine geheime Audienz beim Herzog von Bedford verschaffen, der Rest ist dann Eure Sache!«

»Dann tut es und stehlt mir hier nicht meine Zeit«, erwiderte der Seigneur St. Doye unfreundlich. »Ich bin als geheimer Kurier des Kanzlers auf Euch angewiesen. Aber wenn ich den Eindruck bekomme, daß Ihr mich hinhalten wollt, so habe ich meine Möglichkeiten. Macht keinen Fehler, Seigneur.«

»Daran zweifle ich nicht«, gestand Windhurst, und Alison hörte Schritte. Ihr blieb nichts anderes übrig, als schnellstens ihren Lauschposten zu verlassen, und als der junge Mann die Küche betrat, fand er sie beim Einräumen der Vorratskammer, als hätte sie nie etwas anderes getan.

»Die fleißige Magd«, spöttelte er und lehnte sich mit verschränkten Armen an den Türrahmen. Er musterte sie auf geradezu unverschämte Weise. »Ich muß gestehen, ich hätte nicht erwartet, daß du so häuslich, gehorsam und tüchtig sein würdest. Dame Eleanor ist voll des Lobes über dich.«

»Was habt Ihr denn erwartet?« fragte Alison gereizt. Sie mochte es nicht, wenn er sich so kühl und arrogant gab. »Daß ich Asche ins Brot backe und das volle Weinfaß im Keller leertrinke? Wir haben eine Übereinkunft getroffen, und ich halte meinen Teil davon. Auch ein Straßenmädchen hat seinen Stolz.«

Sie wischte sich die Hände an der Schürze ab und steckte dann eine vorwitzige rote Strähne unter die Haube zurück.

Die Anmut ihrer Bewegungen verwirrte Francis Windhurst mehr, als er sich eingestehen wollte. Es war ihm einfach nicht möglich, dieses Mädchen in eine bestimmte Kategorie einzuordnen. Wann immer er sie sah, tat sie irgend etwas, was ihn von neuem überraschte und seine Meinung über sie durcheinanderbrachte. Und wenn er versuchte, sie auszuhorchen und mehr von ihr zu erfahren, dann widersetzte sie sich dem so hartnäckig, daß er ungeduldig wurde.

Alison war sich seiner Ungeduld und seiner mühsam unterdrückten Gereiztheit bewußt. Die ständige Spannung, die zwischen ihnen herrschte, konnte man fast mit den Händen greifen. Um sich abzulenken, packte sie den Korb mit den Äpfeln, dabei hätte sie lieber seine Schultern umfaßt und sich an Francis geschmiegt.

»Wenn Ihr mir den Weg freigebt... bitte...« Das nachgeschobene, leise »Bitte!« endete in einem Seufzer, denn er trat natürlich nicht zur Seite, sondern legte seine Arme auf ihre Schultern. Der geflochtene Weidenkorb, den Alison vor sich hielt, verhinderte, daß ihre Körper sich berührten, aber trotzdem zitterte das Mädchen. Stumm sahen sie sich an. Im hellen Sommerblau seiner Augen verloren, konnte Alison kaum atmen und benetzte nervös ihre Lippen mit der Zungenspitze. Ihr Herz raste, und der dumpfe Schlag dröhnte in ihren Ohren.

»Du bist schön, das weißt du, nicht wahr?« murmelte Francis Windhurst. »Wie viele Männer haben es dir schon gesagt? Wie viele haben dir die Flechten gelöst und diesen verführerischen Körper liebkost? Welchen geheimnisvollen Zauber wirfst du mit deinen Türkisaugen über mich, daß ich glauben muß, du wärst anders als alle anderen Frauen?«

Alison achtete weniger auf den Inhalt seiner Worte als auf den Klang seiner Stimme. Sie mißtraute diesem Mann, der nicht nur einen Namen hatte, der von politischem Hochverrat sprach und geheimnisvolle Botschafter beherbergte, und war ihm doch längst ausgeliefert. Daß er sie für eine Dirne hielt, für ein Mädchen, das seine Gunst freigiebig verschenkte, tat ihr weh, aber einmal mehr verzichtete sie darauf, seinen Irrtum richtigzustellen. Entscheidend war doch, daß sie unschuldig war; was die anderen dachten, war unwichtig. Alison senkte den Blick. Sie machte sich selbst etwas vor, denn das, was sie in diesem Moment empfand und sich wünschte, war meilenweit von dem entfernt, was ein keusches junges Mädchen denken sollte.

Sie wollte von ihm geküßt werden. Sie wollte seine Hände auf ihrem Leib spüren und wieder jene drängende Sehnsucht verspüren, die er schon einmal in ihr geweckt, aber nicht befriedigt hatte. Seitdem waren ihre Gedanken und Gefühle aufgewühlt, und selbst der Schlaf schenkte ihr nicht die nötige Ruhe. Wenn sie die Augen schloß, sah sie sein Gesicht vor sich. Und auch in ihren unruhigen Träumen tauchte er immer wieder auf.

Das ungeduldige Scheppern einer Glocke holte sie beide abrupt in die Wirklichkeit zurück. Der Seigneur St. Doye malträtierte den Glockenzug, der bis in die Küche reichte, mit der Gereiztheit eines ärgerlichen Kranken. Alison schrak so zusammen, daß sie um ein Haar den Korb mit den Äpfeln hätte fallenlassen. Windhurst griff zu, und ihre Hände berührten sich über dem groben Gitterwerk der geflochtenen Zweige. Und so leicht diese Berührung auch war, sie sandte doch eine ungeheure Hitze durch ihre Körper.

»Du mußt hinauf«, sagte er, und Bedauern schwang in seiner Stimme mit. »Es ist wichtig, daß der Seigneur unter diesem Dach bleibt. Denk daran. Er soll sich wohl fühlen und nicht den Wunsch haben, das Quartier zu wechseln.«

»Und wie weit soll ich gehen, daß er sich wohlfühlt?« fragte sie erbittert »Daß ich ihm im Notfall sein Bett wärme, damit er bleibt?« Alison wußte, daß sie ihn provozierte, aber sie brauchte diese Wut, um sich zu schützen. »Schmeichelt Ihr mir deswegen? Damit ich es als Ehre ansehe, von diesem gemütsarmen Krüppel berührt zu werden?«

»Zum Donner, nein!« brauste der junge Mann auf, und das blaue Feuer seiner Auen verwandelte sich in pures Eis. »Wofür hältst du mich? Hüte deine spitze Zunge und troll dich an die Arbeit! Hinauf mit dir! Morgen komme ich wieder.«

Alison stellte den Korb mitten in der Küche ab und lief zur Stiege. Sie knickste, als sie in den Wohnraum trat, und hielt den Blick auf die polierten Dielen des Bodens gerichtet. Es ziemte sich so für eine Magd, und es stand im Einklang mit ihren eigenen Wünschen. Sie wollte diesen gräßlichen Menschen nicht ansehen.

»Wo steckst du? Füll den Wein auf und bring mir zu essen!« befahl er unfreundlich. Er stand am Fenster und sah auf die Gasse hinab, als beobachte er dort eine Sache von höchstem Interesse.

Alison knickste gehorsam, nahm den polierten Zinnkrug und huschte hinaus. Was dieser Mann den ganzen Tag nur tat? Sie hatte die Papiere auf dem Tisch gesehen, Tinte und Feder, Petschaft und Siegelwachs. Seite um Seite eng beschriebenen Pergaments lag dort. Briefe, Urkunden, Schriftstücke, lauter Rätsel, die sie nicht lösen konnte, weil ein Kind im Hof der Wunder vielleicht stehlen, betteln und betrügen lernte, aber nicht schreiben und lesen.

Als sie mit dem schweren Tablett zurückkam, auf dem neben dem gewünschten Wein auch eine saftige Hasenpastete, eine Schale Hühnerragout, eingemachte Früchte und eine Auswahl Käse standen sowie das Brot, das sie erst am Morgen frisch gebacken hatte, saß er wieder über seinen eng beschriebenen Blättern. Unter seinem kalten Blick, den sie wie einen Dolchstich im Rücken spürte, deckte sie einen kleinen Tisch in der Nähe des Fensters und rückte den gepolsterten Sessel davor, damit er sich dort setzen konnte. Es machte sie nervös, daß er sie nicht einen Moment aus den Augen ließ, und ein Schauder lief ihr über den Rücken, als sie sah, daß er sich schwerfällig erhob und nähertrat.

Sein prächtiger, pelzbesetzter Brokatmantel schimmerte in Schwarz – und Goldtönen, so daß sein fahles Gesicht noch blasser wirkte, als es ohnehin schon war. An beiden Händen der Hand schimmerten große Ringe, und das Feuer eines eckigen Rubins wetteiferte mit dem Funkeln eines geschliffenen Mondsteines. In der Stille des Gemachs raschelte und knisterte der Stoff bei jedem Schritt.

»Wünscht Ihr noch etwas, gnädiger Herr?« murmelte sie mit sorgfältig kontrollierter Stimme, die weder ihre Furcht noch ihre Anspannung verriet.

»Ich schätze es nicht, wenn sich eine Dienstmagd sperrt«, sagte der Seigneur trocken. »Befahl ich dir nicht zu bleiben?«

Ehe Alison reagieren konnte, hatte er sie am Kopf gepackt, die Hand durch den Stoff der Haube in ihr Haar gekrallt, und zog ihn ihr so qualvoll weit nach hinten, daß sie auf den Platz gebannt stehenbleiben mußte. Das schwere Tablett rutschte ihr aus den Fingern und polterte auf den Boden, während sie vergeblich die Hände hob, um dem groben Griff zu entkommen. Doch damit war ihre Qual noch nicht zu Ende, denn mit der freien Hand umschloß er eine ihrer Brüste, so grob, daß er ihr wehtat.

»Fest und prall, wie sich das gehört«, kommentierte er, als sei sie eine Ware, die zum Angebot stände. Alison traten Tränen des Zorns und des Schmerzes in die Augen, und als sie sie wegzublinzeln versuchte, wurde das häßliche Gesicht dieses boshaften Mannes zu einer verschwommenen Grimasse. Sein höhnisches Lachen drang wie aus weiter Ferne zu ihr.

»So hab' ich das gern«, meinte er kichernd und drückte nun auch die andere Brust, auf die gleiche grausame Weise, so daß Alison unwillkürlich aufkeuchte. »Gut, ich sehe, du hast begriffen, so daß wir die Lektion ein andermal fortsetzen können. Und nun pack dich fort und hüte dich vor neuem Ungehorsam.«

Der Stoß, den er ihr versetzte, schleuderte Alison quer durch den Raum und ließ sie hart gegen die Umrandung des Kamins prallen. Erst im letzten Moment brachte sie ihre Röcke vor der Glut in Sicherheit. Ihre Kopfhaut prickelte und brannte, und ihre Brüste schmerzten, außerdem hatte sie sich die Hüfte gestoßen. Sie verzichtete auf eine Antwort, ebenso wie auf das Tablett. Sie lief aus dem Zimmer, so schnell sie konnte, und das böse Gekicher des Seigneurs St. Doye folgte ihr die Treppe hinab.

Bei allen Heiligen, dieser Mann war verrückt! Einer von jenen, die es genossen, einer Frau Schmerzen zuzufügen. Alison hatte genug Huren gesehen, die solchen Männern zu Gefallen sein mußten. Sie kamen zu La Trisanne, die recht gut mit Kräutern Bescheid wußte, um sich Tinkturen für ihre Wunden geben zu lassen oder Salben, die Prellungen und blaue Flecken verschwinden ließen. Aber sie, Alison, gehörte nicht zu jenen Mädchen Césars, die keine andere Wahl hatten, als zu gehorchen! Sie hatte sich nicht von ihm befreit, nur um einem Teufel in Brokat und Pelz in die Finger zu fallen.

Alison richtete ihre Haube und berührte vorsichtig ihren Busen. Sie würde blaue Flecken bekommen, ohne Zweifel. Und wenn es nur dabei blieb, konnte sie von Glück sagen. Unwillkürlich trat sie zum Fenster, dessen Läden gegen neugierige Blicke vorgelegt waren. Der Spalt in der Mitte gab jedoch einen schmalen Ausschnitt auf die Gasse frei. Ein Holzfuhrwerk ratterte vorbei und nahm ihr die Sicht auf den Eingang des winzigen Ladens gegenüber, wo ein frommer alter Herr geschnitzte Rosenkränze und kleine Heiligenstatuen verkaufte, die sich bei den Kirchgängern von Nôtre Dame großer Beliebtheit erfreuten.

Erst beim zweiten Hinschauen entdeckte sie die hagere Gestalt im grauen Umhang, die sich in die Schatten neben dem Eingang drückte. Der abgetragene Filzhut mit dem Muschelschmuck wies ihn als Pilger von St. Jago aus, aber das rote Band, das ihn ebenfalls schmückte, kannte Alison genau, und sie fuhr mit einem leisen Schrei zurück.

Craque-dent war sehr stolz auf dieses Band, und trug es wie eine Auszeichnung, denn er hatte es einem Blumenmädchen abgenommen, das er ein paar Tage nach Martini vergewaltigt hatte. Er war der wichtigste der drei Stellvertreter des Schwarzen César, und im ersten Schreck zweifelte Alison keinen Herzschlag lang daran, daß er nur ihretwegen dort aufgetaucht war. Er bewachte sie! Er lauerte darauf, daß sie das Haus verließ! Daß sie ihm in die Arme lief!

Alison schlug die Hände vor den Mund, um einen weiteren Aufschrei zu unterdrücken, und wich in die hinterste Ecke der großen Küche zurück. Doch langsam kehrte ihr Verstand wieder zurück. Woher sollte César wissen, daß sie sich hier befand? Windhurst hatte sie unauffällig und auf direktem Weg vom Kolleg hierher gebracht, und seitdem hatte sie das Haus nur verlassen, um im Hof Wasser zu pumpen. Niemand, außer ein paar zerzausten Spatzen und hungrigen Raben, die dort nach Nahrung suchten, hatte sie gesehen.

Und dennoch – weshalb sonst stand dann der brutalste und wendigste der Männer Césars vor ihrer Haustür und hinderte sie an der Flucht vor einem Edelmann mit höchst merkwürdigen Neigungen?

## 6. Kapitel

»Trinkt, Dame Eleanor! Das Gerstenwasser wird Euch helfen!« Vorsichtig stützte Alison die alte Damen und flößte ihr nach und nach das warme Getränk ein.

»Danke…« seufzte die Greisin. »Ich fürchte, ich lass dich schmählich im Stich, mein Kind. Ausgerechnet jetzt!« Ein neuer Hustenanfall schüttelte die schmale Gestalt in dem großen Himmelbett, und es dauerte einige Zeit, bis Dame Eleanor die Frage stellen konnte, die ihr die ganze Zeit auf der Seele gebrannt hatte.

»Wie kommst du mit dem Seigneur zurecht? Ich habe den Eindruck, er ruft dich unziemlich oft nach oben. Vielleicht war es ein Fehler, dich in diese Kleider zu stecken. In Lumpen und unter einer Schicht aus Schmutz wärst du vor ihm und Seinesgleichen sicherer. Du bist zu schön, Kind, ich fürchte fast, daß diese ausgefallene Schönheit mehr Last als Segen für dich ist.«

Alison hatte nicht das Herz, Dame Eleanor zu gestehen, daß sie mit ihren Vermutungen vollkommen richtig lag. Die Herrin war sehr krank. Es war nicht der rechte Zeitpunkt, sie auch noch mit anderen Problemen zu belasten. Rasselnd und keuchend holte sie Luft, die Stirn war vom Fieber gerötet, die Augen wirkten glasig. Dame Eleanor benötigte Ruhe und Schonung; zusätzliche Aufregungen würden ihr nur schaden.

»Macht Euch keine Sorgen«, erwiderte sie scheinbar ganz gelassen. »Er ist ein anspruchsvoller, nicht sehr freundlicher Seigneur, aber er kümmert sich nicht um eine Magd. Er scheint mit wichtigeren Dingen beschäftigt zu sein…«

Die Kranke schien die angedeutete Frage überhört zu haben. Sie schloß erschöpft die Lider, und Alison stopfte die Decken, die den schmalen Körper bedeckten, noch ein wenig fester. Doch als sie sich aufrichten wollte, wurde ihr Handgelenk jäh gepackt, und der Blick, mit dem die alte Dame sie anschaute, war überraschend klar.

»Laß dich nicht von Michel in etwas hineinziehen, was dir widerstrebt, Kind! Ich sehe dir an, daß du etwas für ihn empfindest und in seiner Gegenwart nicht unbeeinflußt denken kannst«, sagte die Greisin leise, aber eindringlich. »Es sind gefährliche Geschäfte, die er betreibt. Ich bin eine alte Frau, und wer weiß, ob ich den Erfolg seiner Bemühungen überhaupt noch erleben werde, aber dir wird Böses geschehen, falls er scheitern sollte...«

Ein neuerlicher Hustenkrampf hinderte sie wieder am Sprechen und nahm ihr noch mehr von ihrer Kraft. Als sie endlich wieder Luft bekam, schlief sie auf der Stelle ein. Was mochte die alte Dame mit ihren Worten gemeint haben?

Alison unterdrückt einen Seufzer und feuchtete ein Leintuch an, um der Kranken die Stirn zu kühlen. Und obwohl sie sich Sorgen um Dame Eleanor machte, schweiften ihre Gedanken immer wieder zu Francis Windhurst ab.

Warum kam er nicht? Wieso verbrachte er nur so wenig Zeit in diesem Haus? Was machte er in der Zwischenzeit? Sie hätte ihn so gern gefragt, ob sie nicht doch nach einem Arzt schicken sollte? Doch selbst wenn sie gewußt hätte, wo sie ihn suchen sollte, hätte sie das Haus nicht verlassen können, denn jeden Morgen, wenn sie aus dem Fenster sah, stand auch Craque dent schon wieder auf seinem Beobachtungsposten. Wie eine stumme, reglose Drohung.

Es dämmerte schon, als sie die steile Stiege hinunterlief, um neues Gerstenwasser anzusetzen und nach der Bouillon zu schauen, die sie für die Kranke auf den Herd gesetzt hatte. Sie war so besorgt, daß sie für einen verhängnisvollen Augenblick die Vorsicht vergaß, die sie sich im Umgang mit dem Mieter des Hauses angewöhnt hatte.

Die Tür zu seinem Gemach stand auf, und die herrische Stimme, die ihr einzutreten befahl, ließ sich schlecht überhören. Den leeren Krug in den Händen und die gebrauchten nassen Tücher über dem Arm, machte sie ihre übliche Reverenz.

»Schließ die Tür!« wies er sie an, und als Alison zögerte, bemerkte sie plötzlich die dünne Reitgerte in seinen Händen. Sie gehorchte, blieb aber neben dem rettenden Ausgang stehen.

»Was wünscht Ihr?« fragte sie leise.

»Was fehlt der Frau oben?« bellte er.

»Ein böser Husten«, gab ihm Alison Bescheid. »Außerdem quält sie das Fieber. Es sieht schlimm aus, und meine Mittel reichen kaum aus, ihr zu helfen. Könnt Ihr mir sagen, wann Ihr Euren Freund erwartet? Vielleicht sollte man einen Doktor rufen, der nach ihr sieht.«

»Mein Freund? Vom wem sprichst du?«

»Von Lord Windhurst«, erwiderte das Mädchen und sah erschreckt den Ausdruck blanken Hasses, der für einen Moment über sein Gesicht glitt.

»Windhurst! Mein Freund? Das hätte mir gerade gefehlt.« Er spuckte die Worte fast aus. »Dieser polierte Geck von einem Engländer... Gefällt er dir? Ich kenne Euch Frauenzimmer. Eine anziehende Larve, ein paar goldene Haare, und schon glaubt ihr dem Erzengel Michael persönlich gegenüber zu stehen. Ihr seid alle gleich. Auch sie war so. Sie und diese andere, dieser Teufelsbraten, der mir alles zerstört hat. Aber noch ist nicht alles verloren, noch ist mein Einfluß groß, und ich werde mich rächen! Vergiß diesen Lackaffen Windhurst. Weiß der Teufel, wann er kommt. Heute sicher nicht mehr, heute sind wir allein, meine Schöne! Und wenn die Alte dort oben an ihr Bett gefesselt ist, um so besser. Nimm die Haube ab.«

Alison war so verdutzt von seiner Forderung, daß sie gar nicht reagierte.

Weshalb sollte sie die Haube abnehmen? Wozu benötigte er ihre Kopfbedeckung?

»Du willst nicht? Nun, ich werde dich Gehorsam lehren, mein Täubchen...«

Alison sah den Schlag nicht kommen, aber sie hörte das Zischen, als die Gerte die Luft durchschnitt, und plötzlich lag die Haube auf dem Boden. Der festgesteckte dicke Zopf löste sich und fiel schwer auf ihre Schulter. Ihr Aufschrei ging in seinem heiseren Gelächter unter. Aber es war kein richtiges Lachen, es war ein unmenschliches Geräusch, das sie zusammenzucken ließ. Es war unheimlich, wie das

Rascheln von Ratten in einer Kornkammer, die man nur hörte, aber nicht sehen konnte.

»Rote Haare! Eine von diesen rothaarigen Hexen bist du, dachte ich mir's doch! Ein feuerfarbener Zeitvertreib, so wie ich's mag…«

»Laßt mich! Ihr habt kein Recht…« schrie Alison und versuchte verzweifelt seinen Hieben zu entkommen, aber sie hatte seine Schnelligkeit unterschätzt. Zudem gebrauchte er die Gerte mit der Präzision eines Folterknechts. Er trieb sie immer weiter von der Tür fort und in eine Ecke, wo sie mit den Kniekehlen gegen eine Truhe stieß und mit einem Stöhnen auf das harte Holz plumpste. Gefangen zwischen der Wand und seiner Reitgerte.

»Leibeigene haben keine Rechte«, erklärte er, und sie sah ihm an, wie sehr er es genoß, sie in die Enge getrieben zu haben. »Sagte ich dir nicht, daß du mir zu Willen sein wirst, rote Hexe? Du hast Angst, nicht wahr? Ich sehe es. Wie schön… ich liebe es, wenn sie Angst haben und zittern. Es macht das Vergnügen vollkommen und bereitet mir mehr Genuß!« Er packte sie am Kragen ihres Gewandes, der eh schon durch einen der Hiebe halb abgetrennt war, und riß ihr den Stoff mit einer heftigen Bewegung von den Schultern. Es gab ein häßliches Geräusch, aber noch häßlicher war das, was Alison in seinen Augen sah. Wie gelähmt starrte sie ihn an, unfähig, sich zu bewegen. Die Schrecken schon einmal ge-sehener Bilder tauchten wieder vor ihrem inneren Auge auf, und sie hörte aus einer anderen Welt den fernen, wilden Schrei ihrer verstorbenen Mutter.

Daß ihr Kleid ihr in Fetzen von den Schultern glitt, bemerkte sie kaum. Sie achtete auch kaum darauf, daß ihre Brüste plötzlich entblößt waren, und erst, als St. Doye mit dem Griff der Gerte die Linien ihres Busens nachfuhr, kehrte sie wieder in die grausame Wirklichkeit zurück. Die neutrale, fast sachliche Berührung schickte einen Schauder puren Entsetzens durch Alisons Körper.

»Schön«, näselte die fürchterliche Stimme, und die Gerte wurde durch eiskalte, knochenharte Finger ersetzt. Aber es war nicht diese gemeine Belästigung, die Alison schließlich aus ihrer Unbeweglichkeit riß. In ihr flammte eine so unbeherrschte urtümliche Wut auf, wie sie sie noch nie empfunden hatte. Es war ein Zorn von fürchterlicher Gewalt, der alle Fesseln sprengte und sie ganz instinktiv reagieren ließ. Sie war kein Opfer, daß sich in dummen Schafsgehorsam unterwarf. Sie nicht!

Vorsichtig suchend tasteten ihre Finger unter ihrer Schürze nach dem Messer, das sie in ihren Gürtel geschoben hatte. Sie zwang sich, ruhig zu bleiben und seine Hand zu dulden, bis sie das Messer gefunden hatte, das sie seit seinem letzten Überfall ständig bei sich trug. Sie baute darauf, daß Guy de St. Doye nicht mit ihrer Gegenwehr rechnete und daß er sich in seiner Begierde viel zu sehr von ihrem Körper ablenken ließ.

Im ersten Augenblick begriff er nicht, was passiert war. Die Augen quollen ihm fast aus dem Kopf, als er das kalte Metall der Messerspitze an seinem ungeschützten Hals spürte. Der Druck ritzte die Haut, und er konnte den Blutstropfen fühlen, der aus der kleinen Wunde rann.

»Rührt mich nicht an!« zischte Alison. »Ich steche Euch ab wie ein Schwein, wenn Ihr es tut. Ich bin nicht Eure Sklavin. Ich bin eine Hausmagd und keine Hure, Seigneur!«

Unwillkürlich wich der Mann weiter zurück, aber sie folgte ihm, ohne den Druck der Klinge auch nur ein einziges Mal zu verringern. Sie sah unzweifelhaft danach aus, als würde sie ihre Drohung ohne den geringsten Skrupel in die Tat umsetzen.

»Bist du verrückt?« rief er ebenso verblüfft wie entrüstet. »Ich werde dich anzeigen! Willst du mich töten, du Hexe?«

»Ihr könnt mich nicht anzeigen«, widersprach Alison mit einer Ruhe, die sie in Wirklichkeit nicht empfand. »Ihr seid heimlich in Paris, soviel weiß auch ich. Es ist in Eurem eigenen Interesse, daß die Herren der Stadt nichts von Eurer Anwesenheit erfahren. Also spart Euch Eure Drohungen, mich könnt Ihr nicht schrecken.«

»Woher weißt du…«

»Auch eine Magd hat Augen und Ohren, Seigneur. Dies ist ein Geschäft auf Gegenseitigkeit. Ihr faßt mich nicht mehr an, und ich bewahre auch weiterhin das Geheimnis Eurer Anwesenheit in diesem Haus.«

Alison zog mit der freien Hand notdürftig die Reste ihres Gewandes hoch und wich rückwärts an die Tür zurück. Das Messer jedoch ließ sie keine Sekunde sinken, und die Art, wie sie es hielt, bewies ihm, daß sie sehr wohl damit umgehen konnte. Das war kein Küchenmesser, das war ein scharf geschliffener Dolch, wie ihn die Gauner von Paris bei sich trugen.

Und zum ersten Male entdeckte sie eine Regung in seinem steinernen Gesicht. Den Ausdruck mörderischer, unkontrollierter Wut.

Von einer Küchenmagd übertölpelt und bedroht zu werden war mehr, als der Seigneur St. Doye ertragen konnte. Seine Stirn rötete sich, und die wulstige Narbe wurde zum feurigen Mal. Alison hatte im Feuer gesehen, wie Nana ihn mit einem Kerzenleuchter traf und wie er zusammengebrochen war. Der Gedanke an Nanas Sieg gab ihr Kraft und Mut.

»Das wirst du bereuen!« sagte er so leise, daß sie die Worte kaum hörte. »Du wirst dir noch wünschen, du hättest das nicht getan, meine Kleine.«

Sie spürte den Türknauf in ihrem Rücken und entriegelte die Tür, ohne sich umzudrehen. St. Doye war beim Kamin stehengeblieben und hatte ein weißes Leinentuch aus der Tasche seines Hausmantels genommen, das er gegen die winzige Wunde an seinem Hals drückte. Als die Tür ins Schloß fiel, nahm er den Stoff und betrachtete den Blutfleck. Dann warf er das Tuch mit einem lästerlichen Fluch in die

Flammen und sah zu, wie es verbrannte. Ein häßliches Lächeln spielte um seine Lippen.

Alison flog förmlich die Stiege hinunter in die rettende Abgeschiedenheit der Küche. Aber war es nicht nur eine Illusion, wenn sie glaubte, daß sie sich dort in Sicherheit befände? Gab es überhaupt irgendwo auf der Welt einen Ort der Sicherheit und des Friedens für sie? Tief versteckt in ihrem Herzen bewahrte sie eine halb vergessene Erinnerung an Wärme, Liebe, Geborgenheit und Lachen, wenn sie sich auch nicht erklären konnte, woher diese Erinnerung kam, denn die Wirklichkeit ihres Lebens sah ganz anders aus. Und auch hier schenkte das Leben ihr nichts. Sie hatte die Wahl, zum Tour de Nesle zurückzukehren oder hierzubleiben, in diesem Haus, wo sie auch keinen Schutz und keine Hilfe finden würde.

Erschöpft ließ sie sich auf die Bank fallen, legte die Arme auf den Tisch und legte den Kopf darauf. Ihr Leben war noch nie einfach gewesen, aber nun schien es ihr, als habe sie sich unrettbar in den Fallstricken verfangen, die man für sie ausgelegt hatte. Ihre Müdigkeit wurde lediglich von ihrer Ratlosigkeit übertroffen.

»Bei Gott, was ist passiert? Wie siehst du aus?«

Verblüfft hörte Alison diese Worte. Sie fuhr hoch und versuchte vergeblich, ihre Haare mit den Händen zu bändigen. Im ersten Moment hatte sie Erleichterung darüber verspürt, daß Francis gekommen war, doch diese Erleichterung wich schnell einem heftigen Zorn, denn seine Worte klangen wie ein Vorwurf – ein Vorwurf an sie! Als teilte er ihr von vornherein die Schuld zu, ohne zu wissen, was überhaupt geschehen war. Windhurst betrachtete entsetzt das Bild, das sie bot: Ihr Gewand war zerrissen, und die Fetzen bedeckten kaum ihre Blöße. Zwei brandrote Striemen zogen sich über ihre Schulter, dort, wo die Gerte sie getroffen hatte.

»Er hat dich geschlagen?« Es gehörte nicht viel Phantasie dazu, diese Male richtig zu deuten.

»Er hätte noch mehr getan, wenn ich nicht so gut mit einem Dolch umgehen könnte«, sagte Alison heiser und zerrte an ihrem Kleid.

Vergeblich. Sie mochte zerren und ziehen, soviel sie wollte, es gelang ihr nicht, ihren Körper vor Francis' Blicken zu verbergen, die wie gebannt auf ihrer hellen, samtweichen Haut ruhten.

So gab sie es auf und nahm seine Blicke hin, ohne mit der Wimper zu zucken. Stolz, trotzig und bereit, beim geringsten Anlaß mit ihrem Zorn zurückzuschlagen. Ihre Haltung rührte Gefühle in Francis an, von denen er glaubte, daß er sie längst vergessen habe.

Und doch konnte er nicht eingreifen, um Alison zu helfen. Er konnte sich solche edlen Gefühle einfach nicht leisten, denn es stand mehr auf dem Spiel als Leben oder die Tugend eines einfachen Mädchens, das mit seiner Schönheit Guy de St. Doye offensichtlich um den Verstand brachte. Aber war das nicht eine Möglichkeit, eine Chance...

Erstaunt stellte Alison fest, daß sie die Gedanken hinter seiner Stirn lesen konnte, als wären es ihre eigenen. Für seine Gnaden Lord Windhurst war sie kein Mensch, sondern ein Gegenstand. Zugegeben, eine Frau, die ihm gefiel, aber das bedeutete noch lange nicht, daß er sich deshalb überflüssige Gedanken über sie zu machen brauchte oder Wert auf ihre Unversehrtheit legen müßte. Wenn es nötig sein sollte, würde er sie seinen Zielen opfern. Von ihm konnte sie keine Hilfe erwarten. Ganz im Gegenteil, er würde sie ohne Skrupel zerstören, so wie es ihr die Flammen bereits verraten hatten.

»Du solltest dein heißblütiges Temperament in Zukunft besser zügeln«, sagte er nun, und es klang wie ein Befehl. »Es ist wichtig, daß unser Gast sich wohlfühlt und unversehrt bleibt.«

»Ich habe Euch verstanden – was mit mir passiert, ist nicht so wichtig«, antwortete Alison mit ätzender Schärfe, um zu verbergen, wie sehr er sie damit verletzte. Sie griff nach ihrem Dolch und befestigte ihn wieder am Gürtel. »Seid unbesorgt, ich denke, ich habe mich mit dem hochedlen Seigneur geeinigt. Ich wäre Euch jedoch dankbar, wenn Ihr Eure Sorge um sein Wohlergehen für einen kurzen Augenblick auch auf Dame Eleanor ausweiten könntet. Sie leidet unter einem schweren Brustfieber, und es wäre ratsam, wenn ein Doktor nach ihr sähe.«

Er erschrak sichtlich, als er ihre Worte hörte; offensichtlich schien die alte Frau ihm wirklich viel zu bedeuten. Alison hatte gerade ihr zerrissenes Gewand gegen ein anderes aus der Truhe der ehemaligen Dienerin ausgetauscht, als er auch schon einen hageren alten Juden nach oben führte, der nach Dame Eleanor sehen sollte. Nach der Untersuchung sagte der Arzt zu Alison, worauf sie bei der Pflege der Kranken achten mußte, und er ließ ihr die entsprechenden Tinkturen und Salben da.

Alison machte sich daran, seinen Anweisungen zu folgen, und die Kammer der Hausherrin wurde zu ihrer Zuflucht in dieser Nacht. Sie wärmte die Kräutertinktur für die Brustumschläge über dem Kaminfeuer und flößte der Kranken in regelmäßigen Abständen die Medizin ein. Dazwischen blieb ihr indes genügend Muße, über die eigene verzweifelte Lage nachzusinnen. Außer La Trisanne gab es niemanden, dem etwas an ihr lag – und dies auch nur aus eigensüchtigen Gründen, damit sie ihre Belohnung kassieren konnte, wenn sie das Mädchen César le Noir auslieferte.

Das würzige Kampferaroma der Flüssigkeit, mit der der Brustwickel der Kranken getränkt wurde, zog durch den Raum. Die Aufregungen des Tages hatten Alison erschöpft, und die Wärme im Zimmer machte sie noch schläfriger. Müde sank sie in den gepolsterten Schäferinnenstuhl. Die Flammen zogen ihren Blick wie magisch an, und schon bald formten sich Bilder in ihnen, und Alison verfiel in eine Art Trance.

Ihr war, als befände sie sich mitten unter den Menschen, die sie dort sah. Als hörte sie ihre Worte und nähme an ihrem Leben teil, ohne daß sie von ihnen bemerkt wurde. Im ersten Moment erkannte sie die kostbar gekleidete Edeldame gar nicht, deren Haare unter einem spitzen, perlenbesetzten Hennin verschwanden und die ein zartgrünes Samtgewand trug, das von einem gleichfalls zartgrünen Schleier umwölkt wurde. Die Robe war unter dem Busen mit einem breiten Perlengürtel gerafft und unterstrich ihre zierliche Gestalt, aber die Art, wie sie die Hände schützend vor dem Leib gefaltet hatte, legte den Verdacht nahe, daß sie guter Hoffnung war.

Erst als sie die blauen, veilchenfarbenen Augen aufschlug und sanft lächelnd den Edelmann betrachtete, der mit finsterer Miene vor ihr stand, begriff Alison, daß es sich um Nana handelte. Das Mädchen, das durch ihre Träume geisterte und dem es gelungen war, den Machenschaften des Seigneur St. Doye zu entkommen. Es hatte sich auf wundersame Weise in eine elegante Dame verwandelt. In eine Frau, die Autorität und Einfluß besaß und die ihrem Gatten zu widersprechen wagte.

»Ich werde bei Königin Marie bleiben«, sagte Nana in diesem Moment. »Es ist das Vernünftigste, Colin, Ihr wißt es selbst. Die Straßen sind zu schlecht, um in die Gascogne zu reisen, und es wäre zu gefährlich für unser Kind. Außerdem könnt Ihr nicht einfach Euer Schwert wegstecken. Der Konnetabel de Richemont braucht jeden Mann. Nun, nachdem der Friede mit Burgund so gut wie sicher ist, haben wir zum ersten Male Hoffnung auf ein Ende des Krieges. Wollt Ihr nicht dazu beitragen?«

»Ihr wollt doch nur für den Fall, daß die Nachforschungen Eures Vaters etwas ergeben, in Bourges bleiben«, sagte ihr der dunkelhaarige, wütende Edelmann auf den Kopf zu. »Alles andere ist nur Vorwand, ich kenne Euch, mein Herz. Aber ich habe Angst, daß Ihr enttäuscht werdet. Es ist so gut wie unmöglich, daß ein kleines Kind jene schlimmen Wirren überlebt hat, in die ihr beide nach der Schlacht von Azincourt geraten seid.«

»Ich weiß, daß Alison lebt!« erwiderte die junge Frau mit Nachdruck. »Ich spüre, daß sie mit mir verbunden ist, und ich weiß, daß wir uns wiedersehen werden, Colin! Meine Schwester ist bei mir. So sicher, als ob ich in diesem Moment ihre Hand ergreifen könnte…«

Das Mädchen vor dem Kamin streckte in leidenschaftlicher Sehnsucht die Hände aus, um jene Finger zu fassen, aber die Bewegung vertrieb das Bild. Alison fuhr zusammen und schauderte, ihr Verstand war immer noch befangen in dem, was sie gerade gesehen hatte. Als sie sich umschaute, wußte sie im ersten Moment nicht, wo sie sich befand, dann hörte sie das Stöhnen der Kranken und begriff…

Das Feuer. Sie hatte wieder einmal nur geträumt.

## 7. Kapitel

Die Glocken weckten Alison. Die der nahen Kathedrale von Nôtre Dame verbanden sich mit denen der anderen Kirchen von Paris, um den Morgen des ersten Weihnachtstages einzuläuten. Unwillkürlich empfand die junge Frau ein Gefühl der Hoffnung, das in krassem Gegensatz zu den tatsächlichen Gegebenheiten ihres Lebens stand.

Mit steifen Gliedern rappelte sich Alison aus dem Stuhl hoch, in dem sie die Nacht verbracht hatte, und tappte zum Fenster. Hinter dem milchigen Glas der kostbaren Scheiben lag die Gasse in morgendlichem Frieden. Frost hatte den Reif wie eine durchscheinende, silbrig glitzernde Decke über die Dächer gelegt.

Da Alison sich im obersten Stock des schmalbrüstigen

Hauses befand, konnte sie zwar über die übrigen Dächer hinweg, aber nicht auf die gepflasterte Gasse hinunter schauen. Dafür verlor sich ihr Blick in einem Himmel, der sich wie zarteste blaue Seide über der Stadt spannte und in dem sogar die Rauchfahnen der Kamine an diesem Morgen nicht grau, sondern weiß und frisch erschienen. Ein Morgen, an dem alles möglich zu sein schien, der Weihnachtsfrieden versprach und Geborgenheit.

Alison war so in ihre Gedanken versunken, daß sie nicht gleich bemerkte, daß etwas Seltsames im Haus vorging. Gepolter und laute Stimmen ließen sie schließlich zusammenschrecken. Scherben klirrten, Männer riefen sich etwas zu und trampelten mit schweren Stiefeln über die Treppe. Neuerliche Besucher für den Seigneur St. Doye? Aber weshalb machten sie einen solchen Lärm?

Das Mädchen warf einen besorgten Blick zum Bett hin, das auf drei Seiten mit dicken Vorhängen gegen Zugluft geschützt war und in dem Dame Eleanor die erste ruhige Nacht seit längerem verbracht hatte. Das Fieber war abgeklungen, und auch der erschöpfende Husten soweit eingedämmt, daß sie bis auf wenige Unterbrechungen ruhig hatte schlafen können. Auch jetzt schlief sie so fest und tief, daß sie nichts von dem hörte, was um sie herum geschah.

Alison zog das warme Tuch, das sie über den Schultern trug, fester um ihren Oberkörper und lauschte angespannt. Sie hatte sich während der vergangenen Woche ausschließlich um Dame Eleanor gekümmert und weder den Seigneur St. Doye noch Francis Windhurst zu Gesicht bekommen. Aber sie hatte sehr wohl während der langen, durchwachten Nächte bemerkt, daß Leben im Haus war und in den Räumen im ersten und zweiten Stock Fremde ein- und ausgingen, die in Windhursts Begleitung über die verschlungenen Kellerwege auftauchten und wieder verschwanden.

Neugier und Sorge trieben sie hinaus auf den nächsten Treppenabsatz, der von einer kleinen Öllampe erhellt wurde. Sie wollte nicht, daß die Kranke erwachte, aber sie wollte auch wissen, was geschah und warum eine derartige Unruhe im Haus herrschte. Sie prallte förmlich gegen eine stinkende Wand aus Muskeln und Lumpen, und sie schrie unwillkürlich auf. Sie hatte den Mann sofort erkannt – es war Craque dent. Doch ehe sie reagieren konnte, zappelte sie schon in seinen Fäusten.

»Wen haben wir denn da? Das Täubchen kenne ich doch!« rief Craque dent und zerrte Alison die Treppe hinab, obwohl sie sich mit Händen und Füßen gegen ihn wehrte. Verbissen und ohne einen Laut, ganz im Gegensatz zu dem bulligen Galgenvogel, den ihre wütenden Versuche nur zum Lachen reizten. »Da wird sich César aber freuen, wenn er erfährt, daß du das Täubchen bist, das man ihm angeboten hat. Ich wette, daß er keine Ahnung davon hatte, sonst wäre er selbst mitgekommen. Ist nicht gut auf dich zu sprechen, unser Anführer, Täubchen! Er hat was gegen Dirnen, die sich ohne seinen Willen selbständig machen wollen!

Die saubere Küche, auf die Alison so stolz gewesen war, glich einem Schlachtfeld. Geöffnete Truhen, umgestürzte Regale, Teller, Löffel und Töpfe und willkürlich ausgeschüttete Vorräte bildeten ein wildes Durcheinander, in dem Césars Leute sich alles griffen, was Wert für sie hatte.

»Man wird euch anzeigen«, schrie Alison, die dieser verheerende Anblick in solche Wut versetzte, daß sie die Sprache wiederfand. Sie hatte jede Solidarität für die Kerle aus der Gosse längst vergessen. »Ihr könnt nicht einfach in das Haus eines unbescholtenen Bürgers eindringen und...«

Das rauhe Gelächter Craque dents und seiner Kumpane schnitt ihr das Wort ab.

»Hast dich wohl schon als ehrsame Bürgerin gefühlt, Täubchen?« rief der Anführer erheitert. »Damit ist's jetzt vorbei! Spar dir das bißchen Luft in deinen Lungen für César, ich möchte wetten, daß er dir mit Vergnügen deine Träume aus dem Leib prügelt. Jetzt komm schon, wir müssen verschwinden, eh' der Lärm die ganze Nachbarschaft mißtrauisch macht…«

»Ihr werdet nicht… Hiiiilfe! Zu Hiiii…«

Alisons schriller Schrei erstickte unter einer mächtigen Pranke. Bevor ihr die Sinne schwanden war ihr letzter Gedanke, nach wem sie eigentlich rief? Weder der Seigneur St. Doye noch Lord Windhurst hätten diesen Lärm überhören können. Daß sie nicht einschritten, bedeutete entweder, daß sie nicht im Hause waren oder daß dieser Überfall mit ihrem Einverständnis stattfand.

Durchdringende Kälte und das heftige Rütteln eines Wagens brachten sie wieder zu sich. Sie konnte sich nicht rühren, weil sperrige Bündel auf ihr lasteten. Unter dem schmutzigen Lumpen, der ihren Mund verschloß, brachte sie bloß ein heiseres Krächzen hervor, und in der Dunkelheit, die sie umgab, konnte sie nur ein paar vage Schatten erkennen. Es dauerte viele weitere Herzschläge, bis ihr klar wurde, daß sie von Reisigbündeln bedeckt auf dem Boden eines Karrens liegen mußte, der, von einem langsamen Tier gezogen oder von ein paar Menschen geschoben, durch die Gassen der Stadt rumpelte. Craque dent und seine Bande hatten dafür gesorgt, daß sie ihnen nicht mehr durch die Finger schlüpfen konnte.

Als der Karren endlich hielt und sie aus ihrem Gefängnis befreit wurde, war sie steif gefroren, und vermutlich war sie auch mit blauen Flecken übersät. Sie erkannte die vertraute Silhouette des Tour de Nesle hoch über sich und hätte die Augen am liebsten wieder geschlossen. Sie begriff nicht, wie César le Noir ihre Spur hatte finden können, aber sie wußte, daß sie keine zweite Chance bekommen würde, ihm zu entkommen. Er war kein Mann, der sich zweimal an der Nase herumführen ließ.

»Willkommen daheim, Schätzchen!« sagte Craque dent voller Spott, packte sie an den gefesselten Händen und riß sie grob vom Wagen herunter. Alison stolperte und stürzte schwer auf die Knie. Während sie sich wieder aufrappelte, warf sie schnell einen Blick in die Runde und sah, daß Craque-dent und seine Kumpane einen so dichten Ring um sie bildeten, daß nicht einmal eine Maus zwischen ihnen hätte hindurchschlüpfen können. »Unser Chef wartet schon ungeduldig«, teilte er ihr mit. »Wenngleich ich wette, daß wir ihm mit dir eine Überraschung bereiten, mit der er nicht gerechnet hat.«

Alison konnte sich keinen Reim auf seine Bemerkung machen, aber sie wußte, daß es ohnehin sinnlos war, Craque-dent Fragen zu stellen. Sie leistete keinen Widerstand, als er sie am Arm packte und in den großen Keller zerrte, der früher einmal das Quartier der Wachmannschaften gewesen war und nun César le Noir als Hauptquartier und Wohnung diente.

Seltsamerweise empfand Alison kaum Überraschung, als sie den Seigneur St. Doye erkannte, der in einen kostbaren Umhang gehüllt wie eine fremdartige, pelzig-braune Spinne neben César hockte. Ihm also hatte sie diese unsanfte Reise zu verdanken. Wie gut sie zusammenpaßten, diese beiden Scheusale, das eine in Brokat und Pelz, das andere in Leder und stinkenden Lumpen, aber einer so bösartig und verdorben wie der andere.

Der Schein der Feuerstelle und ein paar Fackeln beleuchteten den Schlupfwinkel, in dem es auch bei Tag kaum hell wurde. Der kahle Schädel des Edelmannes glänzte rötlich im Licht der Flammen. Als er sie erkannte, setzte César den Weinkrug, den er eben gehoben hatte, mit einem harten Ruck zurück auf die Tischplatte. Das Geräusch veranlaßte seinen vornehmen Gast dazu, in dieselbe Richtung zu schauen, und Alison erahnte den triumphierenden Glanz in seinen Augen mehr, als sie ihn sah.

»Das also ist die Magd, die wir für Euch holen sollten?« knurrte César und brachte Craque-dent, der eben den Mund aufmachen wollte, mit einer herrischen Geste zum Schweigen. »Beim Henker von Paris, das nenne ich eine saubere Geschichte!«

»Das ist die Frau«, bestätigte der Seigneur unfreundlich.

»Weshalb? Was habt Ihr mit dem Weib vor?«

Für einen Moment maßen sich Edelmann und Bandit mit ihren Blicken. César konnte sehr wohl zwischen Geschäft und privaten Interessen unterscheiden. Der Fremde war kein Unbekannter mehr für ihn, denn sie machten schon seit geraumer Zeit Geschäfte miteinander. Er bezahlte gut für das, was er bekam, und das genügte César. Normalerweise kümmerte er sich nicht darum, welche Gründe seine Auftraggeber antrieben, und es war ihm auch bei dem Seigneur stets gleichgültig gewesen. Bis jetzt. Nun aber ging es um Alison, und wenn einer ein Anrecht auf dieses Mädchen hatte, dann er, César le Noir! Auch wenn dieser Mann verdammt viel Geld für die Entführung des Mädchens gezahlt hatte!

»Kümmert Euch nicht um meine Angelegenheiten«, wies ihn der Seigneur herrisch zurecht. »Ihr wißt, daß Ihr mir zu Diensten sein sollt, sonst nichts. Laßt mich endlich allein mit der Frau.«

Zu Alisons nicht gelinder Überraschung gehorchte César widerspruchslos. Er warf ihr zwar noch einen nachdenklichen Blick zu, dann jedoch erhob er sich und gab seinen Männern ein Zeichen. Gleich darauf war sie allein mit Guy de St. Doye. Mit immer noch auf den Rücken gefesselten Händen. Sie hob den Kopf und bemühte sich, ihren Feind nichts von der Panik merken zu lassen, die sie überflutete. Sie stand still und wartete.

St. Doye, der mit einem Wutausbruch, mit Fragen, mit Hysterie, mit Angst und mit Flehen gerechnet hatte, sah sich einmal mehr getäuscht. Er verzog die Lippen zu der Karikatur eines Lächelns hoch, und in seinen Augen las Alison etwas, was sie zutiefst erstaunte. Widerwillig Anerkennung und etwas, das man fast hätte Furcht nennen können. Vor allem aber ungläubiges Erstaunen über die Kraft dieses Mädchens, das ihm zu trotzen wagte.

»Ich habe dich gewarnt«, sagte er und brach damit als erster das Schweigen. »Ich vergesse keine Beleidigung und schon gar keinen Tropfen Blut.«

»Ich auch nicht!« erklärte Alison, und sie spürte, wie wieder jener überwältigende, rätselhafte Zorn tief in ihr aufbrach und sie Worte sagen ließ, von denen sie selbst nicht wußte, weshalb sie sich auf ihre Zunge drängten. Der eine andere Stimme weckte, die aus dem Dunkel der schrecklichen Vergangenheit des Mannes aufstieg und ihn mit abergläubischem Schrecken bannte.

»Es ist eine schlimme Rechnung, die zwischen uns offensteht, Seigneur. Das Blut meiner armen Mutter, die Wunden meiner verlassenen Schwestern, die Ruine meines Elternhauses, das Unglück meines Vaters... Ein Menschenleben reicht nicht aus, um all das zu sühnen, was Ihr mir und den Meinen angetan habt!«

Sie sah, wie sein Blick starr wurde und das Blut völlig aus seinem ohnehin schon so bleichen Gesicht wich. Sie sah, wie sein Adamsapfel auf und ab hüpfte, als er versuchte, etwas zu sagen, aber kein Wort herausbrachte. Sie sah, wie er die rechte Hand hob, als wolle er einen bösen Geist abwehren.

»Wie... was... woher... Du bist es also doch! Deshalb diese Ähnlichkeit. Aber...«

Er rang noch immer um Worte, als Alison näherkam und so dicht vor ihm stehenblieb, daß ihre schmutzigen Rocksäume seine bordierten Lederschuhe berührten.

»Ihr habt sie getötet, ich habe es gesehen, und das Bild hat sich in meine Seele eingebrannt. So wie Ihr auch Nana und mich töten wolltet und die eben geborenen Kleinen, die in ihrer Unschuld noch nicht einmal getauft waren. Ihr seid der Abschaum alles Bösen, und ich verfluche Euch! Ich verfluche Euch bis zum jüngsten Tag und darüber hinaus! Der Tod ist zu schade für Euch, denn er erlöst Euch vom Leid. Ihr sollt leben, leben und leiden. Endlos, solange noch ein Funken Kraft in Euch ist!«

Alison sprach wie im Fieber, tief in ihrem Inneren trieb sie ein haßerfülltes Wissen, das mehr war, als ein einzelner Mensch ertragen konnte. Es gab ihr diese Worte ein, von denen jedes einzelne den Mann weiter zurückweichen ließ, bis die Mauer seiner Flucht ein Ende bereitete und er sich in die Enge getrieben sah.

»Hexe!« kreischte er mit sich überschlagender Stimme. »Elende Hexe! Tochter einer Hexe und Schwester einer Hexe! Verflucht sei der Tag, an dem ich es versäumt habe, Melisande de Guînes Höllenbrut genau wie sie selbst mit dem Messer zu töten. Mit diesem Messer, siehst du?!«

Er riß die Waffe aus der Scheide, die er am Gürtel trug. Bläulich schimmernder Stahl mit einem blutigen Rubin am Griff, todbringender Stahl, der sich nun genau auf Alisons Herz richtete. Aber sie achtete nicht einmal darauf, denn etwas anderes interessierte sie mehr als ihr eigenes Leben. Endlich ein Name, ein Anhaltspunkt. Melisande. Melisande de Guînes.

»Stoßt zu!« sagte sie voller Verachtung. »Zeigt, was für ein Held Ihr seid, ein Held, der eine Frau erst in Fesseln legen muß, damit er sie überwinden kann. Glaubt Ihr denn, Ihr werdet mein Bild los, wenn Ihr mein Leben auslöscht? Ich werde Euch verfolgen in allen schlaflosen Nächten und Tagen Eures Lebens, so wie Euch das Bild meiner Mutter verfolgt, die Ihr in jedem armen Wesen, dem Ihr Eure erbärmliche Männlichkeit aufzwingt, aufs Neue besiegen müßt.«

Mit einem unterdrückten Aufschrei warf sich Guy de St. Doye vorwärts, aber Alison wurde im selben Augenblick von einer groben Hand zur Seite gestoßen. St. Doye stolperte über einen ausgestreckten Fuß, stürzte schwer zu Boden, und sein Dolch fiel klappernd zur Erde. Als beide sich wieder aufrichteten, Alison und der Seigneur, stellten sie fest, daß César le Noir bereits wie ein unüberwindbarer Fels zwischen ihnen stand.

»Seid Ihr wahnsinnig?« fuhr er den Edelmann wütend an. »Es war keine Rede davon, daß Ihr die Kleine abstechen könnt, wie es Euch gerade paßt.«

Guy de St. Doye schwankte ein wenig, und sein verwachsener Körper warf einen grotesken Schatten hinter ihm an die Wand, während er seinen beschmutzten Umhang abklopfte und mit einem schnellen Griff den kostbaren Dolch wieder in seinen Besitz brachte.

»Was mischt Ihr Euch ein?« knurrte er unwillig und schob die Waffe in ihre Scheide zurück.

»Wollt Ihr den Weihnachtsfrieden mit dem Profoß von Paris brechen?« schrie César wütend. »Wenn Ihr Euch mit einem Mord die Finger schmutzig macht, dann nicht in meinem Quartier und nicht an diesem Mädchen. Sie gehört zu uns, und ich bestimme, wie lange ihr Leben für uns von Nutzen ist. Sie steht unter meinem Schutz.«

Ein höchst zweifelhafter Schutz, das wußte auch Alison. Einer, der sie vom Regen in die Traufe brachte, aber im Augenblick fühlte sie sich so erschöpft und zerschlagen, daß ihr alles egal war. Die wütende Auseinandersetzung mit St. Doye hatte sie ihre ganze körperliche und geistige Kraft gekostet.

»Behaltet das Miststück!« St. Doye hatte endlich seine Selbstkontrolle zurückgewonnen und die abergläubische Panik überwunden. Aber all dies hatte seine Feindseligkeit Alison gegenüber nur verstärkt, genau wie den Wunsch, sie zu zerstören und endgültig zum Schweigen zu bringen. Und sein teuflischer Verstand hatte ihm auch schon eine Idee eingegeben, wie er das bewerkstelligen konnte.

»Ich schenke sie Euch«, begann er, »wenn Ihr mir versprecht, daß Ihr sie tötet, sobald Ihr ihrer Talente überdrüssig seid. Sie verdient es, als Hure zu enden, so wie es ihre Mutter getan hat…«

»Ich soll sie töten?« Obwohl César mehr als einen Mord auf dem Gewissen hatte, fand er diesen Befehl denn doch merkwürdig. Was hatte die Rote Alison diesem Verrückten getan, daß er ihren Tod forderte?

»Wenn Ihr Euren Spaß mit ihr gehabt habt. Ihr und meinetwegen die ganze Horde Eurer Männer!« wiederholte der Seigneur. »Sobald Ihr mir ihre Leiche zeigt, bekommt Ihr noch einmal soviel wie für ihre Entführung. Schlagt ein, das Geschäft gilt. Aber beeilt Euch, ich werde nicht ewig in dieser Stadt bleiben.«

Ein tödliches Angebot für sie und eins, dem César le Noir kaum widerstehen konnte. Alison wußte es, noch bevor sie ihn zustimmend nicken sah.

St. Doye wandte sich zum Gehen. In der Tür drehte er sich noch einmal um und fixierte Alison mit seinem starren Blick. »Gehab dich wohl, schöne Hexe! Ich denke jetzt schon mit Vergnügen daran, wie du aussehen wirst, wenn sie mit dir fertig sind. Sie werden dir den Stolz austreiben, den dir deine verfluchte Mutter vererbt hat.«

»Melisande de Guînes, war das meine Mutter?«

Alison haßte sich selbst dafür, daß sie diese Frage stellte, aber sie war ihr herausgerutscht, ehe ihr Stolz es verhindern konnte. St. Doye lächelte böse, und seine Augen funkelten in boshaftem Triumph.

»Gehört das nicht zu den Dingen, die du weißt? Ich werde den Teufel tun, dir mehr zu erzählen. Eines aber sollst du dennoch wissen. Ich pflege mich für die Beleidigungen zu rächen, die mir angetan wurden. Melisande de Guînes mußte für ihren Stolz büßen, und auch du wirst nicht mehr viel davon übrig haben, wenn die ganze schmutzige Bande Césars ihr Vergnügen mit dir gehabt hat!«

»Aber ich…«

Alison bekam keine Antwort mehr. Ein leises Rascheln des kostbaren Umhanges noch, ein letztes höhnisches Auflachen, dann schloß sich die Tür hinter dem Seigneur St.

Doye. Niemand war daran interessiert gewesen, ihn aufzuhalten.

»Und nun zu uns beiden, mein Täubchen!«

César le Noir! Auch das noch. Alison ignorierte die hämmernden Kopfschmerzen, die ihre Schläfen zu sprengen drohten, und konzentrierte sich auf die kommende Auseinandersetzung. César war nicht sonderlich intelligent, aber bauernschlau und äußerst brutal. Der Handel, den Guy de St. Doye ihm angeboten hatte, entsprach durchaus seinem Geschmack. So bekam er beides, noch mehr Geld und die Rote Alison. Frauen verloren sowieso an Wert für ihn, wenn er sie einige Zeit gehabt hatte. Er liebte den Reiz des Neuen, die Abwechslung...

»Wir haben noch eine Rechnung offen. Du weißt, ich mag es nicht, wenn meine Mädchen verschwinden. Wie hast du es geschafft, als Magd in dieses Haus zu kommen?«

Unwillkürlich dachte Alison wieder an diesen hochgewachsenen Edelmann, der so unvermittelt in ihr Leben getreten war, und zum ersten Mal an diesem schrecklichen Morgen fragte sie sich, wo Francis Windhurst wohl gerade sein mochte. Ob er schon in das Haus von Dame Eleanor gekommen war? Wie würde er reagieren, wenn er die Verwüstung sah, die Craque dent und seine Männer angerichtet hatten. Wenn er bemerkte, daß sie, Alison, spurlos verschwunden war...

Sie glaubte nicht daran, daß er deswegen den Profoß bemühen würde; Francis Windhurst wirkte wie ein Mann, der engen Kontakt zu den Behörden lieber mied. Würde er sich überhaupt die Mühe machen, nach ihr zu suchen? Einen einzigen Gedanken an sie verschwenden? Wohl nicht.

Heilige Mutter Gottes, warum nur beschwerte diese Erkenntnis ihr Herz?

Hatte das Leben sie nicht gelehrt, daß niemand für sie sorgte, wenn sie es selbst nicht tat? Weshalb konnte sie sich nicht gegen diesen Blick aus blauen Sommeraugen verhärten? Weshalb brachte sie es nicht einmal jetzt fertig, sein Bild in ihrem Kopf zu löschen?

»Man antwortet nicht? Man sitzt auf dem hohen Roß und hält sich für etwas Besseres? Interessant!« César versetzte ihr bei jedem seiner Worte einen heftigen Stoß, und Alison schwankte hilflos, denn sie konnte sich nicht dagegen wehren, weil sie noch immer gefesselt war. Und jedesmal, wenn er sie so grob stieß, schien ihr Kopf vor Schmerzen explodieren zu wollen.

»Wir werden schon sehen, ob wir dir deinen Hochmut austreiben können. Fein sind wir geworden. Wer ist der Kerl, der dir diese Kleider gekauft hat? Ist es der Engländer, der den Seigneur beherbergt? Hat er dich bestiegen? La Trisanne hat mir eine Jungfer versprochen, und nun bekomme ich gebrauchte Ware, das mißfällt mir sehr. Du hättest besser auf dich aufpassen sollen...«

Wie Hagelschlag prasselten seine Fragen auf Alison herab. Sie beantwortete nicht eine. Vor ihren Augen drehte sich alles, und sie sank erschöpft auf die nächstbeste Bank. Das nächste, was sie hörte, war La Trisannes heisere, keifende Stimme. »Du hast sie also gefunden! Ich gratuliere dir, César! Ich freue mich, daß unser kleines Geschäft nun doch zustande kommt...«

Es hatte keine halbe Stunde gedauert, bis La Trisanne von Alisons Rückkehr erfahren hatte. Neuigkeiten verbreiteten sich stets mit Windeseile am Hof der Wunder, und nun war die alte Zigeunerin gekommen, um ihre Belohnung zu kassieren.

»Geschäft!« César lachte, aber es klang nicht besonders amüsiert. »Du denkst doch nicht, daß ich deine beschädigte Ware auch noch bezahle, Trisanne! Wer weiß, mit welchem Kerl sich die Rote herumgetrieben hat, schau dir nur die Kleider an, die sie trägt. In einem Haus auf der Cité haben sie die Dame gefunden, und jetzt ist sie sich zu fein, auch nur den Mund aufzumachen...«

»Ich hab' dir immer gesagt, daß sie was Besseres ist, César!« Trisanne umklammerte seinen muskulösen Unterarm und redete hastig auf den Banditen ein. Sie mußte ihre Chance wahren, ehe er sich über Alison hermachte. »Ich kann's dir beweisen. Schau sie doch an, besitzt eins deiner Weiber einen solchen hochmütigen Stolz, eine solche edle Haltung? Angeboren ist's ihr, denn sie ist eine Dame!«

Alison war mindestens ebenso verblüfft wie César le Noir, der es ihr abnahm, die Fragen zu stellen, deren Antworten sie so brennend interessierten.

»Eine Dame? Du faselst, ein Findelkind ist sie, und du hast sie mit dir herumgeschleppt, bis sie soweit war, daß sie für dich sorgen konnte, Trisanne...«

»Auch Findelkinder haben Eltern!« Trisanne trat so nahe wie möglich an den Mann heran, und obwohl sie die Stimme dämpfte, konnte Alison sie dennoch gut verstehen. »Meine Leute haben sie in der Nähe von Azincourt gefunden. Ein greinendes Kleinkind in Samt und Seide und mit Juwelen behängt – denkst du, ein solches Kind wird von einfachen Eltern aufgezogen? Das Schloß, in dem es gewohnt hat, wurde von den Engländern überfallen und zerstört.«

»Du träumst, Alte!« César stieß La Trisanne grob zur Seite, aber Alisons Ziehmutter war eine derartige Behandlung gewohnt. Sie gab nicht auf.

»Und was ist das?« Die Zigeunerin langte in den fadenscheinigen Beutel, der stets an ihrem Gürtel hing. Das Licht der Fackeln schimmerte plötzlich auf goldenen Kettengliedern und einem fein ziselierten, ein wenig verkratzten Medaillon.

»Das trug sie!« Die Alte kicherte triumphierend. »Die anderen haben den Stein aus der Fassung gebrochen, aber als ich mit dem Kind verschwand, gelang es mir, die Kette an mich zu bringen. Sie hatten das Juwel für Notzeiten aufgehoben, und ich fand, daß mir wenigstens etwas zustand, wenn ich mich schon um das Balg kümmere.«

César pfiff lautlos zwischen den Zähnen und riß La Trisanne das Schmuckstück aus den Fingern. Es baumelte von seiner Pranke, während er langsam mit dem Zeigefinger der anderen Hand die feine Gravur nachzog.

»Ein Wappen?« murmelte er nachdenklich. »Man kann es kaum noch erkennen, die Trottel haben es zerkratzt, als sie den Stein herausbrachen. Die Arbeit eines Goldschmiedes, der sein Handwerk versteht.« Sein Blick wanderte zu Alison. »Und was weißt du von der Sache? Was war das für ein Gefasel von der toten Mutter und den Schwestern?«

»Sie konnte kaum laufen, als wir sie fanden«, mischte sich La Trisanne ein. »Und reden noch weniger, nur immer ›Nana‹ und ›Alison‹ und sonst nichts. Nana muß das andere, das tote Mädchen gewesen sein, denn als wir sie Alison nannten, beruhigte sie sich. Ich denke nicht, daß sie sich an irgend etwas erinnern kann. So kleine Bälger haben doch noch gar keinen Verstand…«

Alison schwieg. Sie wollte weder mit Trisanne noch mit César über die eigenartigen Bilder und Erinnerungen sprechen, die seit geraumer Zeit immer häufiger über sie hereinbrachen. Die ein Wissen und Gefühle in ihr freisetzten, mit denen sie selbst noch nichts anfangen konnte. Wie gerne hätte sie das Medaillon näher betrachtet, das César so achtlos in seine Tasche gesteckt hatte. Sie hatte keine Ahnung gehabt, daß von ihrem früheren Leben mehr als nur das kleine Spitzentuch übriggeblieben war.

»Zwischen dir und dem Kahlkopf geht etwas Seltsames vor«, fuhr César fort. »Er ist gerissen und eiskalt, aber es gab einen Augenblick, in dem er dich so gefürchtet hat wie den Leibhaftigen. Er hätte dich abgestochen wie ein Schwein, wenn ich nicht rechtzeitig dazwischen getreten wäre. Vielleicht sollte ich mir doch Zeit lassen, ehe ich seinen Auftrag bis zum letzten erfülle. Es scheint, daß mir das Schicksal keine schlechten Karten in diesem Spiel zugeteilt hat, mein Täubchen!«

»Und mein Anteil?« drängte La Trisanne und packte ihn am Ärmel, damit er stehenblieb. »Ich hab' sie für dich bewahrt. Keiner der Lümmel hat sie jemals angerührt! Sie ist eine Jungfrau!«

»Das war einmal.« César lachte böse. »Denkst du, der Engländer hat sie in Frieden gelassen? Ein Goldstück wie sie? Aber ich hab' dem Frieden nie getraut. Außerdem zahle ich nicht für Dinge, die mir bereits gehören. Pack dich fort, Alte!« Sein Stoß schleuderte die Alte bis zur Feuerstelle, und im letzten Moment brachte sie ihre Lumpen vor den Flammen in Sicherheit.

»Das wirst du bereuen, César!« zischte sie, als sie sich stöhnend aufrappelte und die Faust ballte, aber die beiden anderen achteten nicht mehr auf sie.

Alison nicht, weil César sie brutal gepackt hatte und in seine Schlafkammer zerrte, und César nicht, weil er schon voller Vorfreude auf das war, was er mit dem Mädchen tun würde, sobald sich die dicke Bohlentür hinter ihnen geschlossen hatte.

## 8. Kapitel

Francis Windhurst hatte wenig Schlaf bekommen in den letzten Nächten. Das Doppelspiel, das er mit dem Herzog von Bedford und dem Abgesandten des Sieur de la Trémoille trieb, zog sich unangenehm in die Länge. Zwei gleich vorsichtige Füchse, von denen keiner nachgeben wollte und die einander belauerten, kämpften um die Vorherrschaft in Frankreich. Im Grunde ging es darum, wer im Namen des Kinderkönigs tatsächlich über das Land regieren würde, sobald die Schlachten gewonnen und der französische König besiegt worden war.

Francis Windhurst war die Rolle des Boten zugewiesen worden, dem beide Seiten zumindest soweit vertrauten, daß sie die Informationen nicht bezweifelten, die er ihnen lieferte. Er hatte sich nicht darum bemüht, sondern einer Bitte nachgegeben, der er nicht hatte widerstehen können. Dabei hatte er verblüfft festgestellt, daß in ihm sehr wohl noch Gefühle schlummerten, von denen er geglaubt hatte, sie seien ihm gründlich ausgetrieben worden, daß er doch nicht so zynisch und von Zweckdenken geprägt war, wie er es von sich selbst stets behauptet hatte.

Nach der Schlacht von Azincourt war er einem höchst wechselvollen Schicksal anheim gefallen und später als halbwüchsiger Junge im Hause des Herzogs von Bedford gelandet. Rechtlos, arm und nur mit einem gefälligen Aussehen gesegnet, was er jedoch schnell als Fluch empfunden hatte. Jahre, die ihn gelehrt hatten, stets nur auf den eigenen Vorteil zu achten, die ihm alle Träume und allen Idealismus genommen hatten.

Der sanfte Junge, der in einem früheren Dasein den schönen Künsten zugetan gewesen war und von edlem Rittertum geträumt hatte, war in der harten Schule dieses Haushalts neu geformt und zu eiserner Härte gebrannt worden. Er hatte gelernt, sich zu behaupten und alle Gefühle zu leugnen. Sein Vermögen bestand in seiner Intelligenz und seinem Ehrgeiz.

Seine Pläne behielt er für sich, und seine Loyalität schien er einzig und allein für die eigene Person reserviert zu haben. Die Frauen mochten ihn, wenngleich keine der reizenden Damen die Dummheit beging, ihre Hand einem armen Edelmann zu schenken, der völlig von der Gnade eines kriegsführenden Herzogs abhängig war. Der sich in dessen Diensten als Sekretär durchschlug und kaum genügend Geld hatte, um sich standesgemäß zu kleiden.

Windhurst schien sich mit den Gegebenheiten arrangiert zu haben, und die Geschicklichkeit, mit der er sich dem Herzog von Bedford unentbehrlich machte, hatte ihm nach und nach wenigstens eine gewisse materielle Sicherheit eingebracht. Aus der er jedoch wieder herausgerissen worden war, als er den Großteil seines Geldes geopfert hatte, um dieses Haus zu kaufen, damit Dame Eleanor wieder ein Dach über dem Kopf hatte. Deshalb bereitete es ihm eine gewisse Genugtuung, daß der Herzog von Bedford durch den Mietzins für den Seigneur St. Doye für einen gewissen Ausgleich sorgte, ohne etwas davon zu ahnen.

Francis Windhurst fand an diesem Weihnachtsmorgen, daß er mit sich und seinen Geschäften durchaus zufrieden sein konnte. Lediglich die Gesundheit Dame Eleanors und die Begehrlichkeit, die der Seigneur St. Doye der schönen jungen Magd gegenüber zeigte, bereiteten ihm Sorge. Als er jedoch durch den versteckten Eingang des Kellers in die Küche trat, blieb er wie angewurzelt stehen, und sein Gesicht verhärtete sich.

Durch die offene Hintertür wehte der kalte Hauch des Dezembertages in das Haus, und das Herdfeuer war ausgegangen. Zerbrochene Krüge und auf dem Boden verschüttete Vorräte zeugten von Kampf oder mutwilliger Zerstörung. Und nirgends eine Spur von den Bewohnern des Hauses. Der junge Mann zog seinen Degen und lief schnell in das oberste Stockwerk. Ein Blick in das Bett zeigte ihm, daß Dame Eleanor friedlich schlief. Es schien, daß sie nichts bemerkt hatte.

Der Raum sah aus, als sei Alison eben erst hinausgegangen. Das Feuer hinter dem Kaminschirm verbreitete behagliche Wärme. Der Stuhl vor dem Bett, die Arzneien und ein Teller mit Brot und Früchten bewiesen, daß das Mädchen die Nacht offensichtlich hier verbracht haben mußte, um sich um die alte Dame zu kümmern.

Was war passiert? Wem hatte der Anschlag gegolten? Dem Seigneur St. Doye? Wer hatte sein Versteck entdeckt? War Alison das ahnungslose Opfer seiner Intrigen geworden? Man mußte sie mitgeschleppt haben, denn nirgendwo fand sich ein Hinweis auf ihre Anwesenheit oder auch nur eine Spur von Blut. Aber wer hatte dieses Räuberstück vollbracht? Wo steckte St. Doye?

»Verdammt sei seine gierige Seele«, murmelte Windhurst vor sich hin, und er umklammerte den Griff des Degens so fest, daß seine Knöchel weiß hervortraten.

»Was ist passiert, Michel?« Die schwache Stimme der alten Dame ließ den jungen Mann zusammenfahren.

»*Grand –mère*, dem Himmel sei Dank! Wie fühlt Ihr Euch? Geht es Euch besser?«

»Pssst!« mahnte Dame Eleanor und legte ihm sanft einen Finger auf den Mund, denn er war neben ihrem Bett auf ein Knie gesunken und beugte sich besorgt über sie. »Wirst du wohl damit aufhören? Du weißt, daß niemand davon wissen darf. Wo ist Alison?«

Für einen Herzschlag spielte er mit dem Gedanken, ihr die Wahrheit zu verschweigen. Aber was sollte er sagen? Wie das Verschwinden des Mädchens erklären, das die alte Dame in ihr Herz geschlossen hatte?

»Ich weiß es nicht.« Er hatte beschlossen, ihr nur die halbe Wahrheit zu sagen. »Alison ist fort. Auch St. Doye scheint das Haus verlassen zu haben. Er hat gestern die letzte Botschaft des Herzogs übernommen, und ich hatte damit gerechnet, ihn vor seiner Abreise noch zu sehen, obwohl wir das nicht ausdrücklich verabredet hatten. Er läßt sich nicht in die Karten schauen, und ich wollte ihn nicht drängen, um den großen Plan nicht zu gefährden. Wie es aussieht, habe ich einen Fehler gemacht... Dieser Brief, den er bei sich trägt, darf nicht in die Hände La Trémoilles geraten! Ich muß sofort...«

»Du mußt dich zuerst um das Mädchen kümmern«, unterbrach ihn Dame Eleanor und faßte nach seiner Hand. »Es muß ihr etwas geschehen sein. Alison hätte mich nie ohne ein Wort im Stich gelassen. Sie hat mir versprochen zu bleiben, und ich weiß, daß sie es ernst gemeint hat. Es geht nicht mit rechten Dingen zu, wenn sie fort ist. Du hast sie in deine Pläne mit hineingezogen, und nun trägst du die Verantwortung für ihr Leben, Michel!«

»Macht Euch keine Sorgen, ich weiß, was zu unternehmen ist«, versprach Windhurst grimmig. Er war geneigt, der Kranken zuzustimmen. Alisons einzige Zuflucht war dieses Haus gewesen. Wenn sie es trotzdem verlassen hatte, dann bestimmt nicht freiwillig.

Weshalb hatte man sie mit Gewalt fortgebracht? Wegen der Dinge, die sie wußte? Weil sie St. Doye gesehen hatte? Wer hatte den Frieden des Weihnachtstages ausgenutzt, um in ein Haus einzudringen, das er, Francis, dummerweise für völlig sicher gehalten hatte, da niemand wissen konnte, daß es sich in seinem Besitz befand?

Fragen, die er der Greisin nicht stellen konnte, ohne sie noch mehr zu beunruhigen. Er versorgte sie, soweit es in seinen Kräften stand, und verschwand dann auf dem schnellsten Wege durch den Keller. Und obwohl er sich selbst verbot, unnützen Gedanken nachzuhängen, gelang es ihm nicht, das Bild des rothaarigen Mädchens zu verdrängen und die Erinnerung daran, wie ihr schöner, geschmeidiger Körper sich seinem entgegengebogen hatte und welches Feuer in ihren Küssen lag. St. Doye hatte schon einmal versucht, ihre Schönheit mit Peitschenhieben zu verunstalten!

Es war etwas an Alison, das die Männer anzog wie das Licht einer Fackel die taumelnden Falter bei Nacht. Eine Mischung aus Unschuld und Leidenschaft, aus Sanftheit und Feuer, die sie von allen anderen Frauen unterschied. Auch wenn sie eine Gauklerin, eine Dirne war, man vergaß es beim Blick in ihre Augen. Dann wurde sie zur Göttin der Liebe schlechthin. Zu allem, was ein Mann in voller Sehnsucht nach Erfüllung und Frieden suchte.

War es nicht gerade jene Sehnsucht gewesen, die ihn dazu verleitet hatte, sie zu Dame Eleanor zu bringen? Das närrische Empfinden, daß sie ihm jenen inneren Frieden schenken könnte, den er seit den schlimmen Tagen von Azincourt verloren hatte? Die Hoffnung, daß er bei ihr vielleicht zur Ruhe kommen könnte?

Bei allen Heiligen, er hatte Wichtigeres zu tun, als über die Eigenschaften einer kleinen Magd nachzusinnen, auch wenn sie ihm wie Gift ins Blut gedrungen war, und er jedesmal, wenn er sie sah, seine ganze Beherrschung aufbieten mußte, um sie nicht einfach zu nehmen und zu seinem Besitz zu machen. Hier ging es um den Bestand des Königreichs Frankreich und nicht um das Feuer in seinen Lenden und das Verlangen in seinem Herzen.

Niemand schenkte der schlanken, dunklen Gestalt Aufmerksamkeit, die durch den Seiteneingang des Hôtel de Guyenne schlüpfte, wo der Herzog von Bedford im Moment residierte. Der Palast hatte seit den Aufständen der Armagnacs und Burgunder, die hier ihren Anfang genommen hatten, ein höchst wechselvolles Schicksal erlitten, und die Spuren der Zerstörung und zahlreicher Plünderungen waren an seinen Mauern noch abzulesen. Die einstmals prachtvollen Gärten litten nicht nur unter dem Winter, sondern auch unter der Achtlosigkeit der ständig wechselnden Bewohner.

Francis Windhurst bewohnte ein eher bescheidenes Quartier, weitab von den prachtvoll ausgestatteten Gebäuden der Anlage, die alle zusammen eine Stadt für sich bildeten. Mit einem unterdrückten Seufzer der Erleichterung nahm er den wuchtigen, einfach gekleideten Mann wahr, der sich bei seinem Anblick von einer Bank erhob und die steifen Muskeln dehnte, ehe er mit ihm zusammen eintrat.

»Gott sei's gedankt, daß Ihr da seid, Jean. Was habt Ihr beobachtet?«

»Eine Schande! Fast hätte ich mich über Euer Verbot hinweggesetzt und eingegriffen«, brummte der Mann, unter dessen buschigen, dunklen Brauen braune, lebhafte Augen blitzten und neben dessen massiver, riesiger Gestalt Lord Windhurst noch eleganter und schmaler wirkte. »Es ist nicht recht, daß wir es zulassen, daß dieses Mädchen unter den Ereignissen leidet. Es war eine Bande vom Tour de Nesle. Craque dent, von dem man sagt, er sei einer der Leutnants von César le Noir. Der Seigneur hat ihnen die Tür geöffnet und ist dann verschwunden. Wie verabredet, bin ich ihm gefolgt und nicht der Horde Banditen. Er hat sein Äußeres geschickt verändert und ist in das Haus der Gesandtschaft des Herzogs von Burgund entwichen, die anläßlich der Krönungsfeierlichkeiten in die Stadt gekommen ist. Da es sich ausschließlich um unwichtige Männer handelt, hat sich niemand die Mühe gemacht, sie sonderlich zu überprüfen. Er nennt sich inzwischen Bélin de Morsaque, das hat mir einer der Lakaien verraten. Angeblich hat er seine Gemächer in der letzten Zeit nicht verlassen. Mit der Behauptung, er sei krank und könne deshalb nicht an den offiziellen Empfängen und Hochämtern teilnehmen, hat er seine Abwesenheit verschleiert. Und er hat auch uns an der Nase herumgeführt.«

Francis Windhurst goß sich aus einem bereitstehenden Krug einen Becher Wein ein und stürzte durstig die Flüssigkeit hinunter, während er aufmerksam zuhörte. Er fragte sich nur am Rande, wie es St. Doye gelungen sein mochte, sich unter die Leute des Herzogs von Burgund zu schmuggeln. Aber weshalb er es getan hatte, lag auf der Hand. Der neue, noch empfindliche Friede zwischen König Karl und dem Herzog von Burgund vertrug noch keine Störungen. Ein falscher Befehl, ein Überfall, ein Mord zur unrechten Zeit an der richtigen Person, und die Waffen wurden erneut erhoben. Es würde Herzog Philippe nichts ausmachen, abermals die Fronten zu wechseln und damit das Schicksal Frankreichs unter englischer Herrschaft zu besiegeln.

»Ich werde mich von nun an selbst um ihn kümmern. Ihr begebt Euch zu Dame Eleanor!« befahl er dem Riesen nach kurzem Überlegen. »Es ist nicht gut, daß sie allein in diesem Haus bleibt. Ich gebe Euch Nachricht, wenn ich Eure Dienste brauche.«

Er überzeugte sich, daß der Gang vor seinem Quartier leer war, ehe er den Mann wieder hinausließ. Dann tauschte er seinen pelzgefütterten Umhang gegen ein bescheideneres Exemplar aus, verbarg seine auffälligen blonden Haare unter einer engen Kappe und überprüfte, ob Dolch und Messer an der richtigen Stelle saßen.

Die Gegend, die er aufzusuchen gedachte, erforderte derartige Vorsichtsmaßnahmen, und er hatte genügend von César le Noir gehört, um dem Herrn des Hofs der Wunder mit dem nötigen Respekt zu begegnen. Er konnte nur hoffen, daß er nicht zu spät kam.

»Wage nicht, mich anzufassen!« fauchte Alison und wich vor dem gierigen Wolfsblick in Césars Augen zurück. Sie konnte nicht anders, sie mußte gegen ihn ankämpfen, auch wenn es das Dümmste war, was sie in dieser Situation tun konnte. Weshalb sich selbst Schmerzen zufügen? Weshalb sich nicht fügen und versuchen, dieses Untier für sich einzunehmen, es um den Finger zu wickeln, um das eigene, jämmerliche bißchen Leben zu retten?

Aber lieber wollte sie untergehen, lieber sterben, als zulassen, daß er sich zum Herrn über sie und ihren Körper machte. Ihr Stolz, ihr Selbstwertgefühl, ihre Ehre, alles bäumte sich dagegen auf und führte sie in einen Kampf, der nur mit ihrer Niederlage enden konnte.

Die Kammer Césars war klein, mehr eine Höhle als ein Raum, und sie war bis in die letzte Ecke mit den Beutestücken seiner zahllosen Raubzüge vollgestopft. Die riesige Bettstatt, die fast die Hälfte der Kammer einnahm, verschwand fast unter dem Berg von Pelzen und Umhängen, der sie bedeckte. Es war ein mehr als merkwürdiges Sammelsurium aus kostbaren Stoffen und schmutzigen Lumpen. Alison keuchte auf, als ein grober Stoß sie mitten auf diesen Haufen beförderte.

Der Strick um ihre Handgelenke schnitt ihr tief in die Haut, und die Fesseln schränkten ihre Bewegungsfreiheit zusätzlich ein. Als sie aufs Bett gefallen war, hatte sie überdies ihre Haube verloren, und ihre Haare fielen ihr nun über die Augen, die Schultern, den Rücken. Sie nahmen ihr die Sicht, fesselten sie zusätzlich. Zornig warf sie den Kopf in den Nacken, damit sie wenigstens etwas sehen konnte.

»Du hältst am besten den Mund, Täubchen«, knurrte César und kam zu ihr auf das Lager, das sich unter seinem beträchtlichen Gewicht senkte, so daß Alison hilflos auf ihn zurollte. »Inzwischen solltest du wissen, was ein Mann von dir will.«

»Nichts weiß ich, du grobes Tier!« erwiderte Alison wütend und wild. »Binde mich los, César oder ich verhexe dich, daß du keinem Mädchen in der ganzen Stadt mehr Freude bereiten kannst.«

Wenn sie gedacht hatte, César mit dieser Drohung beeindrucken zu können, so sah sie sich allerdings getäuscht. Er hatte ihr gar nicht richtig zugehört. Er grunzte lediglich und betatschte ihre Brüste.

Sein einfaches Gemüt war auf das Naheliegende konzentriert, und das war in diesem Moment eben jener hübsche weiße Körper, nach dem es ihn schon so lange gelüstete und den er schon oft heimlich betrachtet hatte, wenn ihm La Trisanne die Gelegenheit dazu gegeben hatte, um seine Gier noch weiter anzustacheln.

Alison sah sein Grinsen und schloß für einen Moment die Augen, um sich gegen einen neuen Angriff zu wappnen. Die gierigen Hände auf ihren Brüsten, ihren Hüften und ihren Schenkeln wurden immer emsiger. Stoff zerriß unter groben Fingern, und wo ihm Alisons gefesselte Hände beim Ausziehen der Kleider im Weg waren, nahm er einfach sein Messer zu Hilfe. Die kleinen Kratzer und Risse, die sie dabei abbekam und aus denen Blut quoll, kümmerten ihn wenig.

Obwohl die Wärme von der Feuerstelle in der großen Halle auch in diese Kammer drang, zitterte Alison. César hatte nicht lange gebraucht, bis er sie aus ihrer Kleidung geschält hatte, und nun lag sie vor ihm, seinen Blicken hilflos preisgegeben.

All ihre Courage war verschwunden, und Mutlosigkeit hüllte sie ein wie eine erstickende Wolke. Was konnte sie schon tun, um sich zu retten?

César hatte sich auf die Hacken zurücksinken lassen und betrachtete seine Beute aus hervorquellenden Augen. Er hatte in seinem Leben noch nie eine klassische Statue gesehen, sonst hätte er erkennen können, daß Alisons Körper die gleiche klare, ebenmäßige Schönheit besaß. Dennoch wußte er, daß sie etwas Besonderes war und schaute sie einen Momentlang voller Bewunderung an. Unerwartet vorsichtig strich er die Haare über die Schultern zurück.

Alison, die ihn unter halb gesenkten Wimpern hervor betrachtete, sah, wie er sich mit der Zunge über die wulstigen Lippen fuhr, dann richtete er sich mit einem tiefen Grunzen auf. Ihre aufflammende Hoffnung sank jedoch sofort wieder in sich zusammen, als sie begriff, daß er dies nur tat, um sich seines Wamses und der übrigen Kleider zu entledigen.

Er war häßlich, und mit den schwarzen Haaren, die fast seinen ganzen Körper bedeckten, wirkte er nur noch abstoßender auf sie. Wie ein Tanzbär sieht er aus, dachte sie, doch sie beging nicht den Fehler, dieses Raubtier für harmlos zu halten.

»Nun, meine Schöne, wie gefällt dir das…«, knurrte er, während er sich an ihre Seite wühlte und die rauhen, schwieligen Hände von neuem über ihren zitternden Körper wandern ließ. »Gut fühlst du dich an. So fein, wie es Trisanne versprochen hat. Eine Dame von, warte…«

Er ließ noch einmal von ihr ab, griff nach seinen Kleidern und fand die Kette, die er La Trisanne abgenommen hatte. Er ließ die Goldglieder über Alisons Kopf gleiten und hob sie an den Schultern hoch. Dann zog er die Haare darunter hervor und schubste Alison auf das Lager zurück. Das Medaillon lag nun genau zwischen ihren Brüsten. Das Gold wirkte stumpf, denn niemand hatte sich die Mühe gemacht, das alte Schmuckstück zu putzen, aber seine feine Schönheit wurde durch den Schimmer der zarten, weißen Haut des Mädchens auf das Vorteilhafteste betont.

»Es steht dir gut!« stellte César zufrieden fest und begann dann wieder, Alison zu berühren.

»Au! Du tust mir weh! Hör auf...« Sie biß die Zähne zusammen. Es gelang ihr, sich halb unter ihm hervorzuwinden, ein Bein anzuwinkeln und einen gezielten Stoß in Césars Unterleib zu landen. Der Mann brüllte auf.

Doch dieser Angriff trug ihr nur einen Fausthieb ins Gesicht ein, der sie halb ohnmächtig nach hinten warf – und sie César noch mehr auslieferte.

Niemand hatte Alison je so berührt, wie er es nun tat, das Leben im Hof der Wunder sie sehr wohl auch über die Einzelheiten der körperlichen Vereinigung aufgeklärt hatten. Bei den ausschweifenden Festen in halbwegs lauen Nächten machte sich keiner der Briganten erst die Mühe, schützende Dunkelheit aufzusuchen, bevor er ein Mädchen an sich zog. Und sie wußte sehr wohl, daß die grobe Art, wie er sie überall zu befingern versuchte, nur der Anfang war. Der Beginn der Entwürdigung. Der Auftakt zur Katastrophe.

»Hör schon auf, dich zu wehren!« knurrte César. »Entweder machst du jetzt mit oder ich lasse anschließend Craque-dent und die ganze Bande über dich, damit sie ihren Spaß mit dir haben. Dann bleibt von der feinen Dame nicht mehr viel übrig. Du hast die Wahl, dann binde ich dich auch los, mein Täubchen.«

Alison hatte kein Gefühl mehr in den Armen, und ihr war

schlecht vor Ekel. Sie schloß die Augen, doch als sie gerade glaubte, nicht mehr ertragen zu können, spürte sie, wie er sich bereit machte, in sie einzudringen. Sie riß die Augen auf und stieß einen Schrei aus.

»Komm schon, alle Frauen mögen das… du wirst deinen Spaß daran haben…« sagte er, als er die nackte Panik in ihrem Blick bemerkte.

Er hob ihre Hüften an, und Alison stöhnte in ohnmächtiger Wut auf. Was war das für eine Welt, in der es möglich war, daß einer wehrlosen Frau Gewalt angetan wurde? Die ihr keine Möglichkeit ließ, sich zu verteidigen und sie zum willenlosen Opfer eines lüsternen Schurken machte?

César, der sich schon fast am Ziel seiner Wünsche sah, vergaß alles andere, und als Alison dennoch versuchte, ihm zu entkommen, und die Furcht ihr ein wenig mehr Kraft verlieh, landete ein Fauststoß in ihren Rippen und sorgte dafür, daß sie wieder ruhig liegenblieb. Sie hatte gar keine andere Wahl, denn jede Bewegung ließ heiße Wellen des Schmerzes durch ihren Körper laufen. Das war das Ende. Die schlimmste Erniedrigung, die einer Frau zustoßen konnte. Es war der Moment, in dem Alison sich aufgab. Sie schloß die Augen und wünschte sich nur eines: zu sterben. Augenblicklich ihre Seele auszuhauchen und in Vergessen einzutauchen, ehe sie die letzte Qual über sich ergehen lassen mußte.

Und es schien, als wäre ihr Gebet erhört worden. Der unvermeidliche Schmerz, gegen den Alison sich zu wappnen versucht hatte, blieb aus. Das widerwärtige Gesicht Césars wurde von ihr genommen und sie hörte, wie ein Körper dumpf auf den Boden prallte.

»Du lieber Himmel, wen haben wir denn da?« sagte eine fremde Stimme, und Alison schlug langsam die Augen auf.

Einen Momentan sah sie das gutmütige Gesicht eines Mannes, der sie mitleidig betrachtet, dann schwanden ihr die Sinne.

## 9. Kapitel

Als Alison wieder zu sich kam, spürte sie, daß sie zwischen etwas angenehm Kühlem und Glattem lag. Sie fühlte sich entspannt und ruhig, doch als sie tief Atem holte, schoß ein scharfer Schmerz durch ihren Körper. Jedes Atemholen tat entsetzlich weh.

»Sie ist wach«, sagte eine ruhige Frauenstimme, und Alison fühlte eine kühle Hand auf ihre Stirn. »Kein Fieber. Ihr könnt beruhigt sein. Ich nehme allerdings an, daß sie die Prellungen noch geraume Zeit spüren wird. Sie sieht aus, als wäre sie unter ein Fuhrwerk gekommen, das arme Ding. Die Menschen, die ihr das angetan haben, müssen Barbaren sein.«

»Und das andere… ich meine… ist sie…« Verlegen verstummte der Frager.

»Dankt dem Herrn, daß Ihr gerade noch rechtzeitig gekommen seid. Dies ist Gott sei Dank unversehrt geblieben, man hat ihr dieses kostbare Gut nicht auch noch genommen.« Die Frau seufzte auf. »Es ist kaum zu glauben, was diese Bande sich erlaubt. Es herrscht kein vernünftiges Gesetz, und es gibt keine Gerechtigkeit mehr in dieser Stadt. Wenn Ihr mich fragt, der Schwertstreich war noch zu gut für den Schurken. Vierteilen hätte man ihn sollen oder auf das Rad binden. Sehr langsam, damit er wenigstens einen Teil der Qual hätte nachvollziehen können, die er diesem hübschen Geschöpf bereitet hat.«

»Mère Bénédicte, Ihr habt mir sehr geholfen. Seid bedankt und nehmt das für Eure Mühen.«

Alison, die vorsichtig die Augen geöffnet hatte, sah, wie die Münzen den Besitzer wechselten, und erkannte erstaunt an der Tracht der Frau, daß es sich um eine Hebamme handelte, die sie offensichtlich mit der sachlichen Gründlichkeit ihrer Zunft untersucht und versorgt haben mußte. Die Hebamme tat ihren Lohn in einen Beutel an ihrer Schürze und verschwand dann aus Alisons Gesichtsfeld, während diese zu erkennen versuchte, wo sie sich befand.

Es handelte sich um ein kleines, sauberes und ordentliches Zimmer, das nur mit einem Bett, einem Hocker, einem Tisch, einer Bank und einer Truhe eingerichtet war. In einer Ecke neben dem Fenster hing ein schmuckloses Kruzifix, darunter stand ein Betstuhl. Von irgendwoher erklangen scharfe Stimmen und das Heulen vieler Frauenstimmen, dann wurde eine Tür zugeschlagen, und es war wieder still.

»Ihr seid wach! Gott sei's gedankt«, sagte in diesem Moment der Mann, dessen Stimme sie nun schon kannte. Und dann fiel ihr ein, daß sie auch sein Gesicht schon einmal gesehen hatte. Aber wo?

»Wer… wer seid Ihr? Ich habe Euch schon einmal gesehen. Wo… wo bin ich? Wohin habt Ihr mich gebracht?« stammelte sie verwirrt. Sie versuchte sich aufzurichten, sank aber mit einem leisen Schmerzensschrei wieder in das Kissen zurück.

»Ich bin Joseph Thirney, Hauptmann der Stadtwache des Profoß von Paris. Ihr befindet Euch in meinen Räumen in der Bastille. Es schien mir angebracht, Euch die Dienste einer kundigen Frau so schnell wie möglich zukommen zu lassen!« antwortete der Mann so respektvoll, daß Alisons Augen noch ein Stück größer wurden. »Man hat Euch bei einer Razzia befreit, als wir auf höchsten Befehl ein Banditennest am Tour de Nesle ausräucherten. Ich darf mir schmeicheln, daß wir gerade im rechten Moment kamen, um Eure Ehre zu retten. Hat man Euch entführt, um Lösegeld zu erpressen? Wollt Ihr mir nicht Euren Namen sagen, damit wir Eure Familie benachrichtigen können? Sicher wartet man dort ungeduldig auf eine Nachricht von Euch. . .«

Alison schluckte. Sie wußte in diesem Moment kein Wort zu sagen, und ihr armer Kopf weigerte sich, sich die Möglichkeiten, die seine Worte ihr boten, in allen Konsequenzen auszumalen. Dieser Gardist, Hauptmann oder was immer er war, hielt sie für eine Dame! Für ein Edelfräulein! Für das Opfer einer Entführung. Was bei der heiligen Jungfrau Maria brachte ihn auf eine derart absurde Idee?

»Ich bedaure indes, Euch sagen zu müssen, daß es uns nicht möglich war, mehr von Eurem Besitz zu retten als diese goldene Kette«, fuhr er fort. »Wie es scheint, hatten die Banditen den Stein bereits herausgebrochen, aber wenigstens ist Euch die Kette erhalten geblieben...«

Einen Momentan baumelte die goldene Kette mit dem Medaillon zwischen den dicken Fingern des Hauptmannes, ehe sie vor Alison auf die Bettdecke fiel.

»Nehmt sie«, forderte er sie auf. »Sie gehört Euch, Ihr habt sie getragen, als wir Euch vor diesem schrecklichen Mann errettet haben.«

Unwillkürlich schloß Alison die Finger um das Medaillon. Sie schwieg noch immer, in ihrem Kopf drehte sich alles. In dem Augenblick, als sie das Schmuckstück berührte, kehrte ihre Erinnerung vollständig zurück. Ihre Gedanken überschlugen sich. Konnte sie es wagen, diese Chance zu nutzen? Konnte sie eine so kühne Lüge überhaupt formulieren? Würde die Strafe des Himmels sie nicht auf der Stelle ereilen? Aber war es nicht sträflicher Leichtsinn, eine solche Gelegenheit ungenutzt verstreichen zu lassen? Wem war sie Rechenschaft schuldig? Doch nur sich selbst!

Wenn sie gestand, eines von Césars Mädchen zu sein, würde man sie unverzüglich nach unten bringen, dorthin, von wo das Geschrei zu hören war. Alison zweifelte nicht daran, daß man gerade dabei war, den weiblichen Gefangenen die Köpfe zu scheren und daß sie, wenn man gnädig war, ins Arbeitshaus gebracht wurden; wenn nicht, drohte ihnen die Auspeitschung. Man machte nicht viel Federlesens mit den Frauen, die man am Tour de Nesle aufgriff. Sollte sie etwa riskieren, genauso behandelt zu werden, wenn sie die Gelegenheit hatte, es zu vermeiden. Und gab es da nicht plötzlich einen Namen, von dem sie mit Fug und Recht annehmen konnte, daß es auch der ihre war?

»Habt Dank«, murmelte sie. »Mein Name ist Alison de Guînes. Ich… meine Mutter ist tot, und ich habe keine Familie mehr. Ich… bin nach Paris gekommen, um nach Verwandten meiner Mutter zu suchen, und da… ich wurde überfallen, ehe ich… Ach, es war so schrecklich!«

Die Erinnerung an das, was sie tatsächlich erlitten hatte, verlieh ihrer Stimme die nötige Eindringlichkeit, um das Lügenmärchen zu bestätigen. Der Hauptmann hatte nicht nur ein gutes Herz, sondern auch ein schlichtes Gemüt. Dieses zarte, bildschöne, so brutal behandelte Mädchen entsprach so sehr seinem Idealbild von einer Dame, daß er jedes Wort glaubte.

»Dann habt Ihr niemanden, der Euch beschützt und für Euch sorgt? Ihr müßt Euch der Herzogin anvertrauen. Anna von Burgund, die hochedle Dame von Bedford, ist für ihre Mildtätigkeit und ihre Güte bekannt. Sie hilft, wo sie nur kann. Ihr solltet Euch unter ihren Schutz stellen, bis Ihr Eure Verwandten gefunden habt…«

Alison umklammerte das Medaillon wie einen Talisman und zwang sich zu einem Nicken. Irgend etwas trieb sie vorwärts, von einer Lüge zur nächsten. Die Lüge wurde größer, verselbständigte sich.

»Und dieser Mann… dieser schreckliche Kerl…«

»…der Euch Gewalt antun wollte?« Thirney machte eine eindeutige Geste. »Er ist tot. Ihn hat die Strafe Gottes ereilt, und einige seiner Männer ebenfalls. Man geht nicht gerade zimperlich mit Briganten um, die eine Dame mißhandeln und am Weihnachtstag Bürgerhäuser ausräubern.«

»Haben sie das getan?« murmelte Alison, als wisse sie von nichts und erfahre soeben etwas völlig Neues.

»Und noch viel mehr. Der Schwarze César hat das Gesetz schon viel zu oft gebrochen; allerdings hätten wir ihn vielleicht auch dieses Mal nicht erwischt, wenn er nicht so…« Er brach ab und sah Alison Entschuldigung heischend an. »Verzeiht, wenn er nicht so beschäftigt gewesen wäre. Das hat ihn so abgelenkt, daß er nicht auf seine üblichen Vorsichtsmaßnahmen geachtet hat.«

»Wie schön, daß ich Euch zu Diensten sein konnte«, murmelte Alison sarkastisch, und dem armen Hauptmann stieg die Röte in die Stirn. Ihr Spott trieb ihn aus dem Zimmer, und unter einer Reihe von Verbeugungen verabschiedete er sich und ging rückwärts aus dem Raum. Alison hätte es komisch gefunden, wenn ihr im Moment der Humor nicht gründlich vergangen gewesen wäre.

»Wenn Ihr erlaubt, werde ich der Kammerfrau der Herzogin Bescheid geben«, sagte er an der Tür. »Eine ihrer Mägde ist meine Base, und ich werde dafür sorgen, daß Euer schlimmes Los die Aufmerksamkeit der hohen Herrin erregt. Verlaßt Euch auf mich!«

Das Klappen der Tür verriet Alison, daß sie allein war. Das Medaillon noch immer fest umklammert, richtete sie sich auf, die Schmerzen in ihrem Körper tapfer ignorierend. Sie sah, daß man ihre Blöße mit einem fehgefütterten Mantel bedeckt hatte, der ihr jenes Gefühl von Seidigkeit vermittelt hatte, das sie beim Aufwachen gespürt hatte. Sie war darunter so nackt, wie der Hauptmann sie gefunden hatte – und demnach war er fest davon überzeugt, daß sie edler Herkunft war. Nun gut, Männer konnte man vielleicht eher täuschen, aber würde auch eine hohe Dame wie die Herzogin, die Gattin des englischen Regenten und Schwester des Herzogs von Burgund, ein solches Lügengespinst glauben?

Alison schlug den Mantel kurz auseinander und betrachtete schaudernd die rötlichen und blauschwarzen Male, die sich nicht nur auf ihren Armen und den Oberschenkeln gebildet hatten, sondern auch auf den Brüsten und an ihren Rippen – eine Erinnerung an César, die ihr noch eine Weile bleiben würde. Dazu die Kratzer, die er ihr mit dem Messer zugefügt hatte. Sie sah wahrhaftig so aus, als wäre sie unter einen Karren geraten. Alison schauderte. Sie glaubte César immer noch zu riechen, zu fühlen. Sie hüllte sich enger in den Umhang, als könne sie damit die Erinnerung an die beschämenden Dinge, die er ihr angetan hatte, ausschließen. Aber konnte man ein solches Erlebnis überhaupt vergessen?

Sie versuchte, sich zusammenzureißen. Es gab andere, wichtigere Dinge zu bedenken! Das wenige an Information, was ihr der Seigneur St. Doye in seiner Wut und seinem Schrecken gegeben hatte, und die Auskünfte La Trisannes über ihre Herkunft vereinigten sich immer mehr zu einem Bild, auch wenn einiges Alison noch unklar blieb. Wenn ihre Mutter Melisande de Guînes geheißen hatte, dann war Alison de Guînes doch ihr richtiger Name, oder etwa nicht? Dann war sie keine Lügnerin und keine Betrügerin. Vielleicht maßte sie sich den Status eines Edelfräuleins nicht unrechtmäßig an, sondern besaß ihn wirklich.

»Alison de Guînes, flüsterte sie vor sich hin, um sich an den Klang der Worte zu gewöhnen. Es fiel ihr leicht, und der Funken Hoffnung, der in ihr glomm, wuchs zu einer kleinen Flamme. Im Moment jedoch war sie zu untätigem Warten verurteilt. Mit nichts als diesem Mantel am Leib konnte sie kaum aus dem Zimmer spazieren. Und ganz abgesehen davon, daß sie nicht einmal wußte, wohin sie sich hätte wenden sollen, befand sie sich immer noch in der größten Festung, dem größten Kerker der Stadt.

Finger für Finger öffnete sie ihre Hand und betrachtete das Schmuckstück, dessen Umrisse sich in ihre Haut gedrückt hatten. Sie polierte es ein wenig mit dem Mantel und fuhr die verschlungenen Linien mit den Fingerspitzen nach. Es fühlte sich so vertraut an, als hätte sie dies schon sehr oft gemacht, als hätte sie in den goldenen Linien etwas erkannt. Ein Wappen?

Die Kratzer jedoch, die entstanden waren, als der Stein

herausgebrochen wurde, ließen keine genauen Einzelheiten mehr erkennen. Langsam und vorsichtig legte Alison sich das Schmuckstück wieder um den Hals. Was auch immer dieser Tag noch bringen mochte, von dieser Kette wollte sie sich nie wieder trennen. Unwillkürlich mußte sie an ihre unglückliche tote Mutter denken. Wenn es eine Gerechtigkeit gab, dann befand Melisande sich in der ewigen Seligkeit und war vielleicht imstande, ihrer verzweifelten Tochter den Trost der Zuversicht zu spenden.

»Erhebt Euch, Dame Alison! Ich bitte Euch, es gibt keinen Grund mir zu danken. Ich habe nur meine Christenpflicht getan!«

Anne von Burgund, die junge, zarte Gemahlin des Herzogs von Bedford, des Regenten von Frankreich, der für König Heinrich die Staatsgewalt auf dem Kontinent vertrat, bis dieser alt genug war, die Regierungsgeschäfte selbst zu führen, winkte der jungen Frau gnädig, sich aus ihrer Reverenz zu erheben.

Alison richtete sich schnell auf und bemerkte die verstohlene Bewegung, mit der die hohe Dame ein Spitzentuch an die Lippen führte, um einen drohenden Hustenanfall zu unterdrücken. Die bittere Kälte des rauhen Dezembers setzte der Herzogin zu, auch wenn in den mächtigen Kaminen des Hôtel de Guyenne große Feuer brannten und wohlige Wärme die kostbar ausgestattete, herrschaftliche Kemenate durchzog, in der sie Alison empfangen hatte.

Nach den eher bescheidenen Krönungsfeierlichkeiten war der Hof wieder in die übliche Routine zurückgefallen, und die Rettung eines Edelfräuleins, das in letzter Minute und unter peinlichsten Umständen vor einer Vergewaltigung bewahrt worden war, war eine Sensation und sorgte für neuen Gesprächsstoff unter den Damen. Alle lechzten danach, Näheres zu erfahren.

Die Aufregung wuchs noch, als sich herausstellte, daß es sich bei dieser Dame um ein bildschönes Mädchen handelte, das völlig allein auf der Welt stand und dessen Familie offensichtlich während der Kämpfe zwischen dem König von Frankreich und jenem von England ausgelöscht worden war.

Anne von Burgund unternahm nichts gegen den Klatsch, denn er lenkte ihre Hofdamen von der ausschließlichen und fast hysterischen Sorge um ihre Gesundheit ab. Die Aufmerksamkeit, die Alison de Guînes auf sich zog, verschaffte ihr selbst mehr Luft. Sie empfand ein wenig Scham darüber, daß sie das arme Mädchen so ausnützte, und sie versuchte, es durch ihre großzügige Freundschaft wieder wettzumachen.

Alison selbst konnte den Wirbel nicht fassen, den sie mit ihrer Lüge entfesselt hatte. Im Auge des Sturmes verharrend, staunte sie über die Aufmerksamkeit und die Gutgläubigkeit der Herzogin. Dabei ahnte sie nicht, daß sie in ihren neuen Kleidern so sehr dem Idealbild eines Edelfräuleins entsprach, daß auch der mißtrauischste Höfling niemals auf die Idee gekommen wäre, ihre Identität zu bezweifeln.

Die Jahre an der Seite La Trisannes hatten sie zudem gelehrt, sich auf jede Situation einzustellen, und ihre Fähigkeiten als Komödiantin sorgten dafür, daß es ihr leicht fiel, das Benehmen der Damen um sie herum zu kopieren, ja, es durch die ihr eigene Anmut sogar noch zu verfeinern. Wo es ihr an Bildung oder den nötigen Informationen fehlte, schwieg sie lieber und lächelte süß, und so bot sie allen ein Bild edelster Gesinnung, besten Stils und vortrefflicher Bescheidenheit.

»Ich heiße Euch im Kreise meiner Damen willkommen, Alison de Guînes, bitte nehmt Platz«, beendete die Herzogin den offiziellen Teil ihrer Begrüßung und deutete auf ein gepolstertes Taburett an ihrer linken Seite. Alison verneigte sich erneut und nahm schweigend Platz. Verstohlen sah sie sich um. Sie fühlte die neugierigen Blicke, die ihr galten, aber unter den prächtig gekleideten Höflingen gab sich keiner die Blöße, sein Interesse allzu offen zu zeigen. Man tuschelte nur hinter vorgehaltenen Händen und Fächern.

Von einer der herzoglichen Haushofmeisterinnen, der einschüchternden und runden Dame Bonne of Liddleville, hatte Alison bereits an diesem Morgen erfahren, daß sie ab sofort über das bescheidene, aber in ihren Augen unvorstellbar hohe Einkommen einer Hofdame verfügen konnte. Sie hatte nun ein eigenes Gemach, eine Zofe und eine Magd, und die Herzogin hatte aus ihrem eigenen Garderobenbestand die nötigsten Gewänder zur Verfügung gestellt, bis sie sich um dieses Problem selbst kümmern konnte.

Seit man sie unter großen Aufwand aus der Obhut jenes Hauptmannes, der sie vor César gerettet hatte, aus der Bastille geholt und in das Hôtel de Guyenne gebracht hatte, überstürzten sich die Ereignisse. Mehr als einmal hatte Alison sich gefragt, ob sie wachte oder träumte, und wären da nicht die Schmerzen gewesen, die sie bei jeder falschen Bewegung empfand, hätte sie tatsächlich geglaubt, dies alles sei nur ein schöner Traum.

»Wie ich sehe, habt Ihr Euch von den Schrecken Eures schlimmen Abenteuers gut erholt«, begann die junge Herzogin, und Alison stellte fest, daß Anne, wenn sie auf das steife höfische Englisch verzichtete, zu dem sie ihre Position zwang, viel lebendiger und jünger klang. Anne von Burgund war in Dijon aufgewachsen, und die Art, wie sie manche Worte betonte, kam Alison irgendwie vertraut vor, ohne daß sie begründen konnte, weshalb.

»Vergeßt die schlimme Zeit, die hinter Euch liegt«, riet ihr die Fürstin weiter. »Es ist in diesen Tagen kriegerischer Auseinandersetzungen nicht immer leicht, zwischen Freund und Feind zu unterscheiden, und es passiert auf allen Seiten viel Unrecht.«

Alison stimmte gehorsam zu und erinnerte sich an die

Geschichten, die über die junge Frau erzählt wurden. Die blutjunge Schwester des Herzogs von Burgund war vor ein paar Jahren aus politischen Gründen mit einem Mitglied des englischen Adelshauses Lancaster verheiratet worden, mit einem Mann, der das gute Aussehen, aber auch die Rücksichtslosigkeit und den kriegerischen Geist seiner Familie besaß. Es war eine Ehe, welche die burgundisch-englische Allianz festigen sollte. Daß nun Annes eigener Bruder hinter dem Rücken der Engländer diese Allianz kündigte und sich mit König Karl verbündete, machte ihre Position sicher nicht leichter.

Verständnis und auch eine Spur von Mitleid klangen in der leisen, respektvollen Antwort Alisons mit. »Ich verstehe nicht genug von Politik, um mir ein Urteil erlauben zu können, Euer Gnaden. Ich habe bei einer alten Tante gelebt, und erst kurz vor ihrem Tode sprach sie mit mir über meine Familie.«

»Und dann habt Ihr Euch allein und fast mittellos auf den Weg gemacht, um Euer Schicksal selbst in die Hände zu nehmen. Bewundernswert!« Die Herzogin staunte wie ein kleines Kind. »Erzählt, wie seid Ihr in die Stadt gekommen? Hattet Ihr keine Angst?«

Alison zerknitterte nervös den hellbraunen Samt ihrer Robe zwischen den Fingern, als sie sich daran machte, eine weitere Lüge zu den anderen hinzuzufügen. Sie erzählte von einem Getreidehändler, der ihr einen Platz auf einem Seinekahn verschafft hatte, mit dem er eine Lieferung Getreide in die Stadt gebracht hatte, und sie erfand eine treulose Magd, die sie nach ihrer Ankunft um die wenigen Habseligkeiten, die sie besaß, erleichtert und sich davongeschlichen hatte.

Was immerhin erklärte, daß sie, als man sie bei César fand, nur im Besitz jener Kette gewesen war.

»Man muß dieses Geschöpf suchen und bestrafen«, sagte die Herzogin zornig.

»Ich habe ihr längst verziehen«, schwindelte Alison weiter. »Ihre schlimme Tat hat sich für mich zum Guten gewendet, denn immerhin hat sie mich in Eure Dienste geführt, Madame!«

Die junge Herzogin lächelte geschmeichelt.

Der Respekt in den Augen der bildschönen Alison de Guînes gefiel ihr.

Die meisten ihrer englischen Hofdamen begegneten ihr eher mit Gleichgültigkeit, wenn nicht sogar mit unterschwelliger Verachtung, seit ihr Bruder die Krönungsfeierlichkeiten gemieden hatte und man von seinen Verhandlungen mit dem französischen König munkelte. Sie war dankbar dafür, daß diese junge Frau ihr unvoreingenommene Bewunderung und deutliche Freundschaft entgegenbrachte.

»Wenn Ihr erlaubt, ich sehe dort eine Laute.« Alison versuchte, das Gespräch auf weniger gefährliche Dinge zu bringen. »Soll ich Euch etwas vorspielen?«

Das erwies sich als guter Einfall. Alison hatte von den Gauklern auf der Pont Neuf gelernt, Saiteninstrumente zu spielen, und wenn ihre Stimme auch nicht mehr als hübsch anzuhören war, war ihre Fingerfertigkeit doch meisterlich. Sie beherrschte die Lieder des Volkes ebenso wie die Balladen vergangener Tage, und die Herzogin von Bedford vernahm gerührt die alten Weisen aus ihrer Heimat Burgund, die an ihrem englischen Hof niemand singen konnte.

Als sich die Gruppe der Damen an diesem Nachmittag auflöste – man würde sich erst wieder am Abend zum Bankett zusammenfinden –, war es Alison de Guînes, dem Mädchen vom Tour de Nesle gelungen, sich eine mächtige Gönnerin zu schaffen.

## 10. Kapitel

»Ich heiße Hélie, Madame und bin Eure neue Zofe!« Das dunkel gekleidete Mädchen mit der steifen, weißen Schürze knickste ehrerbietig, und Alison blieb unsicher in der Tür zu ihrem neuen Gemach stehen. Was erwartete diese rundliche Magd mit dem offenen Lächeln und den freundlichen braunen Augen von ihr?

Am Morgen hatte sich die Dame Liddleville mit einer Schar von Frauen Alisons angenommen, und sie war so überrascht gewesen, daß sie alles mit sich hatte machen lassen. Man hatte sie aus dem Bett geholt, angekleidet, frisiert und an ihr herumgezupft, ohne sich um ihre Wünsche zu kümmern. Der Kirchgang stand bevor, und Madame Liddleville wollte so wenig Zeit wie möglich mit den barmherzigen Werken der Herzogin verschwenden.

Daß sie tatsächlich Wort gehalten hatte und alle die angekündigten Wohltaten eingetroffen waren, bewiesen nun die Truhen und die Anwesenheit der kleinen Magd, die mit demütig gesenktem Blick darauf wartete, daß ihre neue Herrin die Inspektion des zugewiesenen Quartiers beendete. Alison trat ein und schloß die Tür hinter sich, ehe sie antwortete.

»Danke, Hélie.« Sie seufzte leise und gestattete sich endlich, die Maske eiserner Beherrschung sinken zu lassen, die sie während der vergangenen Stunden aufrecht erhalten hatte. »Meinst du, du könntest mir etwas zu essen und zu trinken besorgen?«

Erst jetzt bemerkte sie die zweite, einfacher gekleidete Frau, die sich im Hintergrund hielt und die von Hélie nun mit einem schnellen Befehl hinausgeschickt wurde, wobei die Zofe die Unwichtigkeit dieser Person dadurch demonstrierte, daß sie sie nicht einmal vorstellte. Hélie war ein gutes Stück älter, als sie auf den ersten Blick wirkte, und sie erkannte schnell, daß die Dame Alison sich unbehaglich fühlte. Sie schob es auf den hohen Hennin, der Alisons Schläfen zusammenpreßte, und so befreite sie sie schnell von dem Kopfputz mit dem goldfarbenen Schleier.

»Laßt mich Eure Flechten lösen, Dame Alison«, schlug sie vor. »Ich werde Euch die Haare bürsten, das verschafft Euch Erleichterung.«

Von der Tüchtigkeit der neuen Zofe ein wenig eingeschüchtert, gehorchte Alison und ließ sich auf der breiten, gepolsterten Bank nieder, auf die Hélie wies. Das Sitzmöbel stand vor einem zierlichen Tisch, der zwischen den beiden Fenstern Platz gefunden hatte, und war mit Flakons, Bürsten, Kämmen und Tiegelchen vollgestellt. Ein großer, silbergerahmter Spiegel, in dem sich Alison im Sitzen bis zur Taille erkennen konnte, war dahinter gegen die Wand gelehnt. Einmal mehr wagte sie nicht zu fragen, woher dieser Luxus kam.

»Was für wundervolles Haar Ihr habt«, plauderte die fröhliche Zofe weiter, während sie die Nadeln aus den Flechten zog und die Flut der feuerfarbenen Locken bis auf Alisons Hüften herabfiel. »Es macht richtiges Vergnügen, es zu pflegen. Dame Bonne hat nur noch ein paar mausgraue Strähnen unter ihrer Haube, und wenn man sich damit beschäftigt, jammert sie um jedes Haar, das in der Bürste bleibt. Als ob unsereiner etwas dafür könnte, daß sie ihre besten Jahre längst hinter sich hat!«

Während Alison Hélies respektlosem Geplauder lauschte und das angenehme Bürsten genoß, löste sich nach und nach die Spannung auf ihrem Nacken und den Schultern. Die Massage mit der Bürste vertrieb auch den Anflug von Migräne, der hinter Alisons Schläfen pochte, bedingt durch ihr schlechtes Gewissen, das ihr ständig Vorwürfe machte.

Erst jetzt fand sie den Mut, das ihr so fremde Bild im Spiegel genauer zu betrachten. Sie hatte es bisher nicht gewagt, als sei es zu schrecklich, um es näher zu betrachten. Als würden alle Strafen der Hölle über ihr Haupt kommen, wenn sie sich ihrem neuen Anblick stellte, denn was war sie mehr als eine dreiste Hochstaplerin? Eine Lügnerin, die der Herzogin erfundene Geschichten erzählte, ihr Lieder vorspielte und sich für ein Edelfräulein ausgab, obwohl sie in der Rangfolge selbst noch unter der namenlosen Magd stand.

Als wäre es das Bild einer Fremden, betrachtete sie ihr Spiegelbild. Das klare, ovale Gesicht mit dem eigenwilligen Kinn und der stolzen kleinen Nase wies keinen Makel auf. Ihre großen, schimmernden Augen tendierten in diesem Moment mehr zum tiefen Blaugrün eines schattigen Waldes, und ihre vollen Lippen glänzte in einem tiefen Rot, das sie einer seltsamen Paste verdankten, die am Morgen aufgetragen worden war und auch nach so vielen Stunden noch ein wenig haftete.

Sie war schön, aber der Gedanke bereitete ihr keine Freude. Das Leben hatte sie gelehrt, deshalb noch vorsichtiger zu sein, denn ihre Schönheit hatte ihr bis jetzt wenig Gutes gebracht. César le Noir, der Seigneur St. Doye und auch jener andere Edelmann, dessen Bild sie ganz tief in ihrem Herzen verschlossen hatte, alle hatten sie sie wegen ihrer Schönheit begehrt, und keiner hatte ihr Gutes getan. Sie wollte kein Opfer mehr sein, sie wollte den Nachstellungen der Männer nicht mehr ausgesetzt sein. Sie wollte endlich in Frieden gelassen werden, von ihnen allen.

Es klopfte, dann wurde die Tür geöffnet, und die Magd schleppte ein Tablett herein. Als Alison die Köstlichkeiten darauf sah, lief ihr das Wasser im Munde zusammen. Seit dem hastigen Frühstück am Morgen, das nur aus einem Becher Wasser und einer Scheibe weißen Brots bestanden hatte, war ihr Magen leer geblieben. Sie hatte es nicht gewagt, sich wie alle anderen Hofdamen beim Mittagsmahl den Teller mit einem Edelmann zu teilen. Es schien üblich zu sein, aber sie wußte nicht, ob sie sich einfach zu einem der Herren setzen sollte oder ob sie warten mußte, bis sie dazu aufgefordert wurde. Sie hatte sich fürs Fasten entschieden, um keinen Fehler zu machen.

»Danke, Hélie.« Sie nickte der Zofe zu. Sie ließ sich neben dem Feuer nieder, und Hélie rückte einen kleinen Tisch neben den gepolsterten Sessel, damit sie dort ihre Mahlzeit zu sich nehmen konnte. Sie goß den golden schimmernden Wein in ein zierliches, venezianisches Glas und nahm den silbernen Deckel von einer Schüssel, in der frische Pastetchen dampften und aus der es herrlich nach Huhn und Gewürzen duftete.

Alison bediente sich nach und nach an den Köstlichkeiten, während die Zofe und ihre Helferin aus einer der Truhen ein Staatsgewand entnahmen und es mitsamt Unterröcken, Strümpfen, Schuhen, Gürtel und Kopfputz bereit legten, damit sie es nach dem Essen anziehen konnte.

Die steife, elfenbeinfarbene Seide des Untergewandes knisterte verführerisch, und das Obergewand aus tiefgrünem, fast schwarzem Samt war mit silberfarbenen Pelz gesäumt und verziert.

Die Kleider, die ihr die Herzogin von Bedford geschickt hatte, konnten es an Eleganz mit denen der anderen Damen unschwer aufnehmen. Alison hatte noch nie etwas so Schönes gesehen.

Sie mußte sich zwingen, gelassen weiter zu essen und nicht über den schimmernden Pelz zu streichen, der weich und unendlich kostbar aussah.

Sie griff nach dem Weinpokal und trank ihn in durstigen Zügen leer. Die Wirkung ließ nicht lange auf sich warten. Wärme breitete sich in ihrem müden Körper aus, gefolgt von einer Leichtigkeit, die es ihr einfach machte, hoffnungsvoller in die Zukunft zu sehen. Sie war Alison de Guînes, Hofdame der Herzogin von Bedford, Herrin einer Zofe und einer Magd. Sie war schön, reich gekleidet, hatte genug zu essen, und nichts an ihr erinnerte mehr an die Rote Alison. Die Rote Alison war mit César gestorben. Die Erinnerung an ihn und an die seinetwegen erlittenen Schrecken konnte für immer begraben werden.

Der Seigneur St. Doye hatte in der Absicht, ihr Böses zu tun, unbeabsichtigt Gutes bewirkt. Er hatte ihr einen Namen gegeben. Auch an einem englischen Hof wie diesem gab es genügend Familien mit französischen Verbindungen. Wenn sie es geschickt anstellte, würde sie vielleicht sogar eine Spur der Familie de Guînes finden. Welche bessere Gelegenheit konnte es dafür geben, als ein offizielles Bankett mit anschließendem Ball und Tanz, so wie es für diesen Abend geplant war?

Plötzlich waren Alisons Bedenken verschwunden, und sie begann mit neuer Energie, Pläne zu schmieden. Die Edeldame, die Hélie an diesem Abend zum Bankett entließ, machte sowohl den Bemühungen der Zofe wie denen der Herrin größte Ehre.

Hélie hatte sie dazu überredet, ihre Haare nicht unter einem Kopfputz zu verstecken. Da sie noch unverheiratet war, erlaubte es das Zeremoniell, und die Zofe hatte trotz Alisons erstickter Proteste mit einer Schere Ordnung in die wilde Pracht gebracht.

Eine paar kürzere, fedrige Löckchen ringelten sich um die Schläfen; das restliche Haar hatte die Zofe um zwei Handbreit gekürzt, so daß es ihr nun nur noch bis über die Schultern fiel. Wenn Alison sich bewegte, wippten ihre Locken, und man hatte den Eindruck, es handle sich um lebendige, goldrote Flammen. Ein schmaler goldener Reif ohne jede Verzierung umspannte Stirn und Kopf und bändigte das Haar, damit es ihr nicht ins Gesicht fiel.

Das grüne Oberkleid war eigentlich mehr ein geschmackvoller Rahmen für das Untergewand. Unter den breiten, pelzgesäumten Schlitzen der Ärmel lugte die helle Seide hervor, unter den Schlitzen seitlich am Rock drängte der raschelnde elfenbeinfarbene Stoff wie ein heller Wasserfall hervor. Das enge grüne Mieder betonte ihre schmale Taille;

unter dem Busen wurde die Robe von einem breiten, goldbestickten Gürtel zusammengehalten.

Das prächtige Dekolleté, das für Alisons Geschmack die Brüste höchst unschicklich weit enthüllte, ließ auch die schmalen Schultern frei, und auch im Rücken war der Ausschnitt tief gezogen! Bei jeder Bewegung spürte sie, wie ihre langen Haare ihre Haut streichelten. Aber Hélie hatte sich, trotz Alisons Protestes, ungerührt gezeigt und sich stur geweigert, den Stoff auch nur einen Zentimeter höher zu ziehen.

»Ihr wollt doch nicht provinziell wirken?« hatte sie die errötende Alison gescholten. »Ihr seid so schön, warum wollt Ihr Euch verstecken? Ihr werdet Euch doch unter all den edlen Herren einen Gatten suchen wollen. Je mehr von ihnen sich aufgrund Eurer Schönheit um diese Ehre bewerben, um so größer ist Eure Auswahl. Nehmt meinen Rat an, setzt Eure Schönheit als Preis aus. Ihr verfügt nur über die Gnade der Herzogin und leider nicht über ein Vermögen, das zusätzlich einen Gatten anlocken könnte...«

Die Art, wie Hélie ihre, Alisons, Lage ganz nüchtern einschätzte, hatte ihr ein Lächeln entlockt. Aber am Ende mußte sie der Zofe recht geben, wenn sie auch bezweifelte, daß sie ihr falsches Spiel bis zu einer Ehe würde durchhalten können. Sie schritt in der geborgten oder geschenkten Pracht ihrer Gewänder zum Bankett und nahm ihren Platz unter den Damen ein und wurde von der Herzogin mit einem besonders liebevollen Lächeln begrüßt und damit ausgezeichnet, daß diese ihr den Platz zu ihrer Linken anwies.

Der Herzog von Bedford, den Alison bei dieser Gelegenheit zum ersten Male von Angesicht sah, gönnte ihr einen langen, interessierten Blick, der für ihren Geschmack ein wenig zu intensiv auf ihrem halb entblößten Busen ruhte und in dem die gleiche erschreckende Gier lag, wie auch César sie gezeigt hatte. Sie registrierte die scharfen Falten, um seinen sinnlichen Mund und die nachlässige Grausamkeit, mit der er seine zarte Frau übersah. Instinktiv ahnte sie, daß es nicht ratsam war, sich diesen Mann zum Feind zu machen, dessen Ehrgeiz und Machtgier sogar über die königlichen Interessen des eigenen Bruders hinausgingen.

Sie senkte den Blick züchtig auf ihren Teller, beobachtete aber unter halb gesenkten Lidern hervor, wie sich der Hofstaat des Herzogs um die hufeisenförmige Tafel scharte, deren Seitenflügel eine Stufe tiefer als der herrschaftliche Tisch standen. Hier oben hatten auch die Damen eigene Teller und wurden von den Lakaien bedient, während dort unten jeder Edelmann für das Wohlergehen der Begleiterin zuständig war, mit der er seinen Teller teilte.

Während Küchenmeister, Bedienstete, Zuschneider, Kellermeister und zahllose andere dienstbare Geister die Speisen herbeischleppten, präsentierten und servierten, während Musikanten spielten und eine Gruppe von Gauklern mit Jonglier-Kunststücken für Kurzweil sorgte, thronte Alison neben der zierlichen Herzogin an der Tafel und gab sich größte Mühe, so zu wirken, als wäre Zeit ihres Lebens eine so bevorzugte Behandlung ganz selbstverständlich für sie gewesen.

Die Souveränität, mit der sie diese Aufgabe meisterte, war es, die seine Lordschaft Francis Windhurst an seinen Augen und an seinem Verstand zweifeln ließ. Seit er die verlassenen Quartiere des Hofs der Wunder am Tour de Nesle durchkämmt hatte, seit er die keifenden Mädchen und Frauen kontrolliert hatte, die nach jeder Razzia kahlgeschoren und wütend in den Arbeitshäusern saßen, und seit er sich in schlaflosen Nächten den Vorwurf gemacht hatte, die Rote Alison im Stich gelassen zu haben, hatte er weder Ruhe noch ausreichend Schlaf gefunden.

Er hatte alles aufs Spiel gesetzt, um der Stadtwache jenen Hinweis zu liefern, der die Razzia in Gang setzte, aber als er eintraf, war es zu spät gewesen. Er hatte nur noch Tote gefunden und die Fetzen eines braunen Gewandes, das einmal Alison gehört haben mochte. Seit diesem Weihnachtstag war sie wie vom Erdboden verschwunden.

Narrten ihn nun seine übermüdeten Sinne? Konnte es möglich sein, was er sah? Gab es eine solche Ähnlichkeit wirklich, oder hatte eine absurde Laune der Natur zwei Frauen mit dem gleichen Aussehen in diese Stadt gebracht? Und das ausgerechnet bei diesem offiziellen Bankett, bei dem er mit beträchtlicher Mühe dafür gesorgt hatte, daß auch der burgundische Seigneur Bélin de Morsaque eine fürstliche Einladung erhielt. Eine Aufforderung, der er sich nicht widersetzen konnte, ohne die unliebsame Aufmerksamkeit hoher Beamter des Herzogs oder gar seiner Gnaden selbst auf sich zu ziehen, und das in einem Moment, in dem der Seigneur die Stadt eigentlich so schnell wie möglich hatte verlassen wollen.

Francis Windhurst verabscheute den ehrgeizigen und skrupellosen Lancaster, aber er hatte sich durch seine klugen Dienste sein Ohr und seine Aufmerksamkeit gesichert. Francis' Einfluß war nicht zu unterschätzen, und der Seigneur de St. Doye ahnte sehr wohl, wem er es zu verdanken hatte, daß er unter einer erstickenden Perücke und in einem billigen Samtkostüm mit ausgestopfter Schulter schwitzend diesem festlichen Anlaß beiwohnen mußte.

Bis zum Auftauchen der Herzogin und ihrer Damen hatte er kaum seine Flüche unterdrücken können, aber dann war das schöne Mädchen in Grün mit dem ungewöhnlichen roten Haaren in seinen Blick geraten. Im Gegensatz zu Francis Windhurst hatte er nicht eine Sekunde lang an ihrer Identität gezweifelt.

Er hatte Melisande de Guînes auf dem Höhepunkt ihrer Schönheit gesehen. Damals, als sie jung und verliebt seinen Bruder Richard geheiratet hatte. Dieses Mädchen glich ihr vom Äußeren her nicht so bemerkenswert, wie es ihre älteste Tochter Nadine tat, aber sie hatte etwas an sich, das nur ihre Mutter besessen hatte. Ein Feuer, eine innere Stärke, die förmlich dazu herausforderte, gebrochen zu werden. In Guy de St. Doyes Augen war Melisande de Guînes eine Hexe gewesen, und ihm schien, daß sie ihre übernatürlichen Kräfte auch an Alison weitergegeben hatte.

Wie sonst hätte das Mädchen den Pranken Césars entkommen können, um wenig später an diesem Bankett teilzunehmen? In Seide gekleidet, strahlend schön und unverletzt? Als Freundin der Herzogin von Bedford, ein strahlender neuer Stern bei Hofe. Nur eine Hexe vollbrachte ein solches Wunder.

Sein Nachbar beantwortete die entsprechende Frage gutmütig, denn das Schicksal der jungen Frau hatte die Runde bei allen Klatschmäulern gemacht.

»Die Dame de Guînes wurde von einem Briganten entführt und konnte gerade noch rechtzeitig gerettet werden, ehe sie Schaden erlitt. Habt Ihr nichts von der großen Razzia am Weihnachtstag gehört, als der Tour de Nesle ausgeräuchert wurde? Es war auch an der Zeit, daß man dieses Banditennest zerstört hat. Man könnte meinen, es liege den Stadtvätern von Paris daran, die Ordnung zu vernachlässigen, damit man seiner Gnaden Bedford die Schuld dafür gibt…«

Die Dame de Guînes. Bélin de Morsaque, wie sich der Seigneur de St. Doye in seiner Verkleidung nannte, verzog die Lippen zu einem wölfischen Grinsen. Sie war klug, aber nicht so klug wie er. Sie mochte César le Noir entkommen sein, aber Bélin de Morsaque würde sie nicht durch die Finger schlüpfen. Dieses Mal würde er keinen anderen damit beauftragen, sie zu zerstören. Dieses Mal würde er es klüger anfangen und alles selbst übernehmen. Er hatte schließlich den Vorteil, ihre Maske zu kennen, wogegen sie nicht wissen konnte, wer sich unter dieser mausbraunen Perücke verbarg.

Auch Francis Windhurst bekam eine ähnliche Auskunft auf seine dezenten Nachfragen. Es bereitete ihm beträchtliche Mühe, die exquisite Erscheinung neben der Herzogin nicht zu auffällig anzustarren. Wann hatte sie gelogen? Als sie sich für eine Magd ausgab oder jetzt, indem sie die Edeldame spielte? Hatte nicht ständig ein leichter Zweifel an ihm genagt, ob sie wirklich die Wahrheit sagte? Er war schließlich immer davon überzeugt gewesen, daß jenes Zusammentreffen in der Nacht der Krönung kein Zufall gewesen war. Aber warum? Hatte man sie als Spionin auf ihn angesetzt? Aber wer? Zumindest würde dies ihre Anwesenheit bei Hofe besser erklären als jene unglaubliche Geschichte, die über ihre Rettung kursierte.

Sein Blick kehrte wieder zu ihr zurück. Sie war hinreißend schön, aber etwas an ihrer allzu eleganten, überlegenen Erscheinung störte ihn, und es dauerte eine geraume Zeit, bis er begriff, was es war. In seiner Erinnerung sah er sie immer als scheuen, bezaubernd ungezähmten Wildfang vor sich. Als einen rohen Diamanten, um dessen Schliff er sich hatte kümmern wollen, sobald seine schwierige Aufgabe erfüllt war. Die Erkenntnis, daß diese Dame längst keinen Schliff mehr benötigte, daß es ihr aufgrund welcher Zauberkräfte auch immer von ganz allein gelungen war, die Freundschaft der Herzogin von Bedford zu gewinnen, verärgerte und erboste ihn.

Wie sollte er sich ihr nähern? Wie verhindern, daß sie einem dieser gelangweilten Höflinge zum Opfer fiel, die bereits mit den Augen in ihrem Dekolleté klebten? Wie vermeiden, daß sie gar den Fehler beging, die stürmischen Aufmerksamkeiten Bedfords selbst zu mißverstehen? Er kannte den Herzog gut genug, um die Blicke einschätzen zu können, die dieser dem neuen Stern des Hofes zuwarf.

Auch Alison war sich bewußt, daß sie von allen Seiten angestarrt wurde. Während sie an ihrem Weinpokal nur nippte und die Köstlichkeiten der herzoglichen Küche kostete, kam sie sich vor wie ein Kalb mit zwei Köpfen. Für diese vergnügungssüchtigen Höflinge, die sich kaum darum kümmerten, daß die Menschen außerhalb der Palastmauern hungerten und froren, war sie wie eine brandneue Jahrmarkts-Sensation.

»Trinkt, Dame Alison! Oder schmeckt Euch unser Wein nicht?« fragte nun der Herzog sie, der an der rechten Seite seiner Gemahlin saß und diese nach besten Kräften ignorierte. Die Tatsache, daß sie eine Fehlgeburt nach der anderen erlitt und nun seit Monaten nicht mehr empfangen hatte, machte sie ihm nicht lieber.

Alison hob gehorsam ihren Becher und trank. Sie beantwortete die höfliche Frage des hohen Herrn mit einem Lächeln, das diesen für einen Moment sichtlich aus der Fassung brachte. Dann winkte er herrisch einem Diener hinter sich, gab einen gedämpften Befehl und wandte sich wieder dem Essen zu.

Francis Windhurst, der den Vorfall beobachtet hatte, konnte sich im Gegensatz zu Alison unschwer einen Reim darauf machen. Er wunderte sich selbst über den unkontrollierbaren Zorn, der plötzlich in ihm aufflammte. Bisher war es ihm stets gelungen, seine wahren Gefühle zu verbergen und seine Rolle zu spielen. Er mußte vorsichtig sein. Es stand mehr auf dem Spiel als nur sein Verlangen nach einem Mädchen.

Er beendete sein Mahl und mit der Routine eines erfahrenen Höflings. Während er der Dame, die seinen Teller teilte, artige Komplimente machte, beschäftigte sich sein Geist ausschließlich mit einer anderen. Er aß, trank, plauderte und dankte dem Himmel, als das Bankett schließlich zu Ende war und seine Partnerin der Werbung eines anderen Edelmannes folgte. Wenig später schlängelte er sich flink durch die Menge, die sich in den Ballsaal drängte. Er beherrschte die Kunst, sich in einer Menge nahezu unsichtbar zu machen, und nicht einmal Alison bemerkte die schlanke, hochgewachsene Gestalt, die ihr wie ein Schatten folgte.

Obwohl ein Großteil der Krönungsgäste die Stadt längst

verlassen hatte, feierte der Herzog von Bedford dieses Ereignis bis in das neue Jahr hinein. Es schmeichelte ihm, der Regent dieses Landes zu sein, und die Jugend sowie die unsichere Gesundheit seines königlichen Neffen ließen ihn berechtigte Hoffnungen hegen, eines Tages selbst die Kronen beider Länder zu tragen.

Die gemessenen, langsamen Takte des ersten Menuetts klangen durch den Saal. Der Herzog und die Herzogin eröffneten miteinander den Ball. Beide respektierten damit nur die äußere Form. Alison schaute sich unter den Menschen um sie herum um und glaubte, noch nie soviel Eleganz und Grazie gesehen zu haben. Eine Fülle edelster Stoffe, von Satin und Samt über Seide und Silberspitze, bauschte sich zu traumhaften Roben und eleganten Gewändern. Ihre Träger reichten sich nur die Fingerspitzen, sie verneigten sich gemessen und trennten sich wieder, während das Licht zahlloser Kerzen auf glitzernden Juwelen und kostbaren Stoffen schimmerte.

Mit großen Augen betrachtete sie diese Demonstration von Reichtum und Sorglosigkeit. Die feierliche Musik, die schweren Düfte der Parfüms, die Wärme der vielen Menschen, all das versetzte sie in höchst eigenartige Gemütsverfassung. Sie machte nach außen hin ganz den Eindruck, daß sie mit vollem Recht an diesem traumhaften Fest teilnahm, aber tief in ihrem Inneren wußte sie, daß sie nicht hierher gehörte.

Plötzlich ließ eine nur allzu vertraute Stimme sie zu Eis erstarren. »Verzeiht meine Kühnheit, aber kann es sein, daß wir uns kennen, schönste Dame?«

## 11. Kapitel

Die Hand gegen ihr Herz gepreßt, fuhr Alison de Guînes herum. Ihre Augen trafen auf tiefblaues Feuer, und für endlose Augenblicke versank alles um sie herum. Weder Musik noch Gelächter, weder Stimmen noch Geräusche drangen in ihre Welt; ihr Blick schien fest in seinem gefangen zu sein. Es war, wie es immer zwischen ihnen gewesen war: Heiße Leidenschaft flammte zwischen diesen beiden Menschen auf, eine Leidenschaft, die bis tief in ihre Seelen drang. Alison wurde noch ein wenig blasser, die Falten um Francis lächelnden Mund, dessen vollkommene Form sie nicht hatte vergessen können, vertieften sich.

Alison nahm die Einzelheiten seiner Erscheinung in sich auf. Wieder trug er Schwarz. Ob aus Bescheidenheit oder weil sich von dem dunklen Ton seine blonde Erscheinung um so auffälliger abhob, vermochte sie nicht zu sagen. Der Gegensatz zu den bunt und auffällig gekleideten Höflingen in ihren gelben, rosaroten oder himmelblauen Kostümen betonte seine Schlichtheit und ließ ihn in ihren Augen eleganter wirken als die gespreizten Pfaue um ihn herum.

Sie spürte seine Gegenwart in ihrem ganzen Körper, mit all ihren Sinnen registrierte sie die Anspannung, die ihn beherrschte. Seine Sehnsucht, sein Verlangen. Gefühle, die so stark und so heftig waren wie ihre eigenen und unter deren Ansturm sie unwillkürlich schwankte.

»Ich wüßte nicht, daß wir uns vorgestellt wurden, Seigneur«, antwortete sie mit einer fremden, heiseren Stimme, die sie kaum als ihre eigene erkannte.

»Offiziell sicher nicht«, erwiderte er. Er spielte das Spiel mit und verneigte sich mit spöttischem Respekt vor ihr. »Francis Windhurst, Euer gehorsamer Diener, Dame Alison! Ihr seht mich entzückt über Eure Anwesenheit in diesem Hause, das durch Euch noch mehr an Glanz gewinnt.«

Alison nahm seine Komplimente mit eindrucksvoller Selbstbeherrschung entgegen. Sie ahnte nicht, daß sie in diesem Moment die gleiche Haltung wie ihre Mutter zeigte, die ihren Töchtern nicht nur Schönheit, sondern auch Stärke und Intelligenz vererbt hatte.

»Ich bin allein durch die Güte der Herzogin hier«, antwortete sie leise. »Ihr werdet mich nicht bewandert in höfischen Sitten finden, Seigneur. Wollt Ihr mir nicht sagen, was Euer Stand in diesem Hause ist?«

»Ihr seht in mir einen bescheidenen Sekretär des Herzogs, schönste Dame«, erwiderte er, denn es hätte keinen Sinn gehabt, dies vor ihr zu verbergen. »Seinen Gnaden zu Diensten, wo immer er meiner bedarf und mich hinschickt.«

Alison hörte die Warnung heraus. Sie sollte schweigen, ihn nicht auf die Dinge ansprechen, die sich in dem Haus von Dame Eleanor ereignet hatten, sonst würde sie sich den Zorn des Herzogs zuziehen. Bei allen Heiligen, sie hatte sowieso keine Lust darüber zu sprechen, und wenn sie überhaupt etwas interessierte, dann nur, ob es Dame Eleanor, die sie in ihr Herz geschlossen hatte, wieder gut ging. Alles andere konnte ihr gestohlen bleiben, und erst recht jener Mann, der dort wohnte und dessen Haß sie fast vernichtet hätte.

Welch ein Segen, daß nicht nur die Seine, sondern eine ganze Welt sie von ihm trennte. St. Doye war ein heimlicher Spion, jemand, der das Tageslicht und die Öffentlichkeit scheute, damit er seine Mission nicht gefährdete. Hier befand sie sich endlich in Sicherheit vor ihm.

»Seid bedankt für Eure Auskunft«, murmelte Alison und hoffte, daß Francis nicht bemerkte, wie wild ihr Herz schlug – wie immer in seiner Gegenwart. Verlegen blickte sie zu Boden, denn sie wußte nicht, worüber sie sonst noch mit Francis reden konnte, und doch fand sie nicht die Kraft, einfach zu gehen.

Gegen alle Hoffnung hatte sie ihn wiedergesehen – aber

dieses Wiedersehen barg nicht nur Freude in sich, sondern auch Gefahr. Was war, wenn er sie verriet?

Doch Francis Windhurst dachte gar nicht daran. Die Anziehungskraft, die sie aufeinander zutrieb war, wie die tückische Strömung eines gefährlichen Flusses. Er legte sich keine Rechenschaft darüber ab, weshalb er die wenige Zeit, die ihm blieb, mit der hoffnungslosen Suche nach ihr verschwendet hatte. Er wußte nur, daß es mehr war als rein körperliches Begehren, das ihn beherrschte, wenn er sie sah. Er wußte, daß er es nicht zulassen würde, daß sie ihm ein zweites Mal durch die Finger schlüpfte, und er würde zu verhindern wissen, daß ihm ein Lancaster etwas nahm, was er für seinen eigenen Besitz hielt.

»Dame Alison? Seine Gnaden, der Herzog von Bedford bittet Euch, Euch seiner Gesellschaft anzuschließen.«

Windhurst erkannte den Lakai, der seinen beim Bankett erhaltenen Befehl nun in die Tat umsetzte, und er handelte, ehe Alison antworten konnte.

»Wie bedauerlich, schönste Dame«, wandte er sich an Alison. »Die Herzogin hat mich nach Euch geschickt. Sie fühlt sich zu müde, um weiterhin am Ball teilzunehmen, und bittet Euch, Ihr zu Diensten zu sein…«.

Alisons Blick flog durch den festlich geschmückten Saal, und tatsächlich war Anne von Burgund nicht mehr anwesend. Zwischen diesen beiden Befehlen hin – und hergerissen, wandte sie sich instinktiv an Lord Windhurst und legte ihre Hand auf den Arm, den er ihr reichte. Dann schenkte sie dem Diener ein entschuldigendes Lächeln.

»Verzeiht, bitte entschuldigt mich bei seiner Gnaden. Ich muß dem Ruf meiner Herrin folgen. Es schickt sich nicht, daß ich sie warten lasse.«

Als sie sich gemessenen Schrittes zum Ausgang wandten und den Ballsaal verließen, folgten ihnen eine Reihe neugieriger Blicke.

Alison schwieg, während sie nebeneinander hergingen.

Sie war nervös und angespannt. Sie kannte sich noch nicht gut genug aus, um zu wissen, wohin er sie durch die Gänge, Torbögen und Treppenfluchten führte, aber als er die Tür zu einem kleinen Raum öffnete, in dem nur ein einziges Nachtlicht brannte, war ihr klar, daß es sich um ein Schlafzimmer handelte und nicht um die Räume der Herzogin.

»Aber…«

»Eine Notlüge«, gab er zu, noch ehe sie die Frage ausgesprochen hatte, während er die übrigen Kerzen im Zimmer entflammte. »Madame hat sich nach dem Bankett bereits zurückgezogen, und jedermann weiß, daß sie die rauschenden Bälle nicht schätzt, die ihr Mann in diesen Tagen veranstaltet und auf denen, je weiter die Nacht voranschreitet, nur allzu oft gegen die guten Sitten verstoßen wird. Ihr könnt mir dankbar sein, daß ich Euch entführt habe. Der Appetit des Herzogs auf hübsche Mädchen ist unersättlich…«

»Aber er würde sich doch nie…«

»An einer Hofdame seiner Gemahlin vergreifen?« Wieder antwortete er, bevor sie den Satz angesprochen hatte. »Wer weiß? Aber vielleicht lockt es ihn, das Werk fortzusetzen, das der schwarze César unvollendet lassen mußte, wie inzwischen der ganze Hof weiß. Er schätzt eine gewisse Brutalität.« Alison ballte unwillkürlich die Hände zu Fäusten.

»Nicht doch, meine Kleine!« Lord Windhurst ergriff ihre Rechte und begann sanft einen Finger nach dem anderen zu lösen. »Dies ist auf seine Art ebenfalls ein Hof der Wunder. Nur daß die Menschen hier prächtiger gekleidet und besser genährt sind. Aber hier herrscht genauso das Recht des Stärkeren wie dort. Kann es sein, daß Ihr das noch nicht begriffen habt?«

»Heilige Mutter Gottes, ich begreife überhaupt nichts mehr«, murmelte Alison vor sich hin. »Ich…«

»Du brauchst mir keine Erklärungen zu geben und auch keine Lügen zu erzählen«, unterbrach Francis Windhurst, und bei dem Ton seiner Stimme stutzte Alison.

Er glaubte ihr nicht. Er hielt jedes Wort, das sie sagte, für erfunden, und er hielt sie alles in allem für eine raffinierte Schwindlerin, eine Abenteurerin, die die Gunst der Stunde geschickt nutzte. In diesem Moment begriff sie ihn vielleicht sogar besser als er sich selbst. Er begehrte sie, aber gleichzeitig störte ihn ihre Anwesenheit, die auf irgendeine Weise seine eigenen, komplizierten Pläne zu durchkreuzen schien. Er wollte sie ebenso sehr loswerden, wie er sie behalten wollte.

»Werdet Ihr mich verraten?«

»Du weißt genau, daß ich das nicht kann«, fuhr Windhurst auf. »Ich bin auf dein Schweigen ebenso angewiesen wie du auf das meine. Der Himmel weiß, daß ich keine weiteren Komplikationen brauchen kann, und doch...«

Ehe Alison begriffen hatte, was geschah, hatte er sie an sich gezogen und erforschte mit sanften, zärtlich überredenden Lippen ihr Gesicht, hauchte federleichte Küsse auf ihre Stirn, ihre Schläfen, ihre Wangen, bis er schließlich Besitz nahm von ihrem Mund, der weich und willig auf die Eroberung wartete.

Doch kaum wurde sein Kuß drängender, da zog Alison sich erschreckt zurück. Mit aller Gewalt brachen die Erinnerungen wieder über sie herein, die sie versucht hatte zu verdrängen. Panik, Ekel und Angst schüttelten ihren Körper.

»Was haben sie mit dir gemacht, mein anmutiges Mädchen?« Francis Windhurst zog sich zurück, hielt sie aber immer noch in seinen Armen. Nachdenklich betrachtete er sie, sah die Furcht in ihren weit aufgerissenen Augen, sah, wie heftig sie atmete. Sie versuchte sich von ihm zu befreien, aber er ließ sie nicht gehen.

»Schschscht...« beruhigte er sie, als wäre sie ein kleines Kind. »Ich will dir nicht weh tun. Vergiß, was du erlebt hast. Wenn du dein neues Leben genießen willst, mußt du die Vergangenheit aus deinem Kopf verbannen. Niemand hat dir weh getan, und niemand hat dich je geschlagen. Du bist eine Dame, ein Edelfräulein, eine Frau, von der jeder Mann nur träumen kann. Laß mich dir zeigen, wie eine Dame geliebt wird... Schscht, *Mignonne*! Bleib ruhig, mein Herz! Ich gebe dir mein Wort, daß ich dir nicht weh tun werde...«

Beruhigend und einlullend klang seine Stimme, zärtlich und tröstend glitt seine Hand über ihren Rücken, und allmählich entspannte Alison sich. Anfangs merkte sie kaum, daß er von neuem begonnen hatte, leichte, verführerische Küsse auf ihr Gesicht zu hauchen, doch dann erwachte wieder diese herrliche Sehnsucht in ihr. Dieser Mann hatte tatsächlich die Macht, sie César und ihre schrecklichen Erlebnisse vergessen zu lassen.

Von fern drang der fröhliche Lärm des Festes zu ihr, doch sie achtete nicht darauf. Francis roch so gut, und sie fühlte sich in seinen Armen geborgen. Die Kraft seines Körpers versprach ihr Schutz, und seine Liebkosungen waren so ganz anders als die gierigen, abstoßenden Berührungen Césars. Seine Lippen, die so frech und siegesgewiß über ihre Haut glitten, waren warm und verführerisch.

Ihr Herz pochte schwer, und eine süße Schwäche ergriff ihren ganzen Körper. Die Angst war verschwunden und hatte etwas anderem Platz gemacht, war vertrieben worden von einer weißglühenden Flamme, die tief in Alison aufloderte und alles verschlang. Von einer schweren, süßen Sehnsucht, die sie berauschte und alles andere vergessen ließ. Einladend öffnete sie ihre Lippen.

Dieses Mal war es anders. Sein Kuß hatte die gleiche Wirkung wie ein Funke, der in trockenes Reisig fährt. Hell loderten die Flammen auf, nichts schien sie löschen zu können. Alison gab sich ganz den Gefühlen hin, die Francis in ihr auslöste, bedingungslos und ohne falsche Scham.

»Du bist wundervoll, *Mignonne*«, flüsterte die verführerische Stimme weiter, dann wanderten seine Lippen über ihren Hals bis zur Wölbung ihrer halb entblößten Brüste. Ein Laut, halb Keuchen, halb Stöhnen, entfloh ihrem Mund, als seine Hand unter den seidigen Stoff glitt und kühl und erregend ihre Haut berührte. Zärtlich fordernd schlossen seine Finger sich um eine Brust, streichelten die sich verhärtende Brustwarze. Alison empfand ein so heftiges Verlangen, daß ihr fast die Sinne schwanden.

Doch ein Teil in ihr wartete immer noch auf den Schmerz. Jetzt würde er ihr weh tun, so wie es alle anderen getan hatten, die sie gegen ihren Willen berührt hatten. Alison hatte die Pein nicht vergessen, die César und der Seigneur St. Doye ihr verursacht hatten. Sie versuchte, sich gegen den erwarteten Schmerz zu wappnen – und sie merkte, daß es überhaupt nicht nötig war.

Die Qual, die seine Liebkosungen verursachten, war süß und von anderer Art, ließ sie beben vor köstlicher Lust, schickte heiße Pfeile des Verlangens durch ihren Körper und entlockte ihr ein kehliges Seufzen.

Sie leistete keinen Widerstand, als er mit großer Geschicklichkeit ihren Gürtel löste und das Obergewand über die Seide der unteren Robe zu Boden glitt. Dann fand er die Bänder, die auch dieses Kleidungsstück schlossen, und hob gleich darauf ihren schlanken Körper aus dem Kreis der prachtvollen Stoffe und raschelnden Röcke. Sie trug nun nichts mehr als ein Paar bezaubernd frivole weiße Seidenstrümpfe mit einem Band aus Spitze und die Satinpantöffelchen, die zu ihrer Robe gehörten.

Sie widerstand den Impuls, die Arme vor den Brüsten zu kreuzen, und bot sich seinen verlangenden, bewundernden Blicken dar. Warum sollte sie Scham empfinden? Wenn es je einen Mann gegeben hatte, dem sie sich hingeben wollte, dann ihn. Ihm würde sie freiwillig geben, was sie allen anderen verweigert hatte, denn für ihn war sie bestimmt, von Anbeginn aller Tage. Nicht nur ihr eigenes Verlangen verriet ihr das, sie hatte es auch im Feuer gesehen und nahm dieses Schicksal gerne hin.

Mit ihren flammenden, glutroten Locken, glich sie einer

heidnischen Göttin der Liebe, und Francis Windhurst beeilte sich, sie zu dem breiten Kastenbett zu tragen, das im Hintergrund des Raumes auf sie beide wartete.

Wie er diesen Moment ersehnt hatte und wie er sie begehrte! Noch nie war er einer Frau begegnet, bei der sich soviel herausfordernde, leidenschaftliche Schönheit mit derart sanfter Hingabe verband. Was immer sie erlebt hatte, es hatte ihr nicht die Unschuld des Wesens nehmen können, die sie immer noch ausstrahlte. Aber als er im Schein der Kerzen die dunklen Stellen auf ihren Rippen und die blauen Flecken an Armen und Hüften sah, stieg ein fürchterlicher Zorn in ihm auf, erfüllte ihn mit dem Wunsch zu töten und Rache auszuüben. Sie hatten ihr weh getan, aber sie blickte ihm trotzdem mit einem Vertrauen entgegen, das ihn beschämte und zugleich entflammte. Er schwor sich in diesem Moment, sie nicht zu enttäuschen.

Alison hatte sich ganz ihren Empfindungen ergeben. Sie dachte nicht mehr, sie fühlte nur noch. Sein Blick auf ihrem nackten Körper war wie die Berührung eines zarten Frühlingshauchs, wie die wohlige Wärme eines knisternden Feuers an einem kalten Tag oder der Duft einer warmen Suppe für einen hungernden Bettler. Willkommen, ersehnt und angenommen in Demut, Erfüllung dessen, was sie sich am meisten wünschte.

Sie sah ihm zu, wie er das dunkle Wams über den Kopf zog, die Schnüre seines Hemdes löste, und voller Bewunderung betrachtete sie dann seinen starken, geschmeidigen Körper, anmutig und elegant wie der eines Raubtiers – und ebenso gezeichnet mit den Narben vergangener Kämpfe. Er glich jenen klassisch schönen Marmorstatuen, die Alison an den winterlich trockenen Brunnen des Palais gesehen hatte. Sein helles Haar leuchtete wie Gold im Schein der Kerzen, die Licht und Schatten warfen auf sein edles, aristokratisches Gesicht.

»Ihr seid schön«, sagte sie in ehrlicher Bewunderung.

Noch nie hatte sie einen Mann wie ihn gesehen, und die hellen, lichten Farben seines Körpers vertrieben endgültig und für immer die letzten Spinnweben der Erinnerungen an das schwarze, behaarte Böse, das sie besudelt und verletzt hatte.

Es trieb sie dazu, die Arme nach ihm auszustrecken und sich an seinen harten, sehnigen Körper zu schmiegen, der das perfekte Gegenstück zu ihren runden, weichen, weiblichen Formen zu sein schien.

Sie hob den Kopf und bot ihm den Mund, während ihre Hände noch zögernd Bekanntschaft mit seiner Haut und seinen Muskeln machten. Das, was sie empfand, war deutlich in ihren Augen zu lesen, die nun die Farbe eines sonnenüberfluteten Teiches im dunklen Wald hatten, und es machte alle Worte überflüssig.

Francis Windhurst trank die Süße ihrer Lippen und verlangte gierig nach mehr. Er kostet ihre glatten Schultern, die zierlichen Ohren, die empfindsame Innenfläche ihrer Hand. Während seine geschickten Finger streichelten, erkundeten und neckten, beobachtete er die Reaktionen dieses willigen Körpers. Wie ihre Wimpern zu flattern begannen, sobald er ihre empfindsamen Brustwarzen berührte, die unwillkürliche Bewegung ihrer Hüften, die ihren wartenden Schoß näher an seine Finger bringen sollten, die sanft ihre Schenkel teilten. Das köstliche Dreieck an der Pforte ihrer Weiblichkeit nahm ihn auf, empfing ihn und verriet ihm, wie sehr sie sich nach ihm sehnte, daß sie bereit war, ihn aufzunehmen.

»Nicht so schnell, *Mignonne*«, murmelte er heiser. »Wir haben Zeit…«

Alison lebt auf unter dem Spiel seiner Hände, war nur noch Gefühl und Hingabe. Sie drückte seinen Kopf an ihre Brust, fuhr ungeduldig mit den Fingern durch seine Haare, als er seine Lippen um eine rosige Brustspitze schloß, während er die andere mit seinen Fingern liebkoste.

Seine Zunge begann ein erregendes Spiel und unwillkürlich bäumte Alison sich auf und bog sich ihm entgegen.

Seine lustvollen Zärtlichkeiten entzündeten ein heißes, wildes Feuer in ihrem Schoß, das alle Spuren der Mißhandlungen ausbrannte und sie erbeben ließ. Jede Faser ihres Körpers sehnte sich nach seiner Berührung, sie spannte sich an unter dem Verlangen, das er entfachte.

»O bitte«, schluchzte sie. »Bitte…«

Dabei wußte sie doch selbst nicht so recht, worum sie ihn bat. Darum, daß er aufhörte oder weitermachte? Ganz hingegeben und verloren in einem ekstatischen Taumel spürte sie seine heißen Lippen weiterwandern, ihren Leib bewundern, und sie stöhnte auf, als er schließlich jene verborgene Stelle fand, an der all ihre Sehnsucht und ihr Verlangen sich konzentrierte, sie mit einer Lust erfüllten, die sie kaum noch ertragen konnte.

Sanft und unwiderstehlich drängte er ihre Schenkel auseinander und berührte andächtig und hauchzart ihren Schoß. Zuerst nur mit den Fingerkuppen, dann mit Lippen und Zunge. Alison schrie auf, vor Überraschung und vor qualvoll-süßer Lust. Sie wollte sich zurückziehen, aber er hielt sie fest.

»Laß mich dich kosten, meine Schöne! Du mußt keine Angst vor mir haben!« raunte er mit heiserer Stimme. »Schenk mir den Nektar deines Verlangens. O Gott, wie schön du bist, wie vollkommen!«

Alison wußte nicht, wie ihr geschah. Sie verkrampfte die Hände in den Laken und bäumte sich auf, während er geschickt jenen Ort erforschte, bis das Verlangen, sich ihm noch mehr zu öffnen und von ihm völlig und ganz und gar erobert zu werden, sie zu überwältigen drohte. Pures Feuer rann durch ihre Adern, und sie wußte nicht, daß das ferne, leise Wimmern, das sie hörte, aus ihrer eigenen Kehle kam.

Diese süßen Laute der Sehnsucht brachten Francis Windhurst endgültig um die Beherrschung, die er eh noch mit Mühe aufrechterhalten hatte, Leidenschaft und Verlangen schlugen übermächtig über ihm zusammen. Seine guten

Vorsätze, geduldig zu sein, zerflossen in nichts. Von neuem eroberte er ihren Mund, während er stürmisch in sie eindrang.

Eng und lustvoll umschloß sie ihn, und als er das überraschende Hindernis spürte, war es schon zu spät. Er konnte nicht mehr zurück, denn die gewaltig aufdrängende Explosion in seinen Lenden zwang ihn zu einem kraftvollen Stoß, der Alison einen rauhen Schrei entriß.

Aber es war nicht der Schmerz, der sie dazu trieb. Es war der Triumph. Die Erkenntnis, daß sie eins waren und daß er ihr in diesem Moment gehörte, daß er seinen Empfindungen genauso hilflos ausgeliefert war wie sie den ihren. Sie bog sich ihm entgegen, und der Schmerz, den sie nur am Rande fühlte, wich einem unvorstellbaren, neuen Gefühl. Einem Gefühl, das mit der Gewalt eines Orkans hochbrauste und sie mit sich riß.

Ein Gefühl, in dem sie willig ertrank und von dem sie davongespült wurde. Das mit jeder Bewegung ihres Schoßes wuchs, bis sich ihr Körper in einem Regen aus Sternen auflöste.

## 12. Kapitel

»Trink, *Mignonne,* du mußt durstig sein…«

Der klare, kühle Wein rann in Alisons Kehle, während Francis ihren Kopf stützte. Trotzdem ging ein Gutteil des Malvasiers daneben, rann ihren Hals hinab über die Brust. Alison wollte den Wein abwischen, aber eine Hand hielt die ihre fest.

»O nein, laß! Nicht so…«

Francis Windhurst folgte der Spur des Weins mit seiner Zunge. Die rauhe, faszinierende Liebkosung auf ihrer empfindsamen Haut ließ alle Nerven in Alison vibrieren, den Nachhall der Leidenschaft, die sie zusammen erlebt hatten, stärker in ihrem Körper klingen.

Sie dehnte sich unter den streichelnden Händen und bot ihren Körper seinen Lippen entgegen. Alison ließ ihre Hände über seinen muskulösen Rücken gleiten, spielerisch fuhr sie mit den Fingernägeln über seinen straffen, festen Po, und sie spürte den Schauer, der Francis dabei durchfuhr.

»Ich werde dir weh tun, wenn du so weitermachst. Du prüfst meine Beherrschung auf unmenschliche Weise«, warnte er mit belegter Stimme. »Wieso hast du mir nicht gesagt, daß dich noch nie ein Mann besessen hat?«

»Hättet Ihr es mir denn geglaubt?«

Nein, die Röte, die in seine Stirn stieg, war Antwort genug. Natürlich hätte er es nicht geglaubt. Und wozu sollte sie ihm erklären, daß La Trisanne ihre Jungfernschaft nur deshalb so eifrig gehütet hatte, damit sie sie einmal an den Meistbietenden verkaufen konnte? Es gab genug ehrbare Bürger, die bereit waren, eine Menge Geld für eine Jungfrau zu bezahlen, oder ein Bandenführer wie César...

Heilige Jungfrau, sie wollte nicht mehr an ihn denken. Gott oder der Teufel mochten seiner Seele gnädig sein, nur daß er sein Leben ausgehaucht hatte, war ein Segen für sie.

»Wenn ich es gewußt hätte, dann hätte ich mich dir anders genähert«, gab Francis zu. »Es tut mir leid, aber ich habe dich um etwas gebracht, das im Falle einer Eheschließung Wert für dich besessen hätte. Ich habe dir geschadet, das wollte ich nie tun.«

»Im Falle einer Ehe mit wem?« murmelte Alison und ahnte die Antwort im voraus.

»Du bist so schön, daß es nicht auszuschließen ist, daß sich bei Hofe jemand findet, der über den Makel deiner höchst verschiedenen Beschäftigungen in der Vergangenheit hinwegsieht und auf eine Mitgift verzichtet.«

»Aber Ihr seid nicht dieser Mann, habe ich das richtig verstanden?« fragte sie angriffslustig und warf den Kopf in den Nacken. Sie hatte sich aufgesetzt und die Decke bis zum Ansatz der Brüste hochgezogen Sie wollte nicht, daß er sie weiterhin streichelte und küßte, denn sie traute sich selbst nicht.

»Eine Heirat? Ich?! Mit mir?«

Sie hatte mit allem gerechnet, aber nicht damit, daß ihn diese Möglichkeit zum Lachen reizen würde. Es war ein sehr zynischer Heiterkeitsausbruch, der ihr mehr weh tat, als sie sich anmerken ließ. Endlich faßte Francis sich wieder und strich sich mit einer seltsam resignierten Geste über die Stirn.

»Eine Verbindung mit mir brächte dich vom Regen in die Traufe, mein Kind«, sagte er hart. »Mein Name ist auf zweifelhafte Weise errungen, ich besitze nichts, hänge von der Laune des Herzogs ab, und wovon ich eine Frau und einen Stall voller Kinder ernähren sollte, wüßte ich nicht. Wobei ich auch keine Garantie dafür abgeben möchte, daß ich nicht morgen auf der Place de Grève am Galgen hänge. Nein, laß die Finger von einem wie mir, Mädchen. Ich kann dich die Liebe lehren, aber für ein sicheres Leben tauge ich nicht... Komm, küß mich und vergiß die Dummheiten!«

Alison ließ die Decke sinken und bot bewußt ihre vollen Brüste seinen begehrlichen Blicken dar. Wenn ihm erst einmal die Endgültigkeit zu Bewußtsein kam, mit der sie zueinander gehörten, dann würde er anders darüber denken. Ihr war egal, ob er ein Höfling oder Abenteurer, ein Edelmann oder Gauner war, sie wollte von ihm geliebt werden, und ihr makelloser Körper war eine einzige, drängende Aufforderung an ihn, das noch einmal zu tun.

»Dann lehr mich die Liebe, wenn du sonst kein anderes Geschenk für mich hast«, raunte sie und schmiegte sich in seine Arme.

»Schon wieder?« Er sah sie voller Verblüffung an. »Ich sagte doch, ich werde dir...«

»Du wirst mir nicht weh tun«, unterbrach sie ihn temperamentvoll. »Deine Liebe kann mir nicht weh tun. Das können nur deine Worte.«

Sie ließ sich blitzschnell auf ihn gleiten, dann stützte sie sich auf ihre Arme. Ihre Haare fielen nach vorne über ihre Schultern und Brüste und streichelten seine Haut. Sie ließ sich langsam sinken, bis ihr Körper seinen bedeckte, ihre Brüste sich gegen seine Rippen drängten und seine Männlichkeit an ihre langen schlanken Schenkel gedrückt wurde, bis sie von neuem erstarkte.

Sie senkte den Mund auf seine Lippen, und mit ihrem fordernden, leidenschaftlichen Mund zerstörte sie mit systematischer Grausamkeit die Reste seiner Selbstbeherrschung. Es war keine besonders schwere Arbeit, und der Rest der Nacht gehörte dem Spiel ihrer Körper, die sich zu einer Hymne an die Liebe vereinten und den uralten Tanz der Leidenschaft neu für sich erfanden, bis sie beide schließlich erschöpft in Schlaf sanken.

Hélie gab mit keiner Geste und keiner Silbe zu verstehen, ob sie es ungewöhnlich fand, daß ihre Herrin erst im Morgengrauen vom Ball nach Hause kam. Sie hatte auf der Bank vor dem Kamin auf sie gewartet und sorgte ohne viele Worte dafür, daß Alison zwischen die Kissen sinken konnte, ehe sie im Stehen einschlief.

Wenn sie den schlanken Mann erkannt hatte, der die neue Hofdame nach Hause geleitet hatte, so verlor sie auch darüber keine Bemerkung.

Alison hätte leicht denken können, daß sie die vergangene Nacht nur geträumt hatte, als sie schon sehr bald wieder von der Zofe zur Frühmesse geweckt wurde.

Allein die Veränderungen, die sie an ihrem Leib spürte, bewiesen, daß sie eine Nacht wilder Leidenschaft und zügellosen Vergnügens hinter sich hatte, daß sie einen

Schritt getan hatte, der unwiderruflich war und von dem sie nicht wußte, was für Folgen er haben würde.

Die Herzogin von Bedford hörte die Frühmesse in ihrer prächtig ausgeschmückten Privatkapelle, und außer Alison waren nur noch drei andere Hofdamen anwesend. Die folgende Promenade durch die winterkahlen Gärten des Palastes trug wenig dazu bei, die bedrückte Stimmung der frommen, jungen Herzogin zu heben. Alison fragte sich im geheimen, ob Anne wußte, daß ihr Gatte die eheliche Treue geringschätzte oder ob es einfach die Jahre dieser erzwungenen Gemeinschaft mit einem Lancaster waren, die ihr die Freude und die Jugend schon vor der Zeit geraubt hatten.

Ein kalter Wind pfiff um die spitzen Dächer und steinernen Verzierungen der Gebäude. Er trieb ein paar vergessene Herbstblätter über die gepflasterten Wege und rüttelte an den kahlen Zweigen der in künstliche Formen gezwungenen Bäume. Alison zog ihren pelzgefütterten Mantel enger um sich und hoffte, daß Hélie die ausladende Hörnerhaube, die sie trug, sicher genug festgesteckt hatte, damit sie nicht beim nächsten Windstoß davonflog. Sie hielt es für eine närrische Laune der hohen Dame, bei diesem Wetter zu promenieren. Weshalb setzte sie ihre ohnehin gefährdete Gesundheit noch der Kälte und der Feuchtigkeit aus?

Alison war so in ihre eigenen Gedanken vertieft, daß sie die stämmige Gestalt, die seltsam schwerfällig aus dem Eingang eines Irrgartens heraustrat und am Wegrand wartete, bis Anne von Burgund sie erreicht hatte, kaum beachtete. Der Mann verbeugte sich höfisch-zeremoniell, und wartete darauf, daß die Herzogin ihn ansprach.

»Seigneur Bélin de Marsaque?« fragte sie mit deutlicher Kühle.

»Mit Euer Gnaden Erlaubnis«, entgegnete der Mann, und Alison zuckte unter dem Ton der raschelnden, trockenen Stimme zusammen, als habe sie ein Messerstich aus dem Hinterhalt getroffen.

Sie fixierte den Mann, der einen braunen Samtumhang trug und unter dessen Kappe mausbraune, struppige Haare hervorlugten, mit schmalen Augen. Die Haare waren es, die sie irritierten, schließlich hatte sie ihn nahezu kahlköpfig in Erinnerung. Aber als sie einen tückischen Blick der kalten, toten Augen erhaschte, war sie sich trotz aller Bedenken sicher. Bélin de Marsaque war der Seigneur St. Doye!

»Es mutet mich seltsam an, daß mein Herr Bruder Euch mit einer Botschaft zu mir schickt, die von solcher Heimlichkeit ist«, sagte nun die Herzogin und rieb sich unwillkürlich die kühlen Finger. »Weshalb dieser Umstand? Weshalb ein Mann, der mir völlig unbekannt ist?«

»Ich maße mir nicht an, die Beweggründe seiner Gnaden zu kennen«, erwiderte St. Doye heuchlerisch. »Aber vielleicht ist es besser, die offiziellen Wege zu meiden. Manchmal sagt ein Wort vom Bruder zur Schwester mehr als ein versiegeltes Schreiben und ein offizieller Herold.«

Anne von Burgund, die ihren ältesten Bruder kaum je zu Gesicht bekommen hatte und die seinem politischen Ehrgeiz eine Ehe verdankte, die sie nicht glücklich gemacht hatte, nickte leicht.

An Tagen wie diesem wünschte sie sich, auf den klugen Rat ihrer Mutter Marguerite zurückgreifen zu können, aber die Herzoginwitwe war längst gestorben, und es gab niemand in Annes Leben, der ihren Platz hätte einnehmen können. Sie war auf sich und ihre eigenen Fähigkeiten angewiesen. Wenn sie nur nicht so müde gewesen wäre! So müde und gleichgültig gegenüber all diesen politischen Dingen, die Männer so wichtig fanden.

»Nun dann, Eure Botschaft, Seigneur de Marsaque«, forderte sie ungeduldig und entfernte sich mit ihm ein paar Schritte von ihren Begleiterinnen.

Man mußte schon ein so außergewöhnlich feines Gehör wie Alison haben, um die geflüsterten Worte St. Doyes zu verstehen. Vielleicht lag es auch daran, daß sie eine besondere, durch tödlichen Haß und echte Blutsbande geschaffene Verbindung hatte, die ihre Aufnahmefähigkeit schärfte.

»Der Herzog bittet Euch, auf Euren Gemahl einzuwirken, daß er dem Gerücht über mögliche Friedenspläne zwischen Burgund und Frankreich keinen Glauben schenkt«, erklärte er. »Es handelt sich lediglich um ein Ablenkungsmanöver, er denkt nicht daran, seine englischen Verbündeten im Stich zu lassen, aber im Moment erscheint es ihm vielversprechender, sich den Anschein zu geben, als würde er es tun. Burgund steht auf Seiten Englands, daran wird sich nichts ändern. Das läßt Euch Euer Bruder versichern.«

Alison hatte inzwischen genügend von der verwickelten politischen Lage mitbekommen, um St. Doyes Pläne zu durchschauen. Als Abgesandter des Kanzlers von Frankreich verhandelte er im Geheimen mit den Engländern. Der Kanzler wollte seinen schwachen König opfern, um unter der englischen Krone mehr Macht und Einfluß zu erhalten. Eine erfolgreiche Allianz mit Burgund indessen würde Frankreich ausgerechnet jetzt stärken und Trémoille, dessen Einfluß beim König ohnehin nachließ, vielleicht sogar in Ungnade stürzen. Also mußte alles daran gesetzt werden, den unliebsamen Friedensschluß zu sabotieren, damit König Karl den Kürzeren zog. Wie konnte dies besser geschehen als durch eine Intrige, die sogar die ahnungslose Anne von Burgund miteinbezog?

»Ich danke Euch für diese Nachricht, Seigneur«, antwortete die Herzogin in diesem Moment ziemlich gleichgültig. »Aber Ihr könnt meinem Bruder mitteilen, daß mein Einfluß auf seine Gnaden den Herzog nur der einer Gattin ist und nicht der einer Ratgeberin. Was ich indes für Euch tun kann, werde ich bei Gelegenheit versuchen zu tun…« Sie machte eine fahrige Geste, und St. Doye war entlassen.

Alison fühlte seinen Blick auf sich, und sie ahnte, daß auch sie sich in Kürze diesem Mann gegenüber sehen würde, der wie ein düsterer Schatten aus der Vergangenheit erneut aufgetaucht war. Die unterschwellige Furcht vor diesem Zusammentreffen schenkte ihr die nötige Geduld, während der folgenden Tage die endlosen Stunden der Gebete, Stickereien und Tratschereien mit den Damen der Herzogin zu ertragen. Lieber vor Langeweile sterben, als einem Mann gegenüberzutreten, der sie vernichten wollte. Daß er es schon zweimal vergeblich versucht hatte und gescheitert war, konnte nur zur Folge haben, daß er es ein drittes Mal nur um so raffinierter versuchen würde.

Und immer wieder sah sie sich mit der Gegenwart von Lord Windhurst konfrontiert. Der junge, gutaussehende, leichtsinnige Mann schien der Liebling aller Damen zu sein. Von der voluminösen Bonne of Liddleville bis hin zur kapriziösen, hübschen Bertrande de Valmourose und der eleganten Lady Marsh waren alle ein wenig in ihn verliebt, und Alison machte zum ersten Male Bekanntschaft mit der Eifersucht.

Die Art, wie Dame Bertrande den Kopf schieflegte und den blonden Lord anlächelte, wenn er das Knie vor der Herzogin beugte, trieb sie dazu, im Schutz ihrer Röcke die Fäuste zu ballen und den flammenden Blick ihrer grünen Augen zu senken. Die nachlässige Vertraulichkeit, mit der er Lady Marsh begegnete, schien ihr ein Beweis dafür zu sein, daß die Dame mehr mit ihm geteilt hatte als nur den Teller beim Essen.

Auch die Herzogin selbst schien auf sehr vertrautem Fuße mit seiner Lordschaft zu stehen. Sie wirkte jünger in seiner Gegenwart, und manchmal lachte sie sogar, und man sah einen Abglanz der unbeschwerten Schönheit, die sie vor ihrer Ehe besessen haben mußte. Alison gönnte ihr die Freude, aber nach dem Dreikönigstag stand ihre Meinung über Francis Windhurst unverrückbar fest.

Der Mann, den sie liebte, war nicht weniger ein Gaukler als sie selbst. Er spielte jedem die Rolle vor, die dieser von ihm erwartete. Dann schüttelte er sie ab, lachte darüber und begann die nächste Posse. Er schien keine Skrupel, kein Gewissen und keine Hemmungen zu haben, und wenn es überhaupt jemanden geben sollte, den er liebte – dann hieß dieser Mensch Francis Windhurst.

Alison verbarg auch ihre bittere Enttäuschung darüber, daß er nach jener einen verzauberten Nacht nie wieder den Versuch gemacht hatte, sich ihr zu nähern, daß ihm diese Stunden nicht mehr bedeutet hatten als ein weiteres, zärtliches Abenteuer an einem Hof, an dem man es mit der Moral nur nach außen hin genau nahm. Er hatte das Interesse an ihr verloren, als der Reiz der Eroberung verflogen war und nachdem er sie besessen hatte.

Daß sie jede Nacht stundenlang wach lag und jede Sekunde, jede Geste und jede Zärtlichkeit im Geiste wieder und wieder erlebte, blieb ihr Geheimnis. Ihr eben erst erweckter hungriger, junger Körper sehnte sich nach ihm mit einem Begehren, das sie um so mehr erschreckte, als es nicht geringer, sondern immer stärker wurde.

Sie versuchte sich abzulenken, indem sie der Dame Liddleville zu Diensten war, die die Funktion einer Oberhofmeisterin bei der Herzogin hatte und deren Tätigkeitsbereich von der Kleiderkammer bis hin zu den Befehlen an die herzogliche Küche reichte. Dame Bonne begriff sehr wohl, daß die schöne Alison de Guînes so gut wie keine Ahnung von der Führung eines großen Hauses hatte. Aber da sich die junge Frau in aller Bescheidenheit zu ihre Schülerin machte, verlor sie kein Wort darüber, sondern brache ihr bei, was sie für nötig hielt. Sie hielt sie beschäftigt, so daß Alison des Abends oft todmüde zwischen die Kissen sank und so erschöpft war, daß sie tatsächlich Schlaf fand.

Auch die Herzogin fand immer größeren Gefallen an ihrer neuen Begleiterin, die auf wundersame Weise stets zu wissen schien, wann sie zu müde zum Plaudern war, wann sie sich nach etwas Musik sehnte oder wann sie an welcher Stelle den Hungernden dieses Winters am ehesten ein sinnvolles Almosen zukommen lassen konnte. Daß Alison sie deswegen so bereitwillig begleitete, weil sie sich selbst unter den zerlumpten Gestalten sah, die sich um den Suppenkessel drängten oder einen Laib Brot erbettelten, konnte die Herzogin nicht ahnen.

»Es ist eine Schande«, vertraute Anne ihr an, als sie an diesem bitterkalten Januartag gemeinsam in die Sänfte stiegen, in der ein kleines Eisenöfchen voller Glut die bittere Kälte linderte. Die Herzogin winkte den Trägern, daß sie in den Palast zurückgebracht werden wollte, und schloß die ledernen Vorhänge, ehe sie die klammen Finger unter einer gefütterten Pelzdecke verbarg. »Das Volk darbt, und wenn der Krieg so weiter geht, wird irgendwann niemand mehr übrig sein, den Engländer, Burgunder oder Franzosen regieren können. Sie vergessen über Ehre, Ruhm und Stolz, daß ihr Land aus Menschen besteht, aus diesen hungernden, frierenden und obdachlosen Geschöpfen, die jeden Tag verfluchen, den diese Auseinandersetzung weiter andauert.«

»Wer kann etwas dagegen tun? Wer etwas daran ändern?« seufzte Alison, die noch besser als die hohe Dame wußte, daß dies eine sehr treffende Einschätzung der verzweifelten Lage im Land war.

»Es gibt Männer und Frauen, die es versuchen«, erwiderte Anne von Burgund. »Aber ich fürchte, daß sie umsonst ihr Leben aufs Spiel setzen, daß sie nichts erreichen. Niemand scheint imstande zu sein, dieses bittere Spirale aus Gewalt und Machtgier zu beenden...«

»Euer Bruder versucht es, indem er sich mit dem anderen König in Bourges verbündet...« wagte Alison einzuwerfen, aber nur, weil sie allein waren und die vier goldbemalten Lederwände der Sänfte die Illusion von Ungestörtheit vermittelten.

»Mein Bruder... Ich wollte bei Gott, ich könnte seinen edlen Zielen vertrauen. Aber ich fürchte, daß nicht die Liebe zu diesem Land, sondern die Liebe zur Macht ihn leitet. Ich habe Angst…« Alison wußte nicht, was sie darauf antworten sollte.

Unwillkürlich hielt sie die eiskalten Finger näher an die kleine Wärmequelle mit den glühenden Holzkohlen. Schweigend hingen die beiden Frauen ihren Gedanken nach, bis Anne von Burgund sich wieder an ihre Gefährtin wandte.

»Kann es sein, daß Ihr Lord Windhurst mit sehr gefälligen Augen betrachtet, liebe Alison? Habt Ihr ihn ins Herz geschlossen?«

Die Frage war so überraschend gekommen, daß die junge Frau ertappt zusammenfuhr. Verräterische Röte stieg in ihre blassen Wangen.

»Oh… nein, ich… Ihr täuscht Euch…«, stammelte sie verwirrt und wich dem prüfenden Blick der jungen Herzogin aus. »Ich kenne ihn ja kaum…«

»Die wenigsten Menschen kennen ihn wirklich«, sagte Anne von Burgund so leise, daß man sie kaum verstehen konnte. »Das ist sein Problem. Ich möchte Euch raten, laßt Euch nicht von etwaigen Äußerlichkeiten täuschen. Es gibt Gründe dafür, daß er so ist, wie er sich gibt. Habt Geduld und urteilt nicht, ehe Ihr ihn genau kennt. Er hat verdient, daß Ihr ihm Gerechtigkeit widerfahren laßt.«

»Ich verstehe nicht…« murmelte Alison und wartete auf eine weitere Erklärung, aber die Herzogin schwieg. Sie schien mit ihren Gedanken wieder weit fort zu sein, und die schmalen, tief eingegrabenen Linien zu beiden Seiten ihres Mundes verrieten, daß sie wieder Schmerzen haben mußte. Alison wagte nicht, noch einmal nachzufragen.

## 13. Kapitel

Der hübsche, reichlich arrogante Page in der Livree des Hauses Lancaster, der Alison die Nachricht überbrachte, wiederholte die Worte höchst ungern. Er hatte eine Art, sich in seinem Samtkostüm zu spreizen und auf sie herabzusehen, daß sie gegen den Impuls ankämpfen mußte, ihm eine Ohrfeige zu geben. Sie bedachte ihn jedoch mit einem so eisigen Blick, daß er rot anlief und seine Botschaft eine Spur bereitwilliger noch einmal aufsagte.

Lord Windhurst bittet Euch nach dem Mittagsmahl zu einer Promenade in die Menagerie. Er erwartet Euch dort gegen vier Uhr, Madame!«

Also hatte sie sich doch nicht verhört. Alison entließ ihn mit einer Handbewegung und der Page, der sich eine kleine Anerkennung seines Dienstes von ihr erwartet hatte, verschwand mit finsterem Gesicht. Einen Moment lang stand sie ganz still da. Lord Windhurst bat sie zu einer Promenade in die Menagerie! Und das nach Wochen des Wartens, der Verzweiflung, der Wut und der hilflosen Sehnsucht. Er schickte ihr einfach einen Pagen und nahm an, daß sie kommen würde.

Das vernünftigste wäre, diese Nachricht zu vergessen. Sich dem Stickzirkel der Damen anzuschließen und auch diesen Nachmittag in der gepflegten Langeweile eines Haushaltes zu verbringen, der auf die Rückkehr des Herzogs wartete, der mit einem Großteil seiner Männer in Maine unterwegs war, wo die Übergriffe des Konnetabels Richemont für Unruhe sorgten.

Nachdem bekannt geworden war, daß in Lille tatsächlich ein sechsjähriger Waffenstillstand zwischen Burgund und König Karl VII. unterzeichnet worden war, nahmen die Übergriffe der Franzosen auf englisch besetzte Gebiete drastisch zu. Seit den längst vergangenen Siegen Jeanne d'Arcs hatten sich die Truppen des Königs von Frankreich nicht mehr so stark gefühlt.

Aber was war schon dumme, langweilige Vernunft gegen die Flut dieser verrückten Gefühle, die sie überrollten? Gegen das Wissen, daß sie barfuß nach Bourges und zurück gegangen wäre, um wenigstens ein freundliches Wort oder einen Kuß von diesem Mann zu erhalten?

Von einem Moment auf den anderen entfachte Alison in ihrem kleinen Gemach eine Hektik, die Hélie und ihre Helferinnen völlig unvorbereitet traf.

»Ein Bad! Ich benötige ein Bad, Hélie«, kommandierte sie. »Und dann die neue smaragdfarbene Samtrobe... Oder nein, besser ich nehme das goldfarbene Gewand. Oder vielleicht doch das gestreifte grüne? Auf jeden Fall eines, das zu dem silberbestickten Hennin paßt, die Hörnerhaube sieht so entsetzlich hausbacken und bieder aus. Hast du den Saum des schwarzen Umhanges schon geflickt? Du erinnerst dich, daß ich neulich einen Riß entdeckt habe? Worauf wartest du? Schick die Kleine nach dem Wasser, es eilt! Du weißt doch, wie lange es dauert, bis meine Haare getrocknet sind! Und dann bringst du bitte meine Entschuldigungen an die Dame Liddleville, daß ich heute meinen Dienst in der Kleiderkammer ihrer Gnaden nicht wahrnehmen kann. Ich bitte um Nachsicht und werde morgen wieder zur Stelle sein. Vergiß es nicht, es ist wichtig, und...«

Sie brach ab, weil Hélie keine Anstalten machte, auch nur eines all dieser wichtigen Dinge zu tun. Sie stand da und starrte ihre Herrin an, als seien dieser soeben zwei Köpfe auf den schmalen Schultern gewachsen.

»Ich weiß...«, sagte Alison, machte einen tiefen Atemzug, um sich zu beruhigen, und zog eine kleine, komische Grimasse. »Ich benehme mich kindisch. Es ziemt sich nicht, in derartige Hektik zu verfallen, nur weil seine Lordschaft mit mir durch die Ménagerie spazieren möchte. Was rätst du mir, soll ich nicht hingehen?« Schon ihr Tonfall verriet, daß dies lediglich eine rhetorische Frage war und sie gar nicht daran dachte, so etwas ernsthaft in Betracht zu ziehen.

»Macht Euch so schön wie möglich, aber laßt ihn, um Eures eigenen Seelenfriedens willen, nicht wissen, daß Ihr auf dieses Zeichen seiner Aufmerksamkeit so sehr gewartet habt«, riet Hélie. Sie hatte ihre neue Herrin ins Herz geschlossen, die sie viel mehr wie eine Freundin als wie eine Magd behandelte. »Die meisten Männer sind schwierig zu behandeln, aber dieser gehört zu den Schwierigsten. Er sucht keine Braut. Er sucht Macht und Erfolg, das solltet Ihr wissen.«

»Ich brauche keinen Gatten, Hélie«, murmelte Alison und trat nervös an das schmale, zweigeteilte Lanzetten-Fenster, das mit seinen grün-gelben Rautenscheiben ihr Gemach schmückte.

Sie fuhr mit den Fingerspitzen die Bleifassungen nach und bemerkte den leisen Luftzug, der unterhalb des Fensters kühl in das Zimmer drang. Das alte Fenster war bei einer der zahllosen Plünderungen, die das Hôtel du Guyenne erlebt hatte, zerstört worden, und die neuen, schmuckloseren Scheiben waren eher schnell als meisterlich eingefügt worden. Inzwischen hatte Alison gelernt, unter dem glänzenden Schein die Provisorien zu erkennen, die deutlich machten, daß der augenblickliche Hausherr wichtigere Sorgen hatte als die angemessene Instandsetzung seines Herrschaftssitzes.

»Ihr braucht einen Gatten und keinen Liebhaber«, widersprach die mollige Zofe energisch, während sie sich daran machte, die Kleidertruhen zu öffnen und eines der gewünschten Gewänder auszuschütteln. »Wie sonst wollt Ihr Eure Position bei Hofe ausreichend festigen? Die Herzogin ist sehr krank: wenn sie stirbt, wird ihr Haushalt aufgelöst, und Ihr habt keinen vernünftigen Fürsprecher…«

Hélie spielte auf die betrübliche Tatsache an, daß Alison nun, nachdem sich die erste Aufregung über ihr Abenteuer gelegt hatte, von den meisten Edeldamen unauffällig geschnitten wurde. Lediglich die Herzogin und die Dame Liddleville waren ihr auch weiterhin freundlich zugetan. Die anderen sahen in der allzu schönen jungen Frau rätselhafter Herkunft eine gefährliche Konkurrenz. Sie hielten nur einen oberflächlichen Frieden, der in erster Linie deswegen respektiert wurde, weil der Herzog mit seinen Männern unterwegs war. Alles, was Rang und Namen hatte, stand auf dem Schlachtfeld, und um die restlichen Seigneurs, die entweder zu alt oder zu unwichtig waren, entbrannte kein Wettstreit.

Daß ihre Zofe so genau über die problematische Position Bescheid wußte, die sie bei Hofe innehatte, verwunderte Alison. »Was erwartest du von mir?« fragte sie. »Daß ich mich meistbietend für meine Sicherheit und mein Prestige verkaufe?«

»Es wäre ein Weg«, erwiderte Hélie sachlich. »Warum sollt Ihr Eure Schönheit nicht dazu verwenden, Euer Leben angenehm zu gestalten? Sie ist Euer größtes Kapital. Aber Ihr habt Euch den falschen Mann dafür ausgesucht. Der charmante Lord Windhurst wird Euch nur den Kopf verdrehen und Euch stehen lassen, sobald er sich langweilt. Männer wie er binden sich nicht fest an eine Frau, ganz davon zu schweigen, daß er arm wie eine Kirchenmaus ist und ganz von der Mildtätigkeit des Herzogs abhängt.«

Alison wußte genau, daß Hélie völlig recht hatte, aber etwas tief in ihr war zu stolz und zu unabhängig, um sich zum hübschen Spielzeug eines Mannes machen zu lassen. Sie hatte nicht La Trisannes hinterhältige Kuppelversuche und César le Noir überlebt, um letztendlich doch bei einem Manne zu landen, den sie nicht lieben konnte, der aber durch die Ehe absolute Gewalt über sie erlangen würde.

»Willst du mich davon abhalten, das Rendezvous in der Ménagerie einzuhalten?« fragte sie noch einmal, und ließ sich auf die gepolsterte Bank vor dem Spiegel sinken.

In der reflektierenden, silbernen Fläche trafen sich ihre Blicke mit denen der so praktisch denkenden jungen Frau. Sie ahnte nicht, daß Hélie sehr wohl die Sehnsucht in ihren Augen erkannte, daß sie ihr in der Erfahrung mit Männern und der Liebe um Jahre voraus war. Daß sie längst wußte, daß ihre Herrin Lord Windhurst verfallen war, ohne daß Alison ahnte, wie sehr.

»Ihr werdet dort hingehen, egal, was ich Euch sage«, bemerkte sie mit einem Schulterzucken. »Wir können lediglich versuchen, Euch so wohl zu rüsten, daß sogar dieser leichtlebige Seigneur ein Opfer Eurer Schönheit werden muß.«

Sie hielt ihr Versprechen, und die Edeldame, die zierlich den Saum ihres schwarzen Umhanges hob, als sie um die Ecke des Palastes bog und den Weg zu den Ménagerien einschlug, hätte das Herz eines jeden Ritters entzückt. Über der goldfarbenen Robe mit den braunen, schimmernden Pelzbesätzen trug sie einen tiefschwarzen Samtumhang, dessen Kapuze sie über die Haare gelegt hatte, die unter einem geknüpften Netz aus Goldkordeln glänzten. Ein paar tiefrote Locken ringelten sich um das schmale, blasse Gesicht, in dem die grünen Augen erwartungsvoll schimmerten und übergroß wirkten. Unbewußt registrierte sie, daß es hier eigenartig still war.

Früher hatte es in den Käfigen Löwen und Leoparden für die Jagd, dressierte Bären und anderes seltenes Getier gegeben, das zur Kurzweil der hohen Herrschaften gehalten wurde. In den gewaltigen Volieren hatten die seltensten Vögel aus fernen Länder gezwitschert, und prächtige Pfauen waren durch die gepflegten Gärten und Labyrinthe aus Buchsbaum stolziert.

Nun jedoch standen die Ställe leer, und außer den unvermeidlichen Krähen, Raben und Tauben gab es an diesem Februartag keinen Vogel, der sich im Park gezeigt hätte. Die vergangene, vernachlässigte Pracht verbreitete eine höchst melancholische Stimmung, und Alison, die sich geweigert hatte, Hélie zu ihrer Begleitung mitzunehmen, wünschte sich plötzlich, sie hätte es doch getan.

Sie sah sich suchend um, während ihre eigenen Schritte unter den steinernen Wölbungen eines verlassenen Kreuzganges widerhallten. Welch eigenartiger Ort für ein Stelldichein – er war weit besser für einen heimlichen Überfall als für heimliche Küsse geeignet. Weshalb beorderte Francis sie hierher, wo er doch die Möglichkeit gehabt hätte, jederzeit im Haushalt der Herzogin mit ihr zu sprechen? Dennoch hatte er ja seit Wochen keinen Versuch gemacht, dies zu tun. Sie spürte seine Augen auf sich, wenn sie sich im selben Raum befanden. Sie wußte stets, wenn er sie beobachtete, aber er tat es von ferne und ohne sie merken zu lassen, daß ihm daran gelegen sein könnte, jene ungestümen Stunden zu wiederholen, die sie endgültig zu der Seinen gemacht hatten. Mehr denn je schien alles nur ein Traum gewesen zu sein, bis vorhin der hochnäsige kleine Page mit dieser Botschaft aufgetaucht war.

»Dachte ich's mir doch, daß dich sein Name hierherbringen würde, du kleine Schlampe!« sagte in diesem Moment eine zischelnde, gedämpfte Männerstimme, und Alison erstarrte mitten in der Bewegung. Dann jedoch zwang sie sich dazu, sich umzudrehen, und erst da entdeckte sie, daß die Tür eines der verlassenen Ställe halb offenstand und dieser gräßliche Mann im Halbdunkel seines Verstecks auf sie gewartet hatte.

»Ihr?« flüsterte sie und wich unwillkürlich bis zur nächsten Säule zurück.

»Wen hast du erwartet? Seine Lordschaft, die so angelegentlich seine schützende Hand über dich hält? Ich muß dich enttäuschen, er hat heute früh die Stadt verlassen, um dem Herzog eine dringende Botschaft zu überbringen. Ich fand es an der Zeit, daß wir beide uns unterhalten, da keiner von uns den anderen täuschen kann.«

Alison straffte die Schultern und zog den dunklen Umhang enger um ihre Gestalt. Bélin de Marsaque, beziehungsweise der Seigneur de St. Doye, war auch eines jener Probleme, denen sie beharrlich aus dem Wege ging, seit sie das Doppelspiel entdeckt hatte, das er trieb. Am Tour de Nesle war es lebenswichtig gewesen, so wenig wie möglich zu sehen und zu wissen. Verräter hatten um ihr Leben zu fürchten, und die harte Schule dieser Jahre prägte Alison noch immer. Sie hatte Angst davor, sich in Dinge einzu-mischen, die sie nichts angingen.

»Was wollt Ihr von mir?« Sie mußte sich erst räuspern, ehe ihre Stimme wieder gehorchen wollte. »Ihr habt kein Recht, mich zu beleidigen!« fuhr sie sicherer werdend fort. »Ich weiß nicht, in welche Ränke Ihr verwickelt seid, aber wenn ich der Herzogin mitteile, daß Ihr alles andere als ein Burgunder seid, wird man Euch verhaften und als Verräter anklagen. Ich hätte jeden Grund der Welt dafür, denn wenn es nach Euch gegangen wäre, läge ich jetzt tot auf dem Grund der Seine.«

»Schau an, das Kätzchen zeigt Krallen«, antwortete er amüsiert, aber sein Blick blieb kühl und abschätzend. »Wieso hast du dann bisher geschwiegen, kleine Hexe? Ich kann es dir sagen: Weil dann herauskommen würde, daß du nicht das zarte Edelfräulein bist, das in letzter Sekunde gerettet werden konnte, sondern eine wilde kleine Straßenhure, die Geliebte des schwarzen César. Ein Stück Dreck! Dann nützt dir auch der Name deiner Mutter nichts mehr, dann trifft dich die volle Verachtung deiner frömmelnden, mildtätigen Herrin. Dann kannst du von Glück sagen, wenn man dich nur hinauswirft und nicht auch noch auspeitscht und brandmarkt!«

Alison biß sich auf die Unterlippe und betrachtete St. Doye voller Unbehagen. Etwas sagte ihr ganz deutlich, daß dies nur ein erstes Scheingefecht war, ein kleines Geplänkel, mit dem er sie einschüchtern und den Boden für andere, wichtigere Dinge bereiten wollte. Für eine neuerliche Schurkerei, wie sie nur ein perverses Gehirn wie das seine ersinnen konnte.

»Kommt zur Sache«, erklärte sie kühl und bedachte ihn mit jenem Blick, den die Dame Liddleville für renitente Mägde, Staubfusseln und Risse in kostbaren Gewändern reserviert hatte.

Ein Blick, der Guy de St. Doye fatalerweise an ihre Mutter Melisande erinnerte. An jene Frau, die ihn voller Verachtung zurückgewiesen hatte und noch im Sterben verflucht hatte. Es reizte ihn bis aufs Blut, durch ihre Tochter wieder daran erinnert zu werden.

»Närrin!« grunzte er, und seine Augen funkelten böse. »Du solltest lernen, mich nicht zu erzürnen. Ich habe nichts zu verlieren, ganz im Gegensatz zu dir. Wenn du nicht wieder in der Gosse landen willst, solltest du vorsichtig sein. Ich habe mir zudem sagen lassen, daß die Kumpane des schwarzen Césars glauben, daß sie es dir zu verdanken haben, daß ihr Schlupfwinkel am Tour de Nesle aufgeflogen ist. Du warst nicht unter den Mädchen, die im Arbeitshaus gelandet sind und ausgepeitscht wurden. Du bist verschwunden. Sie suchen überall nach dir, um ihren Anführer zu rächen! Sie haben geschworen, daß die rote Alison ihren Verrat büßen muß. Du weißt, was passiert, wenn sie einen kleinen Hinweis erhalten, wo sie dich finden können.«

Alison konnte einen bangen Schauder nicht unterdrücken. Sie brauchte nicht zu fragen, wer dieses falsche Gerücht ausgestreut hatte, um ihr zu schaden. Es trug zu deutlich die Handschrift des Halunken, der ihr gegenüberstand. Aber was sollte sie tun? Das Netz aus Lügen, aus dem ihr Leben bestand, zog sich wie die Schlinge eines Jägers um ihren Hals zusammen. Sie saß in der Falle. Sie mußte tun, was er von ihr verlangte, oder fliehen. Aber sie konnte nicht fliehen. Genausogut konnte sie sich gleich das Messer ins Herz stoßen.

»Was wollt Ihr?« wiederholte sie müde und starrte auf die gebrochenen Steine zu ihren Füßen.

»So ist es schon besser«, höhnte St. Doye und humpelte näher an sie heran, bis sie den schweren Moschusgeruch, der aus seinen Kleidern aufstieg, erstickend in der Nase hatte. »Wenn unser gemeinsamer Freund Windhurst von seinem Ritt zurückkommt, wird er sich als erstes bei der Herzogin melden, um ihr die Grüße ihres Gemahls zu überbringen. Zwar kümmert sich weder Bedford um seine Gemahlin, noch interessiert die Herzogin das Wohl ihres Gatten, aber man wahrt natürlich die Form. Ihr werdet zu verhindern wissen, daß er diesen Auftrag als erstes erfüllt. Schickt ihm eine Aufforderung in die Ställe, Euch unverzüglich in Eurem Quartier aufzusuchen. Eine so dringliche Botschaft, daß er kommen muß. Haltet ihn ein paar Stunden bei Euch fest, an Mitteln, dies zu tun, wird es Euch nicht fehlen, oder irre ich mich da?«

Alison schüttelte den Kopf. »Ihr irrt Euch, Lord Windhurst wird nie und nimmer seinen Auftrag vernachlässigen, um zu mir zu kommen. Ich habe nicht das Recht, ihn von der Herzogin fernzuhalten, und wie sollte ich ihn zwingen, bei mir zu bleiben?«

»Papperlapapp! Diesen einen Abend, diese eine Nacht werdet Ihr ihn sehr wohl in Fesseln schlagen können!« unterbrach er sie böse, und sie registrierte, daß er jetzt die formelle Anrede benutzte und sie nicht mehr duzte. Seltsamerweise erschreckte sie das noch mehr als die vorherige Vertraulichkeit. »Ich sende Euch den Pagen, damit Ihr wißt, wann Ihr Euch bereit halten müßt. Macht keinen Fehler, ich warne Euch. Spricht Windhurst zu früh mit der Herzogin, erfahren Eure Freunde vom Tour de Nesle, wo sie Euch finden können.«

Alison zweifelte keinen Augenblick daran, daß er diese bösartige Drohung ernst meinte. St. Doye war eine tödliche Gefahr für sie, und daß er dieses Mal im Moment darauf verzichtete, ihr körperlichen Schaden zuzufügen, hatte sie vermutlich nur der Tatsache zu verdanken, daß sie unversehens zu einer wichtigen Figur in seinen verräterischen Plänen geworden war.

»Ich begreife nicht, weshalb die Herzogin die Grüße ihres Mannes nicht erhalten soll«, murmelte sie. »Was kann daran wichtig sein«

»Das hat Euch nicht zu kümmern. Gehorcht! Wenn Eure Mutter das getan hätte, wäre sie noch am Leben, und Ihr müßtet nicht um das Eure fürchten.«

Alison schloß für einen Herzschlag lang die Augen, weil sie fürchtete, daß er den Zorn und den Haß in ihrem Blick erkennen würde. Hätte sie in diesem Moment einen Dolch zur Hand gehabt, sie hätte ihn ohne Skrupel gebraucht. Als sich ihr Atem endlich wieder beruhigt hatte und sie aufsah, war er verschwunden. Das unregelmäßige Geräusch seiner hastigen Schritte verriet die Richtung, in die er sich entfernte, aber sie machte keine Anstalten, ihm zu folgen. Es hatte ja doch keinen Sinn.

Erschöpft lehnte die junge Frau die Stirn gegen eine der kühlen Steinsäulen und kreuzte fröstelnd die Arme vor der Brust. Das Wechselbad der Gefühle, das sie in den letzten Stunden erlitten hatte, erschöpfte sogar ihre Kraft. Schrecken hatte die Hoffnung abgelöst, das pure Grauen, die Sehnsucht. War es möglich, daß das launische Schicksal sie tatsächlich zur Komplizin dieses Mannes machte? Daß sie dem Mörder ihrer eigenen Mutter zu Diensten sein mußte? Gab es keinen Ausweg?

Natürlich nicht. Wem hätte sie sich denn anvertrauen können? Der Herzogin? Madame hütete seit gestern wieder das Bett. Aber bei all ihrer Güte würde auch sie kein Verständnis für eine Abenteurerin haben, die sich unrechtmäßig den Rang einer Edeldame angemaßt hatte, obwohl sie direkt aus der Gosse kam. Nein, niemand konnte ihr helfen.

## 14. Kapitel

Es war nicht zu übersehen, daß der strenge Winter der labilen Gesundheit der Gemahlin des Herzogs von Bedford mehr und mehr zusetzte. Die Tage, an denen sie ihr Bett verlassen konnte, wurden seltener, und Alison hatte das unbehagliche Gefühl, daß sie einem wärmenden Licht dabei zusah, wie es langsam schwächer wurde. Nicht einmal Dame Eleanor, in ihrem hohen Alter und vom Fieber geschüttelt, hatte einen solchen Eindruck steigender Hinfälligkeit vermittelt.

Die hohe Frau selbst schien mit ihrem Los seltsam zufrieden zu sein. Sie suchte Trost im Gebet, ließ sich von ihren Damen vorlesen, lauschte Alisons Liedern und verbrachte viele Stunden des Tages damit, einfach mit geschlossenen Augen dazuliegen und zu warten. Die Besuche der zahllosen Ärzte ertrug sie mit Geduld, und die Anzahl der geheimnisvollen Tinkturen, Salben und Fläschchen in ihrem Krankenzimmer wuchs mit der Schar der Doktoren.

Helfen indes konnte ihr keiner der gelehrten Herren. Dem Körper jenes blühenden jungen Mädchens, das vor Jahren den Herzog von Bedford geheiratet hatte, hatten Fehlgeburten und Anstrengungen erschöpft, und nun verweigerte er seinen Dienst. Vielleicht auch deswegen, weil seine Besitzerin sich heimlich und leise dem Leben verweigerte.

Auch an diesem Nachmittag, als Alison mit geschickten Fingern die Laute schlug, lag die Herzog mit geschlossenen Augen da. Dann jedoch stützte sie sich so plötzlich auf, daß Alison erschrak und einen falschen Akkord griff.

»Madame, ich bitte Euch…« Sie legte die Laute zur Seite und trat hastig ans Bett, um die Kranke vorsichtig zu stützen. »Ihr dürft Euch nicht anstrengen. Wartet, ich läute sofort, daß man Euch…«

»Nein, Alison! Nein, niemand anderen. Ich… ich muß

Euch um etwas bitten.« Eine fieberheiße Hand faßte nach der jungen Frau und umklammerte ihr Handgelenk.

»Ihr wißt, daß ich Euch mit allem zu Diensten bin«, murmelte Alison, von der Unruhe der Herzogin erschreckt.

»Michel… ich meine Lord Windhurst. Ihr liebt ihn, Ihr würdet ihm nicht schaden, schwört es mir! Schwört mir, daß Ihr ihm wohlgesonnen seid.«

Alison nickte vorsichtig, mehr um die Kranke zu besänftigen, als um das Gesagte zu bestätigen. Ihre Gefühle für diesen Mann waren beileibe nicht so einfach zu beschreiben. Sie zürnte ihm bitter wegen seiner Gleichgültigkeit, wegen der Tatsache, daß er sie bis in ihre Träume bedrängte und daß er sie dazu brachte, sich vor Sehnsucht nach ihm zu verzehren.

»Wenn er kommt, muß ich ihn sprechen. Dringend!« flüsterte die Kranke heiser und umspannte Alisons Gelenk so fest, daß sie sich nur mit Gewalt hätte befreien können. »Aber niemand darf ihn…«

Ein respektvolles Kratzen an der Tür unterbrach die Herzogin, und sie sank mit einem Seufzer in die Kissen zurück. Alison schaute sie hilflos an, dann blickte sie zur Tür. Der Griff um ihren Arm löste sich, und Alison eilte, um zu öffnen, während in ihrem Kopf alle Sturmglocken auf einmal schrillten. Michel. Hatte nicht auch Dame Eleanor Lord Windhurst bei diesem Namen genannt? Michel, ein französischer Name und kein englischer. Was hatte das zu bedeuten?

Sie stieß die geschnitzte Tür auf und starrte den halbwüchsigen Pagen, der davor wartete, so erschrocken an, als sei er soeben der Hölle entstiegen. Seinen eher nachlässigen Kratzfuß nahm sie kaum zur Kenntnis. Da sie seit drei Tagen nichts von ihrem Widersacher gehört hatte, hatte sie das Treffen bei der Ménagerie und seine Drohung einfach verdrängt.

»Ihr sollt Euch bereit halten, läßt Euch der Seigneur ausrichten«, erklärte der Knabe und grinste, als überbringe er ihr die unsittliche Aufforderung, mit diesem Scheusal ins Bett zu gehen. »Ich soll Euch daran erinnern, daß die Suche bestimmter Elemente sonst Erfolg haben könnte.«

Alison rang schwer nach Atem und schlug dem Jüngling erbost die Tür vor der Nase zu. Wie sollte sie der Herzogin diese Botschaft erklären? Zögernd wandte sie sich wieder zum Bett, aber die Kranke war erneut eingeschlummert. Also brauchte sie keine Rechenschaft abzulegen, und niemand würde sie aufhalten, wenn sie jetzt ging.

Was hätte sie von Lord Windhursts Geheimnissen erfahren können, wären sie nicht gestört worden? Sollte sie die hohe Dame wecken, um mehr zu erfahren? Alison trat zum Kamin, in dem ein kräftiges Feuer flackerte, doch die Kälte, die sie plötzlich empfand, kam von innen. In banger Ahnung blickte sie in die Flammen, und ohne daß sie etwas dagegen tun konnte, schloß sich der vertraute Kreis einmal mehr um sie. Sie wurde selbst zur Flamme und die Helligkeit der Glut zum Spiegel, der nicht reflektierte, sondern berichtete.

Die vertrauten Bilder, die sie nun schon so lange nicht mehr gesehen hatte, stellten sich wieder ein. Inzwischen konnte sie mehr Personen einordnen als je zuvor. An erster Stelle Lord Windhurst, der auf einem schwarzen Rappen saß, den er unbarmherzig antrieb, so daß Roß und Reiter einem dunklen Schatten glichen, der über das flache Land flog. Den breitkrempigen Hut tief in die Stirn gedrückt und das kampfbereite Schwert gegürtet, trug er unter seinem Umhang einen leichten Kürass und hatte nur noch wenig Ähnlichkeit mit dem geschmeidigen, eleganten Höfling, den sie kannte. Dieser Mann war ein Kämpfer. Ein Ritter, der sich nicht die Zeit zu tändelnden Worten und Scherzen nahm. Ein tödlicher Bote, der alles vernichten würde, was sich ihm hindernd in den Weg stellte.

Sie sah auch Guy de St. Doye, der einmal mehr aus den Flammen trat, die ihm nichts anhaben konnten. Die alte

Frau, die ihn so selbstlos gerettet hatte, stieß er mit einem mächtigen Hieb eine breite Treppe hinunter, so daß sie leblos und mit gebrochenem Hals auf den Steinen liegenblieb. Ein weiteres Opfer auf seinem blutigen Weg, doch eines, das seine Seele mehr belastete als alle anderen. Eines, das ihn endgültig in eine Bestie ohne menschliche Züge verwandelt hatte.

Im Hintergrund sah sie zum ersten Mal auch einen anderen, älteren Mann. Hochgewachsen, hager, mit grauen Haaren und kantigen Zügen, das zerstörte rechte Auge hinter einer Samtklappe verborgen. Er wirkte seltsam vertraut und doch völlig fremd. Sie fühlte den Blick seines gesunden Auges auf sich, suchend, forschend und voller Besorgnis. Einer Fürsorge, die ihr galt, ihren Taten, ihren Gedanken und Plänen. Wieso ängstigte er sich um sie? Wer war dieser Nobelmann, der so sehr eine Verbindung zu ihr suchte, daß sein Bild sich ihr aufdrängte?

Das Kaleidoskop der Personen verschwamm vor ihren Augen, machte dem Spiel der Flammen Platz und der jähen Gewißheit, daß die Dinge einem unausweichlichen Höhepunkt zustrebten. Daß alles, was sie bisher erlebt hatte, nur das Präludium zu einem folgenschweren Ereignis war, in dessen Mittelpunkt sie stand und dessen Auswirkungen sie nur um den Preis ihrer Selbstaufgabe würde mindern können. Es hatte keinen Sinn mehr, sich gegen die Ereignisse aufzulehnen. Das Schicksal ließ sich keine Vorschriften machen.

»Dame Alison! Dame Alison, bitte entschuldigt, ich wurde aufgehalten!« Elisabeth Rogers, die attraktive Lady Marsh, die Alison wahrhaftig nicht mit ihrer Freundschaft auszeichnete, kam mit raschelnden Seidenröcken und von einer Wolke aus Veilchendurft umschwebt in das herzogliche Schlafgemach.

Eigentlich hätte sie an Alisons Seite Dienst gehabt, aber es fiel ihr schwer, der Kranken die nötigen Hilfeleistungen zu geben, ohne sich davor zu ekeln. Sie drückte sich bei jeder Gelegenheit, und Alison wußte auch, daß sie es war, die hinter den meisten bösen Gerüchten steckte, welche über ihre eigene Person im Umlauf waren. Sie schenkte der Dame ein Lächeln, das ebenso falsch war wie deren Lächeln, und zwang sich, der Wirklichkeit ins Auge zu sehen.

»Ein Segen, daß Ihr rechtzeitig erschienen seid, Lady Marsh!« erklärte sie. »Soeben bekam ich eine Botschaft, die mich dringend fortruft. Erlaubt, daß ich der Dame Liddleville Bescheid sage, daß sie Euch eine der anderen Hofdamen schickt!«

Ehe sich Lady Marsh von ihrem Schrecken erholt hatte, war Alison aus dem Zimmer gelaufen, so schnell, daß sie nicht protestieren konnte. Zudem bewegte sich in diesem Moment auch noch die Kranke.

Alison begegnete dem aufgeblasenen Pagen, der für Bélin de Morsaque den Unheilsboten spielte, erneut im Gang vor ihrem Gemach. Grußlos eilte er an ihr vorbei, und Alison fragte sich flüchtig, was er wohl hier gemacht hatte.

Energisch rief sie sich zur Ordnung. Was hielt sie sich damit auf, über diesen anmaßenden Jüngling nachzugrübeln? Sie hatte wahrhaftig genug damit zu tun, sich einen Plan zu überlegen. Ihr blieb gar keine andere Wahl, als Francis Windhurst aufzuhalten. Ihr eigenes Leben war der Preis, und sie verspürte nicht das Verlangen, zum Tour de Nesle zurückzukehren, oder solchen Schurken wie Craque-dent oder den anderen in die Hände zu fallen. Sie hatte genügend gesehen und erlebt, um zu wissen, was man mit ihr machen würde. Sie wollte nicht sterben. Nicht ausgerechnet jetzt, wo ihr Leben endlich nicht mehr nur ausschließlich aus Hunger, Kälte und Elend bestand.

Sie öffnete hastig die Spitzpforte, die in das hübsch eingerichtete, kleine Zimmer führte, das sie im Palast bewohnte. Es empfing sie dank Hélie mit angenehmer Wärme und verlockenden Düften. Auf dem quadratischen Tisch vor dem Fenstersitz war ein feines weißes Tuch ausgelegt, und in abgedeckten, silbernen Schüsseln wartete eine Mahlzeit. Das Kerzenlicht funkelte in den venezianischen Glaspokalen, und die rundliche Zofe stellte eben den silbernen, beschlagenen Krug mit Wein dazu.

»Er hat mir gesagt, Ihr erwartet einen Gast«, antwortete Hélie auf den fragenden Blick ihrer Herrin.

Alison registrierte, was die Zofe sagte, aber sie war zu nervös, um Hélies Worte richtig zu begreifen. Sie trat an den Tisch und hob den einen oder anderen Deckel von den Köstlichkeiten, die dort auf einen müden und sicher auch hungrigen Boten warteten. Nun, was war schon falsch daran, einem Reiter, der sich bis an die Grenzen seiner Leistungsfähigkeit erschöpft hatte, Nahrung und Ruhe zu bieten? Das konnte doch kein Fehler sein, beruhigte sie sich selbst.

»Kann ich etwas für Euch tun?« beharrte Hélie, die das Benehmen ihrer Herrin ausgesprochen seltsam fand.

»Nein, du kannst gehen.« Alison winkte ab. »Ich brauche dich heute nicht mehr. Danke.«

Hélie öffnete den Mund, besann sich dann jedoch eines anderen, und machte ihn wieder zu. Sie deutete einen respektvollen Knicks an und zog sich in den Hintergrund des Raumes zurück, wo sie auf einem Hocker Platz nahm und die feine Näharbeit fortsetzte, mit der sie beschäftigt gewesen war, ehe der Page die Mahlzeit gebracht hatte. Es dauerte geraume Zeit, bis Alison endlich merkte, daß Hélie immer noch im Raum war.

»Warum gehst du nicht?« fragte sie ungeduldig und nahm sich die spitze Haube ab, die ihre Haare bedeckte. Sie zog die Nadeln aus den Flechten und schüttelte die Wolke der roten Locken über ihren Rücken.

»Ihr erwartet Besuch, Madame«, erklärte die Zofe leise. »Ihr solltet nicht allein einen Seigneur empfangen. Das schadet Eurem Ruf, Ihr wißt es.«

Alison hatte einmal mehr ihre Not mit den Fallstricken

der höfischen Etikette und betrachtete ihre Zofe, die auf diesem Gebiet viel besser Bescheid wußte, mit gelinder Verzweiflung. Wie sagte man diesem schwarz gekleideten, gehorsamen Denkmal des Anstands, daß man es los werden wollte? Daß sich die Dinge, die zwischen ihr und Francis Windhurst zweifellos gesagt werden würden – sei es nun im Guten oder im Bösen – kaum für die Ohren einer Zofe geeignet waren?

»Ich kümmere mich schon selbst um meinen Ruf«, erwiderte sie sanft, aber unmißverständlich. »Ich möchte allein sein, Hélie, und es kümmert mich wenig, ob du damit einverstanden bist oder nicht.«

Die Zofe runzelte die Stirn und ließ zögernd Stoff und Nadel sinken. In ihren dunklen Augen stand Mißtrauen und eine gute Portion Vorsicht. Wenn sich Dame Alison über sie beschwerte, dann verlor sie die angenehmste und leichteste Arbeit, die sie seit langem gehabt hatte. Doch wenn sich diese Dame mit den unkonventionellen Manieren und der ungestümen Art in ernsthafte Schwierigkeiten brachte, hatte es für sie die gleichen Folgen. Wie sie sich auch entschied, das größere Risiko lag immer bei ihr.

»Wenn es deinen Sinn für Schicklichkeit beruhigt, kannst du ja in der Nähe bleiben, damit ich dich rufen kann«, bot Alison an, als sie Hélies Zaudern spürte.

Die festen Schritte und das herrische Klopfen an der Tür beendeten die Diskussion, ehe sie richtig in Gang gekommen war.

Hélie beeilte sich zu öffnen und schlüpfte hinaus, als die hohe Gestalt im schwarzen Reitermantel sporenklirrend eintrat.

»Was in Dreiteufelsnamen kann von solcher Dringlichkeit sein, daß Ihr mir bis in die herzoglichen Ställe eine Nachricht schickt?« rief er an Stelle einer gesitteten Begrüßung und betrachtete unwillig die zierliche, wunderhübsche Gestalt, deren rotgoldene Locken wie ein unpassender Heiligenschein schimmerte. »Ich muß sofort die Herzogin aufsuchen!«

»Die Herzogin ruht«, antwortete Alison mit einer Gelassenheit, die sie in Wirklichkeit gar nicht empfand. »Sie ist sehr krank gewesen und darf im Augenblick nicht gestört werden. Man gibt mir Nachricht, sobald sie wach ist. Wollt Ihr Euch bis dahin nicht wenigstens setzen und Euch ein wenig stärken? Ihr müßt müde und hungrig sein nach diesem schlimmen Ritt.«

Die Lüge ging ihr leicht von den Lippen, und daß sie sich dafür schämte, konnte man ihrem lächelnden Gesicht nicht ansehen. Francis Windhurst, der in der Tat einen erschöpfenden Ritt über winterliche Straßen und Felder hinter sich hatte, der sowohl ihm als auch seinem Pferd alles abgefordert hatte, erlag der Versuchung. Er hatte keinen Grund, Alison zu mißtrauen. Anne von Burgund hatte ihm selbst versichert, wie sehr sie ihre neue Hofdame schätzte und daß sie ihr im Gegensatz zu Lady Marsh oder der Dame Liddleville sehr wohl vertraute.

»Laßt mich Euch den Umhang abnehmen«, fuhr Alison fort und spielte die vollendete Gastgeberin. Sie mußte sich auf die Zehenspitzen recken, um den schweren, schmutzbespritzten Mantel von seinen Schultern heben zu können, den sie dann über die Bank vor ihrem Spiegeltisch warf. Sie griff nach dem Weinkrug und füllte einen der gläsernen Pokale mit schwerem, dunklen Rotwein aus Burgund.

»Auf Euer Wohl, Seigneur!« Sie hielt ihm das Glas mit beiden Händen hin, doch er zögerte, danach zu greifen.

Ihre Blicke trafen sich und hielten sich fest. Alison fühlte das Pochen ihres Herzens so stark, daß sie fürchtete, er müsse es auch hören. Die Welt um sie herum versank, und sie sah nur noch das schmale, edle Gesicht, das nun tiefe Spuren körperlicher Erschöpfung zeigte. Aber das Feuer der blauen Augen verlor zunehmend an Kälte, wurde wärmer, glühender, leidenschaftlicher.

So sehr sich Francis Windhurst auch bemüht hatte, die kleine Gauklerin zu vergessen, die sich so geschickt in das gütige Herz Anne von Burgunds eingeschmeichelt hatte, es war ihm nicht gelungen. Ein einziger Blick in diese grüngoldenen Augensterne, und seine guten Vorsätze versanken im Nichts.

Die Leidenschaft, die bis jetzt in ihm geschlummert hatte, erwachte wieder, während er ihre feucht glänzenden, rosigen Lippen betrachtete, als er sah, wie heftig die Ader an ihrem schlanken Hals pochte. Sein Blick wanderte zu ihren Brüsten, die sich unter dem mattgrauen Mieder abzeichneten und an die er sich so gut erinnern konnte. Keine Frau hatte so herrliche Brüste wie sie! Bei Gott, sie war eine Hexe! Eine Sirene, die in das Blut eines Mannes drang und es vergiftete, um ihn für immer zu schwächen.

Sie durfte nie erfahren, welche Macht sie über seine Sinne, seinen Körper und seinen Geist besaß, wie schwach sie ihn machte, wenn er sie in seine Nähe ließ. Wenn er den zarten Duft nach Blüten und Sommer roch, der sie umgab, wenn er den leisen Hauch ihres Atems spürte. All das umwob ihn mit einem Netz aus seidenen Spinnenfäden, in dem er sich jedes Mal von neuem verfing, sobald er in ihre Reichweite kam. Nicht umsonst hatte er es in den letzten Wochen vermieden, ihre Nähe zu suchen. Er hatte gewußt, daß es um seine Beherrschung geschehen sein würde, sobald sie miteinander allein waren. Wie jetzt in diesem verzauberten Moment.

Er hob die Hand, um mit dem Zeigefinger die Kontur ihres Kinns nachzufahren und den schlanken Hals zu berühren, die seidige, weiche Haut.

Alison hielt still. Nur der Wein, der in dem Glaspokal schwappte, verriet, daß sie nicht so ungerührt blieb, wie es nach außen hin wirkte, daß ihre Hand zitterte.

»Wie schön du bist, kleine Gauklerin«, sagte Windhurst mit belegter Stimme. »Der Traum eines müden, durstigen und hungrigen Mannes, der sich nach Wärme und Nahrung sehnt. Nach ein wenig Zärtlichkeit von seiner Liebsten und danach, in ihren Armen einzuschlafen. Was bietest du mir in deiner Gastfreundschaft?«

Seine Worte hatten eine eigenartige Wirkung auf ihren Körper. Plötzlich war sie sich jedes einzelnen Nervs bewußt. Das Blut kreiste schneller durch ihre Adern und verbreitete eine sehnsüchtige Schwere in ihrem Körper. Sie senkte die Lider, weil sie seinem Blick nicht mehr standhielt, aber sie fühlte ihn weiterhin intensiv auf ihrem Gesicht, spürte, wie er zu ihrem Dekolleté glitt, das ihr am Morgen noch so züchtig erschienen war und nun von ihren heftigen Atemzügen fast gesprengt wurde.

Francis beugte sich zu ihr, um ihr den Pokal aus der Hand zu nehmen, aber er führte ihn nicht an die Lippen. Er stellte ihn achtlos zur Seite, neigte den Kopf und küßte sie sanft. Er umschloß ihr Gesicht mit beiden Händen, und seine Lippen wurden leidenschaftlicher, gieriger. Das ungestüme Verlangen, das aus diesem Kuß sprach, weckte ein ebenso wildes Echo in Alison. Sie zitterte, aber sie machte keinen Versuch sich zu lösen. Im Gegenteil, sie umklammerte die breiten Schultern, hängte sich an ihn wie eine Ertrinkende.

Als er sie genauso plötzlich wieder freigab, wie er sie an sich gerissen hatte, taumelte Alison, weil sich das Gemach vor ihren Augen drehte. Sie wandte sich ab, und erst, als sie ihr Gleichgewicht wiedergefunden hatte, drehte sie sich wieder zu dem Mann zu, der sie mit einer Mischung aus Zynismus und schlechtem Gewissen beobachtete, während er den Wein in langen, begierigen Zügen trank. Sie selbst fühlte eine Trockenheit in der Kehle, die nicht vom Durst kam und ihrer sonst so melodischen Stimme ein heiseres, fremdes Timbre gab.

»Ihr müßt auch hungrig sein«, zwang sie sich zu sagen und hob die Deckel von den Platten. »Greift zu und laßt es Euch schmecken!«

Francis Windhurst beobachtete sie schweigend. In diesem Moment erinnerte sie ihn plötzlich an die gehorsame kleine Magd in der schmalen Straße neben dem Hof der Domherren. Schon damals hatte er sich danach gesehnt, ihr die züchtigen dunklen Kleider vom Leib zu reißen und sie auf dem großen Bett hinter dem Ofen zu lieben. Er hatte viel zu lange damit gewartet und doch gleichzeitig immer gewußt, daß er einen schlimmen Fehler beging, wenn er es tat. Nun konnte er sie erst recht nicht mehr vergessen, wie es ihm bei all den anderen zärtlichen Gefährtinnen, die die wenigen friedlichen Augenblicke seines Lebens mit ihm geteilt hatten, stets ohne Probleme gelungen war.

Erschöpft ließ er sich auf den gepolsterten Stuhl sinken und streckte die müden Beine von sich. Er griff nach dem Napf, in den Alison eine kräftige Eierbouillon gefüllt hatte. Aber mitten in der Bewegung verharrte er mit einem Ausdruck so fassungslosen Erstaunens auf dem Gesicht, daß die junge Frau unwillkürlich einen leisen Schrei ausstieß.

»Was habt Ihr? Was…«

Sie brach ab, denn Francis Windhurst ächzte auf, fuhr sich mit der Hand an die Kehle und versuchte aufzustehen. Sein Blick suchte Alison, und seine Worte trafen sie wie ein unverhoffter Schwerthieb.

»Hexe! Verdammt! Ich war ein Narr, Euch zu vertrauen. Ihr habt mich vergiftet… Ihr wollt… Heilige Mutter Gottes, was für ein Idiot ich war, einer Schlampe vom Tour de Nesle zu vertrauen…« Als er sich hochzog und einen Schritt auf sie zu machen wollte, stürzte der Tisch mit den Speisen klirrend um. Keuchend griff Francis nach seinem Dolch, und Alison wußte, daß er sie töten würde. Daß dies das Ende war! Sie machte keinen Versuch, ihm auszuweichen, wie gelähmt blieb sie vor ihm stehen. Doch ehe er sie erreicht hatte, brach er auf dem Teppich zusammen. Still lag er da, so reglos wie eine Gliederpuppe, deren Fäden der Marionettenspieler nicht mehr festhält.

Alison starrte entsetzt auf die schwarze Gestalt zu ihren Füßen. Sie öffnete den Mund, um zu schreien, doch nur ein Krächzen kam heraus. Sie hatte ihn getötet! Bei allen Heiligen des Himmels, sie hatte den Mann getötet, den sie mehr liebte als sich selbst!!

## 15. Kapitel

»Wie ist das möglich? Was ist passiert?«

Hélie schloß eilig die Tür des Gemachs hinter sich und lehnte sich mit dem Rücken dagegen. Sie wagte keinen Schritt in den Raum hineinzutun, wo Alison neben Francis Windhurst kniete und vergeblich versuchte, den leblosen Körper aufzurichten.

»Man hat ihn vergiftet, anders kann ich es mir nicht erklären«, erklärte Alison heiser. »Außer dem Wein hat er nichts zu sich genommen. Als er kam, war er zwar erschöpft, aber bei voller Gesundheit. Was können wir tun? Ich ertrage es nicht, wenn er stirbt, Hélie. Heilige Mutter Gottes, er darf nicht sterben!«

Die Eindringlichkeit in Alisons Stimme riß die Zofe endlich aus ihrer Erstarrung.

»Vergiftet? Wer um alles in der Welt sollte…«

»Der Page!« Jetzt fiel es Alison wieder ein, und viel zu spät stellte sie die Zusammenhänge her. Wie erbärmlich leichtsinnig und dumm sie doch gewesen war! »Dieser Page hat das Tablett gebracht, nicht wahr?«

»Natürlich, ich…«

»Ich bin eine Närrin!« rief Alison erbittert. »Was für eine dumme, aufgeblasene Närrin bin ich doch! Ich bin schuld, wenn sein Plan gelingt… O gütiger Himmel, was kann ich nur tun?«

Hélie nahm die Weinkaraffe vorsichtig auf und schnupperte daran. Dann beugte sie sich über den leblosen Mann und zog eines seiner Lider hoch.

»Ich weiß nicht viel davon, aber es könnte Nachtschatten sein oder etwas ähnliches. Im Rotwein läßt sich der Geschmack am ehesten verbergen. Ob er zu retten ist, hängt davon ab, wieviel er getrunken hat. Manchmal dauert es viele Stunden, bis der Tod eintritt. Vielleicht kann ihm ein Arzt helfen, im Palast…«

Alison fuhr auf. Im Palast wartete Bélin de Morsaque darauf, daß die Nachricht von Francis' Tod laut wurde. Sie zweifelte keine Sekunde daran, daß es sein Werk war, daß Lord Windhurst ausgerechnet hier und in ihrem Gemach zu Tode kommen sollte. Die nachfolgende Untersuchung würde vermutlich jede Menge gefälschte Beweise gegen sie zu Tage bringen, und am Ende stände der Scheiterhaufen.

Eine Anklage und Verurteilung als Hexe! Die Engländer liebten derartige Schauspiele, sie hatten es erst im vergangenen Jahr bewiesen, als sie *La Pucelle,* die arme Jungfrau von Orleans, auf so schmähliche und schändliche Weise hingerichtet hatten. Wenn sie erst herausbekamen, daß sie, Alison, sich auf betrügerische Weise unter die Damen der Herzogin geschmuggelt hatte, würde man ihr kein Wort glauben. Der Scheiterhaufen war eine Rache Guy de St. Doyes, die zu seinem schurkischen Charakter paßte.

»Er darf keinesfalls im Palast bleiben«, erwiderte sie. »Zum einen kann ich nie beweisen, daß ich nichts mit dem Anschlag auf ihn zu tun habe, und zum anderen wird ihm hier nicht geholfen werden. Ich weiß nicht, warum, aber ich glaube, das würde die Gefahr, in der er schwebt, noch vergrößern. Jemand will, daß er die Botschaft, die er erhalten hat, nicht mehr weitergeben kann. Aber ich glaube, ich kenne einen Ort in Paris, wo er vielleicht sicher wäre…«

Dame Eleanor und das Haus im Schatten von Nôtre Dame waren ihr eingefallen. Dort konnte er fürs erste Hilfe finden.

Denn wenn St. Doye unter falschem Namen im Palast wohnte, mußte die alte Frau dort alleine sein. Aber wie sollte sie, ohne Aufsehen zu erregen, einen todkranken Mann durch halb Paris transportieren?

»Es gäbe eine Möglichkeit, ihn wegzubringen«, sagte die Zofe nach einer Weile nachdenklich. »Aber ich kann Euch kaum zumuten, was...«

»Zier dich nicht«, befahl Alison, die die kühlen Hände des Lords so angestrengt umklammert hielt, als könnte sie damit verhindern, daß sein Geist seinen bewußtlosen Körper vorzeitig verließ.

Es lag etwas in ihrem Ton, das Hélie alle Vorbehalte vergessen ließ und sie zwang, in knappen Worten einen so abenteuerlichen Plan darzulegen, daß Alison nur darüber staunen konnte. Blitzschnell wog sie die Chancen ab, und nach einem weiteren besorgten Blick in das Antlitz des ohnmächtigen Mannes nickte sie.

»Das könnte tatsächlich klappen. Wir müssen es riskieren, damit er eine Chance erhält. Also hilf mir und besorg mir die entsprechenden Kleider. Wir dürfen keine Zeit verlieren, er atmet sehr unregelmäßig...«

Die beiden kräftigen Bewaffneten, die wenig später mit Hélie in das kleine Gemach traten, hatten keinen Grund, der Geschichte der Zofe zu mißtrauen. Im Kamin flackerte ein kleines Feuer, einige wenige Kerzen brannten, und es duftete nach den Resten einer Mahlzeit. Auf dem zerwühlten Bett lag ein Mann ohne Stiefel, nur mit Hemd und Hose bekleidet, und die zierliche Magd, die sich um ihn bemühte, sah aus wie Hélies kleinere, schlankere Schwester. Eine sittsame Leinenhaube verdeckte die Haare, und das braune Kittelkleid war nur mit einem geflochtenen Strich gegürtet.

»Ihr müßt verstehen«, plapperte derweilen Hélie, »wir sind anständige Mädchen. Unsere Herrin ist eine Dame von großem Einfluß, aber auch unsereins will eben ein bißchen Spaß haben, wenn die Großen feiern. Wir dachten uns nichts

Böses, als wir den Seigneur zu uns einluden, und plumps, kippte er plötzlich um. Er scheint wenig Wein zu vertragen, und es ist sicher für uns alle das Beste, wenn wir ihn in sein Quartier bringen, ehe wir seinetwegen Ärger bekommen. Könnt Ihr Euch vorstellen, was passiert, wenn wir ihn nicht rechtzeitig von hier fort bekommen?«

Da sich Hélie bei dieser Rede ungeniert an den Kräftigeren der beiden Soldaten schmiegte und ein paar offene Schlaufen an ihrem Mieder bewiesen, daß sie ihm entweder ein paar Freiheiten gewährt oder zumindest in Aussicht gestellt hatte, richtete der Mann seinen Blick eher auf ihre üppigen Brüsten als auf den ›Betrunkenen‹. Der zweite wandte sich Alison zu, die mit niedergeschlagenen Augen ihre Ungeduld verbarg und sich einen dreisten Kniff in den Po gefallen ließ, wobei die grobe Hand sehr wohl auch noch die Festigkeit dieses Körperteils prüfte.

»Seid nicht so ungeduldig«, schnurrte Alison in einer perfekten Nachahmung von Hélies Tonfall. »Erst müssen wir dieses kleine Problem lösen... wir sind schließlich anständige Mädchen, die einen armen Mann nicht um seine Gesundheit bringen wollen...«

Hélie hätte sich um ein Haar verraten, so verblüfft war sie über die schauspielerische Leistung ihrer sonst so ruhigen und sittsamen Herrin. Aber blitzschnell fing sie sich wieder und übernahm das Kommando. Im Nu hing Francis Windhurst, in seinen Umhang gehüllt, den auffälligen blonden Schopf unter einem Hut mit breiter Krempe verborgen, zwischen den kräftigen Armen der beiden Männer. Es sah exakt so aus, als hätten sie einen betrunkenen Kameraden bei sich, den sie in ihrer Gutmütigkeit auf dem nächsten Strohsack abladen wollten.

Während Hélie prüfte, ob der Gang frei war, schaute sich Alison noch einmal in dem kleinen Gemach um. Etwas sagte ihr, daß sie nicht zurückkehren würde, daß es sich hier um einen Ort handelte, an dem sie nur kurze Zeit ihres Lebens verbracht hatte. Sie trat zu dem Ebenholzkästchen auf dem Kaminsims und nahm einen kleinen Samtbeutel heraus, den sie in eine Seitentasche ihres Kittels gleiten ließ. Sie wollte das alte, goldene Medaillon nicht zurücklassen, wenn sie ging. Alles andere gehörte sowieso nicht ihr. Sie hatte all die Gewänder und den Luxus stets nur als geliehene Pracht betrachtet.

Hélie kam zurück und nickte. Schweigend machten sie sich auf den Weg nach draußen. Den schmalen Pfad durch die Gärten hinunter zum Flußufer fand die Zofe mit der Sicherheit eines Menschen, der diesen Weg schon oft in nächtlicher Dunkelheit gegangen war. Alison sparte sich die Fragen, während sie in einen schweren, groben Mantel gehüllt hinter den anderen herhuschte und ein Stoßgebet nach dem anderen zum Himmel schickte. Zum einen, daß sie rechtzeitig genug einen Arzt fanden, um Lord Windhurst zu retten, und zum anderen, daß es ihnen gelingen würde, aus dem Bannkreis des Palais zu entkommen, ehe Guy de St. Doye feststellte, daß ihm beide Opfer auf einmal entflohen waren.

Wie es Hélie in dieser Eile gelungen war, auch den schmalen Nachen zu organisieren, der unten am Fluß auf sie wartete und in den der Lord gebettet werden konnte, war Alison ein Rätsel. Sie war dankbar dafür, daß ihre Zofe die beiden Soldaten mit ein paar Münzen und einem Versprechen auf spätere Liebenswürdigkeiten entlohnte. Dann bedeutete sie dem stämmigen Mann, der das Boot steuerte, sich an die Arbeit zu machen. Er konnte die Strömung des Flusses ausnutzen, und er schien sich gut auszukennen, denn er landete genau unterhalb von Dame Eleanors Haus.

»Bleib hier mit ihm«, raunte sie Hélie zu. »Ich laufe zum Haus. Ich muß erst wissen, was uns dort erwartet, ehe ich das Risiko eingehen kann, ihn dorthin zu bringen.« Ohne auf eine Antwort zu warten, huschte sie davon, und sie verschmolz so vollkommen mit der Dunkelheit, daß ihre Zofe nur verblüfft nach Luft schnappte. Obwohl der Abend noch nicht sehr weit fortgeschritten war, lag die kleine Straße bereits in nächtlicher Ruhe, wenn man von einem lautstarken Ehestreit absah, der irgendwo hinter verschlossenen Türen geführt wurde. Alison drückte sich an den Wänden entlang und spürte den Schlamm und Morast, der sich winterlich eisig und feucht an Schuhen und Rocksäume hängte.

Eine Bewegung am anderen Ende der Gasse ließ sie innehalten. Erst jetzt dachte sie daran, daß Césars Kumpane das Haus ja kannten. Hatten sie es unter Bewachung gestellt, für den Fall, daß sie zurückkam? Lauerten sie dort irgendwo in einem Hofeingang, unter einem Vordach oder einem Portal, um sie zu ergreifen?

Sie hatte keine Zeit, sich über derlei Unwichtigkeiten den Kopf zu zerbrechen. Es ging um ein Menschenleben. Ein höchst wichtiges Menschenleben. Wenn Francis Windhurst starb, war es sowieso egal, was aus ihr wurde.

Die Haustür von Dame Eleanors Haus ließ sich erstaunlicherweise ohne Probleme öffnen. Alison trat in die Küche, in der alle Spuren von Craque-dents Überfall beseitigt worden waren. Ein Topf mit Brühe simmerte auf dem Herdstein, und der rötliche Schein der abgedeckten Glut erleichterte die Orientierung. Es roch nach warmer Suppe und getrocknetem Knoblauch, nach Holz und Bienenwachs, nach Geborgenheit und zu Hause. Doch Alison hatte keine Zeit, sich von so etwas abhalten zu lassen.

Sie raffte ihren Rock und eilte zur Treppe. Vorsichtig bemühte sie sich, die knarrenden Stufen zu meiden. Sie hatte bereits den zweiten Absatz erreicht, als plötzlich ein Arm aus dem Dunkel schoß, sich um ihren Hals legte, und eine grobe Hand ihren Aufschrei im Keim erstickte. Sie zappelte hilflos in dem Griff, strampelte mit den Beinen und merkte, wie ihr die Luft knapp wurde.

»Alison? Heilige Agnes, das ist ja Alison! Du hast sie erwürgt, du Grobian! Konntest du nicht ein wenig besser aufpassen, wen du zwischen deine Pranken nimmst? Also wirklich, ich… Alison? Dem Himmel sei Dank, sie schlägt die Augen auf. Ich hätte es dir nie verziehen, Jean, wenn du dem Mädchen weh getan hättest…«

Alison sah in das gütige Gesicht mit den wasserblauen Augen. Dame Eleanor nahm das Tuch an sich, mit dem sie ihr die Stirn betupft hatte, und schenkte ihr jenes liebevolle Lächeln, an das sie sich so gut erinnerte.

»Es tut mir leid, meine Liebe! Jean konnte nicht wissen, daß du es bist. Er übertreibt es mit seiner Fürsorge für mich. Er hat es nicht böse gemeint.«

Alison, die nur langsam wieder in die Wirklichkeit fand, starrte auf einen riesigen, schwarzhaarigen Hünen mit so breiten Schultern, daß sie sich fragte, wie er wohl damit durch die Tür kommen mochte. Unter einer wahren Matratze dichter schwarzer Locken befand sich jedoch das argloseste und gutmütigste Vollmondgesicht, das man sich vorstellen konnte. Er trug ein schmuckes, tabakfarbenes Wams und Lederhosen, aber keine Schuhe. Das erklärte wohl, warum sie ihn nicht gehört hatte.

»Madame!« Mit einem Schlag wußte sie wieder, weshalb sie hier war. Sie richtete sich hastig auf. »Der Seigneur St. Doye, ist er noch Euer Mieter?«

»Aber nein, Kind! Er ist erfreulicherweise ausgezogen, am selben Tag, als du gegangen bist. Ich hatte mir ehrlich gesagt schon ein wenig Sorgen gemacht, bis mich Mi… ich meine Francis, beruhigt hat. Er sagte, es ginge dir gut und du ließest mich grüßen. Doch du wirkst, als hättest du Kummer, und deine Kleider…«

»Meine Kleider sind nicht wichtig. *Er* ist wichtig! Lord Windhurst. Er ist unten am Flußufer in einem Boot. Man hat versucht, ihn zu vergiften… Er… ich weiß nicht, ob man ihn retten kann… Er braucht einen Arzt, so schnell es geht!«

Alison brach ab und rang die Hände. Dann zwang sie sich, verständlich und in knappen Worten zu berichten, was sich ereignet hatte. Jetzt war keine Zeit zu jammern. Auch Jean, das Gebirge, schien dieser Meinung zu sein. Er war schon in seine Stiefel geschlüpft.

»Zeigt mir, wo ich ihn finde!«, befahl er, und Alison lief voraus, verharrte aber vor dem Hinterausgang. »Gibt es eine Möglichkeit, ihn ins Haus zu bringen, ohne daß man es von der Straße aus sieht? Es könnte sein, daß ich beobachtet worden bin!«

Jean war offensichtlich kein Freund überflüssiger Fragen. Er nickte kurz, packte sie am Arm, ging mit ihr durch den Hof und schob im leeren Hühnerstall eine Futterkrippe und eine Truhe zur Seite, ehe er die verborgene Pforte in der Rückseite öffnete. Das Haus verfügte über noch mehr Ein- und Ausgänge, als Alison geahnt hatte.

Wenig später nahm er mit Leichtigkeit die große, schlanke Gestalt auf seine Arme und trug sie auf dem gleichen Weg zurück, während Alison und Hélie ihm folgten. Kaum daß Francis Windhurst in Dame Eleanors mächtigem Bett lag, war Jean auch schon wieder verschwunden, um einen Doktor aufzutreiben.

Während Alison auf der Bettkante saß und verzweifelt auf den leblosen Mann herabblickte, der in flachen, unregelmäßigen Zügen atmete und so bleich wie das Laken war, hatte Hélie immer noch Mühe, Jeans spektakulären Anblick zu verarbeiten.

»Gütige Maria Magdalena«, murmelte sie. »Was für ein Mann! Aus dem hätte der Herrgott gut und gerne drei normale Männer machen können. Wie seid Ihr an den geraten? Habt Ihr ihn in der Ménagerie gefunden?«

Dame Eleanor, die auf der anderen Seite von Francis Windhurst saß und besorgt seine Stirn befühlte, schenkte Hélie ein kleines Lächeln. »Jean Malmortes ist ein prächtiger Junge. Begeht nicht den Fehler, ihn für ein Monster ohne Verstand zu halten.«

»Also, Monster würde ich ihn nicht gerade nennen...«

meinte Hélie und ließ sich endlich auf einem Hocker nieder. Erst jetzt begannen ihre Knie zu zittern, und sie fragte sich, ob sich Dame Alison überhaupt der Gefahren bewußt gewesen war, die sie auf sich genommen hatten, als sie den Kranken hierhergebracht hatten. Ob sie überhaupt jemals wieder in den Palast zurück konnten, ohne dort in des Teufels Küche zu geraten, war ohnehin die Frage.

»Man muß ihn retten«, flüsterte Alison vor sich hin. Sie war so ausschließlich und mit allen Sinnen auf Lord Windhurst konzentriert, daß die übrige Welt um sie herum an Bedeutung verlor. »Ich kann nicht zulassen, daß er stirbt, nur weil ich dumm genug war, mich zum Werkzeug eines gewissenlosen Schurken machen zu lassen. Herr des Himmels, rette ihn! Verdirb mich, aber rette ihn!«

»Gott macht keine Geschäfte mit seinen Gläubigen, Kind«, mahnte die alte Dame leise. »Aber ich bin sicher, er läßt nicht zu, daß ihr beide durch den Tod getrennt werdet, ehe ihr die Dinge zwischen Euch bereinigt habt. Vielleicht irgendwann einmal, viele Jahre später, wenn ihr Euer Leben gelebt habt, aber nicht, ehe es begonnen hat…«

Alison mußte sich zwingen, den Blick von Francis abzuwenden und die alte Dame anzuschauen. »Woher wißt Ihr?«

»Daß Ihr voneinander besessen seid? Kind, das konnte man in seinen wie in deinen Augen lesen. Verzweifle nicht, vertraue…«

»Wem?« fragte Alison mit brüchiger Stimme und in bitterem Spott.

»Wenn schon sonst niemandem, dann ihm…« Eleanor betrachtete den reglosen Mann, und auch Alison schaute ihn wieder an.

»Wenn er es überlebt, wird er mich hassen«, stellte sie hellsichtig fest. »Er wird mich beschuldigen, daß ich ihn ermorden wollte, und er wird meine Bestrafung verlangen. Er wird nicht ruhen, bis ich vernichtet bin, weil er glaubt, daß er dann von meinem Bild und von der Erinnerung an mich befreit ist. Ich bin ihm nicht gut genug… gut genug für eine richtige Zukunft, meine ich. Er fürchtet die Gefühle, die ich in ihm wecke, er denkt, daß sie ihn schwächen, ihn in einen geringeren Mann verwandeln.«

Die Ankunft des Arztes, den Alison schon einmal in diesem Hause gesehen hatte, unterbrach sie. Sie zog sich in den Hintergrund des Raumes zurück, kauerte sich neben Hélie vor das Feuer und hätte sich am liebsten wie die Scheite in Rauch und Asche aufgelöst. Sie mußte sich zwingen, die eigene Verzweiflung niederzukämpfen, doch es wollte ihr nur schlecht gelingen. Guy de St. Doye hatte es fertig gebracht, daß sie sich selbst verachtete, daß sie sich zutiefst haßte und verabscheute. So wie Francis sie hassen und verabscheuen würde, falls er wieder gesund wurde.

Der Kampf dauerte drei Tage und drei Nächte, in denen Alison kaum die Augen zutat. All seine Qualen litt sie mit. Im Verein mit Dame Eleanor, Hélie und dem Hünen Jean flößte sie dem Kranken die Tränke des Arztes ein, kühlte seinen fiebergeschüttelten Körper und wärmte ihn, wenn er Schüttelfröste bekam. In der dritten Nacht war er schließlich so weit bei Bewußtsein, daß er sich schwach umsah und fragen konnte:

»Wo… wo bin…«

Dame Eleanor saß dicht neben ihm und drückte seine Schultern in die Kissen.

»Bei mir, mein Junge! Alles ist in Ordnung, du wirst gesund werden. Alison…«

»Nenn nie wieder diesen Namen in meiner Gegenwart!« Der heisere Fluch, der diesem Befehl folgte, ließ Alison zusammenfahren, und sie biß sich in die Fingerknöchel, um ihr Schluchzen zu unterdrücken. »Ich verfluche diese rothaarige Hexe mit ihrem Nixenkörper! Ich werde sie mit eigenen Händen erwürgen, wenn sie mir jemals wieder unter die Augen kommt. Ich… ich muß zur Herzogin! Großmutter, die Botschaft, Ihr wißt…«

»Du mußt erst gesund werden! Jean kann für dich…«

»Unmöglich! Jean dringt niemals zu Anne vor, Ihr wißt es, nur ich… Der Brief! Er ist im Saum meines Umhanges eingenäht. Sie muß ihn erhalten, sonst ist alles umsonst gewesen. Der Friede, der Friede für ganz Frankreich hängt davon ab…«

Die Anstrengung ließ ihn aufkeuchen, dann brach er wieder zusammen. Die Aufregung war zuviel für seinen geschwächten Körper, und sein Bewußtsein verweigerte jede weitere Anstrengung.

Ein unterdrücktes Schluchzen zog die Aufmerksamkeit der alten Dame auf sich, und sie schaute zu Alison hin, die am Kamin saß, die Arme um den Oberkörper geschlungen hatte und sich hin und her wiegte, als könne sie damit die Schmerzen lindern, die sie erfüllten.

»Alison!«

»Madame!«

Hélie eilte an Alisons Seite, und zum ersten Male in jenen fieberhaften Tagen fiel der alten Dame auf, daß die beiden jungen Frauen nicht Freundinnen waren, sondern Herrin und Dienerin.

»Madame?« wiederholte sie verblüfft.

»Wißt Ihr denn nicht, daß Dame Alison de Guînes eine Hofdame der Herzogin von Bedford ist?« sagte Hélie voller Stolz.

Alison winkte müde ab.

»Ihr habt gehört, was ich bin. Eine Hexe, eine Gauklerin, eine Giftmörderin, eine Lügnerin, eine Schlampe, ein Nichts…«

»Ihr redet Unsinn!« Alle drei Frauen sahen überrascht zu Jean hin, der sich so unerwartet einmischte. »Was auch immer Ihr seid, in meinen Augen seid Ihr eine mutige, tapfere Dame, die meinem Herrn das Leben gerettet hat und der ich zu Diensten sein werde, so lange noch Atem in mir ist.«

Die Dankbarkeit in Jeans Stimme erregte für einen Augenblick Hélies Eifersucht, aber dann nahm sie sich zusammen und ihren gesunden Menschenverstand an die Zügel und schenkte ihm ein dankbares Lächeln.

»Meine Herrin kann einen treuen Diener sehr wohl brauchen, aber ich denke, in erster Linie sollten wir dafür sorgen, daß die Herzogin jenen Brief bekommt, von dem er gesprochen hat. Wir haben ihn gerettet, und nun sollte auch seine Mission zu Ende geführt werden.«

»Tüchtiges Mädchen«, lobte Dame Eleanor. »Damit habt Ihr recht. Verschieben wir es auf später, diesen gordischen Knoten zwischen Euch und dem Jungen zu lösen, liebste Alison. Ich nehme an, Ihr habt mir eine Menge zu erzählen. Im Augenblick scheint es, daß seine Hoffnungen allein auf Euch ruhen, ob es ihm paßt oder nicht. Werdet Ihr es auf Euch nehmen, Anne von Burgund jenen Brief zu bringen? Ich will Euch nicht verhehlen, daß Ihr Euer Leben aufs Spiel setzt, wenn man Euch dabei erwischt und das Schreiben in falsche Hände gerät.«

Alison wischte den Einwand mit einer Handbewegung weg. Nun war es also so weit. Die Bilder, die sie im Feuer gesehen hatte, würden sich erfüllen. Sie hatte immer gewußt, daß Francis Windhurst der Mann war, der ihr das Verderben schicken würde. Adieu, rote Alison…

»Ich brauche meine Hofkleider«, wandte sie sich an Hélie. »Es geht schon auf die Vesper zu, es wird bald dunkel sein, also kann ich ungesehen durch die Gärten in den Palast kommen. Aber in diesem Gewand kann ich mich nicht sehen lassen, sonst verhaften mich die Wachen schon im Vorzimmer. Ich muß sowieso darauf vertrauen, daß Dame Liddleville mein Verschwinden noch nicht an die große Glocke gehängt hat…«

»Wir werden sehen, was Hélie in meinen Truhen für Euch finden kann«, meinte Dame Eleanor. »Jean wird Euch begleiten und dafür sorgen, daß Ihr sicher wieder zu mir kommt.«

Alison sagte nichts, aber sie wußte, daß sie auch dieses Haus nie wieder betreten würde. Eine innere Stimme verriet es ihr. Aber wozu diskutieren, die Zeit drängte, und je eher sie aus diesem Gemach kam, in dem Francis Windhurst jeden Moment wieder die Augen aufschlagen konnte, desto besser war es für ihn und für sie.

Wenig später war sie in eine violette Satinrobe gekleidet, die fast schon schwarz schimmerte. Das schwarze Unterkleid, das eigentlich dazugehörte, hatte Hélie durch eine einfache Seidenrobe ersetzt, die mit den Jahren einen zarten elfenbeinfarbenen Ton angenommen hatte. Das goldene Haarnetz, unter dem Alison bei der Flucht aus dem Palast ihre ungebärdigen Locken verborgen hatte, bändigte nun von neuem die Pracht, und plötzlich war sie wieder die edle Dame, die den Neid Lady Marshs und der anderen Frauen erregt hatte. Es lag nicht allein an den Kleidern, sondern auch an ihrer Haltung und der Anmut ihrer Bewegungen, und Eleanor de Carhaix schaute die junge Frau bewundernd an. Wie hatten sie und Michel jemals glauben können, daß dieses Mädchen eine einfache Magd war? Die Anmut, mit der sie den Kopf hielt und das Gewicht der Robe ertrug, war angeboren und nicht angelernt. Alison war von nobler Geburt, daran konnte es keinen Zweifel geben.

Ein pelzgefütterter violetter Umhang, der das Weihnachtsgeschenk des Kranken für die alte Dame gewesen war, vervollständigte Alisons Garderobe, und sie schloß gerade die perlenbesetzte Schnalle, als Hélie es endlich geschafft hatte, den Saum aufzutrennen und das wichtige Dokument aus Windhursts Mantel zu ziehen.

»Hier, ich hoffe bei Gott, diese paar Zeilen sind es wert, daß so viele brave Menschen ihr Leben riskieren«, sagte sie in ihrer praktischen Art und sah dabei Jean Malmortes sehr betont an, der diesen Blick jedoch ruhig erwiderte. Es schien, als tauschten beide einen Gruß, ein Versprechen, von dem niemand etwas hörte und der doch von beiden verstanden wurde. Das mehrfach gefaltete Schreiben trug ein schweres Wachssiegel, aber Alison machte sich nicht die Mühe, das Wappen zu prüfen. Sie schob das steife Pergament in ihren Ausschnitt und zupfte das Gewand wieder zurecht. Dann trat sie zum Bett und sah ein letztes Mal auf Francis herab. Sie hob die Hand, um ihn zu berühren, ließ es aber dann doch bleiben. Stumm rief sie ihm aus der Tiefe ihres Herzens einen verzweifelten Gruß zu.

Sie riskierte ihr Leben, um wiedergutzumachen, was sie ihm nichtsahnend angetan hatte. Dennoch rechnete sie nicht damit, daß er ihr je verziehen würde. Dafür hätte er ja begreifen müssen, was für ein Leben sie geführt hatte und welche verhängnisvollen Ereignisse sie dazu gebracht hatten, Guy de St. Doye zu gehorchen. Keiner dieser Menschen hier konnte begreifen, was in ihr vorging, und schon gar nicht dieser Mann. Das war ihr Abschied. Sie würde ihn nie wiedersehen. Mit einem Ruck wandte sie sich von ihm ab und ging zur Tür. »Laßt uns gehen, Jean! Lebt wohl, Dame Eleanor, und du auch, Hélie! Ich danke Euch beiden für das, was Ihr für mich getan habt.«

»Gott befohlen, mein Kind!« rief ihr die alte Dame nach, und Alison verzog bitter den Mund. Gott? Gott war auch nur ein Mann. Sie hatte es aufgegeben, den Männern zu vertrauen.

## 16. Kapitel

Jean hatte den Blendschutz der Laterne an einer Seite gehoben, damit Alison den schlimmsten Schmutz vermeiden konnte, während sie die Cité verließen, um auf das rechte Seine-Ufer zu gelangen, wo die großen Paläste standen. Obwohl viele Fackeln brannten und aus den meisten Häusern Licht auf die Straßen fiel, wirkte die Stadt, in der Alison gelebt hatte, seit sie denken konnte, plötzlich feindlich und fremd auf sie.

Es lag nicht allein an den deutlich sichtbaren Zeichen des Verfalls, die der nun schon so lange währende Krieg hinterlassen hatte. Die Pariser selbst hatten in jenen Jahren des Zwists zwischen Armagnacs und Burgundern vieles zerstört, und auch das Hôtel St. Pol war nur noch ein Schatten seiner einstigen Pracht. Es war leicht, eine zerstörte Mauer zu finden und in die Gärten zu gelangen, die an das Hôtel de Guyenne grenzten.

Alison gingen alle möglichen Gedanken durch den Kopf. Sie begriff plötzlich, daß sie sich sei dem Moment, als sie Francis in die Arme gelaufen war, viel mehr geändert hatte, als sie geglaubt hatte, denn sie hatte gelernt, über das eigene Schicksal hinauszudenken. Bisher war es nur von Interesse für sie gewesen, ein Dach über dem Kopf, Nahrung und ein wenig Wärme zu haben. Sie hatte sich all die Jahre lediglich um sich selbst und manchmal gezwungenermaßen auch um La Trisanne sorgen müssen. Was die übrigen Bewohner dieser Stadt planten, taten oder wünschten, hatte sie nie gekümmert. Diese Gleichgültigkeit hatte ihr eine Sorglosigkeit geschenkt, nach der sie sich plötzlich schmerzlich sehnte.

Das Wissen, daß unter diesen Dächern jetzt ein Mensch atmete, der ihr wichtiger war als das eigene kleine Leben, wichtiger als die eigene Sicherheit, der eigene Hunger, ängstigte und verwirrte sie zugleich. Sie konnte nicht gut umgehen damit, mit diesen neuen Gefühlen, die viel mehr beinhalten als nur den Wunsch, zärtlich von Francis umfangen und geliebt zu werden. Dazu gehörte auch der Traum, ihm für immer zu gehören, sein Leben mit ihm zu teilen.

Lady Francis Windhurst, du lieber Himmel! Auch ein armer Lord, der sie nicht haßte, käme nicht auf die Idee, eine Gauklerin unbestimmter Herkunft zu seiner Gemahlin zu machen. Sie wußte es. Aber es änderte nichts daran, daß dieses Wissen schmerzte. Sie hatte in seinen Armen nicht nur die Unschuld ihres Körpers, sondern auch die Unschuld ihrer Seele verloren.

Die Geräusche und Gerüche der Stadt wurden gedämpfter, schwächer und leiser, je tiefer sie in den Garten eindrangen. Während Alison sich zu erinnern versuchte, wie Hélie sie geführt hatte, bemerkte sie erstaunt, daß Jean sie zielsicher zum Palast geleitete und jedem der ohnehin nicht zahlreichen Wachposten dabei geschickt aus dem Wege ging.

Ehe sie sich noch von dieser Überraschung erholt hatte, stand sie schon vor der Pforte zur herzoglichen Kleiderkammer, und die Stimmen, die aus der halboffenen Tür drangen, erkannte sie als die der Dame Liddleville und Lady Marshs, die in einen heftigen Disput über fehlende Seidenbänder und Schmuckstücke verwickelt waren. Es hörte sich an, als würde sich diese Diskussion noch geraume Zeit hinziehen.

Damit waren schon zwei Damen, deren Fragen und spitze Zunge Alison gefürchtet hätte, aus dem Weg. Sie nickte Jean zu und öffnete ihren Umhang, um das Kleidungsstück abzulegen. Es sollte nicht so aussehen, als käme sie von draußen. Sie mußte wie eine Hofdame wirken, die eben einen kleinen Auftrag erledigt hatte und nun zu Anne von Burgund zurückkehrte.

Sie holte tief Luft, straffte die Schultern und hob stolz den Kopf, dann trat sie um die nächste Ecke, hinter der zwei Wachen mit steil aufgerichteten Hellebarden den Eingang zu den Gemächern der Herzogin flankierten. Hatte sie noch das Recht, diese Räume zu betreten, ohne daß sich die gefährlichen Waffen vor ihr kreuzten und sie aussperrten? War sie bereits verfemt?

Sie legte die Finger auf die Klinke, ohne daß etwas passierte und sie hätte beinahe doch noch die Aufmerksamkeit der Wachen erregt, weil sie ungebührlich lange zögerte, ehe sie öffnete. Im letzten Moment überwand sie die eigenen Ängste und trat nach einem höflichen Kratzen an der Tür ein.

Zwei weitere Hofdamen der Herzogin saßen plaudernd am Kamin, und aus dem anschließenden Schlafgemach der Kranken klang leise eine Laute. Alison hielt sich nicht damit auf, den beiden eine Erklärung abzugeben. Sie nickte ihnen zu, ignorierte ihre erstaunten Blicke und trat so selbstbewußt in den nächsten Raum, als sei sie von der Herzogin persönlich zur Audienz bestellt.

Der Mißton, mit dem die Laute mitten im Spiel endete, sorgte dafür, daß Anne von Burgund, die von einer Fülle von Kissen gestützt im Bett lag, die Augen aufschlug. Alison hingegen bewies der Fehlklang eindeutig, daß der Klatsch über ihr tagelanges Verschwinden bei Hofe in vollem Gange sein mußte. Andernfalls hätte die wohlerzogene, elegante Marguerite de Loré niemals derart die Fassung verloren, daß sie mitten im Lied einfach abbrach.

»Ah, Dame Alison! Wie schön, Euch zu sehen.« Die Herzogin, die sich als erste gefaßt hatte, lächelte ihr zu. »Marquerite, Ihr könnt uns allein lassen. Dame Alison wird für mich spielen, und schließt bitte die Tür, wenn Ihr hinausgeht. Ich finde die Zugluft lästig.«

Die Dame de Loré wagte keinen Widerspruch, aber der kurze, gehässige Blick, den sie Alison zuwarf, sprach Bände. Die junge Frau wartete, bis die Tür fest geschlossen war, dann sank sie in eine respektvolle Reverenz und zog schweigend das gefaltete Pergament aus ihrem Ausschnitt, um es der Herzogin zu reichen.

»Endlich!« seufzte die Kranke und riß das Schreiben hastig auf. »Ich wußte, daß Ihr mich nicht im Stich lassen würdet, auch wenn sich alle Klatschmäuler dieses Palastes gegen Euch verbündet haben. Was ist passiert? Der Chevalier, wie geht es ihm? Gab es Probleme?«

»Man hat versucht, Lord Windhurst zu vergiften«, antwortete Alison, die genau wußte, wen die Herzogin meinte. »Jener Gesandte Eures herzoglichen Bruders, Bélin de Marsaque, hat den Anschlag verübt. Er ist kein Burgunder, er heißt Guy St. Doye und arbeitet für den Sieur de La Trémoille, den Kanzler König Karls.«

»Ich weiß«, erwiderte die Herzogin matt. »Aber ich muß so tun, als würde ich ihm glauben. Im Augenblick ist es nicht ratsam, die mißtrauische Aufmerksamkeit meines Gemahls auf die burgundischen Mitglieder meines Hofstaats zu lenken. Es sind wenige genug, die er mir gelassen hat, und ich würde sie alle in Gefahr bringen, wenn ich diesen Buckligen verrate, der sich unter sie eingeschlichen hat.«

»Ihr wißt?« Alison schüttelte einmal mehr fassungslos den Kopf.

»Wie geht es Lord Windhurst?« antwortete die Kranke mit einer Gegenfrage und legte das Schreiben, das sie genau gelesen hatte, wieder zusammen. »Wann kann er reiten? Ich hoffe bald.«

»Er ist nicht mehr in Lebensgefahr, aber es wird mit Sicherheit noch Tage, wenn nicht gar Wochen dauern, bis er sein Lager verlassen kann«, erwiderte Alison. Zumindest hatte der jüdische Arzt das behauptet.

»Gütige Mutter Gottes«, meinte die Herzogin. »Auch das noch. Ich brauche einen vertrauenswürdigen Boten, sonst ist alles umsonst gewesen.«

»Wenn ich Euch helfen kann...« bot Alison sich an.

»Ihr?« Die Herzogin lachte freudlos. »Das ist kein Auftrag für eine Frau, mein Kind. Es gilt, die Beweise für den Hochverrat des Kanzlers Trémoille in die Hände Jolandes von Aragón zu legen, die in ihrem Schloß in Angers darauf wartet. Nur wenn die Macht dieses Mannes ein für alle Male gebrochen werden kann, hat der Frieden in unserem Land eine kleine Chance. König Karl ist mit Jolandes Tochter Marie verheiratet, und die Herzogin und Königin von Sizilien übt einigen Einfluß auf ihn aus. Georges de la Trémoille kämpft im geheimen gegen sie, aber wenn sie hieb- und stichfeste Beweise für seine Machenschaften vorzeigen kann, wird der König ihren Warnungen Glauben schenken müssen. Ich habe versucht, Trémoilles Helfer St. Doye zu neutralisieren, aber es kann nicht mehr lange dauern, bis er erfährt, daß es uns gelungen ist, ihn zu täuschen. Es ist ihm inzwischen gelungen, Lady Marsh auf seine Seite zu ziehen.«

»Laßt mich gehen«, bat Alison erneut und sank vor dem Bett in die Knie. »Ihr wißt, daß ich nicht länger bei Hofe bleiben kann. Es hat einen Skandal um mein Verschwinden gegeben, und Lady Marsh wartet nur darauf, daß sie mich demütigen kann. Sie haßt mich.«

»Ihr habt recht!« gestand die Kranke schwach seufzend. »Aber Ihr setzt Euer Leben dabei aufs Spiel! Wie kann ich das von einer Dame verlangen?«

»Ich bin in erster Linie Eure Dienerin«, erwiderte Alison. »Ich trage Schuld daran, daß Lord Windhurst vergiftet wurde. Laßt mich wenigstens einen Teil dieser Schuld abtragen.«

Daß sie zudem nichts mehr ersehnte, als so viele Meilen wie möglich zwischen sich und dem wütenden Kranken in Dame Eleanors Haus legen zu können, fügte Alison nicht hinzu. Sie war auf der Flucht vor seinem Zorn und ihrer eigenen Schwäche. Entfernung war sicher nicht die schlechteste Medizin dagegen. Sie mußte fort!

»Ihr könnt nicht allein…«

»Es gibt einen Diener, einen Freund, der mich begleiten kann«, warf Alison ein und hoffte, daß Jean Malmortes dies auch tun würde.

»Gut!« Mit plötzlicher Energie richtete die Kranke sich auf. »Ich habe keine andere Wahl. Ich muß mich von diesen Papieren befreien, ehe Lady Marsh, die schon seit Tagen danach sucht, endlich Erfolg hat. Der Himmel möge mir meine Falschheit verzeihen, aber ich kann nicht zulassen, daß Frankreich für immer in die Hände der Engländer fällt. Ich bin meiner Heimat stärker verbunden als dem Mann, dem man mich angetraut hat...«

Aus der Hülle des untersten Kissens zog die Herzogin ein kleines, in Wachstuch eingeschlagenes, flaches Päckchen. Sie öffnete es, fügte den Brief hinzu, den Alison gebracht hatte, und faltete den Stoff mit fliegenden Fingern darüber.

»Schnell! Wachs, mein Petschaft! Eilt Euch!«

Sie versiegelte das Päckchen geschwind und reichte es Alison. »Ich vertraue Euch, Alison de Guînes, auch wenn mich viele deswegen für dumm halten. Ich weiß, daß Ihr treu und tapfer seid und daß kein Falsch in Eurem Herzen wohnt! Der Himmel beschütze und behüte Euch! Bringt mir meine Schatulle!«

In der Annahme, daß die Kranke auch dort noch Unterlagen versteckt hatte, reichte ihr Alison den schweren, silbernen Kasten, der auf einem Beistelltisch stand und den sie kaum heben konnte. Die Herzogin schlug den Deckel auf und griff nach kurzem Zögern hinein.

»Hier, nehmt diese Börse, Ihr werdet Geld brauchen, für die Reise und auch später in Anjou. Hebt diesen Ring gut auf und steckt ihn erst an, wenn Ihr in Angers seid. Er wird Euch die richtigen Türen öffnen und Dame Jolande sagen, daß Ihr von mir kommt. Grüßt sie und bittet sie, mich in ihre Gebete miteinzuschließen. Und nun, lebt wohl, Alison de Guînes! Der Himmel möge Euch beschützen und unsere Pläne zu einem Guten gedeihen lassen.«

Alison sah entgeistert auf die pralle Börse und das kostbare Schmuckstück.

Der breite Goldreif wurde von einem leuchtenden, tiefblauen Saphir gekrönt, dessen Feuer sie an Lord Windhursts Augen erinnerte. Das eingeschliffene Wappen auf der Vorderseite zeigte die breiten Streifen von Aragón über den Lilien von Anjou, und sie konnte die Konturen fühlen, als sie die Finger um den blauen Stein schloß.

»Geht mit Gott, Alison!«

»Madame, Ihr seid… Oh, die Dame de Guînes…«

Die junge Frau konnte eben noch das verräterische Paket in ihrem Mieder verschwinden lassen, als auch schon Lady Marsh im Raum stand. Die Börse und den Ring in den Falten ihres weiten Samtrockes verbergend, versank Alison in eine tiefe Verneigung vor der Herzogin und ignorierte die prächtig gekleidete Edeldame, die sie unter hocherhobenen, schmal gezupften Brauen musterte, als sei sie nichts anderes als eine Badedirne.

»Lady Marsh? Wo habt Ihr nur so lange gesteckt?« sagte die Herzogin gespielt schwach und ließ sich in die Kissen zurücksinken. »Ich bin durstig und wünsche außerdem ein wenig Lautenmusik. Wenn Ihr bitte so freundlich sein wollt, dort ist das Instrument… aber singt leise. Gehabt Euch wohl, Dame Alison!«

Alison schlüpfte aus dem Gemach. Sie wußte sehr wohl, daß die Herzogin Lady Marsh nur für kurze Zeit festhalten konnte. Danach würde die Dame umgehend zu St. Doye eilen und ihm Bericht zu erstatten. Was das bedeutete, lag auf der Hand. Sie durfte keine Zeit verlieren, wenn sie mit Jean die Stadt verlassen wollte, bevor die Suche nach ihr begann. Sie zweifelte keinen Moment daran, daß St. Doye in seinem teuflischen Hirn einen Plan ausbrüten würde, der die halbe Stadt auf der Suche nach ihr in Bewegung setzte. Sie mußte fliehen, solange sie noch die Möglichkeit dazu besaß.

Jean Malmortes tauchte aus dem Schatten eines Kreuzganges auf, als sie vorbeieilte, und warf ihr stumm den dicken Umhang über die Schultern. Hastig zog sie die Schlaufen fest, dankbar für die Wärme. Es schien, als habe er ihre Gedanken gelesen, und Alison brauchte nur kurz innezuhalten, um ihm zu berichten. Noch ehe sie ihre Frage stellen konnte, nickte er.

»Ich werde Euch zur Herzogin-Königin nach Angers bringen. Ihr benötigt den Schutz eines Mannes. Ihr könnt nicht allein durch ein Land reiten, dessen größte Teile einem Schlachtfeld gleichen.«

»Das Problem ist, ich kann leider überhaupt nicht reiten.« Alison seufzte, und für einen Moment fühlte sie sich schwindelig vor Müdigkeit.

Sie konnte sich nicht mehr daran erinnern, wann sie zum letzten Male eine ganze Nacht durchgeschlafen hatte. Die kurzen Momente an Francis' Lager, in denen ihr vor Übermüdung die Augen zugefallen waren, konnte man kaum als erholsamen Schlaf bezeichnen.

»Wichtig ist nur, daß Ihr Euch auf einem Pferd halten könnt, bis wir die Vorstädte hinter uns gelassen haben«, meinte Jean. »Alles weitere überlaßt mir.«

Alison tat es zu gerne; als jedoch die mächtige, dampfende Gestalt eines Pferdes vor ihr aufragte und Jean auf den Prellstein deutete, von dem aus sie in den Sattel klettern konnte, mußte sie ihren ganzen Mut zusammennehmen, um das Tier zu besteigen. Der Riese, der sich im Palast gut auszukennen schien, hatte sie in die Ställe geführt und dort auch dafür gesorgt, daß sie das schwere Samtgewand gegen die Kleider eines Stallburschen tauschte.

Das wollene Wams und die eng geschnittenen Hosen schienen im Dunklen einigermaßen sauber, und der durchdringende Geruch nach Stall und Pferd, den ihre neue Kleidung verbreitete, beruhigte wenigstens die Stute, die mit feinem Instinkt auf die Unsicherheit ihrer Reiterin reagierte und bockig gegen die Trense rebellierte. Alison schwankte im Sattel und konnte gerade noch verhindern, daß sie auf der anderen Seite wieder hinunter rutschte.

»Haltet die Zügel knapp und versucht Euch dem Rhythmus des Pferdes anzupassen«, riet ihr Jean gutmütig, ehe er selbst in den Sattel stieg. »Alles andere kommt mit der Zeit von selbst.«

So richtig konnte Alison das nicht glauben. Mit zusammengebissenen Zähnen klammerte sie sich auf dem Tier fest, dessen stoßender, gräßlicher Galopp durch die nächtlichen Straßen zu einem einzigen Alptraum wurde und in dem sie wahrhaftig keinen Rhythmus entdecken konnte. Es erstaunte sie, daß sie überhaupt noch im Sattel saß. Jean schlug die Richtung zum Saint-Jacques-Tor ein, das um diese Tageszeit bereits geschlossen war und von einem streng blickenden Hauptmann und einer Gruppe Bogenschützen bewacht wurde.

Jean ließ sie absitzen, unter einem Torbogen warten und reichte ihr auch die Zügel seines Pferdes zum Halten, ehe er zu den Soldaten trat. Was er dem Anführer sagte, konnte Alison nicht hören. Sie interessierte sich auch überhaupt nicht dafür, sie war nur dankbar, daß sie wenigstens einen Moment wieder festen Boden unter sich hatte. Mußten sie unbedingt bis Angers reiten?

Jean indes kam schnell zurück, nahm ihr beide Pferde ab und führte sie zu einer schmalen Ausfallpforte neben dem großen Tor, die sich trotz der späten Stunde quietschend für die eiligen Reisenden öffnete. Sie sah das matte Glänzen eines Goldstückes im Fackelsein, dann knirschte der schwere Riegel, und sie befanden sich außerhalb der Stadtmauern. Ein stürmischer Wind zerrte an Alisons Umhang, und sie segnete die enge Kappe, die ihren Kopf umschloß und die Ohren gegen die beißende Kälte des stürmischen Winds schützte. Mühsam zog sie sich wieder in den Sattel und versuchte eine halbwegs erträgliche Position zu finden.

»Vorwärts!« hörte sie Jeans gedämpfte Stimme. »In dieser Finsternis müssen wir leider langsam reiten. Laßt mich Eure Zügel nehmen und haltet Euch am Sattel fest. Ich führe Euch…«

Alison umklammerte mit eisigen Fingern den lederverkleideten Holzgriff des Sattels und überließ Jean die Leitung dieses Unternehmens. In diesem Moment traute sie sich selbst nicht mehr. Die Vernunft riet ihr, den Kranken bei

Lady Eleanor zu verlassen, aber ihr Gefühl wehrte sich dagegen, daß jeder Schritt ihrer Stute sie unaufhaltsam von ihm forttrug. Sie ließ ihr Herz in Paris zurück! Gegen dieses Leid erschienen ihr sogar die abscheulichen Unbequemlichkeiten dieser mörderischen Reise kaum der Rede wert.

Später konnte sie nicht mehr sagen, wie viele Tage sie unterwegs gewesen waren, bevor die Türme von Angers vor ihnen am Horizont auftauchten. Der Reiseweg schien aus einer Kette von verwüsteten Feldern, abgebrannten Dörfern und rauchgeschwärzten Kirchen zu bestehen. Der Kleinkrieg, den der Konnetabel gegen den Herzog von Bedford führte, wurde auf dem Rücken der einfachen Bauern und Landleute ausgetragen. Und obwohl sich der Winter langsam dem Ende neigte, war noch nicht ein Acker gepflügt und das Land bestellt worden. Die geschundene Erde Frankreichs würde auch in diesem Jahr keine große Ernte hervorbringen können.

Ohne die Vorräte in den Satteltaschen ihres Begleiters wären sie schon bald verhungert. Es gab keine offenen Herbergen und erst recht keine gastfreundlichen Klöster mehr, die einem hungrigen Reisenden Obdach und Nahrung geboten hätten. Manchmal waren sogar die Brunnen verdorben, denn die Plünderer hatten rachsüchtig totes Vieh oder gar Leichen hineingeworfen, und giftige Dämpfe stiegen aus der Tiefe.

Alison, die bisher gedacht hatte, im Schatten des Tour de Nesle jede Spielart menschlicher Brutalität und menschlicher Grausamkeit kennengelernt zu haben, wurde eines Besseren belehrt. Der Krieg, den die Herzogin von Bedford so heimlich und energisch bekämpfte, war dabei, das Königreich Frankreich in ein Armenhaus zu verwandeln. Wenn das Opfer, welches das Bauernmädchen aus Domrémy auf dem Scheiterhaufen in Rouen gebracht hatte, nicht umsonst gewesen sein sollte, dann mußte dieser mörderischen Auseinandersetzung ein Ende bereitet werden. Dann mußte es gelingen, Männer wie Georges de la Trémoille und seinen Helfershelfer Guy de St. Doye unschädlich zu machen. Allein dieser Gedanke war es, der Alison aufrecht hielt und ihren schmerzenden Körper im Sattel verharren ließ.

Als endlich die siebzehn massiven Rundtürme aus schwarzem Schiefergestein vor ihnen auftauchten, welche die Festung von Angers am Ufer des Zusammentreffens von Loire und Maine schützten, war sie am Ende ihrer Kräfte. Sie schwankte im Sattel, und hätte Jean sie nicht aufgefangen, als sie im Schloßhof vom Pferd rutschte, wäre sie ohnmächtig zu Füßen der Knechte, die nur mit mäßigem Respekt die beiden schmutzbespritzten Reisenden betrachteten, zu Boden gesunken.

Für sie waren die beiden nicht mehr als ein schweigsamer Hüne und ein schmaler, dreckiger Junge mit erbärmlich blassem Gesicht und spitzen Schultern. Eine halbe Portion, kaum fähig zu reiten oder ein Schwert zu tragen.

Immerhin ließen sie sich dazu herab, dem Riesen, der seinen Begleiter mehr trug als führte, den Weg zu weisen. Der Haushofmeister der Herzogin-Königin würde die merkwürdigen Gäste, die nach Madame fragten, schon in ihre Schranken weisen.

## 17. Kapitel

Alison taumelte und hatte Mühe, aus ihrer Reverenz wieder auf die Beine zu kommen. Ihr übermüdeter, gequälter Verstand registrierte, daß Anne von Burgund und Jolande von Aragón sich sehr ähnlich waren, obwohl die Spanne eines ganzen Lebens zwischen der jungen Gemahlin des Herzogs von Bedford und der strengen Dame lag, die auf die Mitte der Fünfzig zuging und die sie interessiert beobachtete.

Beide Fürstinnen wirkten krank, vorzeitig gealtert, und sie versanken eine wie die andere fast in den schweren Falten der kostbaren Roben, die sie trugen. Die eine war von zahllosen Krankheiten und Fehlgeburten erschöpft, die andere von den Sorgen um die eigenen Kinder und dem unaufhörlichen Kampf um die vier Königreiche, die sie seit dem Tod ihres Gemahls allein regierte.

Marie von Anjou, Jolandes Tochter, war die Gemahlin des französischen Königs, und obwohl jener offen mit seiner bildschönen Geliebten Agnes Sorel herumtändelte, stand ihm seine Schwiegermutter als politische Ratgeberin weiterhin zur Seite. Jolande hatte gelernt, ihre persönlichen Gefühle hinter der Staatsraison zurückzustellen. Die Reiche von Sizilien, Jerusalem, Neapel und der Provence erforderten die Hand einer starken Frau. Besonders in diesem gefährlichen Moment, in dem ihr einziger Sohn und Erbe, René du Bar, in den Händen Philipps von Burgund war und eingekerkert in dessen Stadt Dijon saß. Zwar in allen Ehren und nicht auf Stroh, aber doch machtlos und ohne die Möglichkeit, Kontakt mit seiner Mutter aufzunehmen.

Auch jetzt war dem faltigen Gesicht, das trotz allem noch die Spuren einstiger Schönheit aufwies, keine Regung außer freundlichem, geduldigem Interesse anzusehen. Aus dunklen Augen betrachtete Jolande die beiden ungleichen Gestalten vor sich. Ihre scharfe Beobachtungsgabe entdeckte jedoch schnell, was die Stallknechte übersehen hatten.

Das schmale, edel gezeichnete Mädchenantlitz unter der Jungenkappe trug die Spuren großer Erschöpfung und tiefer Trauer, aber es war unzweifelhaft ein besonderes Gesicht, in dem vor allem die übergroßen, grünen Augen auffielen. Die Königin betrachtete verblüfft den großen Saphir, der an der ausgestreckten Hand dieses Kindes sein Feuer versprühte und der den beiden problemlos Eintritt in das Arbeitszimmer der hohen Frau verschafft hatte.

»Ich hätte nicht gedacht, daß dieser Ring tatsächlich eines

Tages zu mir findet«, sagte sie schließlich mit einem tiefen Seufzer der Erleichterung. »Wollt Ihr mir Euren Namen und den Eures Begleiters verraten, Kind?«

»Man nennt mich Alison, Alison de Guînes, vielleicht«, flüsterte Alison mit rauher Stimme. »Verzeiht, daß ich es selbst nicht besser weiß, Majestät. Mein Begleiter heißt Jean Malmortes, und dies soll ich Euch von Dame Anne übergeben, die mir auch diesen Ring anvertraut hat, damit er mir bei Eurer Majestät als Empfehlung dient.«

Das Wachstuchpaket war auf der Reise ein wenig verdrückt worden, hatte sie aber ansonsten wohlbehalten in einem Brustbeutel unter Alisons Kleidern überstanden. Das Siegel war unverletzt, und Jolande von Aragón betrachtete es mit gerunzelter Stirn, ohne es zu öffnen. Während sie mit der Fingerkuppe über die Spuren im Wachs strich, ging ihr Blick erneut zu dem Mädchen, das sich als Junge verkleidet hatte und das sie auf so ungewöhnliche Weise berührte und das befremdliche Gefühl in ihr weckte, sie habe es schon einmal irgendwo gesehen. Doch der Name de Guînes sagte ihr wenig. Es gab, soweit sie wußte, keinen Edelmann in diesem Land, der diesen Namen trug oder für diese Familie kämpfte, und sie konnte sich rühmen, die Namen so gut wie aller hochgeborenen Krieger in ihrem Gedächtnis gespeichert zu haben.

»Mir scheint, daß Ihr eine Menge zu berichten habt, mein Kind«, sagte sie mit einem tiefen Atemzug. »Doch es ist ebenso offensichtlich, daß Ihr dringend Ruhe braucht. Ich werde veranlassen, daß man Euch und Eurem Begleiter Quartier zuweist, und nach Euch schicken, wenn Ihr bereit seid, mir Bericht zu erstatten!«

Ein Wink zitierte eine dunkel gekleidete Ehrendame nach vorne, die respektvoll vor der Königin knickste und Alison dann mit einer kleinen Geste zur Tür den Weg wies. Schwankend folgte sie ihr und war einmal mehr dankbar für Jeans stützenden Arm. Als sie sich noch einmal neugierig umwandte, sah sie, daß Jolande von Aragón das Siegel des Päckchens gebrochen hatte und mit höchst ungläubiger Miene ein Schreiben nach dem anderen auseinanderfaltete. Man merkte ihr an, daß sie nicht glauben konnte, was ihr da in den Schoß gefallen war.

»Macht schnell, sie kann sich kaum noch auf den Beinen halten«, hörte sie Jeans Stimme wie aus weiter Ferne, dann spürte sie, wie er sie auf die Arme nahm, um mit ihr der besorgten Nobeldame zu folgen, die mit gerafften Röcken einen Gang entlangeilte, dessen schwarz-weiß gewürfeltes Fliesenmuster das letzte war, was Alison bewußt wahrnahm. Dankbar lehnte sie ihren müden Kopf an die Schulter des Riesen und schloß die Augen. Sie hatte ihren Auftrag erfüllt und ihre Pflicht getan. Nun wollte sie nur noch schlafen und nie wieder aufwachen.

Dieser Entschluß war auch das erste, an das sie sich erinnerte, als sich ihr Bewußtsein wieder zu klären begann. Sie lag warm und weich auf einer himmlisch bequemen Unterlage, und das leise Gemurmel im Hintergrund verriet, daß sie nicht allein war. O nein, sie wollte nicht aufwachen! Warum konnte sie nicht einfach wieder in das Vergessen zurücksinken, das sie bisher so gnädig umfangen hatte? Sie verweigerte sich der Wirklichkeit.

»Eure Herrin schläft, wie oft muß ich das noch sagen?« flüsterte unwirsch eine Frauenstimme. »Verlangt Ihr, daß ich sie wecke, nur weil ein ungeschlachter Brummbär seinen Abschied nehmen will?«

Mit einem Schlag war Alison hellwach und blinzelte gegen das helle Tageslicht.

»Jean?«

»Dame Alison!« Die Kerzen, die in dem Leuchter neben dem großen Kastenbett brannten, warfen Jean Malmortes riesigen Schatten gegen den Baldachin. Ein erleichtertes Grinsen glitt über sein gutmütiges Gesicht. »Welch ein Segen, daß Ihr wach seid. Ich wollte nicht zurückkehren, ohne Euch Lebewohl gesagt zu haben. Ihr seid jetzt in Sicherheit und habt nichts mehr zu befürchten.«

Alison hatte die Zuverlässigkeit des Hünen schätzengelernt, sie wollte ihn nicht verlieren. Aber sie wußte auch, daß sie keinen Grund hatte, ihn länger aufzuhalten. Er hatte Verpflichtungen Dame Eleanor oder Francis Windhurst gegenüber. Aber er war auch das letzte Bindeglied zu allem, was sie in Paris hinter sich gelassen hatte. Wenn er ging, fiel die Tür endgültig zu. Sie hob die Hand und winkte Jean heran.

»Gib mir dein Wort, daß du keinem Menschen verrätst, wo ich bin!« forderte sie.

»Und er…«

Sie wußte von wem er sprach. »Ihm schon gar nicht!« unterbrach sie ihn heftig. »Gib mir die Hand darauf. Er darf nie erfahren, wer ihn aus dem Palast geschafft hat. Versprich es mir!«

»Warum soll er es nicht wissen? Er schuldet Euch sein Leben! Ihr wißt, daß der Arzt gesagt hat, daß nur Euer schnelles Eingreifen ihn gerettet hat.«

Alison jedoch schüttelte beharrlich den Kopf. Das alles war viel zu kompliziert, um es Jean zu erklären. »Dein Versprechen, Jean!« forderte sie noch einmal.

Sie streckte ihm bittend ihre schmale weiße Hand entgegen, die wieder ganz sauber war. Lediglich die schon verblassenden roten Schwielen auf der Innenfläche verrieten noch, welchen Gewaltritt sie hinter sich hatte.

Zögernd umfaßte der Hüne ihre Finger, die fast ganz in seiner Pranke verschwanden und die er nicht fest zu drücken wagte.

»Grüß mir Dame Eleanor und sag ihr, daß ich sie nie vergessen werde. Sei Gott befohlen!« sagte sie mit brüchiger Stimme.

»Wir sehen uns wieder!« versprach Jean und beugte das Knie.

Alison nickte, obwohl sie nicht daran glaubte, und Jean

ging. Sie starrte vor sich hin, ohne etwas wahrzunehmen. Sie sah nicht die schönen Schnitzereien der gedrechselten Säulen, die ihre Bettvorhänge trugen, denn vor ihrem inneren Auge stand das Bild eines sich wild aufbäumenden, kranken Mannes, der sowohl gegen das Gift in seinem Körper als auch gegen die Liebe in seinem Herzen ankämpfte. Beides würde er inzwischen wohl erfolgreich besiegt haben. Gesund und mit neuer Stärke versehen, würde es ihm leichtfallen, ein rothaariges Mädchen zu vergessen, an das er ohnehin keine guten Erinnerungen mehr hatte.

»Madame…«

Alison fuhr mit einem kleinen Laut des Erschreckens zusammen. Erst jetzt wandte sie den Blick der älteren Frau zu, die in dunkelbraunen Samt und Marderpelz gehüllt das Zimmer zu beherrschen schien. Sie war eine höchst imposante Erscheinung, und nun glitzerte warmes Mitgefühl in ihren Augen. Alison begriff ohne viele Worte, daß ihr Jolande von Aragón eine Mischung aus Amme, Kammerfrau, Apothekerin und Großmutter geschickt hatte. Man konnte dieser Frau ebensowenig Widerstand entgegensetzen wie einem prall gefüllten Federkissen. Ein Wort wie ›Nein‹ existierte nicht in ihrem Wortschatz.

»Ich bin Marie de Chamat. Ihre Majestät hat mich gebeten, für Euer Wohlbefinden zu sorgen«, erklärte sie und faltete die Hände vor ihrem gewaltigen, samtverbrämten Busen. »Als erstes solltet Ihr ein kleines Frühstück zu Euch nehmen, schlage ich vor. Danach sorgen wir für ein Bad, und anschließend könnt Ihr Eure Auswahl unter den Gewändern treffen, die Euch Ihre Majestät zur Verfügung gestellt hat. Ich soll Euch ausrichten, daß sie Euch sehen möchte, sobald Ihr Euch dazu imstande fühlt.«

Alison wagte nicht, sich diesem liebenswürdig vorgebrachten Befehl zu widersetzen. Seit sie die Augen aufgeschlagen hatte, war ihr klar gewesen, daß sie sich wieder der Wirklichkeit stellen mußte. Aber sie weigerte sich, ein zweites Mal ihre Existenz auf ein Lügengebäude zu gründen. Als sie in das quadratische Gemach trat, dessen Wände mit leuchtend bunten Teppichen geschmückt waren, auf denen lebensgroße Figuren über blühende Wiesen schritten, bemerkte sie die Königin in einem kostbar geschnitzten schwarzen Stuhl vor dem Feuer und sank vor ihr in eine stumme, anmutige Verneigung.

»Kommt näher, meine Kleine«, lud Jolande sie ein und deutete auf ein gepolstertes Taburett vor dem Kamin. »Setzt Euch. Ich hoffe, Ihr habt die Strapazen dieses Gewaltrittes gut überstanden. Ich beneide Euch, Ihr müßt von eiserner Gesundheit sein, um bereits jetzt wieder diesen Schmelz auf eurer Haut und dieses Leuchten in den Augen zu haben. Wie bezaubernd Ihr seid. Erzählt, wie es kam, daß Ihr zur Botschafterin Dame Annes wurdet?«

Alison hätte gewettet, daß Jolande das längst wußte und daß sie Jean nicht hatte gehen lassen, ohne ihn genauestens zu verhören. Aber wenn sie Wert darauf legte, Alisons Version der Ereignisse zu hören, warum nicht? Vielleicht tat es sogar gut, alles in Reihe und Ordnung zu bringen. Es war an der Zeit, dies zu tun.

»Im Grunde begann alles am Tage der Krönung des kleinen Engländers in Nôtre Dame«, begann sie und staunte selbst, wie viel sich seit jenem Dezembertag in ihrem Leben ereignet hatte. Sie fügte Tag an Tag und Geschehnis an Geschehnis, soweit sie erklären konnte, warum es sich so und nicht anders zugetragen hatte. Sie gab auch zu, daß sie nach der Razzia im Tour de Nesle der Versuchung erlegen war, sich für jemanden auszugeben, der sie nicht war. Sie schonte sich in keiner Weise.

Lediglich ihre Gefühle für Francis Windhurst verschwieg sie. Das, was sich zwischen ihnen ereignet hatte, war für die Königin sicher nicht von Interesse. Auch über die Personen und Ereignisse, die sie manchmal im Feuer sah, bewahrte sie Stillschweigen. Es brachte nichts Gutes, den Aberglauben der Menschen mit derartigen Geschichten zu wecken. Schließlich kannte sie die Königin nicht gut genug, um sich so vorbehaltlos in ihre Hände zu geben. Sie konnte das Mißtrauen der einfachen Leute gegen die Mächtigen nicht so ohne weiteres abstreifen. Vielleicht gehörte die Fürstin zu jenen Menschen, die nicht daran glauben mochten, daß es Dinge zwischen Himmel und Erde gab, die sich dem menschlichen Begreifen entzogen. Alison verspürte kein Verlangen danach, in Angers auf dem Scheiterhaufen zu laden, nachdem sie jenem entkommen war, den Guy de St. Doye in Paris für sie vorbereitet hatte.

»Wie eigenartig«, sagte Jolande von Aragón, als Alison schließlich geendet hatte und auf ihre verschlungenen Hände herabsah. »St. Doye nannte Eure Mutter Melisande de Guînes? Und Ihr sagt, er hat zugegeben, sie getötet zu haben? Guy de St. Doye?«

Alison nickte. »Er hat mir den Dolch gezeigt, mit dem er es getan hat. Ein silberner Dolch mit einem großen Rubin am Griff. Ich muß damals sehr klein gewesen sein, aber manchmal ist es mir, als könne ich sehen, wie meine Mutter zusammenbricht und mit letzter Kraft ihre Kinder zu retten versucht. Sie hatte eben Zwillingen das Leben geschenkt und konnte sich kaum noch auf den Beinen halten. Er hat alles zerstört, was in meinem Leben gut, unschuldig und rein gewesen ist. Er ist ein Teufel!«

»Aber wie seid Ihr entkommen?«

»Meine Schwester ist mit mir durch einen geheimen Gang geflohen«, antwortete Alison mit dünner, flacher Stimme, als wäre sie noch immer das Kind, das all dies eben erst erlebt hatte. »Eben noch rechtzeitig, ehe die fremden Soldaten die Burg eroberten. Wir verbargen uns im Stollen, aber bei dem Brand, der danach ausbrach, stürzte ein Teil des Ganges ein, und Nana wurde von einem Steinbrocken getroffen. Ich habe versucht, sie unter dem Schutt herauszuziehen, und irgendwie muß es mir gelungen sein. Sie kam zu sich, aber sie hatte eine schlimme Wunde am Kopf. Sie schleppte mich davon, einfach fort von den rauchenden Trümmern, den schreienden Männern und dem Feuer… Irgendwann ist sie am Wegrand zusammengebrochen und nicht mehr aufgestanden… Ich… oh, mein Kopf!«

Alison brach ab und massierte sich die schmerzenden Schläfen. Sie versuchte die flüchtigen Erinnerungen festzuhalten, die für sie ebenfalls neu und unbekannt waren, aber es ging ihr dabei wie mit den Bildern in den Flammen. Sobald sie sich bewußt darauf konzentrierte und mehr wissen wollte, verschwanden sie.

»Fragt mich nicht, woher ich all das weiß«, murmelte sie schließlich. »In meinem Kopf dreht sich alles. Vielleicht habe ich es auch nur geträumt. Es gibt keinen einzigen Beweis für all diese Dinge. Nur den Fluch eines Schurken und diese halb zerstörte Kette…«

Sie hatte die dünne Kette aus Goldgliedern und das zerkratzte Medaillon die ganze Zeit in der Hand gehabt und fest umfangen, so, als könnte sie aus der bloßen Berührung des Schmuckstückes Kraft ziehen.

Jolande von Aragón griff nach dem Schmuckstück und unterzog es einer gründlichen Musterung. Das halb zerstörte Rankenwerk auf der Rückseite erregte dabei ihre besondere Aufmerksamkeit, und sie führte das Medaillon näher an die Augen.

»Das ist ein Wappen«, stellte sie erstaunt fest. »Man kann es nicht mehr genau erkennen, aber es sieht aus wie zwei gekreuzte Schwerter, die ein Tier oder eine Helmzier oder etwas Ähnliches halten…« Sie zögerte und warf Alison einen schnellen Blick zu. Die junge Frau hatte den Eindruck, sie wollte etwas sagen und hätte sich im letzten Moment doch dagegen entschieden.

»Nun, eines ist sicher«, fuhr sie dann fort. »Ihr seid jetzt in Sicherheit, und mein Schwiegersohn, der König von Frankreich, schuldet Euch für Euren Mut mehr, als Ihr Euch vorstellen könnt. Es ist Euch zu verdanken, daß es uns vielleicht endlich gelingen kann, jenen Mann zu stürzen, der den Untergang dieses Landes aus reinem Gewinnstreben und aus zügelloser Machtgier betreibt. Endlich haben wir Beweise für seine Intrigenspiele, Beweise, die auch den König überzeugen werden.«

»Ich habe es für die Herzogin getan«, entgegnete Alison ruhig. »Ich habe sie über meine Herkunft belogen, aber ich wollte ihr trotzdem eine treue Dienerin sein. Sie ist mir eine gütige, gnädige Herrin gewesen, obwohl ich es nicht verdient habe.«

»Anne von Burgund hätte ein glücklicheres Leben und ein besseres Schicksal verdient«, sagte Jolande. »Aber es ist vermutlich ein Werk des Himmels, daß ausgerechnet diese mildtätige Frau einem so ehrgeizigen Krieger angetraut wurde.« Plötzlich sah sie Alison scharf an. »Ihr wißt, daß von unserem Gespräch nichts aus diesem Raum dringen darf.«

Erst jetzt wurde Alison bewußt, daß sie die seltene Ehre genoß, völlig allein mit der Königin zu sprechen. Sie hatte gar nicht darauf geachtet, ob sich andere Menschen im Raum befanden.

»Und nun zu Euch, mein Kind!« Die Königin richtete ihren klugen, durchdringenden Blick auf die zierliche junge Frau, die in einem schlichten, tiefblauen Atlasgewand vor ihr saß. Sie registrierte sehr wohl, daß Alison von den vier Gewändern, die sie ihr zur Auswahl gesandt hatte, das einfachste gewählt hatte.

Eine schmale gestickte Borte um den runden Halsausschnitt und an den Ärmeln war die einzige Zierde. Der blaue Musselinschleier, der vom spitzen Hennin wehte, reichte ihr bis zur Hüfte, und die feuerfarbenen Haare waren so straff aus dem Gesicht und unter den Kopfputz gezogen, daß man die Schönheit der flammenden Fülle nur ahnen konnte. Offensichtlich war es Alisons Bestreben gewesen, sich so schlicht und so bescheiden wie möglich zu kleiden.

Jedoch war das Ergebnis dieses Bemühens eine so feine, unaufdringliche Eleganz, daß die Königin ein Schmunzeln unterdrücken mußte. Der matte, dunkle Glanz des Stoffes betonte die Linien von Alisons anmutiger Figur, ihre fast durchsichtig schimmernde Haut und das grüne Feuer der großen Augen. Die Andeutung violetter Schatten darunter sprach von Anstrengung und Kummer und verlieh ihrer Schönheit eine anrührende Zerbrechlichkeit, die schon jetzt um den Seelenfrieden der Männer fürchten ließ, die sie zu Gesicht bekommen würden.

»Würde es Euch in meinem Dienst gefallen?« fragte die Königin nun.

»Ich? Aber Majestät, ich bin…« Alison brach stammelnd ab und errötete.

»Ihr seid die Summe Eurer Talente und Eurer Eigenschaften, meine Liebe!« erwiderte die Königin eindringlich. »Laßt mich entscheiden, was für Euch angemessen ist. Ich verleihe Euch den Rang einer Ehrendame meines Hofes. Da es indes ratsam zu sein scheint, die Dame Alison de Guînes ein wenig aus der allgemeinen Aufmerksamkeit zu rücken, bis unser Freund der Großkanzler endgültig vernichtet ist, werden wir Euch einen anderen Namen geben müssen. In Anbetracht Eurer Verdienste um das Königreich erhaltet Ihr das Lehen und die Einkünfte des Dorfes Gennes. Es wird eine angemessene Mitgift sein, wenn Ihr einen Ritter findet, dem Ihr Eure Hand schenken wollt, und es wird Euch ein sorgenfreies Leben garantieren, auch wenn es wie das übrige Königreich im Moment noch unter den Folgen dieses schrecklichen Krieges leidet. Damit seid Ihr die Dame de Gennes, über Euren Vornamen möchte ich nicht verfügen. Sucht Euch selbst einen aus, von dem Ihr denkt, daß er dazu paßt.«

Alison konnte die Königin nur mit großen Augen ansehen. Sie hatte Mühe, dem königlichen Edikt zu folgen und zu glauben, was da gesagt wurde.

»Ich heiße Alison, das ist das einzige, was ich mit Sicherheit weiß!« platzte sie heraus. Dann biß sie sich auf die Unterlippe und versuchte es noch einmal mit all der Etikette, die sie bei der Herzogin von Bedford gelernt hatte. Sie wollte Jolande von Aragón schließlich nicht verärgern. Sie wollt auch nicht undankbar erscheinen.

»Ihre Majestät sind zu gnädig. Das ist zuviel. Wenn ich nur irgendwo... vielleicht als bescheidene Magd oder als Dienerin...«

»Unsinn!« beschied die Königin brüsk. »Wenn es irgendwo ein Geschöpf gibt, das weniger wie eine Dienerin wirkt als Ihr, dann möchte ich es sehen. Euch scheint nicht bewußt zu sein, daß dieses Medaillon hier sehr wohl der Beweis dafür ist, daß Ihr von edler Geburt und bester Herkunft seid. In den vergangenen Jahrzehnten ist viel Unrecht geschehen, und es ist an der Zeit, einiges davon wiedergutzumachen. Gewöhnt Euch an Euer neues Leben, Dame Alison. Ihr habt recht, der Name paßt zu Euch! Ich werde veranlassen, daß Ihr die Urkunden für Euer Lehen umgehend zugestellt bekommt, und Madame de Chamat bitten, Euch ein Kammerfrau und Mägde zuzuteilen.«

Alison begriff, daß die Königin sie verabschiedete und daß ihr damit jede Möglichkeit genommen wurde, weiter gegen die Befehle der hohen Frau zu protestieren. Aus irgendeinem ihr unbekannten Grunde gefiel es Jolande, sie zu protegieren.

Und wenn Alison auch nach zwanzig Stunden Schlaf, einer üppigen Mahlzeit und einem warmen Bad gedacht hatte, dem Leben wieder die Stirn bieten zu können, so mußte sie doch kapitulieren, wenn es sich dabei um eine Königin handelte, die gewöhnt war, daß man ihre Befehle widerspruchslos befolgte.

»Ich danke Eurer Majestät...« murmelte sie, verneigte sich

graziös und ging dann rückwärts zur Tür zurück. Sie faßte eben nach der Klinke, als ein weiterer Ruf sie aufhielt.

»Das habt Ihr vergessen, Kind!«

Auf der ausgestreckten Hand der Königin lagen die Kette mit dem Medaillon und der funkelnde Saphir.

»Nehmt, es gehört Euch«, fügte Jolande hinzu und steckte den Ring selbst an Alisons Finger. »Tragt ihn. Er wird Euch fürs erste den Respekt verschaffen, den Ihr noch nicht zu fordern wagt.«

Alison fühlte das Gewicht des Juwels, das ihre Hand nach unten zog, und wagte keinen Widerspruch. Sie küßte die Hand ihrer neuen Herrin und schritt wie betäubt nach draußen. Wenn sie gedacht hatte, das närrische Karussell ihres Lebens würde in Angers endlich zur Ruhe kommen, so sah sie sich schon wieder getäuscht.

## 18. Kapitel

Der Frühling hatte so unverhofft Einzug gehalten, daß es schien, als habe er über Nacht das Land mit einem Zauberstab berührt. Die Loire war von einem Band aus zartgrünen Weiden gesäumt, und der Himmel spannte sich in blaß und wie durchsichtig über der Stadt mit ihren Schieferdächern, den steilen Kaminen und den prächtigen Türmen, von denen das Banner Jolandes von Aragón im Frühlingswind flatterte und ihre Anwesenheit verkündete.

Alison, die bisher nur zwischen Mauern gelebt hatte, genoß den Blick, den sie vom Schloß aus über das weite Land hatte. Hier im Schutz der Herzogin wagten die Bauern ihre Felder zu bestellen, und die aufgebrochene Erde lag dunkle und bereit für die Frühjahrssaat in der Ebene. Aber die Reiter, die zwischen dem königlichen Hof in Bourges und dem Schloß in Angers in fast ununterbrochener Folge dafür sorgten, daß Informationen, Akten und Schriftstücke ausgetauscht wurden, benötigten plötzlich einen halben Tag länger für die Strecke. Die schlammigen Straßen behinderten ihr Fortkommen, und mit der warmen Witterung hatten auch die zahlreichen Räuberbanden, die das Land unsicher machten, ihren Winterschlaf beendet.

Auch der Ritter, der an diesem Spätnachmittag von Bourges kommend über die Zugbrücke in die waffenstarrende Festung von Angers ritt, war froh, daß er sicher ans Ziel gekommen war. Er war nicht mehr der Jüngste, und die Verletzung, die er bei der Belagerung von Compiègne davongetragen hatte und die er nun unter der schwarzen Augenklappe verbarg, behinderte ihn zusätzlich. Die Zeiten, in denen er ein Scharmützel mit einer Räuberbande als angenehmen Zeitvertreib und ritterliches Training angesehen hatte, waren vorbei. Trotzdem war er dem Ruf der Herzogin-Königin gefolgt.

Die Neuigkeiten, die er brachte, waren wichtig genug, um ihm sofort die Aufmerksamkeit der Königin zu sichern, die ihn in ihrem Arbeitszimmer empfing. Das Kabinett mit den gobelinverzierten Wänden, den reichen Schnitzereien und den kostbar verglasten Fenstern war ihm von früheren Besuchen bekannt, und so schenkte er der prächtigen Einrichtung keine besondere Aufmerksamkeit. Er beugte ein wenig steif das Knie vor der aristokratischen Erscheinung in schwarzem, raschelndem Seidentaft, die sich von ihrem Stuhl erhob und ihm gnädig die Hand zum Kuß reichte.

»Ich freue mich, Euch bei guter Gesundheit zu sehen, Graf!« begrüßte sie ihn warm. »Setzt Euch. Ihr seht aus, als wärt Ihr geradewegs aus dem Sattel hierhergeeilt. Die Dame de Gennes wird Euch einen Gewürzwein reichen. Seid Ihr so lieb, Kind?«

Der letzte Befehl galt einer eleganten Ehrendame, die im Hintergrund an einem Schreibpult stand und mit einem unübersehbaren Ausdruck der Erleichterung die Feder fortlegte. Sie huschte hinaus, um das Gewünschte zu holen, während Jolande von Aragón den Blick registrierte, mit dem ihr Besucher ihr nachsah.

»Es ist lange her, daß Ihr hier gewesen seid, mein Freund«, sagte sie leise.

»In der Tat.« Der Graf riß sich los und nickte. »Vieles hat sich ereignet. Die Belagerung von Compiègne, der Verrat an Jeanne d'Arc und ihre Gefangennahme, ihre schmähliche Hinrichtung...«

»Der Frieden mit Burgund«, fügte die Königin vielsagend hinzu.

»Bezahlt mit dem kostbaren Leben eines unschuldigen Mädchens, das sich gläubig für Frankreich geopfert hat«, ergänzte der Mann bitter.

»Ich weiß, daß Ihr einer der Feldhauptleute wart, die Ihr bis zum Schluß zur Seite gestanden haben«, sagte Jolande leise. »La Hire, Saintrailles, d'Harigny. Edle Namen und tapfere Männer, die für immer ihren Platz in der Geschichte unseres Landes haben werden. Seid versichert, daß ich es nie vergessen werde, aber seid auch versichert, daß es im Sinne Jeannes ist, wenn ihr Märtyrertod dazu beitragen kann, unser Land endlich zu einen.«

Der ältere Mann senkte den Kopf, widerwillig einsehend, daß sie recht hatte und müde von dem Ritt, der hinter ihm lag.

»Es hat lange gedauert, bis Euch mein Ruf erreicht hat, Graf de Mesnières«, fuhr Jolande fort, in dem Moment, als die Dame de Gennes mit dem dampfenden Krug Wein eintrat und einen Silberpokal vollgoß.

»Seid bedankt«, murmelte der Gast, und wieder konnte er nicht verhindern, daß sein Blick intensiv auf der jungen Frau ruhte, die ihm Gastfreundschaft erwies. Sie hatte etwas an sich, was seine Aufmerksamkeit fesselte, obwohl er nicht genau sagen konnte, weshalb.

Sie war nach der burgundischen Mode gekleidet, die alle Edeldamen bevorzugten, egal ob sie nun in Bourges, Dijon, Paris oder Angers vor dem Spiegel saßen. Eng schmiegte sich die spitz ausgeschnittene Seidenrobe an den Oberkörper und fiel unter dem handbreiten, goldgewirkten Gürtel in üppigen Falten bis zum Boden, wo sie in einer kleinen Schleppe endete. Goldstickereien zierten auch den Saum und das Mieder. Eine kleine modische Haube aus Goldspitze verdeckte die hochgesteckten Haare, deren Farbe er gerne gesehen hätte. Ebenso wie die der züchtig niedergeschlagenen Augen, deren dichter, dunkler Wimpernkranz zitternde Schatten auf ihre zarten Wangen warf.

Ihr Gesicht war ihm gleichzeitig fremd und doch eigenartig vertraut. Die kleine gerade Nase, das stolze Kinn und die vollendet geschwungenen Lippen weckten eine Erinnerung in ihm, die ihn verblüffte und fast ein wenig verlegen machte. Es fehlte nicht viel, und er hätte sich vor der hohen Dame zum Narren gemacht, indem er diesem jungen Ding sagte, wie wunderschön er es fand.

Alison fühlte den Blick des Besuchers, dem sie bis zu diesem Moment nur flüchtige Aufmerksamkeit gegönnt hatte. Seit sie unter der strengen Oberaufsicht eines Benediktinermönches in die Kunst des Lesens und Schreibens eingeführt wurde, versäumte die Königin nicht, sie dies auch endlos üben zu lassen. Dankbar für die kleine Pause war Alison vorhin hinausgelaufen, ohne den Mann zu beachten, dem ihre Herrin soviel Freundlichkeit schenkte.

Nun holte sie das Versäumte nach, und der Schock, der sie traf, war so heftig, daß plötzlich alles Blut aus ihrem Gesicht wich. Sie kannte ihn! Nicht seinen Namen, aber sein Gesicht! Heilige Mutter Gottes, würde sie denn nie Frieden finden? Seit sie in Angers lebte, hatte sie keine Träume und Visionen mehr gehabt.

Und sie war dankbar dafür gewesen, denn es hatte ihr eine Ruhe geschenkt, die sie bitter nötig gehabt hatte, Zeit, ihre Gefühle zu ordnen und mit ihrem Schmerz fertig zu werden. Doch mit diesem Besucher hatte sich alles geändert. Anscheinend sollte sie auch in Angers keine Ruhe vor der Vergangenheit finden!

»Was fehlt Euch?« Der Graf beugte sich vor und suchte Alisons Blick. »Ihr seht aus, als hättet Ihr ein Phantom erblickt!«

Sie wagte nicht, in das Antlitz mit der schwarzen Augenklappe zu sehen. Sie verschlang nervös die Finger ineinander, und dabei bemerkte der Graf den flammenden königlichen Saphir an ihrer Rechten. Es war das einzige Schmuckstück, das sie trug, wenn man von der bescheidenen Goldkette absah, deren Anhänger in ihrem Mieder verborgen lag.

»Es ist nichts«, murmelte sie rauh. »Verzeiht. Wollt Ihr noch Wein?«

Keinem von beiden fiel auf, daß Jolande von Aragón sie beobachtete, als führten sie ein Theaterstück auf, dessen einzige Zuschauerin sie war. Sie stand neben dem Kamin und wartete geduldig, von dem Drama gefesselt, daß sie ausgelöst hatte, ohne sein Ende zu kennen.

Aber nun tat Alison doch das, was sie nicht hatte tun wollen: Sie schaute den Fremden an, der sie mit seltsamer Eindringlichkeit betrachtete.

»Habt Ihr noch Schmerzen?« murmelte sie, von ihrer eigenen Frage überrascht, und streckte die Hand nach ihm aus, damit er sie ergreifen konnte.

»Nein.« Er schüttelte den Kopf und umfaßte ihre zitternden, eiskalten Finger. »Ich hatte einen guten Arzt in Compiègne. Ich muß dankbar sein, daß ich wenigstens das eine Auge behalten habe. Es wäre mir arg gewesen, meinen Enkel nicht sehen zu können. Wer seid Ihr? Ihr scheint mich zu kennen, und ich weiß nicht woher. Ich müßte es doch wissen, wenn wir uns schon einmal begegnet wären. Und ungeachtet dessen… verzeiht meine Aufdringlichkeit…«

»Ihr seid nicht aufdringlich«, erwiderte Alison und legte unwillkürlich die andere Hand an ihr Mieder, dort, wo sich das alte Medaillon gegen ihre Haut drückte. »Ihr seid gütig und stark, jemand hat Euch Böses getan, aber Ihr habt den Dämon besiegt und Euren Frieden gefunden. Ich wünschte, Ihr könntet mir sagen, wie man das macht – Frieden finden.«

»Zum Donner, woher wißt Ihr das alles?« polterte der Graf, der seine Verlegenheit zu verbergen versuchte. Die eigenartige Anziehungskraft, die diese fremde Ehrendame auf ihn ausübte, war ihm nachgerade unheimlich. »Wer seid Ihr, woher kommt Ihr?«

»Ihr sprecht mit einem geschätzten Mitglied meines Haushaltes«, antwortete die Königin für Alison, die stumm blieb. »Dame Alison de Gennes hat lange Jahre in Paris gelebt und davor im Norden. In der Gegend von Azincourt, soweit ich weiß. Erinnere ich mich richtig, daß Eure Familie dort große Güter besaß, ehe Ihr Euch nach Eurer Rückkehr aus der Gefangenschaft der Engländer in Bourges etabliert habt, lieber Graf?«

»Alison?« Der Name lieferte das letzte Mosaikstück für ein Bild, das sich nun wie von selbst vor den Augen des Grafen zusammensetzte.

Nein, sie hatte nicht jene frappante Ähnlichkeit mit Melisande, wie Nadine. Bei ihr lag die Übereinstimmung in der Gestik, in der Tonfärbung der Stimme, der Art, sich zu bewegen und den Kopf zur Seite zu legen. Melisande hatte dieselbe Eleganz der Haltung besessen, jenen intensiven Blick, der einen Mann zum Narren oder zum Helden machen konnte, wenn er sich in das Abenteuer stürzte, ihr zu gefallen.

»Das ist nicht möglich...«, murmelte er heiser und ließ so plötzlich ihre Hand fallen, als hätte sich der Saphir in ein glühendes Stück Kohle verwandelt.

»Meine liebe Alison, darf ich Euch seine Gnaden den Grafen von Mesnières vorstellen, Seigneur Richard de St. Doye. Feldhauptmann seiner Majestät des Königs von Frankreich und Gatte der leider viel zu früh verstorbenen Dame Melisande de Guînes«, sagte die Königin mit ihrer volltönenden Stimme.

Die junge Frau war zurückgewichen, bis sie mit dem Rücken gegen das Schreibpult stieß. Die Feder fiel zu Boden, aber niemand achtete darauf. Unwillkürlich hatte sie die Hand vor den Mund geschlagen.

»St. Doye?« sagte sie endlich. »Wer um alles in der Welt ist dann Guy de St. Doye?«

»Mein schurkischer Bruder«, erklärte der Graf von Mesnières gallig. »Von dem wir alle annahmen, er sei ums Leben gekommen, als vor zwei Jahren unser Haus in Bourges abbrannte. Leider scheint es ihm gelungen zu sein, sich bei seinem Freund La Trémoille in Sicherheit zu bringen. Dabei hätte er den Tod weiß Gott doppelt und dreifach verdient.«

»Und wer bin ich? Könnt Ihr mir das sagen?« Endlich wagte es Alison, die Frage auszusprechen, die sie ihr ganzes Leben gequält und auf die sie bisher noch nie eine befriedigende Antwort bekommen hatte.

Richard St. Doye erhob sich und trat ein wenig schwerfällig vor die schöne, elegante Hofdame, die ihn aus weit aufgerissenen grünen Augen anblickte. Ein tiefer Atemzug weitete seine Brust.

»Wenn Ihr auf Eurem linken Schulterblatt ein Muttermal tragt, das die Form eines kleinen, mehrzackigen Sterns hat, dann kann kein Zweifel daran bestehen, daß Ihr die hochwohlgeborene Alison Genevieve Marie de St. Doye, Comtesse von Mesnière und die zweite Tochter seid, die mir meine geliebte Gattin Melisande de Guînes am 1. Mai des Jahres 1412 geschenkt hat.«

Unwillkürlich hatte Alison ihre Schulter berührt. ›Hexenmal‹ hatte La Trisanne diesen kleinen Stern genannt, und Francis Windhurst hatte ihn zärtlich geküßt. War sie vorher totenblaß gewesen, so überzog sich jetzt ihr Gesicht mit flammender Röte. Als sie die Hand sinken ließ, streifte sie die Glieder der goldenen Kette. Sie stutzte, dann streifte sie schnell die Kette ab und hielt dem Grafen das Medaillon hin.

Ein Laut, halb Schluchzen und halb Stöhnen kam über die Lippen des Mannes, als er es erkannte. Er zog Alison an seine Brust und schloß die Arme um die bebende, zierliche Gestalt, die nach Minze und Maiglöckchen duftete.

Nicht einmal die Königin wagte diesen zärtlichen Moment zu stören, in dem die beiden kein Wort sagten und nur aneinandergeklammert dastanden. Alison erinnerte sich als erste daran, daß sie nicht allein waren. Sie befreite sich widerstrebend aus der Umarmung, blieb aber an der Seite ihres Vaters und sah Jolande von Aragón mit einer deutlichen Mischung aus Vorwurf und Verblüffung an.

»Ihr wußtet es?«

»Ich ahnte es«, korrigierte die Königin sanft und setzte sich auf den gepolsterten Ebenholzsessel vor dem Kamin. »Ich kenne den Hof meiner Tochter, und ich hatte das zweifelhafte Vergnügen, den Intimus des Seigneur de la Trémoille kennenzulernen, von dem auch ich dachte, er sei tot, bis Ihr mir das Gegenteil versichert habt. Im Gegensatz zu ihm schätze ich seinen Bruder, den Grafen von Mesnières, in seiner Eigenschaft als Krieger und Feldhauptmann sehr. Bis Ihr hierherkamt, hatte ich allerdings keine Ahnung von seinem persönlichen Schicksal. Ich sandte nach dem Grafen, nachdem Ihr mir berichtet hattet, was Ihr wißt, mein Kind, aber es hat lange gedauert, ehe dieser ehrenwerte Seigneur meinem Ruf gefolgt ist.«

»Ich bin gekommen, sobald ich in Bourges Eure Nachricht fand«, verteidigte sich der Graf. »Das war vor drei Tagen. Bis dahin befand ich mich auf Harigny…«

»Bei Colin d'Harigny?« forschte die Königin und verbarg ihre Neugier über diese ungewöhnliche Freundschaft nicht.

»In der Tat, er ist mein Schwiegersohn«, verkündete der Graf mit einem gewissen Stolz in der Stimme. »Meine älteste Tochter und er haben im belagerten Compiégne geheiratet, und Nadine hat vor wenigen Wochen einem gesunden Jungen das Leben geschenkt.«

»Eine weitere Eurer Töchter lebt?« Dieses Mal war es die Königin, die ihr Erstaunen nicht länger verbergen konnte, während Alison lächelte. Das Bild der schönen Edeldame und des schwarzen Ritters hatte nun auch seinen ihm zustehenden Platz gefunden.

»Wahrhaftig, mir scheint, ich werde mir Zeit nehmen müssen, auch diese Geschichte zu hören.« Jolande von Aragón lehnte sich entspannt zurück, aber in diesem Moment trat ein Bote ein, dessen staubigem Wams man den Gewaltritt ansah. Er beugte vor der Königin das Knie.

»Die Herzogin von Bedford ist verstorben, Majestät«, berichtete er. »In den Morgenstunden des vergangenen Sonntages hat sie die letzte Ölung erhalten und die Augen für immer geschlossen.«

Alison stieß einen leisen Laut des Erschreckens aus. Anne von Burgund tot! Sie hörte nur am Rande, wie die Königin nach weiteren Einzelheiten fragte und den Boten schließlich wieder fortschickte.

Jolande bekreuzigte sich. »Armes Ding! Damit ist die letzte Stimme der Mäßigung in der Umgebung des Lancaster verschwunden«, stellte sie dann fest. »Wir können nur hoffen, daß es uns gelungen ist, den Frieden so weit zu sichern, daß ihr Tod dies nicht mehr ändern kann. Arme, kleine Anne. Sie war ein so bezauberndes, lebendiges und lebensfrohes Mädchen...«

Alison erinnerte sich an die kranke, nach Atem ringende Herzogin, die nur noch ein Schatten ihrer selbst gewesen war. Sie wußte, daß Anne von Burgund ihren Tod als Erlösung betrachtet hatte. Wer sich wohl in ihren letzten Stunden um sie gekümmert hatte? Hoffentlich nicht die eitle, rücksichtslose Lady Marsh. Was geschah nun mit all den Damen und ihren Ämtern? Würde der Herzog sich eine neue Gattin suchen?

»Wir werden Messen für sie lesen lassen und sie in unsere Gebete einschließen«, verkündete die Königin und wandte sich pflichtbewußt wieder der Politik zu. »Meinen Schreiber, Dame Alison, und gebt in der Wachstube Bescheid, daß ich in einer Stunde drei der schnellsten Boten zur Abreise bereit haben möchte. Danach seid Ihr für heute von Euren Diensten entlassen, um Euch um das Wohl Eures Vaters zu kümmern. Aber irgendwann werdet Ihr mir die Geschichte Eurer Schwester erzählen müssen!«

Es war nicht der passende Zeitpunkt für rührende Familienangelegenheiten, die Fürstin beeilte sich, die Lage zu analysieren, die nach dem Tod der Herzogin entstanden war. Sie hatte in einem sehr gefährlichen Moment eine wichtige Verbündete verloren.

Das Gutshaus, welches das kleine Dorf Gennes an der Loire beherrschte, war eine gelungene Mischung aus Bauernhof und Burg. Es lag einen halben Tagesritt von Angers entfernt, und der große steinerne Wachturm bot einen hervorragenden Beobachtungsposten flußab- und flußaufwärts. Der Trupp Bewaffneter, den Jolande der jungen Frau zum Schutz ihrer Ländereien zugestand, hatte sich bestens dort eingelebt.

Alison selbst zog die weißgekalkte Meierei als Wohnsitz vor. Eine warme Mahlzeit und ein gemütlich prasselndes Feuer empfingen sie dort, als sie mit ihrem Vater eintraf. Daß sie mit sicherem Instinkt den bulligen Pierrot und seine dürre Magdalene als Verwalterpaar ausgesucht hatte, dankten ihr beide mit größtem Fleiß und ergebener Anhänglichkeit. Alison fiel es noch immer schwer zu begreifen, daß sie ihre Herrin war, aber es erfüllte sie auch mit Stolz, ihrem

Vater diese kleine, wohlgeordnete Welt vorzuführen. Die Königin hatte sie gnädig beurlaubt, und der Graf von Mesnières war nur zu gern bereit gewesen, sie hierher zu begleiten.

Voller Erstaunen mußte Richard St. Doye erkennen, daß Alison kein schutzbedürftiges, armes Mädchen war, sondern eine unabhängige, seltsam reife Frau. Im Gegensatz zu Nadine besaß sie eine spürbare Härte, die sie allerdings in erster Linie gegen sich selbst einsetzte. Sie schien unter ständiger Anspannung zu stehen und es sich nicht zu erlauben, auch nur den kleinsten Fehler zu machen.

Es dauerte ein paar Tage, bis er sie endlich dazu gebracht hatte, ihm von dem Leben zu erzählen, das sie geführt hatte, ehe die Königin sie unter ihre Fittiche nahm. Freilich mutete ihn der Bericht auch dann noch nach einer sorgfältig zensierten Fassung an, die vieles wegließ und nur weniges ausführlich erklärte. Was verbarg sich hinter dieser glatten, ungerührten Stirn und den kühlen grünen Augen? Nadine hätte es vielleicht in Erfahrung bringen können, aber seine eigenen Mittel versagten. Er wollte sie so gerne vorbehaltlos lieben, und es machte ihn traurig, daß sie sich selbst so wenig schätzte.

Alison wußte, daß sie ihm Rätsel aufgab, aber nur so war es ihr möglich, halbwegs gelassen zu wirken und die Fassade aufrechtzuerhalten. Sie hätte ihm sagen können, daß sie im Grunde das gleiche tat wie er. Daß sie ihm ähnlicher war, als sie gedacht hatte. Auch er versteckte schamhaft die Narben seiner Wunden und den Kummer über die Fehler, die er gemacht hatte, unter einer gewissen steifen Würde.

Niemand konnte ihm die Erkenntnis abnehmen, daß er einen guten Teil Schuld an dem Drama trug, das sich vor so vielen Jahren auf Burg Mesnières ereignet und seine Familie zerstört hatte. Nur einmal sprach er davon, als sie vor dem flackernden Feuer saßen, während alle anderen längst zu Bett gegangen waren.

»Deine Mutter verabscheute meinen Bruder und seine Frau. Sie bat mich um getrennte Haushalte und flehte mich bei jedem Wiedersehen an, sie von ihm zu befreien. Ich hielt es für die übermäßige Empfindsamkeit einer Schwangeren. Ich wäre nie auf die Idee gekommen, daß er sich ihr nähern würde. Hätte ich auf sie gehört, wäre sie vielleicht noch am Leben, und deine Schwestern ebenfalls. Ich habe ja nicht einmal all die Jahre später auf Nadine gehört, die sich vor Guy und seinen Machenschaften fürchtete. Sie hat fast ihr Leben verlieren müssen, ehe ich endlich glaubte, daß mein eigener Bruder soviel Schlechtigkeit und Neid in sich trägt.«

»Niemand kann gegen sein Schicksal handeln«, erwiderte Alison und starrte gedankenverloren in die Flammen. »Aber ladet Euch nicht zuviel Schuld auf. Unsere Mutter ist tot, aber alle Eure Töchter leben…«

»Wie meinst du das?« fuhr er auf. »Woher willst du das wissen?«

Alison spielte abwesend mit dem Zopf, zu dem sie ihre ungebärdigen Locken gezwungen hatte und der ihr wie einem Bauernmädchen nach vorne über die Schulte fiel.

»Ich wollte es Euch schon lange sagen.« Sie seufzte und entschloß sich zögernd, sein Vertrauen zu erwidern. »Es gibt noch etwas, was Ihr über mich erfahren solltet. Deswegen habe ich Euch auch sofort erkannt. Manchmal sehe ich Dinge in den Flammen, die geschehen sind oder geschehen werden. Visionen, Gestalten, Ereignisse. Haltet mich nicht für verrückt oder für närrisch, aber… ich kann es nicht anders erklären. Es kommt über mich wie ein Traum. Wie eine fremde Macht, und ich kann es weder beeinflussen noch herbeirufen oder verhindern. Es ist in mir…«

Der Graf wußte nicht recht, was er davon halten sollte, und in einer Mischung aus Sorge und Unbehagen sah er das junge Mädchen an, das, in einen einfachen dunklen Rock und eine helle, ungefärbte Leinenbluse gekleidet, mit angezogenen Beinen in einem gepolsterten Stuhl saß. Alison spürte seinen Blick und schenkte ihm ein zärtliches, verständnisvolles Lächeln.

»Keine Angst, ich habe es niemandem gesagt. Ich verspüre kein Verlangen danach, als Hexe betrachtet zu werden. Nur Ihr wißt es… Aber, glaubt mir: Auch meine anderen Schwestern leben, und wir werden zueinanderfinden. Es muß sein, denn nur gemeinsam können wir den Mörder unserer Mutter vernichten. Wenn wir alle zusammenstehen, ist er uns nicht gewachsen.«

»Alison, ich bitte dich! Sag nicht solche Sachen.« Richard de St. Doye beugte sich alarmiert zu ihr hinüber. »Rache ist eine Männerangelegenheit. Du kannst sicher sein, daß Guy seiner gerechten Strafe nicht entgehen wird, wenn der Kanzler stürzt. Colin d'Harigny und ich warten nur auf diesen Moment.« Die junge Frau ersparte sich den Widerspruch. Sie wußte es besser. Nicht die Männer, die Frauen dieser Familie würden Melisande de Guînes rächen! Sie sah die geschlossene Reihe der vier Schwestern förmlich vor sich, an denen Guy de St. Doye letztendlich scheitern würde. Melisandes Töchter. Ihre gemeinsame Macht würde ihn zerstören. Aber noch war die Zeit nicht reif dafür. Der Graf betrachtete ihr Profil. Alison hatte mit ihrem Geständnis das Rätsel um ihre Person vertieft, statt es zu lösen. War es diese Gabe, die sie ihm so fremd machte, oder hütete sie noch ein anderes, noch komplizierteres Geheimnis?

## 19. Kapitel

»Man hätte Euch zur Maikönigin küren sollen, Dame Alison«, schmeichelte der Seigneur de Brosse und konnte den Blick nicht von dem großzügigen Dekolleté der kostbar gekleideten jungen Frau nehmen. In der Vertiefung zwischen den makellosen Brüsten schimmerte ein taubeneigroßer Saphir, der von Perlen eingefaßt an einer zarten Goldkette hing.

Der Graf von Mesnières hatte seiner Tochter dieses unerwartete Geburtstagsgeschenk am Morgen des ersten Mai überreicht. Alison hatte sich über diese allererste Geburtstagsgabe ihres Lebens mehr gefreut als über den unbestreitbaren Wert des Juwels, das so hervorragend zum Ring der Königin paßte. Es war ein eigenartiges Gefühl, genau zu wissen, daß an diesem Tage ihre Geburt zwanzig Jahre zurücklag. Bisher hatte sie nie gewußt, wann sie ihren Jahrestag feiern sollte. Und bisher hatte es allerdings auch nie einen Grund gegeben, dieses Ereignis zu feiern.

Alison fragte sich ungeduldig, ob de Brosse wohl gerade den Preis dieses Schmuckstücks ausrechnete oder ob er darüber nachgrübelte, wie das Dekolleté weiterging?

Sicher war nur, daß sein Gesichtsausdruck seltsam begierig wirkte und seine Aufmerksamkeit ihr nachgerade lästig zu werden begann. Zu dem glanzvollen Empfang, zu dem Königin Jolande anläßlich des Maifestes geladen hatte und der nach der heiligen Messe stattfand, hatten sich die Mächtigen mehrere Königreiche in der Burg von Angers versammelt. Anschließend sollten ein Bankett und ein Ball stattfinden.

Eine Gesandtschaft des französischen Königs war aus Bourges gekommen, eine weitere vom burgundischen Hof aus Dijon, und natürlich gab es auch eine aus der Provence, der Heimat der Königin. Die dunklen, braungebrannten Männer, die fast wie Mauren wirkten, waren aus Sizilien und Neapel angereist, und Alison schwirrte schnell der Kopf vor all den Namen und Gesichtern. Sie umklammerte mit der linken ihre rechte Hand, die den Ring der Königin trug, so als könne sie sich daran aufrecht halten. Es war zu einer vertrauten Geste geworden, die ihr nicht einmal mehr zu Bewußtsein kam.

»Ihr entschuldigt, de Brosse! Aber ich hätte gerne ein Wort mit Dame Alison gesprochen...«

Die Königin selbst erlöste Alison aus ihrer peinlichen Lage, und die junge Frau sank in eine respektvolle Reverenz. Sie war erst vor zwei Tagen aus Gennes an den Hof zurückgekehrt, und sie war überrascht gewesen, ihn so vollgestopft wie einen prachtvollen Hühnerhof zu finden. Sie hatte sogar Mühe gehabt, das eigene Quartier zu beziehen, in dem sich gerade ein paar französische Ritter breit machen wollten.

De Brosse riß sich gezwungenermaßen von Alisons Busen los und zog sich nach einem letzten bedauernden Blick zurück.

»Wie Ihr wißt, komme ich nicht umhin, auch die burgundische Gesandtschaft in Ehren zu empfangen, obwohl Herzog Philippe noch immer meinen Sohn in Dijon gefangen hält!« sagte die Königin leise, während sie die junge Frau in eine Fensternische zog, wo sie ungestört waren.

»Man hat mir jedoch zu verstehen gegeben, daß einer der Männer auf unserer Seite ist und mir ein Schreiben meines Sohnes bringt. Vielleicht zählt dieser Unbekannte ja auch zu den Vertrauten der verstorbenen Herzogin, und Ihr kennt ihn. Bleibt beim Empfang an meiner Seite, dann könnt Ihr die Mitglieder der Gesandtschaft unauffällig prüfen und mir ein Zeichen geben.«

Die junge Frau gehorchte, und ihre faszinierende Erscheinung im silbernen, perlenbestickten Hofkostüm zog ebenso viele neugierige Blicke auf sich wie die der imposanten Königin in schwarzem Brokat und wallendem dunklen Musselin. Einmal mehr hatte Alison auf die schweren Hauben oder den schwierig zu balancierenden spitzen Hennin verzichtet. Ein fein geknüpftes Silbernetz bändigte ihre Haare, nur ein paar zart herausgezupfte Löckchen an Stirn und Schläfe ließen ahnen, wie ungebärdig die ganze Pracht sein konnte. Die tüchtige Zofe, die ihr Madame Chamat besorgt hatte, erreichte zwar nicht Hélies Qualitäten, aber sie verstand ihr Handwerk zur beiderseitigen Zufriedenheit.

Die burgundische Gesandtschaft überbrachte die Aufmerksamkeiten des Herzogs. Philippe von Burgund wußte, daß die wahre Politik Frankreichs von dieser Frau gemacht wurde, die ihren wankelmütigen Schwiegersohn beeinflussen konnte und von der man sagte, daß selbst die Geliebte, die ihn umgarnte, von ihr ausgesucht worden sei. Um so wichtiger war es dem Herzog in seinem Spiel, die Königin bei Laune und die Mutter in Sorge zu halten.

Philippe de Trenant, der die Gruppe anführte, erahnte die Pläne seines Herrn, aber er beging auch nicht den Fehler, die Königin zu unterschätzen. Doch er fühlte sich ein wenig abgelenkt von der blendenden Schönheit, mit deren Anwesenheit sich die achtunggebietende Witwe bei diesem Empfang schmückte. Außerdem irritierte es ihn, daß diese silberne Göttin über seinen Kopf hinweg jemanden mit größter Eindringlichkeit zu mustern schien. Da er Jolande von Aragón nicht brüskieren durfte, indem er sich umdrehte, machte ihn das Ganze so nervös, daß es ihm an der üblichen Brillanz seines Vortrags fehlte.

Er erkannte es am kaum merklichen Heben der Brauen und dem maliziösen Lächeln, das um die Mundwinkel der Königin spielte. Er wäre jede Wette eingegangen, daß sie diese Dame mit voller Absicht neben sich plaziert hatte. Sie zog die Audienz zudem in die Länge, indem sie ihn dazu zwang, über die Verdienste der verstorbenen Herzogin von Bedford zu plaudern, und selber Vermutungen darüber äußerte, welche noble Dame Bedford an ihre Stelle zu setzen gedachte.

Alison hingegen vernahm nicht eines der Worte, die gewechselt wurden. Seit sie Lord Francis Windhurst in der Gruppe entdeckt hatte, schien alles Leben aus ihr gewichen zu sein. Er war schmaler, als sie ihn in Erinnerung hatte, aber er schien den heimtückischen Giftanschlag ohne sichtbare Folgen überstanden zu haben. In ein makelloses Hofkostüm aus hellstem blauem Samt gekleidet, die blonden Haare glatt aus der Stirn gekämmt, das Gesicht ausdruckslos, erschien er ihr wie ein rächender Erzengel, der jeden Moment sein Flammenschwert zücken würde, um sie zu vernichten.

Windhurst zog jedoch nicht nur Alisons Aufmerksamkeit auf sich. Seine raubtierhafte Eleganz, seine stolze Haltung und sein gutes Aussehen fanden das Interesse der Damen. Selbst die Königin wandte sich ihm prüfend zu. Als er sich zum Gehen wandte, weil die Gesandtschaft der nächsten Platz machte, erwachte Alison wie aus einem Traum. Wie um alles in der Welt kam ein englischer Lord mitten unter die burgundische Gesandtschaft? Burgund hatte sich von England abgewandt und seinen Frieden mit Frankreich gemacht; was also hatte seine Anwesenheit in Angers zu bedeuten?

Alison erfuhr es, als sie die Königin zwischen Empfang und Bankett in deren Arbeitskabinett begleitete. Wie üblich kam Jolande sofort zur Sache.

»Lord Windhurst, nicht wahr? Er ist der Mann, den Ihr kennt«, stellte die Königin fest. »Ihr habt ihn betrachtet wie das Kaninchen die Schlange. Er war also der geheimnisvolle Edelmann, der Anne als Kurier und Spion zugleich diente. Es wird interessant sein zu hören, was er zu sagen hat. Ich habe ihm eine Privataudienz genehmigt, und er wird jeden Moment hier sein.«

Das erlesen eingerichtete Gemach drehte sich vor Alisons Augen, die ohnehin noch mit den Folgen des ersten Schocks kämpfte.

Sie mußte sich am Kaminsims festhalten, aber sie ließ nicht zu, daß ihre Schwäche sie überwältigte.

»Befreit mich von meiner Anwesenheit bei dieser Audienz, Majestät«, bat sie leise und wich dem fragenden Blick der Monarchin aus.

»Ihr wollt ihm nicht begegnen? Weshalb habt Ihr ihn dann mit den Augen verschlungen?«

Es war nicht leicht, einer Frau mit so scharfem Verstand und einer solchen Beobachtungsgabe etwas vorzuspielen. Alison sah sich gezwungen, die Wahrheit zu sagen – zumindest einen Teil davon. Doch der Tonfall ihrer Stimme verriet, was sie mit Worten nicht aussprach.

»Er denkt, ich hätte ihn verraten, vergiftet und dem Tod überlassen. Er glaubt, daß ich gemeinsame Sache mit Guy de St. Doye gemacht habe. Er hat geschworen, mich zu erwürgen, wenn ich ihm noch einmal begegne. Er ist ein Mann von so reizbarem Temperament, daß ich fürchte, er wird diesen Schwur in die Tat umsetzen, ehe ich mich vor ihm schützen kann.«

»Unsinn«, meinte die Königin schroff. »Ihr habt ihm das Leben gerettet. Wollt Ihr damit sagen, daß er das nicht weiß?«

»Selbst wenn er es wüßte, würde es ihn nicht kümmern«, flüsterte Alison. »Ihr habt sicher bemerkt, wie er mich angeschaut hat.«

Die Königin sah sie prüfend an, registrierte den Schmerz in Alisons Augen, aber auch die stolze, gefaßte Haltung, die sie zu bewahren suchte.

Jolande traf einen schnellen Entschluß, denn die Zeit drängte. Sie trat zu einem Gobelin neben dem Kamin und schlug den Teppich zurück. Eine schmale Holztür kam zum Vorschein.

»Wartet in diesem Kabinett, wenn Ihr ihm nicht persönlich begegnen wollt. So könnt Ihr hören, was gesprochen wird, werdet aber nicht gesehen.«

Die Wache, die Name und Begehr des Besuchers meldete, sorgte dafür, daß Alison wie ein silberner Blitz hinter dem Wandteppich verschwand und die Tür hinter sich zuzog. Sie holte ein paarmal tief Luft, dann erst schaute sie sich um. Das winzige holzgetäfelte Gemach enthielt nur eine gepolsterte Bank, einen Betstuhl, ein Kruzifix und einen kleinen Tisch, auf dem ein Krug mit Wasser und ein Becher standen.

Alisons Knie zitterten so sehr, daß sie sich setzen mußte. Aus dem Arbeitskabinett kam kein Laut. Was geschah dort?

Jolande hatte ihrem Besucher die Hand zum Kuß gereicht und blickte nun mit gerunzelter Stirn auf den goldblonden Kopf herab.

Doch dann horchte Alison auf.

»Windhurst? Wollt Ihr mich zum Narren halten?« begann die Königin. »Ihr seid ein Lassay! Ich habe Euren Vater zu gut gekannt, um an der Nase herumgeführt zu werden. Der blonde Page des Herzogs von Burgund, des stolzen Jean sans Peur, nicht wahr? Was ist mit Euren Brüdern passiert?«

»Sie sind tot, Majestät. Sie sind zusammen mit meinem Vater in der Schlacht von Azincourt gefallen«, antwortete der junge Mann ruhig.

»Und Ihr?«

Alison spürte mit all ihren Sinnen, daß ihm dieses Gespräch Unbehagen bereitete, er sich aber dennoch gezwungen sah, der Königin zu antworten. Und daß er einen großen Teil seiner Energie darauf verwandte, die Tatsache zu ignorieren, daß sie sich an diesem Hof und unter demselben Dach wie er befand.

»Ich geriet in Gefangenschaft, als ich versuchte, ihre Leichen zu finden, damit sie ein christliches Begräbnis bekämen«, antwortete er knapp. »Niemand machte sich die Mühe, das Lösegeld für einen kleinen, unwichtigen Pagen aufzubringen.«

»Ihr dachtet, man hätte Euch vergessen, und das habt Ihr nie verziehen«, erwiderte die Königin hellsichtig. »Wer war Lord Windhurst?«

»Ein Sekretär im Hause des Herzogs von Bedford. Er fand Gefallen an mir und nahm mich zu sich. Nach meinen Wünschen hat niemand gefragt. Er fügte meiner Erziehung einiges hinzu, und nach seinem Tod übernahm ich seine Stellung, bis ich dem Haushalt der neuen Herzogin zugeteilt wurde. Von ihr erfuhr ich erst, daß meine Großmutter unseren gesamten Besitz verkauft hat, um mich zu retten. Der Herzog von Bedford hatte das Gold behalten und ihr dafür die Nachricht von meinem angeblichen Tod gesandt. Meine Großmutter begegnete Dame Anne erst wieder, als diese nach Paris kam und sie dadurch zum ersten Mal die Möglichkeit bekam, persönlich im Hause der Lancasters Fragen nach einem kleinen Pagen zu stellen, der unter der Obhut Bedfords gestorben sein sollte.«

»So wußte also nur Anne, die Tochter Johanns, wer Francis Windhurst in Wirklichkeit war«, meinte die Königin. »Johann Ohnefurcht hat Euch geliebt wie einen Sohn, und hätte nicht die frappante Ähnlichkeit mit Eurem Vater das Gegenteil bewiesen, hätte es manch ein Gerücht deswegen gegeben. Ihr habt Anne gekannt, als sie noch ein Kind war, und diese Kinderfreundschaft hat Euch zu ihrem Vertrauten gemacht!«

Jolande betrachtete den jungen Edelmann sehr lange und sehr nachdenklich, während dieser die Prüfung stumm und stolz über sich ergehen ließ.

Alison in ihrem Versteck hatte die Hand auf ihr wild klopfendes Herz gepreßt. Die Bitterkeit, der Zynismus und die Kälte, mit denen dieser Mann sein Schicksal schilderte, erklärten viel von seinem Verhalten. Der Herzog von Bedford hatte ihn in seiner üblichen rücksichtslosen Manier um seinen Namen, seine Zukunft und seine Vergangenheit betrogen. Er hatte seine Talente ausgebeutet, ohne sich um die Folgen zu scheren. Er hatte ihn behandelt wie eine Kriegsbeute und nicht wie einen Menschen, und über die Rolle, die sein Ziehvater Lord Windhurst gespielt hatte, wollte sie lieber nicht näher nachdenken.

Der Page hatte all dies überlebt, war zum Mann geworden, aber ein Mann von unglaublicher Härte, der jedes sanftere Gefühl, jedes Nachgeben ausschloß. Einzig für Dame

Eleanor, seine Großmutter, empfand er Liebe. Für andere Frauen zeigte er nur Begehren, den gesunden Appetit eines Mannes, der sich an einem schönen Körper erfreut, aber keine Zuneigung, keine Vertrautheit, keine Zärtlichkeit kennt. Jetzt wußte sie, warum er nie wieder den Versuch gemacht hatte, sich ihr zu nähern. Er liebte sie nicht. Er konnte gar nicht lieben.

»Also der letzte der Lassays«, murmelte die Königin nachdenklich. »Michel de Lassay, wenn ich mich richtig erinnere!«

Michel, so hatte Dame Eleanor ihn immer genannt, wenn sie in großer Aufregung war. Alison schloß für einen Moment die Augen.

»Ich weiß nicht, ob ich überhaupt noch berechtigt bin, diesen Namen zu tragen«, sagte er provozierend gleichgültig. »Die Güter der Lassays sind verkauft, der Lehenseid erloschen, die Rechte vergessen.«

»Die hohe Dame antwortete nicht darauf, sondern stellte eine weitere Frage.

»Wie seid Ihr unter das Gefolge von Philippe de Trenant gekommen?« wollte sie wissen.

»Ich befand mich bei ihm, als die Nachricht vom Tod der Herzogin eintraf. Sie hatte mich mit einem letzten Auftrag nach Dijon entsandt, da wir beide der Meinung waren, es könne von Vorteil sein, wenn gewisse Herren zu der Ansicht kämen, daß ich einen Giftanschlag nicht überlebt hätte. Nach meinem angeblichen Tod ist St. Doye oder Bélin de Marsaque, wie er sich nennt, aus Paris verschwunden. Er fand es wohl ratsam, kein Risiko einzugehen, auch wenn meine Leiche nie gefunden wurde. Vermutlich hat er inzwischen beträchtliche Schwierigkeiten, seinem Herrn zu erklären, weshalb ihm das Schreiben, in dem Trémoille seine Pläne erläuterte und das nur dazu diente, den Herzog von Bedford zu ködern, abhanden gekommen ist. Der Sieur de Trenant befürwortet ebenfalls den Frieden mit Frankreich,

Ihr wißt es. Zum Zeichen seiner guten Absichten macht er mich zum Überbringer dieses Briefes…«

Alison bekam durch seine Worte bestätigt, was sie längst wußte. Guy de St. Doye war entkommen. Solange nicht alle Töchter Melisande de Guînes vereint waren, war er in Sicherheit. Aber nur bis dahin! Doch wenigstens schien es gelungen zu sein, St. Doyes Mission zu vereiteln und ihn bei seinem Herrn in Ungnade zu bringen.

Aber es gab noch eine Menge anderer Hindernisse, die dem Friedensschluß von Burgund und Frankreich im Wege standen. Zum Beispiel das tiefe Mißtrauen, das Philippe von Burgund einem König entgegenbrachte, von dem er annahm, daß jener den Tod Johann Ohnefurchts, seines Vaters, befohlen hatte. Er traute Jolandes Schwiegersohn nicht eine Handbreit über den Weg, und er benutze die Königin der vier Reiche, um sich zu vergewissern, daß dieses Mal kein Falsch und keine Hinterlist im Spiel war. Nur deswegen erreichte dieser Brief René du Bars seine Mutter, und nicht, weil er so nachlässig bewacht wurde, daß er Boten nach Angers schicken konnte.

Alison nahm an, daß die Königin das Schreiben überflog, denn es dauerte geraume Zeit, ehe sie sich wieder an ihren Besucher wandte.

»Tragt künftig wieder Euren Namen, Michel de Lassay!« sagte sie. »Windhurst paßt nicht zu Euch. Ich bin Euch zu großem Dank verpflichtet, dieser Nachricht wegen und wegen vieler anderer Dinge, die es uns ermöglichen werden, diesem armen, gequälten Land endlich Frieden schenken zu können. Wie sehen Eure Pläne für die Zukunft aus?«

»Ich werde mir einen Herren suchen müssen, der meinen Verstand und mein Schwert gleichermaßen schätzt«, hörte Alison die kühle, unbeteiligte Stimme antworten.

»Keine alten Verpflichtungen? Einzulösende Schwüre oder Bindungen an die Vergangenheit?« forschte die Königin hartnäckig.

»Nichts von Bedeutung!«

Alison zuckte zusammen, als wäre sie geschlagen worden. Nichts von Bedeutung, sah er sie so? Sie, die unter dieser Liebe litt wie ein verwundetes Tier? Die sogar in diesem Moment gegen die Versuchung kämpfen mußte, sich ihm zu Füßen zu werfen und um seine Verzeihung zu flehen?

»Euer Vater und Eure Brüder waren tapfere und stolze Männer, ich sehe, daß der Jüngste ihnen ähnlich ist. Wollt Ihr unter meine Ritter eintreten, Michel de Lassay? Wollt Ihr mir den Vasalleneid schwören und mir dienen, zum Wohle dieses Landes und der vier Königreiche meiner Krone?«

Alison biß sich auf die Unterlippe. Sie wußte nicht, was sie wünschen sollte: daß er dieses großherzige Angebot annahm oder daß er ablehnte. Sie wußte nur eines, für sie beide war an diesem Hofe kein Platz. Wenn er blieb, mußte sie gehen, wie sehr sie auch wünschte, der Königin weiterhin dienen zu können.

»Mein Schwert und meine Loyalität gehören Euch«, erwiderte Michel de Lassay. »Ich danke Euch für die Ehre, die Ihr mir erweist. Mein Leben ist hinfort das Eure…«

Einen Moment herrschte Schweigen, dann redete Jolande wieder. »Hier, bringt dem Konnetabel de Richemont diese Nachricht. Er ist gestern eingetroffen, und er wird Euch in Gnaden empfangen.«

Der große Feldherr des Königs von Frankreich, der Dorn im Fleisch des Herzogs von Bedford und erbitterter Widersacher der englischen Herrschaft zählte zu den engsten Vertrauten Jolandes. Alison wußte, daß die beiden bis spät in die Nacht im Kabinett nebenan debattiert und gearbeitet hatten. Wenn sie ihm einen Ritter empfahl, dann würde er ihn ohne Bedenken aufnehmen.

Sie war immer noch tief in ihre Gedanken versunken, als die Königin die Tür öffnete. »Nun, meine Kleine, wollt Ihr nicht wieder herauskommen? Der Seigneur ist gegangen.«

Alison erhob sich, schüttelte verlegen ihre kostbaren

Röcke aus und hob die kleine Schleppe an, damit sie nicht eingeklemmt wurde, wenn sie durch die schmale Pforte nach draußen schlüpfte. Sie mied den fragenden Blick der Königin, aber sie wußte, daß sie letztendlich nicht um die Wahrheit herumkommen würde. Geduldig wie eine Katze hatte Jolande darauf gewartet, daß die Maus sich von ganz allein in die Falle begab.

»Ich könnte mir kein schöneres Paar als Euch und Lassay vorstellen«, meinte sie prompt. »Aber so, wie es aussieht, ist auf beiden Seiten eine gute Portion Stolz zuviel im Spiel. Warum diese Abwehr, wenn Ihr doch ganz närrisch vor Liebe nach ihm seid?«

»Ihr habt ihn gesehen und mit ihm gesprochen«, entgegnete Alison. »Er besteht nur aus Stahl und Eis. Er kennt kein Mitleid, keine Zärtlichkeit, keine Milde. Er hat mich verurteilt, ohne mich anzuhören, und er hat es gern getan, denn so hat er in seinem verqueren Kopf einen Grund dafür gefunden, warum er mich nicht zu lieben braucht. Er hat danach gesucht, denn er will nicht zulassen, daß dieser Panzer, hinter dem er sein Herz verborgen hat, zerstört wird. Er würde mich lieber töten als lieben.«

»Keine Angst, er wird nicht wagen, Euch zu nahe zu treten«, versprach die Königin, und Alison preßte die Lippen zu einem schmalen Strich zusammen.

Francis Windhurst, Michel de Lassay oder wie immer er hieß, besaß die Macht, sie tödlich zu verletzen, ohne sie auch nur mit dem kleinen Finger zu berühren. Doch sie wußte, es war verschwendete Zeit, dies der Monarchin zu erklären. Sie würde Angers verlassen müssen, und nicht einmal die Königin würde etwas dagegen einwenden können, wenn sie, Alison, ihren Vater begleitete, um endlich jene ferne, verlorene Schwester kennenzulernen, von der sie vor so vielen Jahren getrennt worden war.

Doch erst einmal lag dieser lange, festliche Tag vor ihr. Das Bankett, der Ball, ihr Geburtstag. Sie durfte bei dem ersten großen offiziellen Ereignis, dem sie an der Seite ihres Vaters beiwohnte, keine plötzliche Schwäche zeigen.

Sie war inzwischen die Comtesse de Mesnières, Dame de Gennes und Ehrendame der Königin, eine Frau von bester Geburt, hohem Rang und Ansehen. Die Rote Alison, die auf der Pont Neuf aus der Hand gelesen und César le Noir an der Nase herumgeführt hatte, gehörte endgültig der Vergangenheit an. Niemand würde jemals wieder ihren Namen nennen. Nicht einmal Michel de Lassay.

## 20. Kapitel

Keines der Feste, die Alison im Haus des Herzogs von Bedford erlebt hatte, war in Pracht und Glanz mit dem Ereignis zu vergleichen, mit dem die Königin der vier Reiche den Frühling feierte und gleichzeitig ihre Macht und ihren Einfluß demonstrierte.

Es gab kunstvolle Marmorbrunnen, aus denen roter und weißer Wein floß, in den Sälen waren die Böden mit frischen Blüten bedeckt.

Dabei hatte sie schon beim Bankett ihr Staunen kaum verbergen können. Der Überfluß begann mit honiggetränktem Gewürzbrot, unzähligen geräucherten Schinken und Würsten, Salaten, Frikassees von Singvögeln und allerlei verschiedenen Pasteten. Danach folgten Aufläufe mit Kalb-, Schweine- und Hammelfleisch, Gemüse in Safran und Weinessig, und schließlich den großen Braten des Hauptganges, der alles andere noch übertraf.

Alison, die sich einen Teller mit ihrem Vater teilte, schaffte es nicht, von all den verschiedenen Gerichten aus feinstem Fleisch, von den Fischen und Meerestieren, dem Wild aus den Wäldern und den frischen Frühlingsgemüsen zu kosten. Zeit ihres Lebens daran gewöhnt, kaum genug zu essen zu haben, fiel es ihr schwer, sich diesem Überfluß hinzugeben. Und dann erst die Desserts! Verschiedene, hinreißend süße Konfitüren, eingelegte Früchte, Reisspeisen, Cremes und Gewürzmandeln. Zitronen und Orangen aus den südlichen Reichen der Königin, sowie so viele unterschiedliche Sorten Käse, daß sie es aufgab, sie zu zählen.

Die Stunden dieser üppigen Völlerei wurden von Musikanten und Gauklern verkürzt, von Magiern und Tänzerinnen. Vielleicht war es auch dieser Anblick, der Alison an ihr früheres Leben erinnerte. Es gab Jongleure und Zauberer, Männer mit dressierten Bären und dunkelhäutige Mädchen, die ihre grazilen Körper zu spanischer Musik bewegten.

Nur wenige der edlen Herrschaften schenkten ihnen überhaupt Aufmerksamkeit, und noch weniger warfen ihnen eine Münze zu, die meist sowieso unter den zertrampelten Blüten verschwand oder von einem flinken Pagen aufgefangen wurde, der seinem Herrn oder seiner Herrin aufwartete. Alison empfand die Enttäuschung der Gaukler mit, und sie wünschte ihnen von Herzen, daß sie sich später wenigstens an den Resten dieses gigantischen Mahles satt essen konnten.

Sie hatte ihren Blick ständig durch den riesigen Saal wandern lassen und sich immer wieder vergewissert, daß der Mann, den sie fürchtete, wirklich nicht an diesem Bankett teilnahm. Obwohl der Konnetabel und die Königin Seite an Seite an der Stirn der Tafel saßen, blieb Michel de Lassay verschwunden. Sie wußte, daß sie erleichtert darüber sein sollte, aber das Gegenteil war der Fall. Sie suchte ihn. Wo blieb er? Weshalb nahm er nicht an diesem Fest teil?

Die feierlichen Klänge eines spanischen Menuetts erklangen und eröffneten den Tanz. Ein wenig unbeholfen fand sich auch hier Arthur de Richemont an der Seite Jolandes, und es war ihm anzusehen, daß er lieber auf dem Schlachtfeld stand, als zu tanzen. Trotzdem entledigte er sich mit steifer Eleganz seiner Pflicht und gab den anderen Tänzern das Signal, sich ihm anzuschließen. Alison hatte sich in eine Fensternische des großen Saales geflüchtet, nachdem sie sich von ihrem Vater getrennt hatte, der das Gespräch mit Männern seines Alters suchte und mit ihnen Erinnerungen an Schlachten und Siege austauschte.

Sie verspürte keine Lust zu tanzen, und die Erregung, die sie seit Stunden zu unterdrücken versuchte, zerrte an ihren Nerven. Mit allen Fasern ihres Körpers spürte sie, daß sich etwas ereignen würde, daß sich eine bedrohliche Wolke über ihr zusammenzog.

»Schön und gefährlich, wie die Schlange des Paradieses. Ihr versteht es, einen Mann zu überraschen, Dame Alison. Ist es zuviel verlangt zu fragen, ob die Königin weiß, daß sie eine Giftmischerin an ihrem Hofe beherbergt?«

Da war der Schlag, den sie erwartet hatte. Wie üblich hatte Francis sich angeschlichen, ohne daß sie es bemerkte, und sie genau dann getroffen, als sie gerade begonnen hatte, sich zu entspannen. Alison schloß einen Moment lang die Augen, und als sie sich dann umwandte, lag ein strahlendes Lächeln auf ihren Lippen, das ihre Augen jedoch nicht erreichte. Ihr Blick war kühl, hielt Distanz.

»Seigneur de Lassay, wenn ich mich nicht irre?« sagte sie. »Wir sind uns noch nicht vorgestellt worden, aber seid versichert, daß Ihre Majestät weiß, wie mein richtiger Name lautet.«

»In der Tat? Weiß sie das, kleine Hexe?« Blitzschnell hatte er ihr rechtes Handgelenk umfaßt, damit sie ihm nicht entfliehen konnte. Er tat ihr weh.

»Weiß der Teufel, mir ist noch kein Frauenzimmer begegnet, das wie du stets genau an dem Platz auftaucht, wo man es am allerwenigsten erwartet. Es kann nicht mit rechten Dingen zugehen. Entweder bist du nicht jene, die ich am Tour de Nesle aufgelesen habe, oder meine Augen spielen mir einen Streich.«

»Ihr tut mir weh, Seigneur!«

Alison zwang sich zur Ruhe, obwohl ihr Handgelenk immer noch schmerzte, denn er hatte seinen Griff nicht gelockert.

»Mit wem stehst du im Bund? Wessen Spionin bist du? Ich hätte früher in Betracht ziehen sollen, daß es nicht mit rechten Dingen zugeht, daß du mir so willig gefolgt bist in jener Nacht. Ich hielt dich für eine Dirne, aber ich scheine mich getäuscht zu haben. Du bist gefährlicher als jedes Mädchen, das sich verkauft; du sammelst Informationen und gibst sie weiter, stimmt's? Du dienst dem, der dich bezahlt, und wenn es sein muß, auch dem Teufel persönlich. Du wechselst deine Auftraggeber wie ein Meldereiter das Pferd. Hat es dir Vergnügen bereitet, mir das Gift in den Wein zu mischen? Wie dumm für deine schönen Pläne, daß ich gerettet wurde…«

»Ja, von mir!« hätte Alison sagen können, aber sie tat es nicht. Sie schwieg. Sie sah auf seine Hand hinab, mit der er sie hielt. Eine schmale, schlanke Hand mit schönen Fingern. Mit Fingern, die ihren Körper wie ein Instrument zum Klingen bringen konnten. Bei allen Heiligen, sogar jetzt, selbst in diesem Augenblick spürte sie, wie er ihr Blut in Wallung brachte. Sein Blick prickelte auf ihren Brüsten, als habe er sie so leidenschaftlich und erotisch geküßt wie in jener einen, unvergeßlichen Nacht. Ihr Atem beschleunigte sich, und Röte stieg in ihre heißen Wangen.

»Eigentlich wollte ich dir den Hals umdrehen«, fuhr er fort. »Aber ich denke, es ist zuviel der Ehre für ein Geschöpf wie dich. Du schuldest mir etwas für den bösen Streich, den du mir gespielt hast. Und ich bestimme die Währung, in der du bezahlst.«

Alison wußte sofort, wovon er sprach. Sie hatte längst die Signale seiner Wünsche empfangen. Sie sollte ihn stehen lassen. Ihn beleidigen, ihn verfluchen und sich in Sicherheit bringen. Das zumindest hätte eine Frau mit gesundem Menschenverstand getan. Eine Frau mit Vernunft und Beherrschung wäre fast unmerklich diesen Schritt näher an ihn herangetreten, hätte die Lippen befeuchtet, die Augen aufgeschlagen und leise gesagt: »Ich bleibe niemandem etwas schuldig, Seigneur!«

Nun, wo sie so nahe bei ihm stand, roch er den frühlingsleichten Duft nach Maiglöckchen, der aus ihrer Robe aufstieg. Alison sah, daß das Eis in seinem Blick schmolz. Sie registrierte auch die heftig klopfende Ader an seinem Hals. Er begehrte sie, auch wenn er es sich selbst noch nicht eingestehen wollte.

»Kommt!«

Die ungeschminkte Aufforderung verschlug ihm die Sprache. Er hatte mit Geplänkel gerechnet, mit Ausweichen und spitzen Bemerkungen, mit Drohungen und Lügen, aber nicht mit einer so couragierten Niederlage. Oder war es eine Falle? Ein weiterer Anschlag auf sein Leben?

Alison konnte seine Gedanken lesen, und sie hatte Mühe zu verbergen, wie sehr diese sie kränkten. Dieser stolze Trottel hatte keine Ahnung davon, daß sie ihr Seelenheil für ihn geben würde. Daß er so wichtig wie Wasser und Brot für sie war und daß sie schon jetzt den Tag fürchtete, an dem er sie wieder verlassen würde. Den Tag, an dem er seiner Rache und seiner Begierde Genüge getan hatte und sich neuen Zielen zuwandte.

»Habt Ihr Angst vor mir?« fragte sie bewußt provozierend und sah erneut den Zorn in seinen Augen aufflammen.

Er ließ endlich ihr Handgelenk los und reichte ihr den Arm, damit sie ihre Hand darauf legen konnte. Alison gönnte ihm ein strahlendes Lächeln und raffte mit der anderen Hand ihre Schleppe. Sie winkte einem der herumflitzenden Pagen und bat ihn, sie beim Grafen von Mesnières zu entschuldigen. Dann schritt sie so gelassen, als habe er sie zum gemeinsamen Besuch des Hochamtes eingeladen, neben ihm her. Das Gedränge im Saal war zu groß, als daß es auffiel, und die Zahl der Paare, die sich plaudernd und lachend in den fackelgeschmückten Bogengängen erging, war ohnehin so groß, daß ein Paar mehr oder weniger kein Aufsehen erregte.

Alisons Gemach lag im obersten Stock des Palastes, und von den beiden spitzbogigen Fenstern aus hatte man einen wundervollen Blick über den Fluß. Inzwischen war er jedoch von den aufsteigenden Nebeln verhüllt, und nur die Pechfackeln im Schloßhof warfen milchige Punkte in das nächtliche Grau.

Die junge Frau schickte ihre Zofe fort und übernahm es selbst, die weißen Wachskerzen in den schweren Leuchtern anzuzünden. Nachdem sie das mit peinlicher Genauigkeit erledigt hatte, fand sie nichts mehr, was sie sonst noch hätte tun können. Nun mußte sie sich dem Manne stellen, der zugleich ihr Dämon und ihr Idol war.

Vom Schein der zahllosen Kerzen beleuchtet, wirkte sie wie eine kostbare Statue auf Michel de Lassay. Makellos, schön und so edel, daß nur eine abartige Phantasie sie des Mordes und der Spionage anklagen würde. Oder ein Mann, der aus ihren Händen den vergifteten Wein entgegen genommen hatte, der ihm den Tod hatte bringen sollen. Wie schaffte sie es bloß, so rein und vollkommen zu wirken? Wie hatte sie es bewerkstelligt, eine Frau wie Jolande von Aragón dazu zu überreden, sie an ihrem Hof aufzunehmen? Welcher geblendete Liebhaber hatte sie mit diesen unglaublichen Juwelen überschüttet, die an ihrer Hand und zwischen ihren Brüsten schimmerten?

Wie magisch angezogen trat er auf sie zu und ergriff die Kette mit dem Saphir. Er zog Alison näher und begann langsam, ganz langsam, den Stein um sich selbst zu drehen, so daß die goldene Kordel zu einer immer enger werdenden Schnur wurde.

Alison sagte keinen Ton. Auch nicht, als sie die Lippen öffnete und angestrengt nach Atem rang. Sie schaute ihn einfach nur an, mit einem Blick, der tief in seine Seele drang und ihn machtlos machte. Der Stein fiel aus seiner Hand, die Kette löste sich, und nur auf dem Hals blieb ein dünner, tiefroter Strich zurück.

»Hexe!« murmelte er und riß sie grob in seine Arme.

Alison spürte seine Lippen hart, grob, warm und drängend vor Verlangen. Sie fühlte seine Hände, die das silberne Netz von ihren Haaren streiften, und den schlanken, geschmeidigen Männerkörper, gegen den sie gepreßt wurde. Sie spürte sein Verlangen, während er sie mit seinen Küssen förmlich verschlang.

Er drängte sie auf das Bett, und Alison kam es vor, als schwebte sie über einem dunklen Abgrund, hilflos, haltlos und ohne eine rettende Hand, die sie zurückhielt. Dabei hätte sie diese Hilfe ohnehin verweigert. Das Fieber, das Michel, Francis oder wie immer er hieß, in ihr entfachte, hatte längst jede Vernunft verdrängt. Etwas, das sich so richtig, so wundervoll anfühlte, konnte nicht falsch sein!

Die goldroten Locken loderten in wilder Unordnung um ihren Kopf, als Michel sie freigab, damit sie Atem schöpfen konnte, und der Saphir in ihrem Ausschnitt hob und senkte sich im schnellen Rhythmus ihrer Atemzüge. Sie sah Michel unverwandt an, als er mit einem rücksichtslosen Griff das kostbare Gewand packte und es mit einem einzigen heftigen Ruck bis zur Taille auseinanderriß. Die Nadeln, die den Einsatz hielten, fielen heraus, die Stickerei platzte, und das eine, durchsichtige Seidenhemd glitt ohne den Halt seiner Bänder ebenfalls nach unten.

Wie die Statue einer Marmorgöttin erschien der blasse Körper der jungen Frau im Kerzenlicht. Die feuerfarbenen Haare ringelten sich über ihre Schultern und das rote Mal am Hals erinnerte ihn daran, von welcher unkontrollierten Roheit er gewesen war. Michel de Lassay ärgerte sich über seine eigene Zügellosigkeit, und diesen Unwillen ließ er an Alison aus. An dieser stummen Venus, die ihn mit ihren smaragdgrünen Augen ansah, als läse sie in ihm wie in einem offenen Buch.

Besitzergreifend legte er seine Hände auf ihre vollen, festen Brüste. Es erregte ihn, die harten Spitzen zu spüren, die sich seinen Händen entgegendrängten. Es hatte bei Gott genug Gelegenheiten gegeben, in denen er die Liebe genossen hatte, aber nicht eine der Schönen hatte in ihm einen solchen Ansturm unbezähmbarer Leidenschaft entfesselt, wie ihn diese viel zu verführerische kleine Lügnerin hervorrief. Diese Gauklerin, die so anbetungswürdig war, daß er alle Vernunft vergaß und ihn in einen schwachen Trottel verwandelte.

Gemeinsam sanken sie auf die kühlen Laken des großen Kastenbettes, das, von grünen, gefütterten Wollvorhängen geschützt, bisher nur Alisons Träume von jenen Dingen kannte, die nun wirklich geschahen. Die Reste der prächtigen Robe fielen achtlos auf den Boden, gefolgt von den dünnen weißen Strümpfen und den hellen Schleifen, die sie gehalten hatten. Michels Kleidung folgte, und Alison ertastete mit hungrigen Händen die muskulösen Konturen seines Körpers, der sich gegen ihren drängte.

Schauer der Wollust durchrieselten sie, und ohne jede Scham und Zurückhaltung überließ sie sich den besitzergeifenden Händen, die über ihre Brüste glitten, die Hüften liebkosten und ihr ohnehin schon aufgeregtes Herz zum Rasen brachten. Sie öffnete sich ihm bereitwillig, und er berührte ihren heißen Schoß. Sie bog sich ihm entgegen, konnte es kaum noch erwarten, daß er sie auf diese erregende Weise liebkoste, wie sie es sich in ihren Träumen immer und immer wieder ersehnt hatte.

»Ja, zeig mir, daß du es willst, meine heiße Schöne! Öffne dich für mich«, raunte Michel, dann widmete er sich mit seinen Lippen ihren Brüsten, neckte, liebkoste und reizte, bis Alison unwillkürlich ein Laut, halb Schluchzen, halb Aufstöhnen, entrang.

Alison hatte längst die Kontrolle über sich verloren. Das Feuer einer unvorstellbaren Ekstase hob sie über die Wirklichkeit hinaus. Sie umschlang Michel mit Beinen und Schenkeln, schmiegte sich an seinen Körper und umfaßte ihn mit ihren Fingern, daß er laut aufstöhnte. Schnell ließ sie wieder los, und sein rauhes, fast verzweifeltes Lachen ließ sie ihn anschauen.

»In der Tat, du weißt, wie man einen Mann erzittern läßt, Schätzchen! Komm schon, berühr mich, ich fühle doch, daß du bereit bist!«

O ja, sie wollte ihn! Sie wollte ihn so sehr, daß ihr Tränen in die Augen traten und ihr Körper vor Sehnsucht fast schmerzte. Es war eine süße, unerträgliche Qual, die er ihr mit seinen Lippen und Fingern bereitete, und Alison schrie auf, als sie spürte, wie ihr Körper sich zusammenzog, als das Spiel seiner Finger wilder und drängender wurde und er tief in sie eindrang. Wieder und wieder, bis Alison erzitterte und kleine Schreie der Lust ausstieß. Ihr Körper stand in Flammen, wollte erobert, ausgefüllt, besessen werden.

»Reite mich, mein Engel!« forderte Michel in diesem Moment, und in ihrem erregten Zustand begriff sie nicht, was er von ihr forderte. Als er sie auf sich zog und sie in langsamer, lustvoller Erregung über ihn glitt und ihn in sich aufnahm, tief wie nie zuvor, riß sie vor Erstaunen die Augen weit auf. Dann blickte sie in sein schönes, ebenmäßiges Antlitz mit den saphirfarbenen Augen. Er legte die Hände über ihre Brüste und begann sie zu liebkosen, während Alison aufreizend reglos verharrte.

Ein Schauer lief über Alisons Körper. Wie stark sich Michel anfühlte, wie groß und männlich! Sie machte eine erste, eher instinktive Bewegung, dann jedoch, als sie die lustvolle Wirkung spürte, bewegte sie sich schneller, steigerte ganz bewußt ihrer beiden Begehren. Eine Mischung aus Ekstase und Triumph überflutete sie und ließ sie alle Bedenken vergessen. In diesem Moment gehörte er nur ihr.

Sie beherrschte ihn, er konnte nicht fliehen, er mußte ihre Liebe erwidern!

Aber statt das Feuer zu löschen, ließ es jede Bewegung nur höher lodern. Sie ließ sich über ihn fallen, bog den Rücken und grub die Fingernägel in seine Schultern. Ihre plötzliche Wildheit brachte ihn um den Rest seiner Beherrschung. Sie riß ihn mit und spürte kaum die Hände, die ihre Hüften umklammerten und sie in jenen uralten Rhythmus zwangen, jenen leidenschaftlichen, glühenden Tanz der Sinne, der alles andere ausschloß.

Alison öffnete die Augen, die sie geschlossen hatte, denn sie wollte sein Gesicht sehen. Wie schön und klar es war in diesem Augenblick höchster sinnlicher Lust. Der faszinierende Mund war halb geöffnet, und in seinem Blick lag grenzenloses Erstaunen. Wie begehrenswert er war! Wie sie ihn liebte! Wie sie ihn anbetete und brauchte! Er war ihr Leben, alles, was sie jemals besitzen wollte!

Etwas von ihren Gefühlen mußte auch durch den Schleier seiner hitzigen Erregung gedrungen sein, denn für einen Moment hielt er ebenfalls inne. Tief mit ihr verbunden und vereint und doch durch ein so unüberwindliches Mißtrauen von ihr getrennt, daß Alison es wie einen schlimmen Eishauch spürte und sich unwillkürlich verkrampfte und plötzlich gegen ihn sträubte.

»O nein«, knurrte er böse und umklammerte erneut ihre Hüften. »Nicht so. Mach dir keine Hoffnung, täusche dich nicht in meinen Motiven. Ein Mann kann zwischen Geist und Körper trennen, das eine schließt das Begehren des anderen nicht zwangsläufig mit ein. Du zahlst mit deinem Körper für deine Falschheit, erwarte also keine Rücksicht von mir.«

Mit jedem Wort hatte er Alison zutiefst getroffen, und sie versuchte immer heftiger, sich von ihm zu befreien. Was eben noch Genuß und Seligkeit gewesen war, wurde nun zu einer Fessel, die sie zu sprengen versuchte. Aber sie hatte keine Chance gegen ihn. Mit seiner Kraft hielt er sie fest, und als er sich heftiger und wilder unter ihr bewegte, war sie gegen die Glut, die er in ihr entfachte, vollkommen machtlos.

Was sie ihm vorher freiwillig gegeben hatte, bekam er nun durch die geschickte Manipulation ihres willigen Leibes, aber das Ergebnis war am Ende doch dasselbe.

Alison fühlte die dunkle, heiße Explosion in ihrem Inneren und gab sich schluchzend geschlagen. Die Hitze schien ihren ganzen Körper zu verzehren, ließ die Welt um sie herum versinken.

Sie bemerkte nicht einmal mehr, daß sich die Strafe auch gegen den Folterknecht gewandt hatte. Auch Michel wurde von der Hitze der Leidenschaft mit fortgerissen, wurde besiegt und überwältigt.

Alison wußte nicht, wieviel Zeit vergangen war, bis sie wieder zu sich kam. Die Kerzen waren niedergebrannt, und das Feuer im Kamin zu Glut vergangen. Sie konnte den Kopf nicht bewegen, denn etwas Schweres lag auf ihren Haaren, und ein Arm, quer über ihrem Oberkörper, fesselte sie zusätzlich an die Matratze. Sie versuchte sich zu erinnern, zu orientieren.

Ihr Körper war von einer wohligen Mattigkeit erfüllt, sie fühlte süße Erschöpfung. Als sie sich unwillkürlich zu dehnen und zu recken versuchte, weckte die Bewegung den Mann, der von der gleichen Erschöpfung befallen war. Er hob schläfrig den Kopf, und Alison spürte die Last von ihren Haaren weichen. Ehe er reagieren konnte, war sie aus dem Bett geschlüpft und hüllte sich in eine der herabgerutschten Decken.

Als Michel de Lassay die Augen endlich aufschlug, stand sie steif und starr neben dem Kamin und erwiderte schweigend seinen durchdringenden Blick. Doch er konnte nicht herausfinden, welche Gefühle sie bewegten. Bis zum Hals in weißes Leinen gehüllt, mit ihren wirren feuerroten Haaren erschien sie ihm wie eine heidnische Priesterin aus weit zurückliegenden Zeiten.

Priesterin? Hure wäre wohl das passendere Wort, wenn er an die wollüstige Art dachte, wie sie sich ihm hingegeben, wie sie seine Erregung gesteigert hatte, bis er nicht mehr klar denken konnte.

»Ich denke, unsere Rechnung ist damit beglichen, Seigneur«, sagte sie mit scheinbar ungerührter Stimme. »Ich wäre Euch zu Dank verpflichtet, wenn Ihr Euch ankleidet und mich verlaßt.«

Alison hatte Mühe, ihre Verletztheit nicht zu zeigen, als er diesen Hinauswurf mit einem gleichgültigen Schulterzucken quittierte.

»Lassen wir es gut sein für heute«, antwortete er in derselben, leidenschaftslosen Nüchternheit und stand auf, doch er zog sich nicht an. Er trat in seiner ganzen prachtvollen, männlichen Nacktheit vor sie hin, riß ihr mit einem Ruck das Tuch herab und warf es achtlos auf den Boden. »Doch wann wir fertig miteinander sind, Alison, schöne Dame, das bestimme ich allein!«

Sie wagte keine Bewegung, sie hatte Angst, unter der Anstrengung zu zerbrechen. Sie duldete die Hand, die eben noch so zärtlich gewesen war und nun beleidigend einen Besitzanspruch demonstrierte, den sie ihm nicht zugestehen wollte.

Michel de Lassay strich über die zarten Brüste, die geschwungenen Hüften, den flachen Nabel, ließ seine Hand zu ihrem Schoß wandern, berührte sie schamlos. »Sehr gut«, lobte er sie, als wäre sie ein Pferd. »Es scheint, du lernst langsam, wann du dich ruhig verhalten mußt.«

Alison zitterte. Sie wußte nicht, ob vor Empörung, vor Angst oder vor Sehnsucht. Sie wagte nicht, wieder nach dem Tuch zu greifen. Sie blieb nackt stehen, bis er sich abgewandt hatte, starrte in die Glut und schwieg. Erst als ihr das Rascheln seiner Kleider und das Zuwerfen der Tür verkündete, daß sie wieder allein war, brach sie zusammen. Von Schwäche und Scham überwältigt kroch sie in das Bett, das noch nach Michel roch. Warum nur war sie nicht auf dem Höhepunkt ihrer Ekstase gestorben? Hätte es einen schöneren Tod geben können?

## 21. Kapitel

»Was ist los mit Euch, Alison?«

Der Graf von Mesnières betrachtete seine Tochter mit der Verzweiflung eines Vaters, der sein Kind nicht versteht. Es hatte sich als unerwartet schwierig erwiesen, dieses schöne, aber komplizierte Geschöpf zu beeinflussen. Seit Wochen weigerte sie sich nun hartnäckig, Angers zu verlassen und mit ihm in die Gascogne zu ihrer Schwester zu reisen. Inzwischen war der Juni ins Land gegangen, und man brachte bereits die erste Ernte ein, aber sie machte keine Anstalten, ihr Versprechen zu erfüllen, das sie ihm am Tag des ersten Mais gegeben hatte.

»Nichts, Vater… es geht mir gut…«

Eine Lüge. Eine offensichtliche dazu. Ihre durchscheinende Blässe, die dunklen Schatten unter ihren Augen besagten das Gegenteil. Sie wirkte abwesend und schien mit ihren Gedanken ständig woanders zu sein.

»Die Königin hat mir versichert, daß sie Euch jederzeit beurlaubt, und damals schien es Euch doch so dringend zu sein, Nadine in die Arme zu schließen. Weshalb zögert Ihr nun? Was hält Euch in Angers?«

Alison legte ihm besänftigend eine Hand auf den Arm, sie verstand, was ihn bewegte, aber sie konnte ihm nicht helfen. Sie konnte sich ja nicht einmal selbst helfen. Sie war krank. Närrisch. Süchtig. Sie lebte wie im Wahn. Hilflos einer Liebe ausgeliefert, die sie mehr und mehr zu zerstören drohte. Aber wenn Michel de Lassay der eigenen Sehnsucht nicht mehr widerstehen konnte und zu den unmöglichsten Nachtzeiten in ihr Gemach kam, um sie mit dieser fieberhaften, zerstörerischen Leidenschaft zu lieben, vergaß sie alles andere um sich herum.

Sie wußte, daß sie dem demütigenden Tun ein Ende bereiten sollte. Daß sie auf dem besten Weg war, ihr Leben und sich selbst zu zerstören. Daß sie mit ihrem Vater reisen und ein ganzes Königreich zwischen Michel und sich legen sollte, aber sie brachte es nicht fertig. Wann immer sie versuchte, ihre Truhen zu packen, ertappte sie sich dabei, daß sie träumend dasaß und dann doch darauf verzichtete, um auf ihn zu warten. Meist auch noch vergeblich, denn im Dienst der Königin und des Konnetabels war Michel de Lassay ständig unterwegs.

Aber wie konnte sie das einem Vater erklären, der in seiner übergroßen Sorge um sie ohnehin dazu neigte, alles viel zu düster zu sehen? Einem Vater, der reagieren würde wie alle Männer. Er würde alles von einem einseitigen Standpunkt aus sehen. Sie ahnte, daß er versuchen würde, ihr zu helfen, und genau das wollte sie nicht herausfordern. Der verbissene und schlimme Kampf zwischen Michel de Lassay und der Dame de Gennes war einzig ihre Sache.

An Unabhängigkeit und Freiheit gewöhnt, fühlte sie sich außerstande, dem Grafen ihren Kummer anzuvertrauen. Zudem hatte sie das deutliche Gefühl, daß er Michel de Lassay zu seinem Verhalten nicht eben gratulieren würde. Entweder würde er ihn zu einem Duell auf Leben und Tod fordern, wie es der ritterliche Ehrenkodex vorschrieb, um ihre Ehre zu rächen, oder er würde auf einer sofortigen Heirat bestehen. Beides schien ihr gleich unannehmbar. Sie wollte weder Michels Tod verschulden noch mit einem Edelmann verheiratet werden, der sie im Grunde seines Herzens verachtete und für eine verlogene Dirne hielt.

Sie wußte, daß er sich nicht einmal die Mühe gemacht hatte, Näheres über ihre Verbindung zum Grafen von Mesnières zu erfahren. Er verdächtigte sie, auf den Reichtum des so viel älteren Mannes zu spekulieren, und hielt sie nach wie vor für eine Spionin Jolandes. Für eine leichtlebige, geschickte Person, die sich durch diese zwielichtigen Dienste Zutritt in Kreise verschaffte, die ihr von Geburt her nie zugestanden hätten. Daß die Fürstin ihr den Titel der Dame Gennes verliehen und sie mit einem Lehen belohnt hatte, schob er ebenfalls auf diese Tätigkeit.

Der Einfluß der Königin hatte zudem den Klatsch über ihre Person schon vor Monaten im Keim erstickt, und niemand kam auf die Idee, Michel de Lassay darüber aufzuklären, welch tragisches Schicksal der Graf und das junge Mädchen durchlitten hatten. Es gab in diesen Tagen viele noble Familien im Land, die ihre ganz persönlichen Katastrophen erlebt hatten. Doch seit sich die Burgunder und die Engländer getrennt hatten, dachte man wieder mehr an die Zukunft als an die Schrecken der Vergangenheit.

Da Michel de Lassay, der so offensichtlich jeder Bindung auswich, zudem zum romantischen Schwarm vieler Hofdamen geworden war, kam niemand auf die Idee, bei ihm Interesse für eine ganz bestimmte Frau zu vermuten. Er verstand es meisterlich, seine Gefühle zu verbergen. Er flirtete, war charmant, aber unter der Hand sagte ihm manch eine hübsche Aristokratin ein Herz aus Eis nach. Es war unmöglich, diesen höfisch-glatten und weltmännischen Chevalier festzunageln.

»Wenn Ihr selbst nicht zu sagen vermögt, was Euch hier hält, dann werde ich über Euren Kopf hinweg die Entscheidung treffen«, polterte Richard de St. Doye, der vergeblich darauf gewartet hatte, daß seine Tochter ihm antwortete. Er ärgerte sich sowohl über ihre Verschwiegenheit als auch über seine Hilflosigkeit, und deswegen flüchtete er sich in autoritäres Verhalten. »Wir reisen mit dem Beginn der nächsten Woche. Bitte kümmert Euch um die Truhen. Die Eskorte und die Pferde besorge ich. Solltet Ihr bis dahin indes wieder einmal anderer Meinung sein, werde ich Euch einfach in eine Sänfte setzen und in die Gascogne transportieren, ob es Euch nun paßt oder nicht. Vielleicht gelingt es ja Eurer Schwester, die Wolken von dieser Stirn zu vertreiben.«

»Nächste Woche schon…«

Er hörte nicht auf den leisen Einwurf, sondern berührte sanft die schmale Hand auf seinem Arm.

»Du fürchtest etwas, ich kann es spüren, Kind«, sagte er liebevoll, um ihre vermeintlichen Ängste zu beruhigen. »Aber ich versichere dir, daß dir in der Burg von Harigny keine Gefahr droht. Colin d'Harigny, der Gatte deiner Schwester, ist ein tapferer Ritter und einer der kampfstärksten Feldhauptleute seiner Majestät, König Karls. Wo meine Kräfte nicht mehr ausreichen, wird er für deine Sicherheit sorgen. Das schwöre ich dir.«

Alison nickte niedergeschlagen. Sie hatte die Entscheidung lange genug hinausgezögert, und wenn sie die Zeichen ihres Körpers richtig deutete, dann war es sowieso besser zu gehen. Mit diesen Veränderungen würde sie ohnehin nicht mehr lange dem anspruchsvollen Geschmack des noblen Seigneurs genügen, dem sie dermaßen verfallen war. Sie zählte nun schon den zweiten Monat, in dem sie vergeblich auf ihre Blutungen wartete, und sicher würde man es ihr auch bald ansehen.

»Ich bin ja einverstanden mit allem, Vater«, sagte sie leise. »Ihr müßt mir keine Schwüre leisten.«

Doch was der noble Ritter, der ihre große Schwester geheiratet hatte, dazu sagen würde, eine wildfremde Schwägerin zu bekommen, die noch dazu das Kind eines Mannes trug, der nicht ihr Gatte war, daran wagte sie nicht zu denken. Aber wer konnte schon wissen, was auf einer so langen Reise passierte. Vielleicht verlor sie es ja auch. Schwangere sollten nicht reisen.

Schon der Gedanke daran ließ sie schmerzhaft nach Atem ringen. Sie hatte sich verboten, an das Kind zu denken. Verboten, Liebe zu empfinden oder Freude. Aber war es nicht auch ein kleiner Teil von Michel, den sie nun besitzen würde, wenn er ihr schon sein Herz aus purem Stolz und Eitelkeit verweigerte? Seinen Sohn wenigstens wollte sie mit sich nehmen, ihn wollte sie lieben und behüten, beschützen und heranwachsen sehen. Um seine Zuneigung konnte sie sich bemühen, ohne die schneidende Verachtung seines Vaters fürchten zu müssen.

»Ich hoffe, daß du deinen Frieden findest, wenn du mit deiner Schwester sprechen kannst«, sagte der Graf voller Hoffnung. »Vielleicht kann sie dir helfen, die Vergangenheit zu vergessen und mit Hoffnung in die Zukunft zu sehen. Nadine kann am ehesten nachfühlen, was du erlitten hast…«

Alison nickte gehorsam, obwohl sie der bevorstehenden Zusammenkunft mit Bangen entgegensah. Die Nana, die sie im Feuer gesehen hatte und die in Gedanken stets bei ihr gewesen war, schien ihr nicht mit dem Bild der vornehmen Dame übereinzustimmen, das ihr Vater von Nadine d'Harigny zeichnete. Würde nicht das Wissen zwischen ihnen stehen, daß sie beide tiefstes Elend und größte Demütigung erlebt hatten? War es nicht besser, endlich zu vergessen, als ständig erinnert zu werden?

Bereits von ihren Pflichten als königliche Ehrendame befreit, hatte Alison in den nächsten Tagen unliebsam viel Muße. Ihr Besitztum hatte in kürzester Zeit, dank der Großzügigkeit ihres Vaters, enorme Ausmaße angenommen. Sie floh vor den Mägden, die ihr Gemach beherrschten, um sich auf dem Wehrgang der Festung zu ergehen, wo sie weit über das Land sehen konnte. Der Sommerwind spielte mit dem zarten Musselinschleier, der von ihrem Hennin herabfiel, und die Schwalben, die das kommende Gewitter spürten, schossen so scharf an ihr vorbei, daß sie den Luftzug zu spüren glaubte.

Sie ertappte sich dabei, das sie wieder und wieder nach einem Trupp Reiter Ausschau hielt. Michel de Lassay war im Auftrag Jolandes nach Bourges geritten und wurde in Kürze zurückerwartet. Aber wahrscheinlich würde das Schicksal darüber entscheiden, ob sie sich noch einmal sahen, ehe sie ging.

Sie wußte nicht, wann sie plötzlich das untrügliche Gefühl bekam, beobachtet zu werden. Auf einmal war es da. Augen, die tief in sie hineinsahen, Wärme, die sie umfing und die Gewißheit, daß sie nicht mehr alleine war. Sie fuhr auf dem Absatz herum, so daß sich der zarte weiße Schleier, den sie zu ihrer cremefarbenen Seidenrobe trug, hinter ihr bauschte. Bis auf die beiden Wachen beim nächsten Turm schien der Wehrgang jedoch menschenleer zu sein. Dann aber entdeckte sie die Gestalt, die langsam aus dem tiefen Spitzbogen der Treppe trat und näherkam.

Mit jedem Schritt konnte Alison mehr Einzelheiten unterscheiden. Es war eine junge Edeldame, die kostbar, aber mit bewußter Einfachheit gekleidet war. Über einem glänzenden, nachtblauen Satinkleid mit langen, engen Ärmeln, die spitz auf den Handrücken zuliefen, trug sie eine hellere, veilchenfarbene Tunika, die an beiden Seiten bis zur Taille geschlitzt war.

Eine lange Perlenschnur, deren einzelne Glieder wie altes Elfenbein schimmerten, lag als einziger Schmuck auf dem Stoff, und die hochgesteckten, kupferfarbenen Haare waren mit einer Schnur Perlen von der gleichen makellosen Schönheit geschmückt.

Das ebenmäßige, ovale Gesicht mit den riesigen veilchenblauen Augen war Alison zugewandt. In einer unbewußten Geste des Erschreckens hatte die Dame de Gennes die Hand auf ihr Herz gepreßt. Völlig unvorbereitet auf den Schock starrte sie ihrer Schwester entgegen, die wie ein Trugbild auf sie zuschwebte.

»Nana...« murmelte sie.

»Wen hast du erwartet? Den Erzengel Michael?« versuchte Nadine d'Harigny zu scherzen, um die eigene Befangenheit zu überspielen.

Alison erblaßte noch mehr.

»Ich wußte, daß du nicht kommen würdest, deswegen haben wir uns auf den Weg gemacht«, sagte Nadine. »Sie haben mir gesagt, daß ich dich hier finde.«

Alison bemühte sich, ihre Fassung zurückzuerlangen. Sie war nicht vorbereitet auf die Woge intensiver Vertrautheit, die von ihrer Schwester ausging. Nadine war völlig anders, als sie es erwartet hatte, obwohl sie sie auf den ersten Blick erkannt hatte.

»Verzeih... aber... Wir wollten in wenigen Tagen zu dir aufbrechen«, erwiderte sie und wich dem intensiven, prüfenden Blick der anderen aus. »Du hättest Geduld haben sollen.«

Sie starrte wieder hinaus auf die Ebene, wo sich nun ein Reitertrupp näherte, der das Banner der Königin trug. Der Anführer trug keine Kopfbedeckung, und seine goldenen Haare leuchteten schon von weitem. Unwillkürlich trat Alison näher an die Brüstung und umklammerte den Rand mit beiden Händen.

Nadine d'Harigny entging keine Einzelheit, sie bemerkte die Anspannung und die Erregung, die ihre schöne Schwester zu verbergen suchte. Ein Unbeteiligter hätte Alison nichts angemerkt, aber Nadine war nicht unbeteiligt. Sie spürte mit ihrem feinen Empfinden, daß Alison zutiefst unglücklich war. Sie hatte es schon seit Wochen gespürt, und das war der eigentliche Grund dafür, daß sie ihren Gatten zu dieser Reise überredet hatte, obwohl sie ihren Sohn noch stillte und nicht daran dachte, den Säugling unter der Obhut einer Amme in Harigny zu lassen. Sie hatte Colin deswegen eine veritable Schlacht geliefert und am Ende gewonnen.

»Sei mir dankbar, daß ich dir den Ritt erspart habe«, sagte sie leichthin und tat so, als habe sie nichts bemerkt. »Die Straßen sind miserabel, und eine gute Eskorte ist sogar im Königreich Frankreich nötig. Der Krieg ist immer noch nicht zu Ende. Der Herzog von Bedford belagert Lagny, und ich kann nur hoffen, daß der König diesem Elend bald ein Ende macht. Ich habe die Belagerung von Compiègne erlebt, und ich weiß, was die armen Menschen in Lagny gerade erleiden. Aber was erzähle ich dir, du warst in Paris, wie unser Vater berichtet hat. Du weißt aus eigener Erfahrung, wie es sich lebt, fern vom Luxus und den gedeckten Tafeln der Reichen und Mächtigen.«

Die Spannung wich aus Alisons Gestalt, und sie wagte ein erstes, zitterndes Lächeln, als sie sich Nana zuwandte.

»Werden wir es denn je vergessen können?« fragte sie leise, und es schien, als setzten sie ein Gespräch fort, daß sie in einer anderen Zeit begonnen hatten.

»Nein.« Nadine schüttelte ernst den Kopf. »Versuch es gar nicht erst. Finde dich damit ab, daß du die Erinnerung trägst wie einen Fleck auf deiner Haut oder die Farbe deiner Haare. Wende sie zum Guten und vergiß den Haß. Öffne dich dem Leben und danke dem Himmel dafür, daß er dich gerettet hat. Ist es das, was dich belastet? Die Erinnerungen? Die Vergangenheit, die dich nicht aus ihren Klauen läßt? Die Tatsache, daß der Mörder unserer Mutter einmal mehr seiner gerechten Strafe entkommen ist?«

Alison öffnete den Mund, aber dann schloß sie ihn, ohne das zu sagen, was sie ursprünglich im Sinn gehabt hatte. Sie konnte und wollte Nadine nicht belügen. Ihre Schwester war die einzige, die sie begreifen würde, deren Hilfe sie erbitten und annehmen konnte, ohne sich deswegen schämen zu müssen. Sie mußte nicht mehr alles mit sich allein ausmachen, sie hatte eine Freundin gefunden.

»Nein, Nana, es ist nicht die Vergangenheit, und auf die Rache kann ich noch warten. Es ist die Gegenwart, die mich bedrückt.« Ihre Stimme klang heiser, und sie berührte unwillkürlich ihre schmerzenden Schläfen. »Ich weiß mir keinen Rat mehr.«

Sie lauschte auf das Gepolter der Reiter, die nun unter ihnen über die Brücke donnerten und in den Burghof sprengten. Er war wieder da!

Die Dokumente waren unzweifelhaft echt, aber Michel de Lassay wendete sie hin und her, als müsse er sich von dieser Echtheit erst mühsam überzeugen. Der Konnetabel de Richemont hatte sie ihm überreicht, und das schwere Siegel des Königs von Frankreich sprach seine eigene Sprache. Sie setzten den Erben Bernard de Lassays, seinen Sohn Michel, wieder in die Rechte und Vasallenpflichten von Lassay ein. Das Dorf, die Grafschaft und die dazugehörigen Wälder und Ländereien wurden wieder sein Eigentum. Sie wurden ihm in Anerkennung seiner Verdienste um die französische Krone neu verliehen und gehörten von nun an ihm und seinen Erben.

Erben? Nun, dazu müßte er erst einmal eine Ehe eingehen. Eine Verbindung mit einer jungen Frau untadeliger Herkunft, was nun, wo er nicht mehr von den Launen anderer abhängig war, sicher keine Schwierigkeit mehr sein sollte. Aus dem Abenteurer, dem Habenichts und Luftikus war dank königlicher Gnade wieder ein wohlsituierter Edelmann geworden. Doch er vermochte sich über die Wendung, die sein Leben genommen hatte, nicht so recht zu freuen.

An eine Ehe, an die Zukunft zu denken bedeutete auch, sich jenem Problem zu stellen, das ihn so schmerzte und belastete wie eine Wunde, die sich nicht schließen wollte. Im Grund wußte er sehr wohl, daß sein Verhalten der Dame

Gennes gegenüber das eines gewissenlosen Schurken und nicht das eines Edelmannes war. Er verachtete sich selbst dafür und brachte es doch nie fertig, sein Verhalten zu ändern.

Etwas in ihm wollte mit verzweifelter Beharrlichkeit daran glauben, daß sie eine Mörderin, eine Betrügerin, ein Geschöpf der Nacht und des Verbrechens war, das ihn mit seiner Schönheit auf magische Weise verhext hatte. Wie anders war es sonst zu erklären, daß sie sich nie gegen ihn wehrte? Daß sie ihn all diese Dinge mit sich tun ließ, bis er den Verstand verlor und sich der Leidenschaft ergab, die sie in ihm entfesselte? Was hielt sie aufrecht, daß sie keine einzige Träne vergoß, um keine Schonung bat und keine Demütigung ihren eisernen Stolz brechen konnte?

Auf dem Schlachtfeld und im Turnier hatte manch ein Ritter versucht, ihn zu töten, ohne daß er denjenigen deswegen mit unversöhnlichem Haß verfolgt hätte. Worin lag also der Unterschied zu dem Mordversuch, den er ihr nicht verzeihen konnte? In dessen Heimtücke? Oder lag es vielleicht daran, daß sie ihm einmal mehr bewiesen hatte, wie dumm es war, Gefühle an einen anderen Menschen zu verschwenden?

Es hätte nicht mehr viel gefehlt, daß er diesem raffinierten Weibsbild mit Haut und Haaren verfallen gewesen wäre, und ausgerechnet zu diesem Zeitpunkt mußte sie ihm Nachtschatten verabreichen, hatte sie sich zur Helfershelferin eines Mannes wie Guy de St. Doye machen lassen, der alle Schlechtigkeit der Welt in sich trug. Er würde nie begreifen, warum sie es getan hatte. Aber wer verstand schon die Frauen, und erst recht eine wie Alison?

»Seigneur de Lassay?« Er fuhr auf dem Absatz herum und starrte die elegante Nobeldame an, die in seiner Tür stand. Wenn sie angeklopft hatte, so hatte er es nicht gehört. Er warf die Dokumente auf den Tisch und runzelte die Stirn, während er sie näher betrachtete.

Sie war schön, unzweifelhaft. Mit ihren kupferfarbenen Locken, dem strahlenden Blick und dem entzückenden kleinen Mund, der allerdings im Augenblick mißbilligend zusammengekniffen war. Das höchst modische Gewand mit der einen Hand raffend, trat sie ein und schloß die Tür, ohne daß er sie dazu aufgefordert hätte.

»Kennen wir uns?« erkundigte er sich verblüfft und versuchte das vage Gefühl der Vertrautheit zu erklären, das er bei ihrem Anblick empfand. Sie gehörten nicht zu den Damen, die man vergaß – woher also kannte er sie?

»Nein«, erwiderte sie kühl, und er fragte sich, ob es wirklich Abneigung, wenn nicht gar Verachtung sein mochte, was er in ihren Augen las. Wieso sollte sie ihn verachten, wenn sie einander noch nie begegnet waren? Nein, er mußte sich täuschen.

»Ich bin die Gräfin Harigny«, erklärte sie mit beträchtlichem Stolz und hob das Kinn. »Mein Gatte ist Feldhauptmann seiner Majestät König Karls, und mein Vater ist der Graf von Mesnières, so wie er auch der Vater von Alison ist. Eine Tatsache, die Ihr offensichtlich ebenso in Zweifel zieht wie einiges andere, wenn ich meine Schwester richtig verstanden habe.«

Alisons Schwester? Natürlich, jetzt erkannte er die Ähnlichkeit. Die beiden waren Rosen von ein- und demselben Stock, auch wenn die eine in den Farben zarter und die andere auffälliger und stolzer geraten war. Aber das würde ja bedeuten… Nein, das konnte nicht sein! Er verbot sich, diesen alarmierenden Gedanken zu Ende zu denken.

»Hat Dame Alison Euch geschickt?«

Die schöne Gräfin gab einen Laut von sich, der sehr viel Ähnlichkeit mit einem undamenhaften Schnauben hatte. Unter der trügerisch-stillen Oberfläche schlummerte offensichtlich ein stürmisches Temperament.

»Sie würde mir die Augen auskratzen, wenn sie es wüßte. Aber es muß etwas unternommen werden, sonst zerstört sie sich in ihrem Stolz selbst. Es darf nicht sein, daß sie all das Schlimme überlebt hat, um ausgerechnet jetzt von einem eitlen, selbstzufriedenen und grausamen Mann vernichtet zu werden.«

Es dauerte ein paar Herzschläge, bis Michel de Lassay aufging, daß die Gräfin von niemand anderem als ihm selbst sprach. Wie kam die Dame dazu, ihn derart bösartig zu beschimpfen?

»Hier, nehmt!«

Sie hielt ihm auf der ausgestreckten Hand einen silbernen Dolch hin, eine tödliche Waffe mit bläulich glänzender Klinge und kostbar verziertem Griff. Die Klinge war eine gute Männerhand lang und so scharf, daß sie durch jedes noch so feine Kettenhemd gedrungen wäre. Es war der gefährliche Dolch eines Kriegers, der in dieser zierlichen Hand nur noch bedrohlicher wirkte.

»So nehmt schon!« drängte sie und trat näher.

»Warum sollte ich?«

»Nehmt und entscheidet Euch, aber tut es wie ein Mann, der zu seinen Taten steht«, entgegnete Nadine d'Harigny eisig. »Verzeiht meiner Schwester, was sie getan hat, oder bringt sie um, damit ein Ende ist. Das, was Ihr jetzt mit ihr macht, ist schlimmer als Mord.«

»Ihr seid närrisch!« protestierte der junge Ritter und legte die gefährliche Waffe vorsichtig auf die königlichen Dokumente. »Wie kommt Ihr dazu, so etwas zu sagen? Was hat sie Euch erzählt?«

»Genug, um zu wissen, daß sie Euch liebt und an dieser Liebe verzweifeln wird. Genug, um zu begreifen, daß es sie früher oder später umbringen wird, wenn Ihr nicht der Mann seid, für den ich Euch halte.«

Alisons Schwester trat noch näher zu dem schlanken Ritter mit den hellen Haaren, der sie fassungslos ansah. Sie begriff sehr wohl die gefährliche Faszination, die er auf ihre Schwester ausübte. Michel de Lassay war auf seine Art ebenso ungewöhnlich wie Alison. Ein Mann, der in keine Schablone paßte und sich den herkömmlichen Maßstäben verweigerte. Ein Mann, der zu der falschen Ansicht gekommen war, daß es in seiner Welt kein Platz für eine so exotische Empfindung wie die Liebe gab.

»Entscheidet Euch! Alison braucht einen starken Gefährten. Keinen Mann, der Angst davor hat, von den eigenen Gefühlen verletzt zu werden, der die Liebe leugnet und sie herabsetzt, damit er nicht erkennen muß, daß er ihr Unrecht tut. Ihr seid feige, Seigneur! Feige und meiner Schwester nicht wert. Sogar der Tod wäre besser für sie als der Kummer, den sie durch Euch erfährt.«

»Ihr seid nicht recht gescheit!« murmelte der Chevalier, als seine Besucherin mit fliegenden Röcken hinausstürmte.

Nadine d'Harigny hatte dem, was sie ihm gesagt hatte, nichts mehr hinzuzufügen. Sie konnte nur beten, daß Michel de Lassay jene bedingungslose und leidenschaftliche Liebe verdiente, die ihre Schwester ihm entgegenbrachte. Daß er unter seiner eleganten Politur mehr war als ein stolzer Hohlkopf ohne Herz und Hirn.

## 22. Kapitel

»Wo ist sie?«

Michel de Lassay starrte den hochgewachsenen dunkelhaarigen Mann an, der mit verschränkten Armen in der Fensternische von Alisons Gemach stand und ihn trotz dieser frühen Morgenstunde offensichtlich erwartet hatte. Der Fremde war etwa im gleichen Alter wie er. Er machte den Eindruck, als könnte er das mächtige Schwert an seiner Seite mit Meisterschaft führen, und die breiten Schultern unter dem schlichten Samtwams verrieten, daß er im Notfall durchaus imstande sein würde, sich auch mit nackten Fäusten Respekt zu verschaffen. Was Michel jedoch am meisten befremdete, war die unerklärliche Mischung aus Verärgerung, Neugier und freundschaftlichem Verständnis, mit der ihn dieser Fremde betrachtete.

»Wenn Ihr die Dame Alison de Gennes mit dieser Frage meint«, antwortete er jetzt ruhig, »dann sucht Ihr sie hier vergeblich.«

»Sie ist fort?«

Mit allem hatte Michel de Lassay gerechnet, aber nicht damit. Er war zutiefst davon überzeugt gewesen, daß sie auch heute auf ihn warten würde. Sie hatte es immer getan. Unwillkürlich glitten seine Augen zu dem gepolsterten Taburett, auf dem sie normalerweise saß. Es war leer. Heute thronte dort keine schweigende Frau, die ihn aus riesigen grünen Augen musterte und darauf wartete, mit welchem Zug er das Duell zwischen ihnen eröffnete.

»Sie ist fort?« wiederholte er wie ein Narr.

»Das ist sie. Ich nehme an, Ihr seid de Lassay?« sagte nun der Fremde.

»Und Ihr?« Michel war so aufgebracht, daß ihm die höflichen Finessen lästig wurden. Er hatte kein Bedürfnis danach, überflüssige Höflichkeiten mit diesem Fremden auszutauschen.

»Colin d'Harigny, Feldhauptmann seiner Majestät, König Karls von Frankreich, und Graf von Harigny.«

»Ich habe von Euch gehört…« knurrte Michel de Lassay, und er meinte damit die zahllosen Berichte, die jeder Krieger über den Heldenmut der Feldhauptleute Jeanne d'Arcs kannte. Harigny war zudem unter den Männern gewesen, die Compiègne gehalten hatten, einer der tapfersten Ritter des Landes.

»Ich begreife nicht, weshalb ich Euch hier antreffe…« fügte er schließlich hinzu.

»Ehe ich antworte, gestattet mir eine Frage. Weshalb seid

Ihr gekommen? Was wollt Ihr von Dame Alison um diese Stunde?«

Eisblaue und tiefschwarze Augen begegneten sich, und es war Michel de Lassay, der mit einem tiefen Atemzug den Blick abwandte und das Gemach betrachtete, als habe er es noch nie gesehen. Eine durchgrübelte Nacht voller Selbstzweifel und Zorn lag hinter ihm. Es war ihm nicht leicht gefallen, den Entschluß zu fassen, die eigenen Fehler einzugestehen, und diesen Gang anzutreten.

»Es nutzt nichts, Euch das zu erklären, wenn sie gegangen ist«, erwiderte er rauh. »Verzeiht mein Eindringen. Ich habe meiner Dummheit die Krone aufgesetzt und zu lange gewartet. Ich werde ihre Entscheidung respektieren und mich zurückziehen. Es ist das Mindeste, was ich für sie tun kann.«

»Soviel zur Ansicht meiner bewunderungswürdigen Gemahlin, die damit rechnete, daß Ihr keinen Stein auf dem anderen lassen werdet, um Alison zu suchen«, meinte d'Harigny spöttisch. »Sie vertritt die romantische Ansicht, daß meine bezaubernde Schwägerin Euer Gefallen erregt hat.«

»Dann ist dies vermutlich Euer Dolch?« Michel de Lassay warf die Waffe, die Nadine ihm gereicht hatte, quer durch den Raum, und d'Harigny fing sie mit der Geschicklichkeit eines Mannes auf, der derlei Kunststückchen auf vielen Feldzügen zum Zeitvertreib geübt hatte. »Eure Gemahlin hat eine reichlich unkonventionelle Art, ihre Argumente zu untermauern.«

»Ihr habt sie kennengelernt«, entgegnete der dunkelhaarige Ritter so gelassen, als sei damit alles erklärt.

Michel wandte sich zum Gehen. Alle Spannkraft war aus seiner Gestalt gewichen, und plötzlich wirkte er hager und erschöpft. Aber eines wollte er dennoch wissen, denn erst in diesem Augenblick wurde ihm klar, wieviel Alison ihm wirklich bedeutete. Daß sein Leben nichts wert war ohne ihre Gegenwart, ihre Liebe, ihren Stolz und ihre Zärtlichkeit.

»Weshalb habt Ihr zugelassen, daß Alison diese gefährliche Arbeit für die Königin tut?« fragte er vorwurfsvoll. »Sie hätte gefaßt, gefoltert und verbrannt werden können. Wenn sie tatsächlich aus vornehmer Familie stammt, warum dieses dumme leichtsinnige Abenteuer?«

»Wollt Ihr behaupten, Ihr wißt es nicht?« Colin d'Harigny verlor seine lässige Haltung und kam mit wenigen Schritten näher. »Sie hat es Euch nie erzählt? Bei Gott, was für eine Hexe! Ich dachte mir gleich, daß dies nicht die ganze Geschichte sein kann. Ich hätte davon gewarnt sein müssen, wie ihre Schwester ist. Setzt Euch und nehmt einen Becher Branntwein, Ihr werdet ihn brauchen! Ich habe keine Ahnung, was für eine Frau Melisande de Guînes war, aber ich kann Euch versichern, daß ihre Töchter die Geduld eines Mannes über alle Maßen strapazieren können.«

In knappen Sätzen, die deshalb nicht weniger eindringlich waren, berichtete Colin, was sich vor nunmehr über siebzehn Jahren am Rande des Schlachtfeldes von Azincourt zugetragen hatte. Das Verbrechen Guy de St. Doyes an seinem Bruder, an dessen Frau und dessen Kindern gewann in Colins nüchterner Erzählung eine Brutalität und einen Schrecken, der die panische Flucht der beiden kleinen verängstigten Mädchen und alles, was sich danach ereignet hatte, um so tragischer wirken ließ. Aus dieser Perspektive betrachtet, bekamen Alisons Taten ein völlig anderes Gesicht. Das Kind dieser Schrecken mußte Narben davongetragen haben, die seine Seele gezeichnet und verändert hatten.

»Im Grunde ist es nur Nanas gespenstischer Ähnlichkeit mit ihrer Mutter zu verdanken, daß die Dinge in Fluß kamen«, beendete Colin seinen kurzen Bericht. »Alison hingegen hatte das Glück, daß die Königin das Wappen auf dem Medaillon, das sie ihr zeigte, erkannte, und ihren Vater benachrichtigte. Doch keiner der Beteiligten hat Wert darauf gelegt, diese dramatische Geschichte vom allgemeinen Hofklatsch breit getreten zu sehen. St. Doye ist noch auf freiem Fuß, und man darf ihn nicht warnen. Die Königin und der Konnetabel, zu dessen Männern ich zähle, kennen sie, und jetzt Ihr. Begreift Ihr nun?«

Michel de Lassay blieb stumm, aber die steilen Falten auf seiner Stirn und die schmal zusammengepreßten Lippen sprachen Bände. Er kam sich vor wie ein Mann, dem aus heiterem Himmel die Decke über dem Kopf zusammengebrochen ist und der sich erst mühsam den Kalkstaub aus den Kleidern schütteln muß.

Er versuchte gar nicht, sich die hilflose Verzweiflung Alisons vorzustellen, die zwischen einem schrecklichen Schicksal als Césars Konkubine und den Drohungen eines St. Doye oder eines Francis Windhurst mal in die eine und dann wieder in die andere Richtung getrieben worden war. Sie hatte um ihr bloßes Überleben gekämpft, während er ihr Ehrgeiz und Raffinesse vorwarf.

Sie war zu stolz gewesen, um sich gegen seine vorgefaßte Meinung zu verteidigen, aber leider auch zu empfindsam, um sich selbst vor ihm zu schützen.

»Bei Gott, warum hat sie mir all das verschwiegen?« murmelte er endlich und griff nach dem vorhin verschmähten Branntwein, um ihn in einem einzigen Zug hinunterzuschütten.

»Müßt Ihr das fragen? Ihr wißt, wie stolz sie ist. Mitleid war das letzte, was sie von Euch wollte. Vertrauen vielleicht, Anerkennung und manches mehr, aber der Himmel weiß, ganz bestimmt kein Mitleid.«

Michel legte die Hand über die Augen. Er hatte Alison weder Vertrauen noch Anerkennung geschenkt. Er hatte sie rücksichtslos für seine Zwecke benutzt und mit seinem Begehren verfolgt. Er hatte sich zynisch ihrer bedient, ihren Körper genossen und ihren Stolz gedemütigt. Gedankenlos und seiner selbst viel zu sicher. Zu überzeugt von der eigenen Unfehlbarkeit, hatte er sie gekränkt, gequält und verspottet. Kein Wunder, daß sie gegangen war. Wenn es diese Liebe jemals gegeben hatte, von der ihre Schwester sprach, so war sie unter dem Absatz seiner eigenen Stiefel zertreten worden.

Er hatte Alison aus eigener Schuld verloren. Er war ein Narr.

Er hatte nichts anderes verdient.

»Sie sind aus einem besonderen Stoff, die Töchter der bedauernswerten Melisande de Guînes«, sagte Colin d'Harigny eindringlich. »Man kann sie nicht mit anderen Frauen vergleichen. Ich habe auch meinen Tribut zahlen müssen, ehe ich begriff, daß ich ein Juwel besitze, neben dem jede andere Frau verblaßt. Wenn Ihr auch nur einen Funken Gefühl für Alison empfindet, dann handelt! Bittet die Königin, Eure Ehe zu gestatten, und schenkt Alison die Geborgenheit und den Frieden, die sie bisher so sehr vermissen mußte.«

»Ich kann nicht!« stöhnte Michel auf. Das, was Colin ihm erzählt hatte, hatte ihn von einem Verzeihenden zu jemandem werden lassen, dem verziehen werden mußte. Die ganze Situation hatte sich geändert.

»Liebt Ihr sie denn nicht, in Dreiteufelsnamen?« Colin fühlte, daß seine Geduld zu Ende ging.

»Natürlich liebe ich sie«, brüllte Michel, als könnte die Lautstärke die Anspannung mildern, die ihn getragen hielt. »Ich liebe sie bis zum Wahnsinn! Ich liebe sie gegen jede Vernunft und jede Logik. Ich bin besessen von ihr, aber nicht schurkisch genug, sie in eine Ehe mit einem Manne zu zwingen, den sie verachten muß und der es nicht verdient hat, den Saum ihres Gewandes zu küssen. Habt Dank für Euer Vertrauen und bewahrt Schweigen über unser Gespräch, ich werde gehen. Es gibt nur noch eine Möglichkeit für mich: Vor Lagny werden Männer gebraucht.«

Ehe d'Harigny sich von seiner Verblüffung erholt hatte, war der blonde Ritter hinausgeeilt.

»Bei allen Heiligen«, knurrte Colin und füllte seinen Becher neu. »Mir scheint, als Liebesbote tauge ich nicht besonders viel. Wie soll ich Nana nur erklären, daß er sich lieber vor Lagny erschlagen läßt, als ihre Schwester zu heiraten?«

»Ihr schon wieder!«

Nadine d'Harigny schenkte ihm ein so umwerfendes Lächeln, daß es dem blonden Mann für einen Augenblick den Atem verschlug. Dieses Lächeln war eine Waffe, gefährlicher als der Dolch, den er seinem Besitzer zurückgegeben hatte. Jetzt legte sie den Kopf ein wenig schief und faltete sittsam die Hände, aber ihre violetten Augen glitzerten.

»Ich werde nicht zulassen, daß Ihr Alison noch einmal wehtut, und es ist mir völlig egal, ob Eure Motive dafür ehrenhaft oder schurkisch sind«, sagte sie mit sanfter Beharrlichkeit.

»Ihr seid töricht!«

»Vielleicht.« Nadine zuckte mit den Schultern. Mit diesem Vorwurf konnte sie leben. »Ihr aber auch. Was habt Ihr jetzt wieder für einen verqueren, männlichen, albernen Grund, wie ein Wilder hier hereinzustürmen, anstatt bei meiner Schwester zu sein?«

»Wenn ich inzwischen etwas begriffen habe, dann doch wohl die Tatsache, daß Ihr sehr genau wißt, daß im Gemach Eurer Schwester ein dunkler Ritter Wache steht und sie selbst wie vom Erdboden verschwunden ist. Habt nicht Ihr all das in die Wege geleitet?«

»Warum seid Ihr mir deswegen so böse?« Die entwaffnende Liebenswürdigkeit seiner Besucherin war durch nichts zu erschüttern. »Ihr solltet mir lieber dankbar sein, daß ich Euch dazu gezwungen habe, endlich ehrlich mit Euch selbst zu sein. Männer neigen bedauerlicherweise dazu, die Welt höchst einseitig nach ihren Vorstellungen zu betrachten. Von Zeit zu Zeit ist es unumgänglich, dieses dumme Bild wieder zurechtzurücken.«

Michel de Lassay, der in seinem Leben einiges erlebt hatte, mußte eingestehen, daß er sich dieser schönen, eleganten Edeldame nicht gewachsen fühlte. Sie hatte nichts von der Rätselhaftigkeit ihrer Schwester, im Gegenteil, sie war so klar wie Quellwasser, und gerade das machte es besonders schwer. Wie konnte man jemandem böse sein, der in aller Sanftmut die Schönheit und Wahrheit selbst verkörperte? Der in sein finsteres Gesicht lächelte und nicht im geringsten eingeschüchtert wirkte? Der gleichzeitig aber keinen Schritt wich und so aussah, als würde er nicht eher gehen, als bis er Antwort auf seine Fragen erhalten hatte.

»Was erwartet Ihr eigentlich von mir?« erwiderte er, bereits die Niederlage eingestehend.

»Daß Ihr nicht davonlauft, sondern meiner Schwester sagt, daß Ihr sie liebt. Wenn Ihr das Gefühl habt, daß Ihr in Alisons Schuld steht, dann überlaßt ihr das Urteil darüber, ob Ihr gehen sollt oder nicht. Und nun kommt, es ist an der Zeit, daß Ihr Eure Entschuldigungen überbringt.«

Sie ließ ihm keine Zeit für weitere Ausflüchte, sie reichte ihm die Hand, damit er sie führen konnte. Dann hob sie das Kinn, raffte ihre Röcke und schritt an seinem Arm aus dem Raum, ging den Gang entlang und ein Stockwerk tiefer, wo der Haushofmeister dem Grafen Harigny und seiner Familie die Räume angewiesen hatte, die seinem Rang und Namen zustanden. Leise öffnete sie die Tür und gab den Blick in das Gemach frei.

Alison ging in der Kemenate auf und ab. Die Aufgabe, den brüllenden kleinen Grafen Harigny zu beruhigen, der vom Hunger geplagt wütend nach seiner schönen Mutter plärrte, nahm sie voll in Anspruch. Der Lärm des zornigen jungen Mannes übertönte, daß die Tür geöffnet worden war.

»Sei doch bitte still«, flehte sie ihn an und küßte den Säugling, der im Augenblick nur aus einem weit geöffneten

Mund und zornigen roten Fäusten zu bestehen schien, auf die Stirn. »Deine Mutter kommt gleich. Du lieber Gott, die Königin wird glauben, die Hunnen stürmen diesen Palast, wenn du nicht endlich aufhörst!«

Michel starrte die junge Frau atemlos an. Alison trug ein weichfließendes Hauskleid aus dünner, pflaumenblauer Seide, und ihre offenen Haare wurden lediglich mit zwei perlenbesetzten Kämmen an den Schläfen zurückgehalten. Und so weich, so zärtlich, so hingebungsvoll, wie sie ihren Neffen betrachtete, hatte er ihr schönes Gesicht bisher noch nie gesehen.

Wie eine Vision blitzte das Bild der Mutter, die sie einmal sein würde, vor seinen Augen auf. Es machte sie sanfter, nachgiebiger, mit diesem kleinen schwarzhaarigen und ausgehungerten Engel in ihren Armen verlor ihre herausfordernde Schönheit an Gefährlichkeit. Das Kind machte sie gleichsam wehrlos, ließ sie aber nur um so bedrohlicher für seinen Seelenfrieden erscheinen.

»Gib mir meinen wütenden Drachen«, erklärte in diesem Moment Nadine d'Harigny und griff nach dem Säugling. Alison erstarrte mitten in der Bewegung, als sie Michel de Lassay hinter ihrer Schwester entdeckte. So unverhofft war sein Anblick für sie, daß er dieses eine Mal Zeuge wurde, wie verzweifelte Sehnsucht in ihren Augen leuchtete, bevor sie sich hinter der üblichen Maske ihrer eisernen Beherrschung versteckte.

Im Hintergrund verließ Nadine den Raum, und als Alison nur Sekunden später zur Tür stürzte, um ihr nachzulaufen, fand sie den Riegen vorgelegt und verschlossen. Sie lehnte die Stirn gegen das geschnitzte Holz und schloß ermattet die Augen. Seit Nadine wieder in ihr Leben getreten war, fühlte sie sich auf sehr befremdliche Weise zur kleinen Schwester degradiert und herumkommandiert. Wenn sie noch einen weiteren Beweis dafür benötigt hätte, dann hatte sie ihn soeben erhalten.

Sie fühlte Michels Hände, die ihre Schultern umspannten. Schon diese leichte Berührung genügte, daß sie zu zittern begann. Sanft führte er sie zu einem gepolsterten Lehnstuhl, der achtlos vor den Kamin gerückt worden war, um der Wiege des kleinen Grafen Platz zu machen.

»Ich habe Euch gesucht«, gab er zu, während sie Platz nahm, darauf achtend, daß er sie nicht weiter berührte. »Ich wollte Euch etwas fragen, aber dann traf ich nur den Gatten Eurer Schwester in Eurem Gemach.«

»Colin?« Alison fuhr hoch. »Deswegen hat sie mich also gebeten, bei ihr zu bleiben. Was wollte er? Hat er Euch gefordert? Er hat kein Recht dazu, Ihr müßt ihm keine Genugtuung geben. Er ist einer der größten Schwertkämpfer des Königreiches, es wäre glatter Selbstmord, mit ihm die Klinge zu kreuzen.«

Sie fürchtete doch tatsächlich um sein Leben! Anstatt Befriedigung darüber zu empfinden, daß ihm jemand seinen starrsinnigen Kopf ein wenig zurechtrückte, sorgte sie sich um sein Wohlergehen! Wer konnte sich mit dieser Frau vergleichen? Ihre Großmut entwaffnete ihn schlimmer, als es jeder Vorwurf getan hätte.

Michel de Lassay senkte den Kopf und beugte ein Knie, ehe er nach Alisons Hand griff und sie festhielt. Sie betrachtete ihn aus großen, erstaunten Augen, in deren Blick sich jedoch auch Vorsicht und Mißtrauen widerspiegelten, und obwohl er es verstand, schmerzte es ihn. Ob es ihm jemals gelingen würde, ihr Vertrauen zu erringen?

»Harigny hat mich nicht mit dem Schwert besiegt, sondern mit seinen Worten«, entgegnete er so demutsvoll, daß sie ihren Ohren nicht trauen wollte. »Ihr seht mich zutiefst beschämt, Dame Alison! Ich verdiene Euren Zorn und Eure Verachtung, und ich weiß, daß ich mich wie ein Schurke benommen habe. Ich habe Euch Unrecht getan, und ich bitte um Eure Verzeihung, ehe ich für immer gehe.«

Alison starrte auf den geneigten Kopf mit den goldenen

Haaren. Den starken Nacken und die Schultern, die sie in ihrer Leidenschaft so oft umfangen hatte. Warum geißelte er sich mit dieser unterwürfigen Entschuldigung und sagte kein einziges Wort von Liebe? Nadine hatte ihr geschworen, daß er sie liebte und daß es nur darum ging, daß er sich seiner Gefühle bewußt wurde und sie akzeptierte. Welch ein Irrtum! Er wollte sie verlassen!

»Gehen? Ihr wollt gehen?« sagte sie erschüttert. »Aber warum? Bedeute ich Euch denn gar nichts mehr? Begehrt Ihr mich nicht mehr?«

Sie griff in plötzlich aufflammendem Zorn nach seinen Schultern und schob ihn ein Stück zurück, damit sie endlich sein Gesicht sehen konnte. Seine Augen schauten sie in nie gekannter Verzweiflung an, und neben dem Mund kerbten sich zwei tiefe Falten der Verbitterung. Er wirkte wie ein geschlagener Mann. Echt oder falsch? Würde sie denn nie begreifen können, was in ihm vorging? Sie war der Mißverständnisse und der falschen Höflichkeit so überdrüssig!

»Was ist das für ein Spiel, das du mit mir spielst, Francis Windhurst«, sagte sie heftig und nannte ihn unwillkürlich bei dem Namen, unter dem sie ihn kennengelernt hatte. »Was redest du von Verachtung und Verzeihung? Ich will deine Liebe und nicht deine Entschuldigungen! Wenn du mir die verweigerst, dann scher dich zum Teufel!«

Die sanfte Madonna von vorhin verwandelte sich in einen zornsprühenden Vulkan. Sie hatte nicht einen der rüden, drastischen Flüche vergessen, die man am Tour de Nesle täglich verwendete, und sie lud sie mit erhobener Stimme alle miteinander auf sein Haupt.

Das war auch für den reuigsten Mann zuviel! Michel errötete unter diesem Hagel von Beleidigungen. Er packte sie an den Fäusten, mit denen sie wütend auf seine Schultern eingetrommelt hatte, erhob sich und umfing die ganze erboste Person mit einer eisernen Umarmung.

»Gott steh mir bei, beim Teufel bin ich schon! Aber eines

sag' ich dir, diese Hölle werden wir gemeinsam durchstehen!« rief er und erstickte jeden weiteren Protest mit leidenschaftlichen Küssen. Er küßte sie wie im Fieber, wieder und wieder, aber erst als er die Feuchtigkeit auf ihren Wangen spürte, hielt er inne.

»Du weinst!« flüsterte er betroffen. »Hab' ich dir schon wieder weh getan?«

Sie schüttelte den Kopf und lächelte unter Tränen, nicht fähig, die unvergleichlichen Gefühle in Worte zu fassen, die ihr fast die Brust zu sprengen drohten. Sanft begann Michel die Tränen fortzuküssen, die über ihre Wangen rannen.

»Ich möchte nicht, daß du weinst«, sagte er mit belegter Stimme. »Ich habe dich noch nie weinen sehen. Ich wußte gar nicht, daß du es kannst... Ich habe es lieber, wenn du lachst, oder meinetwegen auch, wenn du böse auf mich bist, aber keine Tränen. Du solltest nie wieder weinen müssen, *ma mie*. Es ist vorbei, die schlimmen Tage deines Lebens gehören der Vergangenheit an!«

Aber Alison konnte nicht mehr aufhören. Es schien ihr, als müßte sie in diesem Moment all die Tränen weinen, die sie seit Jahren unterdrückt hatte. Die verzweifelte Schwäche, die sie bekämpfte, die bittere Einsamkeit, die ihr das Herz bedrückt hatte, die kummervolle Sehnsucht nach einem Menschen, der zu ihr gehörte. Nun, wo sie diesen Menschen gefunden hatte, konnte sie endlich weinen.

Michel de Lassay begriff nicht alles von dem, was in ihr vorging, aber er hielt sie fest.

Er bot ihr den Trost seiner Liebe und seiner Arme. Er fühlte eine ungewohnte Rührung tief in seiner Brust, den leidenschaftlichen Drang, Alison zu beschützen und für immer an ihrer Seite zu bleiben, damit ihr nie wieder Böses geschah. Sie würden ein neues Leben beginnen. Gemeinsam. Gemeinsam würden sie beide die Schrecken der Vergangenheit überwinden können.

»Ich liebe dich!« schwor er dicht an ihren Lippen. »Willst

du meine Frau werden, die ich bis ans Ende meiner Tage lieben und ehren werde?«

»Wen bittest du darum?« fragte Alison rauh. »Die Rote Alison? Den Schützling der Herzogin von Bedford? Die Spionin Jolandes von Aragón? Die Dirne vom Tour de Nesle? Die Dame de Gennes?«

Michel begriff, was sie ihn fragte, und dieses Mal fand er die richtigen Worte. Vielleicht, weil er zum ersten Male seit undenklichen Jahren einfach das sagte, was sich ihm voller Selbstverständlichkeit auf die Zunge drängte.

»Vergiß sie alle miteinander. Keine von ihnen war deine richtige Gestalt. Sobald wir vor einen Priester treten, wird es nur noch Alison de Lassay geben, die geliebte Gattin eines Mannes, der seine künftigen Tage damit verbringen wird, dich anzubeten. Die Mutter meiner Kinder, die Herrin meines Hauses und meines Herzens!«

»Ich bin die Deine.« Alison nickte ernst. »Nichts, was geschehen ist, hat jemals etwas daran geändert. Es war von Anbeginn der Zeit bestimmt. Ich habe dich im Feuer gesehen, aber ich konnte nicht ahnen, daß aus dem Tod neues Leben entsteht.«

»Sag nicht so etwas«, bat er besorgt. »Niemand kann im Feuer etwas sehen. Du bist keine Zigeunerin mehr, die den Bürgern auf der Pont au Change die Zukunft vorhersagt. Hör auf damit, es ist gefährlich, wenn es an die falschen Ohren dringt – oder willst du als Hexe angeklagt werden?«

»Psst!« Sie legte einen Finger auf seine Lippen und hauchte einen Kuß darauf. »Du hast keinen Grund, dich zu fürchten, das Feuer ist mein Freund!«

»Ich ertrage den Gedanken nicht, daß du in Gefahr geraten könntest«, gab Michel zu und schloß sie enger in seine schützenden Arme, als könnte er sie so vor der ganzen Welt bewahren. »Ich möchte dich nie verlieren.«

Alison schmiegte sich in seine Umarmung und erwiderte seine Küsse. Sie begriff, daß er Angst um sie hatte. Sie wußte, daß sie ihm ein gefährliches Geheimnis anvertraut hatte. Aber ihm mußte sie es sagen, zwischen ihnen durfte es künftig keine Heimlichkeiten mehr geben. Bis auf jene eine kleine, die sie noch sorgsam hütete, die sie sich für später aufhob. Nicht etwa, weil sie ihm noch mißtraute, sondern weil sie diesen verzauberten Augenblick ihres Lebens eben nicht mit dem kleinen Wesen teilen wollte, das diesen spöttischen, zynischen Halunken endgültig in einen liebenden Mann und Vater verwandeln würde.

Sie hob ihm die Lippen entgegen, und die unendliche Freude, die ihr Gesicht verklärte, taute die letzten Reste von Eis in einem Herzen, das für immer ungerührt hatte bleiben wollen.

## 23. Kapitel

Es war ein schweres Stück Arbeit gewesen, jenen Teil der Burg, der noch bewohnbar war, halbwegs wieder instand zu setzen. Aber die Ernte war eingebracht, und die Dorfbewohner halfen mit, so daß der Mann, der sie beaufsichtigte, sicher sein konnte, daß er seinem Herrn nicht nur volle Scheunen, sondern auch ein dichtes Dach und gut ziehende Kamine bieten konnte. Zwar fehlte es noch an Möbeln, an Wandteppichen und Truhen, aber die alte und die junge Frau, die Seite an Seite in der großen Halle der Burg die Abendmahlzeit auftrugen, konnten mit ihrem Werk bereits zufrieden sein.

Frische Kräuter bedeckten die Steinfliesen, Tische und Bänke glänzten sauber geschrubbt, und die neuen Glasfenster an der Südseite der Halle ließen das Licht des zu Ende gehenden Tages herein, der Wind jedoch, der vom Ufer der Loire heraufzog, blieb draußen. Es roch nach Bienenwachs und frischem Brot, nach Sommerblumen; es war, wie es in einem wohlgeordneten, hochherrschaftlichen Haushalt sein sollte.

»Besucher, Herrin! Sie kommen über die Brücke auf das Schloß zu!« Ein halbwüchsiger Junge in Holzpantinen und mit einem wilden braunen Haarschopf stürmte in die Halle. »Eine riesige Gruppe! In Kürze werden sie da sein. Sie tragen das Banner unseres Herrn!«

»Endlich!« Eleanor de Carhaix faltete die Hände und schloß die Augen. »Dem Himmel sei Dank, der Junge kommt nach Hause! Jetzt wird alles seine Ordnung haben.«

»Wollen wir hoffen, daß Eure Gebete erhört werden«, sagte die jüngere Frau und lächelte ihr zu. »Ich werde in der Küche Bescheid geben. Ein Glück, daß wir genügend Vorräte angeschafft haben. Es sieht so aus, als müßten wir nun beweisen, was wir getan haben.«

Eleanor de Carhaix stand auf der großen Freitreppe des Hauptgebäudes und sah den Besuchern entgegen. Eine schmale, dunkle Gestalt mit weißer Haube und dem schweren Schlüsselbund der Hausherrin am Gürtel. Sie hatte feuchte Augen vor Rührung, und so ganz gut sah sie auf die Entfernung auch nicht mehr. Deswegen erkannte sie auch die Gestalt, der Michel de Lassay vorsichtig aus einer Sänfte half, erst, als sie nur noch wenige Schritte von ihr entfernt war.

»Alison!«

»Großmama, darf ich Euch meine Gemahlin ins Haus bringen? Die Dame Alison de Lassay, Dame de Gennes und Comtesse de Mesnières!« Es bereitete Michel sichtliches Vergnügen, die vollständige Liste ihrer Titel vor ihr auszubreiten, und die alte Dame dankte es ihm mit einem ebenso fassungslosen wie freudigen Gesichtsausdruck.

»Endlich!« Sie schloß die junge Frau liebevoll in die Arme. »Ich wußte, daß alles gut werden wird. Ich habe dir gesagt, daß ihr euch nicht trennen könnt. Endlich bist du vernünftig geworden!« Letzteres galt ihrem Enkel, der in stillem Vergnügen diese Begrüßung beobachtete. »Gott segne Euch und Euer Glück«, sagte sie dann formell. »Heißt das, daß nun endlich Frieden herrscht, daß Ihr deswegen nach Hause gekommen seid?«

»Das heißt es fast, *Grand –mère*. Die Belagerung von Lagny ist am 10. August aufgegeben worden, und wie es scheint, sucht der Herzog von Bedford endlich auch den Friedensschluß mit dem Konnetabel de Richemont. Ja, *Grand –mère*, es sieht so aus, als könnten wir alle uns endlich wieder um Dinge kümmern, die nichts mit Tod und Verzweiflung zu tun haben.«

»Aber ihr seid nicht allein?« Dame Eleanor sah neugierig über seine Schulter, wo eben Colin d'Harigny seiner schönen Gattin von einem Zelter half und auch der Graf von Mesnières vom Pferd stieg.

»Das ist uns nicht vergönnt«, antwortete Michel ein wenig boshaft und quittierte den Knuff, den ihm seine Gattin verpaßte, mit einer freundlichen Verneigung. »Unsere Familie hat ungeahnte Ausmaße angenommen. Der Vater meiner lieben Frau, ihre Schwester, ihr Gatte, mein frisch erworbener Neffe, zwei Dutzend Bogenschützen von Königin Jolande und nicht zu vergessen diverse Zofen, Diener und Knechte, ohne die wir jetzt anscheinend nicht mehr auskommen.«

Dame Eleanor blinzelte ein wenig irritiert, ehe sie begriff, daß ihr Enkel diesmal keinen seiner üblichen Späße machte, sondern nur seine schöne Frau ein wenig neckte. Die sah sich ungerührt um, bis ihr Blick an dem hünenhaften Mann hängenblieb, der im Hintergrund stand und die Begrüßung in Ruhe abwartete.

»Jean! Jean Malmortes! Wie schön, Euch wiederzusehen! Wie ich mich freue, daß Ihr hier seid!«

Ein wenig verlegen ließ sich der frisch ernannte Burgvogt von Lassay die spontane Umarmung der eleganten Dame gefallen, die so wenig Ähnlichkeit mit dem schmutzigen Knaben hatte, den er in Angers gelassen hatte.

»Wo sonst sollte er sein?« knurrte Michel, den ein Anflug von Eifersucht über diese allzu offensichtliche Freude plagte.

»Er ist hier aufgewachsen, und der Schutz meiner Großmutter ist ihm anvertraut. Es besteht kein Anlaß, ihn anzustrahlen, als sei er ein Erzengel des Paradieses. Du wirst Probleme mit seiner Gattin bekommen, mein Herz!«

Alison schenkte ihm ein strahlendes Lächeln, und Dame Eleanor blinzelte noch mehr, als sie die hingebungsvolle Liebe sah, die ihr vom Gesicht abzulesen war und die so ausschließlich Michel galt, daß seine brummige Eifersüchtelei eher komisch wirkte.

Im Hintergrund meldete sich die kräftige, durchdringende Stimme des kleinen Grafen und machte klar, daß es noch andere Gäste gab, die versorgt werden mußten. Alison und Michel überließen es Dame Eleanor und Jean, alles zu organisieren, nachdem man sich gegenseitig begrüßt hatte. Die alte Dame war ganz in ihrem Element, und Alison kam es vor, als sei sie in dem halben Jahr, seit sie einander nicht gesehen hatten, um ein Jahrzehnt jünger geworden.

»Du siehst müde aus, mein Herz«, murmelte Michel und zog sie mit sich in die saubere, aber noch kahle Halle, die er mit gerunzelter Stirn musterte. Er hatte es sich schlimmer vorgestellt, aber es war dennoch gut, daß Nadine darauf bestanden hatte, diese Unmengen von Teppichen und Möbeln aus Angers mitzunehmen. Sie hatte anscheinend in Harigny ihre Erfahrungen mit Burgen gemacht, die seit geraumer Zeit leerstanden, und er würde sich bei ihr für diese Umsicht bedanken müssen.

»Du weißt, die Schaukelei in der Sänfte bekommt mir nicht«, antwortete Alison. »Irgendwann werde ich reiten lernen müssen.«

»Das hat Zeit, ich hoffe nur, daß es hier ein kühles, sauberes Gemach gibt, in dem du dich ausruhen kannst und das...«

»Selbstverständlich gibt es das. Und das Badewasser für Madame und ihre Schwester ist ebenfalls bereits auf dem Feuer. Ihr kommt in einen geordneten Haushalt und in kein Feldlager, Seigneur!«

»Hélie!« Alison traute ihren Augen nicht. Sie betrachtete die rundliche Person mit einem ungläubigen Lächeln. »Bist du das wirklich?«

»Könnt Ihr daran zweifeln?« antwortete ihr Gatte spöttisch. »Ich kenne kein zweites weibliches Wesen, das unter so gefälligen weichen Formen das gnadenlose Temperament eines Generals und die Schärfe von vergorenem Essig verbirgt. Was Jean dazu bewogen hat, sie zur Frau zu nehmen, wird mir ein ewiges Rätsel sein.« Alison lachte, während sie verblüfft zwischen den beiden Streithähnen hin und hersah.

»Er trägt mir nach, daß ich mich während seiner Genesung nicht habe tyrannisieren lassen«, erklärte Hélie gelassen und machte dennoch einen respektvollen Knicks vor dem Hausherrn. »Er war unerträglich ohne Euch! Warum habt Ihr uns so lange warten lassen?«

»Wie es scheint, hast du diese Wartezeit gut genützt und dir einen tüchtigen Mann genommen«, antwortete Alison, die sich darüber freute, daß ihre mollige kleine Zofe und der schwarze Hüne zueinander gefunden hatten.

Hélie nickte voller Stolz. »Ihr kennt ihn, es gibt niemanden, der sich mit ihm vergleichen kann«, schwärmte sie von Jean.

»Wieso hast du mir nicht gesagt, daß Hélie hier ist?« wandte sich Alison ein wenig vorwurfsvoll an ihren Gatten. »Ich hatte mir solche Sorgen um sie gemacht. Sie war es doch, die mir geholfen hat...« Sie brach mitten im Satz ab, sogar jetzt noch verstört von der Erinnerung an die schlimmen Stunden, die sie durchgemacht hatte, nachdem Michel dem Giftanschlag zum Opfer gefallen war.

»Er weiß es nicht«, meinte Hélie ruhig. »Niemand von uns hat es ihm gesagt. Ihr habt Jean das Versprechen abgenommen zu schweigen, und wir haben uns alle daran gehalten. Außerdem hat er nie irgendwelche Fragen gestellt.«

»Was hat das zu bedeuten?« Michel de Lassay runzelte die Stirn. »Was weiß ich nicht? Ich dachte, die Geheimnisse gehörten der Vergangenheit an?«

»Ihr entsinnt Euch an die Nacht, als man Euch das Gift gab?« Hélie nahm ihrer Herrin die Antwort ab, die viel zu verlegen war, um etwas zu sagen.

»Nur verschwommen«, gab Michel widerstrebend zu. Diese Erinnerungen gehörten nicht zu jenen, die er pflegte. »Da waren Männer, die mich fortbrachten, später Jean und dann meine Großmutter, die mich zusammen mit Euch gepflegt hat.«

»Und da war Dame Alison, die Himmel und Hölle in Bewegung setzte, um Euch rechtzeitig aus dem Palais zu bringen, als sie begriff, welche Schurkerei St. Doye geplant hatte. Die drei Nächte und drei Tage nicht von Eurem Lager wich und Euch förmlich mit der Kraft ihrer Liebe vom Rand des Grabes zurückgerissen hat«, erklärte Hélie in der ihr eigenen Deutlichkeit. »Dame Alison, die danach Euren Auftrag von der Herzogin übernahm und mit Jean nach Angers ritt, obwohl sie in ihrem Leben noch nie auf einem Pferd gesessen hatte und vermutlich vor Müdigkeit und Schmerzen zusammenbrach...«

»Du übertreibst«, unterbrach Alison zaghaft. Sie hatte nicht gewollt, daß Michel dies erfuhr. Er trug noch immer schwer genug an den Vorwürfen, die er sich machte, weil er ihr soviel Unrecht getan hatte. Sie spürte es, auch wenn er auf ihren Wunsch hin nicht mehr davon sprach. Die Ereignisse hatten ihn gezeichnet. Er war nicht mehr derselbe Mann wie früher, aber sie liebte ihn deswegen nur noch mehr als je zuvor.

»Warum die Vergangenheit wieder aufwärmen?« Sie

lächelte gespielt munter. »Hatten wir uns nicht für die Zukunft entschieden? Gehört zu dieser Zukunft nicht ein Bad? Ich habe das Gefühl, daß ich den Staub des ganzen Königreiches mit mir herumschleppe, und vergehe vor Sehnsucht nach einem kühlen Trunk.«

Wenig später ruhte Alison mit geschlossenen Augen in dem großen Zuber, den Hélie mit feinstem Leinen ausgelegt hatte. Auf dem sich trübe färbenden Wasser schwammen duftende Rosenblätter, und das feine Öl, das sie Zofe im Gepäck ihrer Herrin gefunden hatte, hüllte die Badende in eine Wolke aus zusätzlichen Rosendüften.

Hélie respektierte ihr Schweigen und ging ihr mit jener Tüchtigkeit zur Hilfe, die Alison schon in Paris in Erstaunen versetzt hatte. Als sie indes die junge Frau in das große Leinentuch hüllte, das sie vor dem Kamin gewärmt hatte, konnte sie einen verblüfften Ausruf doch nicht unterdrücken.

»Ihr seid in Hoffnung!«

Alison errötete ein wenig und nickte. »Ja, aber sag es bitte niemand. Ich habe es bisher verschwiegen. Michel hätte nie erlaubt, daß ich diese Reise antrete, wenn er es gewußt hätte. Er übertreibt in seiner Sorge um mich. Es geht mir gut! Ich wollte endlich zu Hause sein! Jetzt bin ich nur ein wenig müde.«

»Dann solltet Ihr gleich zu Bett gehen«, kommandierte Hélie und reichte ihr statt des bereitgelegten Kleides ein zartes, seidenes Hemd, dessen winzig bestickte Bänder an Hals und Ärmeln der einzige Schmuck waren. Es floß wie Wasser an ihrem Körper herab, und die verführerischen Schatten, die der Stoff erkennen ließ, verrieten, daß Alisons Körper tatsächlich weiblicher und runder geworden war.

»Wollt Ihr etwa, daß dem Kind Schaden geschieht?« Mit dieser Bemerkung erstickte Hélie jeden Widerspruch im Keim, und Alison kapitulierte, da sie sich tatsächlich nach Ruhe sehnte.

»Ich werde Euch eine leichte Mahlzeit heraufbringen und dafür sorgen, daß Ihr nicht gestört werdet!« versprach Hélie und deckte sie sorgsam zu.

Alison sah ihr nach, wie sie wenig später emsig und mit fliegenden Röcken davoneilte. Daß es ihr jedoch gelingen würde, auch das zweite Versprechen zu erfüllen, bezweifelte sie – und behielt recht.

Als erster stürzte ihr Gatte ins Zimmer, der die Zeit ebenfalls benutzt hatte, sich zu säubern und frische Kleider anzulegen. Sein helles Haar war noch naß vom Bad und lag wie eine goldene Kappe um seinen Kopf, die blauen Augen blickten besorgt, die Stirn war gerunzelt.

»Ihr fühlt Euch nicht wohl? Hélie redet irgendwelchen Unsinn von Müdigkeit und Schonung? Was fehlt Euch? Ihr seid doch nicht krank?«

Alison setzte sich in den Kissen auf und lächelte ihn liebevoll an. Sie konnte ihn nicht ansehen, ohne sich nach seinen Küssen zu sehen. Auffordernd klopfte sie auf den Rand des Bettes. »Setzt Euch, mein liebster Herr, ich fürchte, ich muß Euch noch ein letztes Geständnis machen. Es fehlt mir nichts, im Gegenteil. Ich habe ein wenig zuviel. Aber mit dieser Last werde ich noch bis in den nächsten Frühling leben müssen. Erst dann werden die neun Monate zu Ende sein, die unser Kind benötigt, um zur Welt zu kommen.«

Während sie sprach, beobachtete sie, wie sich nacheinander die unterschiedlichsten Gefühle auf seinem sonst so beherrschten Gesicht abzeichneten. Besorgnis und Angst, Unglauben, Fassungslosigkeit und schließlich ein so freudiges Strahlen, daß sie für alle Mühen dieser Schwangerschaft schon jetzt entschädigt wurde.

»Warum in Dreiteufelsnamen habt Ihr das nicht gesagt?« brauste er auf, als ihm allmählich die Konsequenzen klar wurden. »Es war heller Wahnsinn, diese Schaukelei in der Sänfte. Ihr hättet unser Kind verlieren können. Diese Reise war purer Leichtsinn.«

»Unsinn!« widersprach Alison respektlos und griff nach der Rechten ihres Mannes, um sie an ihre Wange zu legen. »Es geht mir wunderbar, ich bin nur ein wenig müde. Ich weiß, daß unser Kind keinen Schaden erlitten hat. Ich fühle es! Es geht ihm gut.«

Die letzten Wochen hatten Michel de Lassay gelehrt, daß seine Gattin tatsächlich über ein Wissen verfügte, das weit über das normale Begreifbare hinausging. Er hatte gelernt, seinen Unglauben und seine Zweifel in Bezug auf diese besondere Eigenschaft Alisons zu überwinden. Sie war, wie sie war, und er dankte dem Himmel jeden Tag dafür, daß sie unbeschadet wie ein Phönix aus der Asche auferstanden war und ihn liebte.

»Hast du es ihm endlich gesagt? Ein Glück! Ich hatte ständig Angst, eine falsche Bemerkung zu machen und dir deine Überraschung zu verderben!«

Nadine d'Harigny übersah großzügig, daß sie das Paar ganz offensichtlich störte. Sie trat an das Bett ihrer Schwester und musterte die Jüngere ein paar Sekunden eindringlich prüfend, dann nickte sie zufrieden.

»Ja, es geht dir gut. Ich sehe es.«

Michel fuhr erneut auf.

»Ihr habt es also gewußt und nicht verhindert, daß sie diese Reise antrat? Habt Ihr denn gar kein Gefühl im Leib? Sie hätte Schaden nehmen können.«

»Unsinn!« antwortete Nadine, exakt im selben Ton wie ihre Schwester, nur mit dunklerer Stimme. »Die Frauen Eurer Pächter arbeiten auf dem Feld, bis ihre Stunde kommt. Dieser Wirbel, der um ach so zarte Damen gemacht wird, dient nur Euch Männern, damit wir schön das tun, was Ihr sagt, und Euch nicht weiter stören, wenn Ihr andere Dinge vorhabt. Alison ist gesund, und es ist völlig richtig, wenn sie will, daß Euer erstes Kind unter Eurem eigenen Dach zur Welt kommt. Schaut nicht so brummig, Herr Schwager, mich könnt Ihr damit nicht schrecken!«

Sie küßte Alison liebevoll und eilte in ihrer üblichen Geschäftigkeit wieder hinaus.

»Nein, ich fürchte, Eure Schwester kann wirklich nichts schrecken«, seufzte Michel, der Nadine bewunderte, obwohl er sie an manchen Tagen ebenso gerne erwürgt hätte. »Und nun verratet mir, mein Herz, war es wirklich Euer Wunsch, daß unser Kind…«

Stimmengewirr von draußen unterbrach ihn aufs Neue, und er verdrehte die Augen, als Hélie und Eleanor de Carhaix den Raum betraten. Die alte Dame war zu Tränen gerührt über die Neuigkeit, und bis sie sich endlich davon überzeugt hatte, daß es der werdenden Mutter und dem Kind gut ging, war ihr Enkel am Ende seiner Geduld.

»Ich habe das dumpfe Gefühl, daß auch noch dein Vater, Jean und Colin hier auftauchen werden«, polterte er, als sich die Tür endlich hinter seiner Großmutter und Hélie wieder schloß. »Ich glaubte, in mein Haus zu kommen, aber dies scheint eine Art Bienenstock zu sein, in dem jeder ein- und ausfliegt, wie es ihm paßt. Ich werde als erstes dafür sorgen müssen, daß hier ein stabiler Riegel angebracht wird, den wir von innen vorlegen können.«

Alison, die gehorsam die duftende Brühe löffelte, die ihr Hélie gebracht hatte, danach vom Frikassee naschte und ihr Mahl mit ein paar duftenden Aprikosen abschloß, wartete beharrlich, bis sich sein heftiges Temperament wieder beruhigt hatte. Auch sie hatte eine Menge über den Mann gelernt, den sie geheiratet hatte. Er verbarg seine Besorgnis um sie gerne hinter diesem Radau, denn es fiel ihm immer noch nicht leicht, seine Gefühle zu akzeptieren und sie in Worte zu fassen. Aber er bewies ihr seine Liebe mit jeder Geste und jedem Blick.

Der Bund, den sie beide vor wenigen Wochen in der Kathedrale von Angers mit Königin Jolande und dem Konnetabel de Richemont als offiziellen Zeugen beschworen hatten, war für sie nur eine formale Angelegenheit gewesen.

Für Michel de Lassay hingegen der endgültige und unwiderrufliche Beweis, daß sie ihm wirklich gehörte. Offensichtlich hatte er bis zu ihrem leisen »Ja!« immer noch damit gerechnet, daß sie ihm all die Dummheiten vorwarf, die er ihr in den vergangenen Monaten gesagt hatte, um ihn dann vor versammeltem Hofe stehen zu lassen.

In jener Nacht, in der sie auf das blumengeschmückte Brautbett gesunken waren, hatte Alison eine Art von Liebe erfahren, die sie nie wieder missen wollte. Es war nicht länger jene fieberhafte, drängende Begierde gewesen, mit der einer sich des anderen versichern wollte. Sie gehörten ja längst für immer zueinander, und diese Gewißheit verlieh ihrer Leidenschaft plötzlich ein neues Gesicht, eine tiefe Zärtlichkeit und eine Vertrautheit, die sie über Raum und Zeit hinaushob.

Erst in dieser Nacht hatte Alison begriffen, wie tief die Wunden waren, die das Leben Michel de Lassay zugefügt hatte. Auch der gefangene, hübsche kleine Page in einem fremden Land hatte seinen schlimmen Tribut gezahlt. Von einem lasterhaften Herzog betrogen, an einen schwachen Lord abgeschoben, erniedrigt und mißhandelt, war er zu einem Mann herangewachsen, der weder an Gefühle noch an Ehrlichkeit oder Loyalität glauben konnte.

»Woran denkt Ihr?« forschte Michel in diesem Moment, weil er beobachtete, daß seine Gattin höchst nachdenklich eine Aprikose betrachtete, ohne in die Frucht hineinzubeißen. Sie schien meilenweit von ihm entfernt zu sein.

»An Euch!« antwortete sie jedoch sofort. »Daran, wie sehr ich Euch liebe!« Und dann fügte sie praktisch hinzu: »Wollt Ihr nicht essen? Sonst werdet Ihr hungern müssen, wenn Ihr nicht nach unten zu den anderen geht!«

»Kann es sein, daß Ihr Euch um meine körperlichen Kräfte sorgt, Madame?« Michel deutete das mutwillige Funkeln in ihren Augen völlig richtig.

»Natürlich«, gab Alison unverblümt ehrlich zu. »Ich

möchte nicht, daß Euch die Schwäche überwältigt, Seigneur!«

Sein Lachen war Musik in ihren Ohren. Sie deutete auffordernd auf das noch immer üppig bestückte Tablett, und während er aß, verschränkte sie die Hände im Nacken und sah ihm dabei zu. Es kam selten genug vor, daß sie ihn so ungestört betrachten konnte, denn sie hatte gelernt, daß ihr Gatte ein höchst aktiver und beschäftigter Mann war. Um so mehr genoß sie eine Gelegenheit wie diese.

Michel spürte ihre Blicke, und er verdächtigte sie sofort, die Hände absichtlich zu verschränken. Auf diese Weise wölbte ihr Busen sich noch verführerischer unter dem hauchfeinen Hemd. Duftige rote Locken fielen über die Kissen und ihre Schultern, und er mußte einmal mehr an sich halten, um nicht auf der Stelle das mit ihr zu tun, was der andere Hunger in seinem Körper verlangte. Er beeilte sich mit seiner Mahlzeit, und wenig später ruhte sie in seinen Armen und spielte nachlässig mit einer Falte des feinen Leinenhemdes, das er unter seinem Samtwams trug.

»Sehnt Ihr Euch manchmal nicht nach einem unabhängigen Dasein zurück?« erkundigte sie sich vorsichtig. »Diese Familie, die ich Euch so unverhofft beschert habe, ist nicht sehr diskret. Sie mischt sich in alles ein, weiß über alles Bescheid, und ich fürchte, mein Vater wird uns nicht verlassen, bis er sich über Monate hinweg davon überzeugt hat, daß ich wirklich glücklich, gesund und in den besten Händen bin. Er macht sich viel zu viele Sorgen und Vorwürfe, und ich wage nicht, ihn fortzuschicken.«

Michel küßte sie sanft auf die Schläfe und hob dann den Kopf. Er suchte ihren Blick, und ihre Augen glichen in diesem Moment dem glasklaren, sonnenbeschienenen Meer in einer versteckten Bucht.

»Ich bin in dem behüteten Tumult einer glücklichen Familie mit sechs Söhnen als der Jüngste aufgewachsen, schönste Dame, und ich war zwölf, als die Schlacht von Azincourt diesem Dasein ein Ende machte. Meine Mutter starb in den Armen Dame Eleanors, als sie die Nachricht bekam, daß auch ich in Azincourt gefangen genommen wurde. Ich habe die Erinnerung an all das tief in meinem Herzen verschlossen und mir geschworen, nie wieder zu lieben, um nie wieder verletzt zu werden. Ein Schwur, den ich gehalten habe, bis ich in einer Dezembernacht ein steif gefrorenes, rothaariges Ding auf der Straße aufgelesen habe und von ihm verzaubert wurde. Ich kann alle sieben Plagen Ägyptens ertragen, wenn nur alle meine Tage damit enden, daß Ihr in meinen Armen liegt und mich anlächelt.«

Alison küßte die Hand, die gedankenverloren ihre Wange streichelte. »Und warum zögert Ihr dann, dieses Band an meinem Ausschnitt zu lösen? Habt Ihr vergessen, wie man eine Schleife öffnet, oder benötigt Ihr die Schere aus meinem Stickzeug dafür?«

»Aber... das geht doch nicht!« Michel wich befangen zurück. Er hatte Mühe genug, sein Begehren zu beherrschen, ohne noch zusätzlich von ihr provoziert zu werden. »Ihr erwartet ein Kind. Unseren Erben. Wir wollen ihm doch nicht schaden...«

Alison lachte so hell und unbeschwert fröhlich, daß es weit durch das halb offene Fenster bis hinaus in die milde Sommernacht drang.

»Mein Liebster, er oder sie wird sich daran gewöhnen müssen. Wenn du denkst, daß ich mich von irgendeiner Gewalt auf Erden davon abhalten lassen, dich zu lieben und von dir geliebt zu werden, dann bist du gerade dabei, dich ein letztes Mal in mir zu täuschen...«

Und dann war da nur noch die Wirklichkeit ihrer Liebe. Die leisen Seufzer, das verhaltene Stöhnen und das Feuer, das sie aneinanderschmiedete. Die Flammen, die sie in ihren Körpern entfachten und die sich zu lodernder Leidenschaft emporschwangen, während sie sich in dem alten, immer neuen Spiel der Liebe fanden.

Der einsame Mann mit der Augenklappe, der an der Wehrmauer lehnte und in die Nacht hinaussah, hatte das Lachen gehört. Und es schien ihm, als sei es das Echo eines anderen Lachens, das im Nachtwind schwebte und nun schon so lange Jahre verstummt war.

Wenn es eine Gerechtigkeit zwischen Himmel und Erde gab, dann wußte Melisande de Guînes jetzt, daß eine weitere ihrer Töchter das Glück gefunden hatte. Und wenn diese göttliche Gerechtigkeit auch für die Erde galt, dann würde sie eines Tages auch Guy St. Doye treffen, den Teufel, der all dies Elend verursacht hatte.

»Ich habe dich nicht vergessen, Bruder!« murmelte der Graf von Mesnières, und er spuckte das Wort ›Bruder‹ wie einen schlimmen Fluch in die Dunkelheit. »Wo immer du dich versteckst, ich werde dich finden und zur Rechenschaft ziehen! Du wirst büßen!«

Die Nacht gab ihm keine Antwort, aber irgendwo unten im Obstgarten an der Burgmauer begann eine Nachtigall zu singen. Mit unglaublicher Klarheit und Süße schmetterte sie ihr Lied voller Jubel und Sommerschönheit durch die Stille des Abends. Die Melodie erhob sich wie die überirdisch schöne Stimme eines Mädchens hinauf bis zu den Sternen, und seltsam getröstet lehnte Richard de St. Doye an den Zinnen, um diesem Konzert zu lauschen.

Auch Nadine, die mit ihrem Gatten Arm in Arm am Fenster stand, wurde von seiner hellen Reinheit ergriffen und unverhofft aufgerüttelt.

»Es klingt wie eine Botschaft«, sagte sie mit ihrer melodiösen Altstimme, die Colin d'Harigny jeden Tag aufs neue faszinierte. »Eine Botschaft der Zuversicht und der Hoffnung für uns alle. Alison sagt, sie weiß, daß unsere kleinen Schwestern leben. Sie ist das Band, das uns alle vier zusammenführen wird.«

»Deine Schwester ist eine wunderbare Frau, aber manchmal macht sie mir Angst, wenn sie solche Dinge sagt«, gab

Colin zu. »Dann kommt sie mir vor, als wäre sie nicht von dieser Welt.«

Nadine, die instinktiv um die Leidenschaft wußte, die Michel und Alison in diesem Moment verband, lachte auf. »Sie ist sehr wohl von dieser Welt, mein mißtrauischer Gemahl. Aber es ist vielleicht ganz gut, daß sie Euch ein wenig Schrecken einjagt, damit sie Euch nicht gar zu gut gefällt.«

»Kommt zu Bett, dann werde ich Euch beweisen, wer mir am allerbesten gefällt«, forderte Colin und wollte nach ihr greifen.

»Ich bin Euch zu Diensten, Seigneur!« Nadine knickste und entzog sich ihm spielerisch. Sie schloß das Fenster, um die Nachtigall ebenso auszusperren wie die alten Erinnerungen und die neuen Pläne.

Noch war nicht alles so, wie es sein sollte, aber fürs erste gestattete sie sich, tiefe Zufriedenheit zu empfinden. Ein Gefühl, das unter Colins kundigen Händen schnell zu mitreißender Leidenschaft wurde und sie für diese Nacht alles außer ihrer Liebe vergessen ließ.

**ENDE**

Historische Liebesromane von

# MARIE CORDONNIER

## DIE TÖCHTER DER HEXE

Die Liebesabenteuer von vier Schwestern, die im alten Frankreich lebten. Packend und einfühlsam geschrieben.

Band 18136 Nadine – unschuldige Verführerin
Band 18137 Alison – geliebte Gauklerin
In Vorbereitung:
Band 18143 Marie – Engel in Versuchung
Band 18146 Viviana – Sklavin der Rache

BASTEI LÜBBE

Sie erhalten diese Bände im Buchhandel, bei Ihrem Zeitschriftenhändler sowie im Bahnhofsbuchhandel.

**Band 13 660**

**Jens Bahre**

**Die Sekte**

**Originalausgabe**

Simona Reisen wußte, daß es ihr eigentlich gutgehen müßte. Sie hatte ihr Berufsziel erreicht und einen Job, der ihr Spaß machte. Sie fühlte sich gesundheitlich gut, und durch eine Erbschaft ging es ihr besser, als sie es sich jemals hätte erträumen lassen. Aber da waren diese Schritte nachts in ihrem Haus… und diese sphärische Musik und die Schreie und die anonymen Anrufe… Wer verfolgte sie? Wer versuchte, sie in den Wahnsinn zu treiben? Die Glaubensgemeinschaft der ›Kinder des Lichts‹, mit der sie seit einigen Monaten in Verbindung stand, konnte damit nichts zu tun haben, denn sie hatte den ›Kindern‹ einen ganzen Batzen Geld gegeben…

BASTEI LÜBBE

**Sie erhalten diesen Band im Buchhandel, bei Ihrem Zeitschriftenhändler sowie im Bahnhofsbuchhandel.**